이방원전
2

일러두기

1. 이 책은 사료를 바탕으로 쓴 소설입니다.
2. 이 책은 창작소설이므로 소설로 읽고 읽혀야 합니다.
3. 이 책에 실명으로 등장한 인물은 그 역사적 평가가 다를 수 있습니다.
4. 이 책이 참고한 사료는 《고려사절요》, 《조선왕조실록》, 《연려실기술》입니다.

이정근 역사소설

이방원전

2 집권기

가람
기획

차례

머리말 4

제1권 혁명기

1장 이성계의 아들 야인 이방원 11

이성계의 고민 12 ｜ 꼬마 신랑 방원 18 ｜ 신학문 성리학 28 ｜ 군인과 선비의 만남 39
물줄기를 돌려라 48 ｜ 위화도회군 57 ｜ 토지개혁 91 ｜ 명나라 사행길 99

2장 고려에서 조선으로 부는 바람 129

혁명세력과 보호세력 130 ｜ 혁명전야 150 ｜ 왕위에 오른 이성계 179
방원과 하륜의 만남 198 ｜ 전통유학과 도참설 212 ｜ 명나라의 압박외교 242
황제를 만나다 254 ｜ 표전문사건 267

3장 피바람 타고 올라가는 길 283

1차 왕자의 난 284 ｜ 최후통첩 306 ｜ 왕의 항복문서 314 ｜ 기획통 하륜 320
개경에 부는 피바람 332 ｜ 올라가는 길 347

제2권 **집권기**

4장 정상은 내려가기 위해 존재한다 7

임금 이방원 8 | 민 부인과의 갈등 20 | 대명외교 25 | 한양천도 41
불교척결 60 | 민씨 사건 77 | 부동산 광풍 122 | 임금님의 결혼식 126

5장 권력은 바람이고 권세는 구름이던가 133

치수사업 134 | 박저생 사건 142 | 일본정벌 소동 148 | 노비변정도감 157
하륜 탄핵사건 169 | 민씨 사건 2 177 | 이숙번의 추락 210 | 하륜의 죽음 218

6장 올라가는 길보다 내려가는 길이 어렵더라 233

어리 사건 234 | 이숙번의 최후 252 | 어긋나는 양녕 262 | 폐 세자 양녕 292
선위하는 이방원 315 | 새 임금 세종 324 | 왕비의 아버지 심온 341
대마도 정벌 367 | 내려가는 길 388

4장 정상은 내려가기 위해 존재한다

임금 이방원

1400년 11월 13일. 수창궁에서 조선 제3대 왕 즉위식이 거행되었다. 이방원이 태종으로 재탄생하는 날이다. 성대하게 베풀어져야 할 즉위식이 스산했다. 수창궁 정전에서 문무백관들이 방원 앞에 머리를 조아리며 도열했지만 정작 축하해주어야 할 아버지와 형은 자리에 없었다.

"상왕上王께서 적장자로 보위에 즉위한 지 이제 3년이다. 적사嫡嗣가 없어 미리 저부儲副를 세워야 한다고 하니, 이에 소자가 동모제의 지친이고 또 개국에 공을 세우고 정사定社할 때 조그마한 공효가 있다 하여 세자로 책봉되고 대임大任을 받으니, 무섭고 두려워서 깊은 물을 건너는 것 같다. 종친, 재보, 대소신료들은 마음을 경건히 하여 내 덕을 도와 미치지 못하는 것을 바로잡도록 하라.

천지의 덕은 만물을 생산하는 것보다 더 큰 것이 없고, 왕자王者의 덕은 백성에게 은혜롭게 하는 것보다 더 큰 것이 없다. 하늘과 사람의 두 사이에 위치하여 위로 아래로 부끄러움이 없고자 하면, 공경하고 어질게 하여 하늘을 두려워하고 백성에게 부지런히 하는 것이다. 힘써 이 도에 따라서 부여된 임무를 수행하겠다. 너희 신민들은 나의 지극한 포부를 받들도록 하라."

〈즉위교서〉를 반포하는 태종 이방원의 목소리가 떨렸다. 험난했던 일들이 주마등처럼 뇌리를 스치고 지나갔다.

축하해주는 이 별로 없는 즉위식에서 그래도 감격의 눈물을 흘리는 사람이 있었다. 하륜과 부인 민씨였다. 일찍이 왕재를 알아보고 밀착 접근했던 하륜은 18년 동안 변방을 떠돌며 오늘이 오기를 손꼽아 기다렸다.

이제야 가슴에 담고 있는 치세를 펼칠 수 있으니 자신이 천하를 손에 넣은 것만 같았다.

즉위식을 마친 태종 이방원은 각사의 관원을 거느리고 장단 마천으로 아버지를 마중 나갔다. 방원의 즉위식을 보고 싶어 하지 않은 태조 이성계는 오대산을 다녀오는 길에 장단에 머물며 즉위식이 끝나기를 기다리고 있었다. 종친과 대신들이 주연을 베풀어 태조 이성계의 노여운 마음을 풀어주었다. 연회가 무르익을 무렵 하륜이 태종 이방원에게 다가갔다.

"전하, 경하드립니다."

"공으로부터 전하라는 소리를 들으니 민망하구려."

"부디 옥체를 보존하십시오."

"정상은 오래 머무를 곳이 못 됩니다. 이제부터는 내려가는 길이라 알고 있소. 정상 정복은 야망으로 가능하지만 하산은 희망으로 부족하다 생각하오. 정상의 희열을 낸들 모르리오만 죽어서 그 자리를 내려오는 것은 정상 정복의 미완성이라 생각하오. 내려가는 길을 잘 보살펴주시오."

"법도를 바로잡아 태평성대를 이루소서."

"법은 원칙의 아랫것이고 폭력은 법의 아랫것입니다. 법이 필요 없는 세상을 만들어보고 싶은 것이 짐의 소망이오. 원칙과 상식이 통하는 세상 말이오. 원칙을 벗어났을 때 제재하는 수단이 법이 아니겠소?

"지당하신 말씀입니다."

"원칙이 원칙을 벗어나 법도가 그 역할을 다하지 못하는 특수 상황에서는 법의 아랫것인 폭력이 정당화될 수도 있소. 슬픈 일이지만 현실입니다. 이러한 일은 다시는 되풀이되지 말아야겠지요."

이것이 그의 법률관이자 신념이었다.

태종 이방원은 흩어진 민심을 돌리기 위해서 따르는 직계를 다잡아야 한다고 생각했다. 마암馬巖*의 단壇으로 좌명공신들을 불러내어 삽혈동맹의 맹세식을 가졌다. 살아 있는 사슴을 잡아 서로 그 피를 돌려 마시고 벌건 입술로 서약을 꼭 지킨다는 단심丹心을 신神에게 맹세하는 의식을 삽혈동맹이라 부른다.

"조선국왕 이휘는 삼가 훈신 의안대군 이화, 상당군 이저, 완산군 이천우, 문하좌정승 이거이, 우정승 하륜, 판삼군부사 이무를 거느리고 황천상제皇天上帝, 종묘, 사직, 산천백신山川百神의 영靈에 감히 고한다.

어질지 못한 내가 오늘에 이른 것은, 실로 종친과 충의한 신하들이 힘을 합하여 난을 평정하고 익대좌명翊戴佐命*한 힘에 힘입은 바이니, 그 큰 공을 아름답게 여기어 영원토록 잊기 어렵다. 이에 유사에 명하여 상전을 거행하고 길한 날을 가려서 밝은 신령께 제사하여 맹호盟好를 맺는다. 맹세한 뒤에는 길이 한마음으로 서로 도와 환난을 구제하고, 과실을 바로잡아 시종일의로써 왕업을 보존하여 자손만대에 오늘을 잊지 말 것이다.

혹시라도 이익을 꾀하여 해害를 피하고 사私를 껴서 공公을 배반하고 맹호를 범犯하고 기망변사欺罔變詐*하고 음모참소陰謀讒訴*하면, 신명神明께서 반드시 죽이어 앙화殃禍가 자손만대에 미칠 것이다. 또한 범한 것이 사직에 관계되는 자는 마땅히 법으로 논할 것이니, 내가 감히 어기는 것이 아니라 그들의 자취自取인 것이다. 각각 맹세한 말을 공경하여 영원히 이 정성을 지킬지니라."

철혈통치를 예고하는 의식이었다. 맹세식에 참석한 모두가 돌처럼 굳었다.

● 마암(馬巖)
제사 지내는 바위
● 익대좌명(翊戴佐命)
박포와 이방간을 제거하는 데 공을 세운 공신
● 기망변사(欺罔變詐)
허위로 속임
● 음모참소(陰謀讒訴)
모략하기 위하여 꾸며댄 말

개경으로 돌아온 태종 이방원이 태상전에 나아가 아버지 이성계에게 문안 인사를 올렸다.

"네 형은 한양에 환도하여 내 마음을 위로하고자 하였는데, 네 애비가 도둑고양이처럼 어둠을 이용하여 개경에 드나들어서야 되겠느냐? 네가 내 뜻을 받들겠느냐?"

"제가 어찌 감히 명령을 따르지 않겠습니까?"

이성계는 한양으로 돌아가자고 말했다. 사랑하는 부인 신덕왕후가 잠들어 있고, 막내아들 방석이 묻혀 있는 한양으로 돌아가자는 뜻이다. 또한 태조 이성계는 개경인들의 눈이 부끄럽고 민망했다. 거동할 때면 개경인들이 뒤통수에 욕지거리를 해댈 것 같은 노파심에, 눈에 띄지 않는 밤을 이용하여 개경을 드나들었다. 이런 개경을 하루 빨리 떠나고 싶었다.

새로운 왕이 등극했지만 민심은 냉랭했다. 도처에서 흉사가 이어졌다. 수창궁이 원인을 알 수 없는 화재로 불타버렸다. 태조 이성계와 부인 강씨가 잠저시절부터 지극한 불심으로 찾아다니던 연복사 우물이 끓었으며, 연못의 물고기가 떼죽음을 당했다. 경상도 진양의 장탄에서는 집채만 한 돌이 30여 미터나 옮겨지는 일이 발생했다.

급기야 연복사 불상이 땀을 뻘뻘 흘리자 민심이 흉흉해졌다. 방석의 부귀영화를 빌며 연복사에 5층 석탑을 시주하고 불공에 정성을 쏟았던 신덕왕후의 원혼이, 구천을 헤매다 노기를 띤 것이라는 소문이 퍼져 나갔다.

흐트러진 민심을 잡기 위해서는 임금이 솔선수범해야 한다며, 문하부 낭사 맹사성이 상언으로 주청했다.

"임금의 마음은 다스림을 내는 근원입니다. 마음이 바르면 만사가 바르게 됩니다. 엎드려 바라건대 전하께서 날마다 경연經筵에 납시어 성찰

省察을 더하시면, 전하의 마음이 광명해져 태평의 정치를 이룰 수 있을 것입니다. 인재는 다스림에 이르는 도구니 벼슬을 제수할 때는 사람을 천거하게 하여 공천公薦하면 만사가 형통할 것입니다."

인사가 만사라는 얘기다. 만고의 불문율이다. 또한 권좌에 등극했다고 주지육림酒池肉林에 빠지거나 사냥으로 소일하지 말고 공부하라 말했다.

태종 시대의 설계사 하륜이 팔을 걷어붙이고 나섰다. 우선 민심을 되돌리기 위하여 관제개혁에 착수했다. 문하부를 의정부로 확대 개편하고 6조六曹를 두어 업무를 분장토록 했다. 관리 임용에 기준이 되는 전선법銓選法을 만들어 잡음을 없애고, 고적출척법考積黜陟法으로 관리를 감독하는 기틀을 마련하였다.

● 주지육림(酒池肉林)
호화롭고 사치스런 주연(酒宴)

이 무렵 사회혼란을 틈타 노비들이 자아를 찾기 시작했다. 주인의 손아귀에서 평생 종노릇을 하던 노비들에게 사회변혁은 기회였다. 많은 노비들이 탈출하였고 스스로 해방을 선언했다. 이들을 받쳐주는 힘은 억척스런 노동력과 상업으로 벌어들인 재물이었다.

"저놈이 우리 집 종놈인데 도망가서 돈 좀 벌었다고 오리발을 내미니 흑백을 가려주시오."

"종 같은 소리하지 마슈. 노비문서 팔아먹을 적은 언제고 이제 와서 종 소리유."

서로 자기주장이 옳다는 송사가 끊이지 않았다. 노비문서 천적賤籍을 팔아먹은 자가 있는가 하면 사들여 불태워버린 자가 있었으니, 누구 말이 옳은지 알 수 없었다. 이러한 다툼을 신속하게 처리하기 위하여 노비변정도감奴婢辨定都監을 신설하여 신뢰성을 상실한 천적을 버리고 호적에 의해 판결했다. 일종의 노비전담 신속재판소였다.

또한, 백성들의 지위를 증명하는 호패號牌를 만들어 모든 백성들로 하여금 소지케 하고 이동을 보장했다. 이는 곧 인구의 이동이 재화를 낳는다는 원시적인 경제정책이었다. 반면 비생산적인 승려들에게는 도첩度牒을 발급하여 통행을 제한했다.

경제문제에 달통한 하륜은 백성들의 경제 활성화를 위하여 사섬서司贍署를 설치하고 저화楮貨●를 발행했다. 물물교환과 포화布貨●가 화폐기능을 담당했던 당시로는 획기적인 발상이었다. 이 제도는 하륜과 대립각을 세우던 사헌부의 반대로 중도에 폐지되었다.

정도전이 조선개국을 설계한 정략가라면, 하륜은 태종 시대를 설계한 전술가다. 강력한 통치자에 유연한 행정가다. 태종 이방원이 폭풍처럼 휘몰아치면 하륜은 부드럽게 다독였다.

● 저화(楮貨) 종이돈
● 포화(布貨) 삼베

하륜은 정치적인 변혁기에 흐트러진 민심을 다잡으며 조선왕조의 문물제도와 기틀을 마련했다. 정도전이 조선왕국의 뼈대를 세웠다면 하륜은 거기에 근육을 만들고 살을 붙였다.

하륜이 야심차게 밀어붙인 것이 사간원이다. 문하부낭사가 담당했던 간원諫院 기능을 사간원으로 독립시켜 사헌부와 동등한 반열에 올려놓았다. 무소불위無所不爲의 권력, 왕권을 제어하겠다는 의지의 표현이었다.

관제개편에 착수한 하륜은 임금이 직접 백성의 목소리를 들어야 한다고 주청하여, 훗날 신문고로 개칭한 등문고登聞鼓를 설치했다. 궐 밖에 커다란 북을 매달아 억울한 일이 있는 백성은 북을 치라 했지만, 백성들은 잡혀갈까 봐 무서워 북을 치지 못했다.

최초로 북을 친 사람은 지금주사 안속이었다. 검교참찬의정부사 조호가 자신의 노비를 빼앗아갔다는 것이다. 하륜은 배우지 못하고 힘없는 백성들의 하소연을 듣고 그들의 억울함을 풀어주고 싶었는데, 배우고 가진 자들이 이를 이용했다.

이것을 계기로 관료들의 기강확립이 통하기 시작했다. 남의 말을 빼앗은 판봉상시사 김한로를 파직하고, 태상전 건축에 쓸 기와를 빼돌린 판사복시사 권방위를 먼 지방으로 귀양 보냈다. 김한로는 태종 이방원과 과거 동방이며 훗날 양녕대군의 장인이 되었다.

관제개혁을 실시하여 왕위승계의 기틀을 확립한 태종 이방원은 2차 관제개혁을 단행했다. 관료들을 다잡아 고삐를 틀어쥐기 위해서였다. 임무가 중복되거나 불필요한 청사聽司를 통폐합했다. 지출을 줄이고 작은 조정으로 가기 위한 조치였다. 관료 조직을 장악한 태종 이방원은 사헌부의 사헌장령 한승안과 형조의 형조정랑 최견, 그리고 형조도관정랑 조환을 궁으로 불러들였다. 대사헌이나 형조판서를 불러들이지 않고 장령과 정랑을 불러들인 것은 이례적인 일이었다.

"옥송獄訟이 지체된다는 원성이 비등하고 있다. 옥송은 매일 결단하여 계본을 갖추어 보고하도록 하라. 또한 풍기가 문란하다 하니 백성들을 철저히 규찰하라."

사헌부에 불똥이 떨어졌다. 노비문제로 송사가 넘쳐나고 신문고 설치로 다툼이 끊이지 않는데, 늑장부리지 말고 신속히 처결하고 매일 보고하라니 막막했다. 백성들의 풍속마저 단속하라니 아득했다. 이때, 조선 개국 이래 최초 위계에 의한 강간사건이 터졌다.

한양에 살던 이자지라는 판사가 일찍 죽었다. 지아비를 여읜 아내도 시름시름 앓다가 세상을 떠났다. 갑자기 천애 고아가 된 이 판사의 딸 셋은 첫째 내은이가 챙겼다. 열여섯 어린 나이에 가장이 된 셈이었다. 내은이는 몸종 연지와 소노를 데리고 가정을 꾸려나갔다. 그런데 어느 날 가노 실구지가 찾아왔다.

"아가씨, 우리가 살고 있는 과주로 내려가 살면 안 될까요?"

실구지는 이 판사의 전답이 있는 과천에서 농사를 지으며 살고 있었다. 이 판사가 살아 있을 때는 주인의 얼굴도 제대로 쳐다보지 못했던 가노였으나, 이 판사가 돌아가자 태도가 바뀌었다. 나이 어린 여자 셋만 남게 되자 주인 행세를 하며 딸들을 무시했다.

"여자의 도리는 안방문을 나가는 것이 아니다. 하물며 지금 부모님 삼년상도 지나지 않았는데 말해서 무엇 하겠느냐?"

내은이는 단호하게 거절했다. 사대부집 딸이라 글을 읽었고 배운 것도 있었다.

"상전의 의식衣食이 나에게 있으니, 만일 내 말을 듣지 않는다면 장차 농사를 돌보지 않고 도망가겠습니다."

실구지는 농사를 자신이 짓고 있으니 농사를 지어주지 않으면 어떻게 살겠느냐 협박했다. 내은이는 겁이 덜컥 났다. 실구지가 농사를 지어주지 않으면 당장에 굶어 죽을 것만 같았다. 주변에는 누구 하나 상의할 사람도 없었다. 고민하던 내은이는 실구지의 의견에 따라 과천으로 이주했다.

과천으로 이사 온 첫날 밤. 뒤척이던 내은이는 몸을 반쯤 일으켜 동생들의 얼굴을 바라보았다. 두 동생은 세상모르고 잠들어 있었다. 내은이는 엄마가 보고 싶었다. 눈가에 이슬이 맺혔다.

그때였다. 장지문이 스르륵 열리며 검은 그림자가 방 안으로 들어왔다. 내은이는 숨도 크게 쉬지 못하고 겁에 질려 떨고 있었다. 방 안으로 들어온 괴한은 내은이의 입을 틀어막고 옷을 벗기려 들었다. 내은이는 있는 힘을 다하여 저항했다. 어둠에 파묻힌 괴한이 누구인지 알 수 없었다.

누런 이를 드러내며 동물적인 웃음을 흘리던 괴한이 내은이에게 덤벼들었다. 내은이의 치마를 붙잡은 검은 손이 위에서 아래로 움직였다. 치마가 찢어지며 내은이의 속살이 드러났다. 내은이는 속살이 아름다운 보기 드문 여인이었다. 괴한은 내은이의 목욕하는 모습을 훔쳐보며 흑심을 품었고 관음증이 사고를 일으켰다.

"처남은 이 계집을 맡어."

어둠 속의 목소리는 내은이의 귀에 익은 목소리였다. 내은이를 다른 사내에게 맡긴 괴한은 잠들어 있는 내은이의 두 동생을 깨워 발가벗겼다. 이제 열 살, 열세 살의 어린 아이들이었다. 영문도 모른 채 깨어난 두 동생은 발가벗긴 채 오들오들 떨었다. 이 모습을 바라보던 내은이가 있는 힘을 다해 발버둥치며 소리쳤지만 메아리는 없었다. 마을에서 떨어진 외딴 집에 구원의 손길은 없었다.

어린것들을 겁탈한 괴한은 누런 이를 드러내며 하품을 했다. 야욕을 채운 그들은 어둠이 걷히자 문밖으로 사라졌다. 어린것들을 겁탈한 괴한은 가노 실구지였고 내은이를 범한 괴한은 실구지의 처남 박질이었다.

실신하듯 쓰러져 있던 내은이가 정신을 차렸다. 대명천지에 이런 일이 있을 수 있다 생각하니 하늘이 무너지는 것만 같았다. 옷도 챙겨 입지 못한 내은이는 그 자리에 쓰러져 하염없이 흐느꼈다. 엄마가 보고 싶었다. 정신을 가다듬은 내은이는 이 일을 어찌해야 할지 골똘히 생각해봤지만 답이 없었다.

정신없이 집을 빠져나온 내은이는 관가에 찾아가 실구지를 고변했다.

관가에서 실구지와 박질을 잡아다 심문하니 사실대로 토설했다. 의정부의 보고를 받은 태종 이방원은 죄인 실구지와 박질을 대명률에 따라 능지처참하라 명했다.

처형장에 끌려나온 실구지는 기둥에 묶였다. 실구지의 처형을 구경하기 위하여 사람들이 구름처럼 모였다. 망나니가 실구지의 살점을 포를 뜨듯 베어냈다. 실구지의 비명소리가 형장을 진동했다.

망나니의 칼이 번쩍 하는 순간, 실구지의 왼쪽 어깨가 잘려나갔다. 망나니의 칼이 허공을 가르는 순간 실구지의 오른발이 잘려나갔다. 피범벅이 된 실구지의 몸통이 축 늘어졌다.

사지를 자르고 칼춤을 추던 우대 망나니가 실구지의 심장에 칼을 꽂았다. 피가 샘물처럼 솟아올랐다. 우대가 탁배기로 목을 축이는 순간 차대 망나니가 등장했다. 입속 가득한 탁배기를 허공에 뿌리며 요란하게 칼춤을 추던 차대가 실구지의 목을 잘랐다.

이 사건은 단순 강간 사건이 아니라 국기國紀를 뒤흔든 사건으로 인식됐다. 때문에 대역 죄인을 다스리는 대명률을 적용했다. 위계질서가 분명한 신분사회에서 상전을 능욕하여 아내로 삼으려 한 것은, 계급사회에 대한 도전으로 받아들였다.

국내에서는 왕이 갈리고 태종이 등극했지만 명나라의 승인을 받은 것은 아니었다. 주청사를 명나라에 보내 국내 사정을 설명한 결과, 명나라 황제가 사신을 보내왔다. 통정시승 장근과 문연각대조 단목예가 벽란도에 도착했다는 전갈을 받은 태종 이방원은, 문무백관을 이끌고 선의문 밖에 나가 영접했다.

"조선 권지국사 이휘를 조선 국왕으로 삼고 금인金印을 주어 동쪽 땅의 군장君長을 명한다. 백성은 덕이 있는 사람을 생각하나니 너는 덕으로 아랫사람을 대하고 백성에게는 어질고 은혜롭게 하여, 모든 백성이 복을 받고 후손이 밝게 법 받도록 하여 길이 중국을 도우라."

사신 일행을 무일전無逸殿으로 안내한 태종 이방원은 명나라 황제가 보낸 고명誥命을 받았다. 정권교체를 승인한다는 내용이었다. 곤룡포와 면류관을 갖춘 태종 이방원이 종친과 대신, 그리고 문무백관과 유생을 이끌고 황제가 있는 서쪽을 향하여 사은례謝恩禮를 행하였다.

명나라 사신을 위해 태평관에서 연회를 베풀자마자 아버지 태조 이성계의 호출이 떨어졌다. 방간을 개경으로 데려오라는 것이다. 당시 방간은 안산에서 익주로 옮겨 유배생활을 하고 있었다.

아버지의 뜻을 받들어 도승지에게 명을 내리자 조정에서 벌떼같이 들고 일어났다. 영삼사사 하륜을 필두로 좌정승 김사형, 우정승 이서 등 20여 인이 상소하여 반대하고 나섰다. 그러나 태종 이방원은 물러서지 않았다.

"이방간은 죄가 진실로 가볍지 않으나 태상太上의 명령을 어길 수 없고, 나도 역시 항상 동기의 생각이 있어 친친親親의 어짐을 온전히 하고자 한다. 경 등의 아뢰는 바가 옳으나 따를 수 없다."

태종 이방원이 의정부 대신들의 뜻을 받아들이지 않자, 판의정부사 조준이 상소를 올렸고 대사헌 유관이 글을 올렸다.

"방간이 종사에 득죄하여 베임을 용서할 수 없는 중죄인인데, 전하의 은혜를 입어 머리를 보전하고 바깥 고을에 안치돼 있으니 다행입니다. 지금 또 불러서 도성 안에 두면 방간은 전일의 잘못을 뉘우치더라도, 그

도당의 불궤不軌가 염려되오니 명을 거두어 주소서."

결국 태종 이방원은 벌떼 같은 대신들의 상소 공세에 물러서고 말았다. 이에 실망감을 감추지 못한 태조 이성계는 개경을 떠났다. 아버지가 소요산에 머물고 있다는 보고를 받은 태종 이방원은 판승녕부사 정용수와 승녕부윤 유창을 소요산에 보내어 아버지에게 돌아올 것을 간곡히 청했다. 하지만 태조 이성계는 요지부동이었다.

소요산에 별전 공사를 시작한 태조 이성계는 경기도와 강원도, 그리고 충청도 백성을 징발하여 공사에 투입했다. 동지섣달 추운 날씨에 동원된 백성의 불만이 고조되었다. 이러한 실정을 파악한 예문관에서 상언을 올렸다.

"태상왕께서 행재소行在所에다 궁실을 지으시는 데 역사를 하는 자는 백성이 아닙니까? 또 지존으로서 오랫동안 밖에 계시어 전하의 어질고 효성스런 마음씨를 조석으로 펼 수 없게 하니, 천심에 어긋나지 않을까 두렵습니다. 전하께서 백관을 거느리고 행재소에 납시어 지성으로 돌아오시기를 청하되, 만일 윤허하시지 않으면 전하께서도 초야에 머무르시어 백관유사百官有司가 모두 가서 거가車駕를 명하시기를 기다리게 하소서."

● 거가(車駕) 임금의 나들이

태종 이방원은 여러 종친과 성석린을 대동하고 소요산으로 아버지를 찾아가 개경으로 돌아갈 것을 극력 청했다.

"염불하고 불경을 읽음에 어찌 꼭 소요산이라야만 되겠습니까? 개경으로 돌아가 주시옵소서."

"그대들의 뜻은 내가 이미 알고 있다. 내가 부처를 좋아하는 것은 다른 것이 아니라 다만 두 아들과 한 사람의 사위를 위함이다. 우리들도 이미 서방정토西方淨土로 향하고 있다."

남녘 하늘을 바라보던 태조 이성계는 혼잣말처럼 중얼거렸다.

민 부인과의 갈등

혁명 피로감이 누적되었을까? 정상 정복을 위한 긴장감이 풀려서일까? 왕위에 등극한 태종 이방원이 술과 여자에 빠져들었다. 좌명공신들이 사냥과 연회를 줄이라고 소를 올렸지만 아랑곳하지 않았다.

아내이자 혁명동지인 정비 민씨를 제쳐두고 민 씨의 몸종이었던 효빈 김씨를 총애하니, 민 씨가 눈이 뒤집히는 것은 당연했다. 침전에서 잠들지 못하고 뒤척이던 민 씨가 조용히 말을 꺼냈다.

"전하, 전하는 이제 일국의 군왕이십니다. 옥체를 돌보셔야 합니다."

나직한 목소리였다. 태종 이방원의 건강을 구실 삼았지만 정비 민씨의 핵심은 여자였다. 왕과 왕비를 떠나 지아비를 섬기는 아낙으로서, 여자에게 빠져드는 지아비를 바라보는 불편한 심기를 드러낸 것이다.

"알았소이다. 내 몸은 내가 챙길 터이니 중전은 중전의 마음이나 지키시구려."

"전하와 소첩이 부부의 연을 맺은 것이 어언 20년이 다 되었습니다. 험난한 길 헤쳐 전하께서 군왕에 오르고 소첩이 중궁전에 들어앉은 것이 광영입니다만, 한편으로는 추동 옛집이 그립습니다."

"무슨 말을 하고 있는 거요? 대궐이 싫다는 말씀이오?"

"꼭 그렇다는 뜻은 아닙니다만 전하께서 아랫것을 가까이 하시니, 소첩이 민망하여 몸 둘 바를 모르겠습니다."

정비 민씨는 사저에서 몸종으로 데리고 있던 김 씨를 태종이 가까이 한다는 사실을 시녀들을 통하여 알고 있었다.

"아랫것이라니? 무슨 말을 하고 있는 게요?"

"전에 소첩이 몸종으로 데리고 있던 김 씨 말입니다."

몸종 김씨가 하인으로 들어오던 날, 그렇게 예쁘지는 않지만 요기妖氣가 서려 있는 것이 민 씨는 마음에 걸렸다. 내치고 싶었지만 심성이 고와 받아들였던 것이 발등을 찍는 일이 되고야 말았다. 하지만 후회만 하고 있을 일은 아니었다. 군왕도 사내인 이상 처음부터 확실하게 잡아야 한다고 생각했다.

"아랫것도 여자고 윗것도 여자입니다. 위 아랫것 따지는 것은 천한 것들이나 하는 짓입니다."

상전은 여자 종을 가리지 않았지만, 남자 종이 주인댁 딸이나 양가집 규수를 여자로 생각하는 것은 불경으로 생각했다. 스스로 천하다 선을 그어놓고 언감생심 넘겨다보지 못했다.

"천한 것들이라니요? 소첩이 천하면 전하도 천하여집니다."

정비 민씨도 지지 않고 대들었다. 목소리에는 분노와 격정이 섞여 있었다.

"무슨 말을 그렇게 함부로 하는 것이오? 과인을 능멸하려 드는 것이오?"

태종 이방원의 얼굴이 붉으락푸르락해졌다. 숨소리가 거칠어졌다.

"신하가 임금에게 드리는 말씀이 아닙니다. 지아비를 섬기는 아낙이 지아비에게 드리는 하소연입니다. 궁하면 통한다고 궁지에 몰리면 남자라는 권위를 내세우는데, 이제는 아니 됩니다. 소첩도 이제 지아비의 아들을 넷이나 낳은 지어미입니다."

이때 정비는 양녕, 효령, 세종에 이어 성녕을 낳고 심하게 앓고 있었다. 태종 못지않은 혁명 피로감에 지아비의 바람기마저 겹치니 정비 민씨도 지쳐 있었다.

"아녀자가 사내들의 배꼽 아래를 거론하는 것은 온당하지 못합니다. 다시는 그런 말 입 밖에 내지 마시오."

태종 이방원 역시 단호했다. 이것이 자연인 이방원의 여성관이었고 당시 사대부들이 여자를 바라보는 시각이었다.

정비 민씨와 다툰 태종 이방원은 별거 아닌 별거에 들어갔다. 침전에 들지 않고 경연청에서 10여 일 거처한 태종은 정비전의 시녀와 환관 20여 명을 내쳤다. 자신의 일거수일투족을 정비 민씨에게 고했다는 이유였다. 그것도 모자라 자신이 취한 궁녀들을 궁주宮主와 옹주翁主로 책봉하는 제도를 만들어, 정비 민씨와 대립각을 세웠다.

그렇다고 물러설 정비 민씨가 아니었다. 비록 여자문제를 들고 나왔지만 자신은 혁명의 동반자요, 이 정권에 일정 지분을 갖고 있다고 생각했다. 자신을 한낱 아녀자로 취급하지 말고 주주로 대접해달라는 것이었다. 한낱 동북면 촌뜨기에 불과했던 이방원을 이 자리에까지 밀어올린 친정 아버지 민제와, 두 동생의 노고를 간과하지 말라는 뜻이었다.

하지만 태종 이방원의 생각은 달랐다. 현재 자신은 옛날의 이방원이 아니라 군주 이방원이라는 것이다. 일국을 다스리는 군왕이라는 것이다.

왕권을 세우는 데 최대의 걸림돌은 척신이라는 자신의 생각을 자꾸 자극하지 말라는 것이다. 스스로 무덤을 파는 우를 범하지 말라는 것이다.

태종 이방원이 영사평부사 하륜과 좌정승 김사형, 우정승 이무를 가례색제조嘉禮色提調로 삼고 국혼을 준비하라 명했다. 멀쩡한 정비 민씨를 두고 새 장가 들겠다는 것이다. 정비 민씨의 투기에 맞서 정식 결혼으로 정면 돌파하겠다는 뜻이다. 우선 예조禮曹로 하여금 고금의 비빈妃嬪 제도를 연구 보고하라 명을 내렸다.

"제후諸侯는 9녀를 취하고 경卿과 대부大夫는 1처 2첩이며 선비는 1처 1첩이었으나, 혼례제도가 밝지 못하여 적嫡과 첩妾의 제한이 없었습니다. 많을 때는 정원수에 넘쳐 참란僭亂함에 이르렀고, 적을 때는 정원수에 미달하여 후사가 끊김에 이르렀습니다."

예조의 보고를 받아든 태종 이방원은 회심의 미소를 지었다. 사대부도 2첩이라니 명분을 세울 수 있었다. 군왕에게는 9명이 정원이라니 벌어진 입을 다물지 못했다. 정비 민씨의 눈치를 보며 궁녀를 취하던 일이 어리석게 생각되었다. 가례색제조로 하여금 즉각 시행하라 명했다. 태종 이방원의 새 장가 문제는 급물살을 타고 일사천리로 진행되었다.

이에 반발하고 나선 이가 있었으니 영원부원군 민제였다. 태종 이방원의 장인이다. 아무리 사위와 장인 사이지만 임금에게 직격탄을 날릴 수 없고, 공격의 화살을 가례색제조로 있는 하륜에게 날렸다.

"온 나라 사람들이 하륜을 정도전에 비유한다. 사람들이 하륜을 꺼려함이 이와 같은즉 머지않아 환난을 당할 것이다."

하륜과 민제는 둘도 없는 사이였다. 왕재를 일찍이 알아본 하륜이 민제에게 접근하고 민제가 하륜을 밀어준 돈독한 관계였다. 하륜이 변방을 떠돌 때면 임지에 찾아가 글벗이 되어주었고, 하륜이 개경에 머무를 때는 민제를 찾아가 주안상 마주앉아 세상을 논했다.

이토록 좋았던 이들의 관계를 갈라놓은 것이 권력이었다. 하륜이 임금의 오른팔이면 왕이 엇나가지 않게 직언해야지 권력에 취해 아첨한다는 것이다. 민제의 비판을 조호를 통하여 전해들은 하륜은 담담했다.

"죽고 사는 것은 하늘에 달려 있는 것이오. 옛사람들도 바른 도리를 가지고 억울하게 죽은 사람이 있는가 하면, 요행히 죽음을 면한 사람도 있소. 후인後人들의 평가가 있을 것이니 내 무엇을 두려워하겠소?"

목숨은 두렵지 않으나 후대의 역사가 두렵다는 뜻이다. 그만큼 자신의 행동에 책임을 지고 역사에 부끄럽지 않다는 뜻이다.

태종 이방원의 새 장가 문제가 착착 진행되고 있는데, 상왕으로 물러나 있는 정종 이방과가 반대하고 나섰다. 태조 이성계가 왕도에 없는 상황에서 정종 이방과가 제일 어른이었다.

"왕은 어찌하여 다시 장가들려고 하시오? 내 비록 아들이 없어도 소시少時의 정으로 인하여 차마 다시 장가들지 못하는데, 하물며 왕은 아들이 많으니 말해 무엇 하겠소?"

태종 이방원은 형 정종 이방과의 만류를 받아들여 가례색을 파하라고 명했다. 새 장가 문제는 후궁 권씨를 정의궁주로 삼는 것으로 마무리 하고 없던 일이 되었다.

하지만 정비 민씨에게는 충격이었다. 정비 민씨의 가슴에 돌이킬 수 없는 상처를 남긴 태종 이방원이 유화의 신호를 보냈다. 정비 민씨와의 사이에서 낳은 맏아들 제(훗날 양녕대군)를 원자로 삼고 왕비를 대동하고 처가를 방문하겠다는 것이다. 정비 민씨로서는 광영이고 가문의 영광이었다. 용수산 기슭에서 나비 잡으며 뛰놀던 소녀가 나라의 국모가 되어 옛집에 돌아간다는 것은 꿈 같은 일이었다.

여흥부원군 민제의 집에 왕이 베푸는 잔치가 벌어졌다. 태종 이방원은 북벽에 앉아 남쪽을 향하고 민제는 동벽에 앉았다. 장인과 사위지만 군신의 예였다. 민제의 매부 의정부찬성사 곽추, 민제의 처제부 개성유후 송제대, 민제의 아우 승녕부윤 민양은 모두 남쪽에 앉았다. 신하의 품계에 따른 자리였다. 민무구와 민무질은 멀찍감치 앉았다.

산해진미로 준비한 진수성찬이 차려지고 성악盛樂이 울려 퍼졌다. 민제가 태종 이방원에게 잔을 올렸다. 사가에서는 사위가 장인에게 먼저 술을 올리는 것이 예의지만 오늘의 잔치는 군신과의 관계였다.

정비 민씨는 안에서 여러 택주를 거느리고 어머니 송씨를 위한 연회를 베풀었다. 스스럼없이 어렸을 적 이야기가 흘러나오고 함박웃음이 터졌다.

대명외교

처가를 방문하여 잔치를 베풀어주고 궁으로 돌아온 태종 이방원에게 국경에서 급보가 날아들었다. 하성절사로 명나라를 방문하고 돌아온 참찬의정부사 최유경이, 국경을 넘어 의주에 도착 즉시 올린 장계였다.

"연병燕兵의 공격으로 황도皇都가 경각에 달려 있습니다. 연병이 먼 곳까지 달려와 싸우는데 황제의 군대는 싸우면 반드시 패하고 있습니다. 제병帝兵이 비록 많다 하더라도 기세가 약하여 연전연패하고 있습니다. 연병의 위세에 천하가 소연합니다."

대륙이 요동치고 있다는 얘기였다. 북경의 야심가 연왕 군대가 명나라의 수도 남경을 공략하여 황군皇軍이 지리멸렬 패주하고 있다는 얘기였다. 상국으로 받드는 대륙의 맹주 명나라 군대가 쫓기고 있다니 어찌된 일인가? 천자로 모시는 황제가 위태롭다면 어떻게 해야 하는가? 태종 이방원은 난감했다.

명나라를 건국한 주원장이 죽자 세자 시절 사망한 의문태자의 아들 혜제가 건문제로 등극했지만 권력기반이 취약했다. 이를 보완하기 위하여 건문제의 심복 황자징과 방효유가 분봉을 삭감하는 강경책을 펼쳤으나 이것이 오히려 화를 불러왔다. 북경에 아성을 구축하고 호시탐탐 기회를 엿보던 연왕이, 명나라의 수도 남경을 공격한 것이다.

대륙이 요동치면 한반도가 흔들린다. 명나라가 흔들리면 조선은 소용돌이에 휩싸인다. 조선은 어떻게 할 것인가? 명나라에 충성할 것인가? 연왕에게 충성할 것인가? 명나라의 권지국 조선은 비상사태였다.

요동치는 명나라 정정은 안개 속이었다. 격랑이 일고 있는 대륙은 태종 이방원으로 하여금 선택의 기로에 서게 했다.

화급한 태종 이방원은 소요산에 머물고 있는 아버지 태조 이성계를 찾아가 조언을 구했다. 태조 이성계는 우선 명나라와의 말 무역을 중단하라 권했다. 당시 말은 최대의 전략물자였다. 원나라와 전쟁을 수행하고 있는 명나라는 상당수의 말을 무역이라는 이름으로 조선에서 조달했다. 보전步戰이 전투의 대부분을 차지했던 당시, 말은 기동력의 상징이었다.

개경으로 돌아온 태종 이방원에게 의주 국경에서 급보가 날아들었다.

조선에 사신으로 왔다 귀국하던 축맹현이 요동에서 입국을 거절당하고 돌아왔으며, 명나라의 장수 임팔라실리가 군사를 이끌고 국경을 넘어와 입국을 요구한다는 것이었다. 명나라의 황제가 조선에 파견한 사신이 자신의 나라에 입국하지 못하는 사태가 발생한 것이다. 북경 연왕군의 남경 공격으로 대륙의 판세는 급박하게 돌아가고 있었다.

태종 이방원은 여러 사람의 지혜를 모으기 위하여 2품 이상의 신료와 기로회의를 소집했다.

"임팔라실리가 3천여 호戶를 이끌고 도망올 때, 황군 하지휘가 1천 5백 명의 군사를 이끌고 추격하니 임팔라실리가 다 죽여버렸다. 심양에 있던 군사가 추격하니 또한 그 반수를 죽이고 국경에 와서 입국을 청한다. 아직 강변에 머물러 두고 그들의 움직임을 볼 것인지, 강을 건너오도록 허락하여 각처에 나누어 둘 것인지, 경들의 의견을 듣고 싶소."

의견은 분분했다. 강변에 머물러 두고 그 움직임을 보자는 사람이 23명, 식량이 떨어지고 형세가 궁해지면 난을 일으킬 것은 의심할 나위가 없으니 강을 건너오도록 허락하여 각처에 나누어 두자는 사람이 12명이었다. 핵심은 연왕 진영에서 반란군으로 보는 임팔라실리를 받아들였을 때 연왕의 추궁이 두렵다는 것이었다.

임팔라실리가 끌고 온 만 오천여 명은 난민이었다. 그중에는 요동에 살고 있던 동포들이 다수 포함되어 있었다. 하지만 임팔라실리는 연왕의 군대를 살상하고 도망왔다. 태종 이방원은 고민했다. 인도적인 견지에서 받아들일 단순한 난민이 아니었기 때문이다.

우선 의주목에 있는 장천호로 하여금 임팔라실리를 만나보게 했다.

"정료위定遼衛 군관은 모두 연에 붙었소. 우리들은 이미 황제군에 충성했기 때문에 연을 따를 수 없소. 포주 강변에서 우리가 농사를 짓도록 허락해주거나, 그렇지 아니하면 각 도에 나누어 백성을 삼아주시면 조선에 충성하겠소."

자신은 황제의 군관으로서 황제에게 반란을 일으킨 연왕에게 충성할 수 없어 조선에 투항했다는 것이다. 태종 이방원은 우선 그 충성심을 높이 사주고 싶었다. 하지만 그를 받아들이기에는 정치적인 결단이 필요했다.

고민에 빠진 태종 이방원은 북경에서 잠깐 만났던 연왕을 떠올렸다. 통이 큰 사람으로 기억되고 있었다. 태종 이방원은 강상인을 보내어 받아들인다는 뜻을 전했다. 하지만 이것이 패착이었다. 인정과 국가의 정책은 다르다는 것을 모르고 있었다.

국경을 넘은 임팔라실리는 스스로 무장을 해제했다. 임팔라실리가 휴대한 병기를 바쳤다는 소식을 전해들은 태종 이방원은 그를 왕도 개경으로 초치하라 명했다. 사람의 됨됨이를 직접 파악하여 재목으로 쓰고 싶었다. 아버지 태조 이성계에게 투항하여 평생을 변치 않고 충성한 여진족 출신 이지란을 떠올렸다. 그를 왕궁으로 초치하여 면대하자 신하들 사이에 격론이 일었다.

"내가 명나라와 맞서자는 것이 아니다. 사람이 불 속에서 빠져나와 살기를 구하니 이를 어찌 못 본 체할 수 있겠느냐? 지금 명나라에서 추격한다 해서 돌려보낸다면 반드시 죽이고 살려두지 않을 것이니 그래서 받아들였던 것이다."

"여러 재상들이 돌려보내라고 하오나 대의에 어긋남이 있습니다."

도승지 박석명이 맞장구를 쳤다. 임팔라실리에 대한 인도적인 견지는 여기까지였다. 명나라 연왕군 진영에서 임팔라실리를 압송하라 요구한 것이다. 소국이 대국의 요구에 거절할 명분이 없었다. 더구나 연왕군은 꺼져가는 불꽃 같은 황제군이 아니라 대륙에 솟아오르는 불꽃이 아닌가.

"이들도 역시 우리나라 사람이라 의리상 돌려보내지 않아야 옳겠지만, 나를 보고 양보하지 않고 다툰다고 할까 염려된다."

임팔라실리가 끌고 온 난민 중에는 요동지방에 살고 있던 최강 등 조선계 동포들이 대부분이었다. 결국 임팔라실리와 주동자를 돌려보내기로 했다. 이것이 대명외교의 한계였다. 사대외교에서 찾으려 했던 한 가닥 민족의 자존마저 접을 수밖에 없었다.

형조전서 진의귀가 임팔라실리를 요동으로 압송하여 명나라에 넘겨주었다. 인도적인 명분을 내세웠지만 명나라의 압박에 굴복한 것이다. 임팔라실리를 명나라로 돌려보낸 태종 이방원은 나머지 난민을 풍해도에 나누어 배치했다. 임팔라실리 문제를 일단락 지은 태종 이방원은 하륜을 불러 명나라 문제를 숙의했다.

"명나라에 병란이 일어났사오니 마땅히 서북면에 성을 쌓아야 합니다."

하륜에 이어 이무가 말했다.

"평양, 안주, 의주, 이성, 강계 등 다섯 성을 쌓음이 옳겠습니다."

이무가 지목한 곳은 명나라가 조선을 침공할 시 주 공격로였다.

"지금 명나라는 매우 어지럽고 우리나라는 무사하오니 이때에 성을 쌓아야만 됩니다."

김사형이 유비무환의 대비책을 강구하자고 주장했다. 태종 이방원은 신하들의 의견을 받아들여 성을 쌓으라 명했다. 있을 수 있는 명나라의 공격에 대비하기 위해서였다. 또다시 국경에서 비보飛報가 날아들었다.

명나라에 들어간 통사 강방우의 보고를 받아 서북면도순문사가 급주에 띄워 올린 장계였다.

"연왕이 전승하여 건문황제가 봉천전에 불을 지르게 하고 자기는 대궐 가운데서 목매달아 죽었습니다. 후비와 궁녀 40명도 스스로 죽었고 17일에 연왕이 황제의 위位에 올랐습니다. 도찰원첨도어사 유사길과 홍려시소경 왕태가 조서를 가지고 이미 강을 건너왔습니다."

요동치던 대륙이 마침표를 찍었다는 장계였다. 3년간의 내전 끝에 대륙의 주인이 바뀌었다는 내용이었다. 대륙을 섬기는 조선은 바뀐 주인을 새 주인으로 맞아야 하는 소국이었다. 조선에게는 선택권이 없었다.

보고를 받은 태종 이방원은 가슴을 쓸어내렸다. 정에 이끌려 임팔라실리 문제로 연왕과 맞섰다면 얼마나 많은 시련이 밀려왔을까 생각하니 모골이 송연해졌다. 대책이 필요했다. 즉각 대신회의를 소집했다. 의견은 많았지만 뾰쪽한 답은 없었다.

대륙의 주인이 바뀌었다. 태종 이방원은 북경에서의 면담을 기회로 삼고 싶었다. 비록 위상은 다르지만 이제 황제로 등극한 연왕보다 자신이 먼저 조선 국왕에 올랐다. 연왕이 황제로 있을 때 자신이 왕위에 오르는 것과는 순서가 달랐다. 여기에서 절묘한 수를 찾고 싶었다.

대명외교 전략에 고심하고 있던 태종 이방원에게, 황제가 보낸 사신이 벽란도나루를 건넜다는 소식이 전해졌다. 태종 이방원은 면복차림에 대소신료를 거느리고 몸소 서교에 나아가 사신을 맞이했다. 황제의 조서를 가지고 온 사신은 황제의 대리인이었다. 여타의 다른 사신들처럼 대궐에서 맞이할 수 없었다. 태종 이방원의 안내를 받으며 무일전에 이른 도찰원첨도어사 유사길은 황제의 조서를 반포했다.

"봉천승운황제는 조詔하노라. 고황제께서 군신群臣을 버리시고 건문建文이 위位를 이으매, 헌장憲章을 변란變亂시키고 골육을 살해하여 화기禍幾가 거의 짐朕에게 미치게 되었다. 짐이 종묘사직이 중하여 황제의 위에 올라 천하에 선포하노라. 명년을 영락永樂 원년이라 할 것이니 너희 조선은 마땅히 이를 알지어다."

영락제 시대의 개막선언이었다. 아버지의 후광을 업고 20세에 북경을 다스리는 연왕이 된 영락제, 북벌군을 지휘하며 그의 존재를 대륙에 알렸다. 아버지 주원장의 기대를 한 몸에 받았던 맏형이 죽고 조카 윤문이 황태손에 책봉되자 절망했다. 아버지가 죽고 조카 혜제● 안남 베트남
가 건문제로 등극하자 생명의 위험을 느낀 그는, 군사를 일으켜 황도 남경을 공격했다.

산동성 서부 지역과 화이어 강 유역을 초토화시키며 연왕군이 남경에 진입했을 때, 궁궐은 불타고 건문제의 시신은 찾을 길이 없었다. 황도를 접수한 연왕군은 건문제가 스스로 불타 죽었다고 공식 발표했지만 물증이 없었다. 이것이 오늘날까지 건문제가 궁궐을 탈출하여 숨어 살았다는 가설의 원인제공 인자가 되었다.

건문제를 폐하고 황위에 오른 영락제는 수도를 북경으로 옮겼다. 대륙을 평정한 영락제는 안남●을 수중에 넣고 눈을 해외로 돌렸다.

정화함대를 앞세워 남아시아를 정벌하고 동아프리카에도 명나라의 존재를 알렸다. 뿐만 아니라 티베트와 네팔도 손아귀에 넣고 아프가니스탄과 투르키스탄까지 손을 뻗쳤다. 영락제의 등장은 조선에게 위축을 강요

했다. 명나라의 팽창은 조선에게 재앙이었다.

영락제의 등장과 함께 조선은 건문 연호를 버리고 영락 연호를 썼다. 태종 이방원은 연왕 시대를 마감하고 황제에 등극한 영락제가 보낸 사신을 태평관으로 안내하여 극진히 대접했다.

명나라의 정세파동은 조선에게는 대형 해일이었다. 하물며 황제가 바뀌었으니 조선에게 재앙이 될 수도 있고 기회가 될 수도 있었다. 그것도 순리적인 승계가 아니라 정변과 내전에 의한 자리바꿈이었으니, 기회 활용 범위도 크고 위험부담도 더 컸다. 위기를 기회로 활용하고 싶은 것이 태종 이방원의 욕망이었다.

대명외교의 새 판을 짜기 위해서는 무엇보다도 명나라의 내부 속사정을 알아야 한다고 판단한 태종 이방원은, 하륜을 하등극사로 파견했다. 명나라를 속속들이 알아 오라는 것이었다. 지혜 주머니 하륜이 소임을 완수할 수 있을지 그것이 관건이었다.

●인장(印章) 도장

대륙의 새로운 주인이 된 영락제의 황제 즉위를 축하하기 위하여 하등극사로 명나라를 방문한 하륜이 돌아왔다. 하륜의 명나라 방문은 단순하게 황제의 등극을 축하하기 위한 것만이 아니었다. 건문제 이후의 대명외교 전략을 수립하는 데 필요한 정보를 수집하라는 태종 이방원의 밀명이 더 막중한 소임이었다.

하륜은 역시 천하의 하륜이었다. 돌아온 하륜은 혼자가 아니었다. 명나라 예부를 어떻게 요리했는지 사신들과 함께 왔다. 명나라 사신을 데리고 왔는지 모시고 왔는지 그것은 중요하지 않았다. 명나라 황제가 조선국왕 태종을 인정한다는 고명誥命과 인장印章●을 휴대한 사신과 함께 왔다는 것이 중요했다.

면복을 갖춘 태종 이방원은 백관을 거느리고 서교에 나가 사신을 맞았다.

"봉천승운황제는 제制하노라. 조선국이 번藩● 중에 제일 먼저 짐을 찾아와 충성을 서약하니 참으로 가상하다. 이에 너를 조선 국왕으로 명하고 인장을 내려주노니 나라를 길이 보전하고 백성을 편안케 하라. 그 위位가 실로 어려우니 '게으르지 말고 거칠지 말아' 짐의 말을 하늘처럼 따르고 짐을 공경할지어다."

대명외교의 중대한 고비를 넘겼다. '정종 이방과가 죽었다면 합당한 이유가 되겠지만 살아 있으니 가당치 않다'라고 명나라에서 시비를 걸면 알아서 기어야 하는 형국인데 다행이었다. 무역이라는 이름으로 말을 조공하라는 단서가 붙긴 했지만, 그것은 왕위계승과 연결된 새로운 조건은 아니었다.

● 번(藩) 주변 각국

건문황제를 폐하고 황제에 오른 영락제는 변방을 챙기는 것보다 내치에 주력했다. 흩어진 민심을 수습하고 부패한 관리들을 숙청하는 데 집중했다. 태종 이방원이 노린 것이 바로 이 기회였다. 위기를 기회로 활용하고 싶다는 것이 바로 이것이었다.

공식행사를 마친 태종 이방원은 명나라 사신을 위한 잔치를 태평관에서 베풀었다. 기쁜 마음으로 즐거운 자리를 마련했다. 그런데 환관태감 황엄의 행동이 거칠고 무례하기 짝이 없었다. 황제의 고명을 가지고 온 정사는 도지휘 고득인데, 황엄이 정사를 무시하고 무엄하게 굴었다. 계급은 낮지만 황제의 최측근이라는 우월감이 작용한 것이다.

황제가 보낸 사신이기에 예를 다하여 대했지만 황엄의 무례한 행동은 도를 더해갔다. 정사를 무시하던 황엄이 자신이 황제인 양 태종 위에 군림하려 들었다. 태종 이방원으로서는 용납할 수 없는 행동이었다. 비록 명나라에 머리를 조아리는 변방의 군주지만, 일국의 국왕으로서 도저히 받아들일 수 없었다. 이를 지켜보던 태종 이방원이 잔치를 일찍 파해버렸다.

수모를 당했다고 생각한 사신 일행은, 예법을 모르는 무식한 군왕이라 투덜대며 숙소 영빈관으로 돌아가 버렸다. 어떠한 외교 분쟁으로 비화할지 모르는 사건이 터진 것이다. 대소신료들은 불안한 마음에 전전긍긍했다. 이튿날 명나라 사신 주윤단이 예궐했다. 항의성 방문 겸 정보 제공이었다. 사신 주윤단은 조선인이었다.

"지난번 사신으로 조선을 다녀간 온전이 돌아와서 황제께 호소하기를, '조선 국왕이 뜻이 높아 남에게 굽실거리지 않은 성격으로 신을 거만스레 대접하였습니다. 이것은 폐하께 향하는 정성에 박함이 있기 때문입니다' 하니, 황제께서 도리어 온전을 나무라기를, '네가 내신內臣으로서 마땅히 번왕藩王의 위에 앉아야 할 것인데 도리어 그 아래에 앉아서 마침내 그와 같이 만들었으니, 국왕의 허물 뿐 아니라 네가 자취自取한 것이라' 하였습니다."

이제야 황엄이 무례하게 굴던 이유를 알 것 같기도 했다. 하지만 황제에게 머리를 조아리는 것은 스스로 할 수 있지만, 황제가 보낸 사신을 위로 받들어 모시고 머리를 조아린다는 것은 자존심이 허락하지 않았다. 태종 이방원은 하륜을 불렀다. 명나라를 다녀온 후 처음 갖는 독대였다.

"사신 따위가 군림하려 드니 도저히 묵과할 수 없다. 대명외교는 어떻게 풀어나가야 하겠소?"

> 정상은 내려가기 위해 존재한다

"외교란 쉽고도 어려운 법입니다. 어려운 일이라 생각하면 한없이 두렵고, 쉽다 생각하면 한없이 간단합니다."

"쉬운 길로 갑시다."

"외교도 역시 사람이 하는 일입니다. 사람이 하는 일이기에 위상과 관계가 중요하다고 생각합니다. 황제는 대륙에 앉아 계시고 전하는 조선에서 제자리만 지켜주시면, 외교는 아랫사람들이 하는 것입니다. 어제처럼 전하께서 툭 쳐주시는 것이 자리를 지켜주시는 것입니다. 나머지는 우리 아랫것들이 수습하고 메워주고 안겨주는 것이 외교입니다."

"그렇군요. 어제의 일을 사과하려 했는데…."

"아니 되옵니다. 전하께서 무너지면 저희들이 설 자리가 없어집니다. 황제께서는 전하께서 일찍이 설파하신 것처럼, 정상에서 내려가는 길을 조심스럽게 내딛는 시점입니다. 조선에 무리한 강수는 두지 않을 것이라 사료됩니다. 우리나라를 방문하는 사신들만 잘 주무르면 만사형통하리라 생각합니다."

● 제수(除授)
천거에 의하지 않고 임금이 직접 벼슬을 내리던 일

이때부터 일명 잔치외교의 전성시대가 펼쳐졌다. 조선에 오는 사신들에게 융숭하게 잔치를 베풀어주고, 돌아갈 때는 진귀한 선물을 한 아름 안겨주었다. 금강산 구경을 다녀온 사신 일행에게 태종 이방원이 태평관에서 잔치를 베풀었다.

황엄 일행이 금강산 구경을 하는 동안, 주윤단과 한첩목아는 자신들의 고향을 방문했다. 실로 눈물겨운 금의환향이었다. 주윤단 일행이 고향을 방문하고 돌아온다는 소식을 접한 태종 이방원은, 숭인문까지 직접 나아가 그들을 영접했다. 뿐만 아니라 그들의 족친 60여 명에게 관직을 제수除授●하라 명했다. 또한 주윤단의 고향 임주를 부로 승격하고 한첩목아의 고향 김제를 군으로 승격하라 명했다. 이는 백성을 지키지 못한 국가 지도자로서 속죄였고 최소한의 보상이었다.

황엄 일행이 명나라로 돌아간 후, 또다시 사신일행이 들이닥쳤다. 명 태조와 황비의 존호에 관한 예부의 자문을 가지고 환관 전휴와 배정, 그리고 급사중 마인이 입국한 것이다. 사신 사태였다. 하지만 이것은 조선이 원하는 사태 발전이었다. 하륜이 명나라를 방문하여 가설한 핫라인이 작동한 것이다.

태평관에서 잔치를 베풀어주고 무일전에서 임금이 직접 잔치를 베풀어주었는데도 사신은 불만이었다. 여자가 없다는 것이었다. 환관 출신 사신은 거세되었기에 여자를 밝히지 않았지만 급사중 마인은 환관이 아니었다.

잔치외교에 이어 기생외교의 서막이었다. 조선에 들어온 사신들에게 융숭하게 잔치를 베풀어주고 어여쁜 기생을 안겨주어 시침을 들게 했다. 잔치외교와 기생외교가 개막된 이래 조선에 들어온 명나라 사신은 싱글벙글했다. 최상의 대우를 해주고 어여쁜 미인을 안겨주니 벌어진 입이 다물어질 줄 몰랐다. 하륜이 건의하여 실행하기 시작한 대명외교 전략은, 입국하는 사신을 융숭하게 대접하고 달라는 것은 퍼주되, 국토를 보존하고 민족의 자존을 지키자는 것이었다.

때맞춰 병조에서 통계보고가 올라왔다. 조선의 총 군사 수가 296,310명이라는 것이었다. 여기에는 정예 장졸 이외에 지방 관아에서 관리하는 군졸까지 포함된 숫자였다. 명나라의 심기를 건드려 전쟁은 피해야 한다는 하륜의 소신에 설득력을 뒷받침해주는 통계였다. 하륜은 평소에 어떠한 일이 있더라도 명나라와의 전쟁은 피해야 한다고 주장했다.

무역이라는 이름으로 말 1만 마리를 보내라 하는 것도 보내주었고, 소 1만 마리를 보내라 하는 것도 10차례에 걸쳐 보내주었다. 당시 말은 전략적 군수물자였고, 소는 대표적인 생산 산업 농사의 기둥이었다. 명나라의 요구가 조선의 군사력을 약화시키고 농업을 마비시키려는 의도가 엿보인다는 것을 알면서도 보내주었다.

'달라는 것은 주되 국토는 지키자'는 것이 대명외교 전략이었다. 이러한 전략을 조심스럽게 구사하고 있는데, 명나라에서 얄궂은 첩보가 들어왔다. 조선을 확실하게 묶어두기 위하여 통혼하려 한다는 것이었다. 즉 조선의 왕실과 혼인하기 위하여 공주를 차출하려 한다는 것이었다.

태종 이방원은 다른 것은 다 주어도 이 문제만큼은 자존심이 허락하지 않았다. 명나라는 극복의 대상인데 딸을 보내거나 받으면 영원한 사위국이 아닌가? 고려의 전철을 밟고 싶지 않았다. 이에 깜짝 놀란 태종 이방원은 경정궁주를 조준의 아들 조대림에게 하가시키고, 아직 나이 어린 경안궁주마저 권근의 아들 권규에게 출가시켰다.

두 딸을 서둘러 혼인시킨 태종 이방원에게 불길한 정보가 날아들었다. 명나라가 여진족을 직할체재로 다스린다는 정책이었다. 그동안 여진족은 조선에 조공했고, 그들이 두만강과 압록강 국경을 넘나들며 생업에 종사하는 것을 조선은 묵인해주었다.

그런데 명나라가 여진족을 직접 통치하겠다면 문제가 간단한 것이 아니었다. 국토와 연결된 중요한 문제였다. 이것은 철령위의 또 다른 이름으로 받아들였다. 한민족을 한반도에 묶어두려는 대륙세勢와, 대륙으로 뻗어나가려는 한민족이 부딪치는 분기점이 철령이었다.

삼부三府가 모여서 여진족의 일을 의논하였다. 황제가 여진족에게 칙유諭論하여 오도리吾都里•, 올량합兀良哈•, 올적합兀狄哈• 등을 초무招撫•하여 조공을 바치게 하라고 하였는데, 여진족은 본래 우리에게 속하였기 때문에 삼부가 회의한 것이었다.

의정부와 사헌부, 그리고 사간원 대신들을 모아 회의를 마친 태종 이방원은 하륜을 불렀다.

"사고史庫를 열어 윤관이 동여진을 치고 변경에다 비碑를 세운 것을 면밀히 조사하여 보고하시오."

"전조前朝의 《예종실록》을 살펴보니, 시중 윤관이 동여진을 치고 변경에다 비를 세웠다는 것이 명확히 기록되어 있습니다."

"바로 동북면에 나아가 그 비를 확인토록 하시오."

● 오도리(吾都里) 함경도 길주
● 올량합(兀良哈)/올적합(兀狄哈) 여진족의 부족
● 초무(招撫) 불러서 어루만져 위로함

하륜이 동북면으로 떠났다. 명나라의 부당한 요구에 역사적인 자료를 대며 명나라의 요구가 불가함을 논박하겠다는 치밀한 전략이었다. 동북면을 다녀온 하륜이 그 비가 그대로 보존되어 있다고 보고했다.

명나라와 외교문제로 부상하고 있는 여진족은, 우리나라와 불가근불가원의 이민족이었다. 고려 조정이 강하면 납작 엎드려 조공하고 약하면 국경을 넘나들며 노략질을 일삼았다. 동북면 행영병마도통사로 부임한 윤관이 여진족을 얕잡아보고 정벌하려다 무참히 참패했다.

이에 절치부심 칼을 갈던 윤관은 별무반을 창설하고 군대를 양성하여 17만 대군을 이끌고 출진하여 함주, 영주, 웅주, 복주, 길주, 공험진, 숭녕, 통태, 진양 등 9성을 평정하고 비를 세웠다. 이듬해 봄에 개선한 윤관은 그 공으로 문하시중에 올랐다. 그때 윤관이 세운 비를 근거로 '우리나라 영토다'라는 것을 주장하자는 복안이었다.

명나라의 여진족 직할통치 계획은 착착 진행되어 요동천호 왕가인이 명나라 황제의 칙유勅諭를 가지고 입국했다.

"삼산, 독로올 등 여진지방 관민인 등에게 칙유하여 알린다. 너희에게 인신을 주어서 스스로 서로 통속케 하고 생업을 편하게 하여, 짐과 함께 태평의 복을 누리도록 하라."

명나라가 여진족을 직접 통치하겠다는 외교문서였다. 동등한 입장에서 주고받는 외교문서라기보다 일방적인 통보였다. 눈 뜨고 오늘날의 평안도 일부와 함경도 지방을 내주는 궁지에 몰린 것이다. 이에 예문관제학 김첨을 명나라에 계품사로 파견했다.

"본국의 동북지방은 공험진으로부터 길주, 단주, 영주, 웅주, 함주 등 고을이 모두 본국의 땅에 소속되어 있습니다. 요나라 건통 7년에 동여진이 난을 일으켜서 함주 이북의 땅을 빼앗아 웅거하고 있었습니다. 고려의 예왕이 군사를 보내어 회복하였고, 원나라 초년에 이르러 몽고가 여진을 거두어 복속시킬 때 본국의 조휘와 탁청이 그 땅을 가지고 항복하였으므로, 조휘로 하여금 총관摠管을 삼고 탁청으로 천호千戶를 삼아 군민軍民을 관할하였습니다.

● 삼산천호(參散千戶)
여진족 관직
● 이역리불화(李亦里不花)
여진족 사람 이름

이로 말미암아 여진의 인민이 그 사이에 섞여 살아서, 각각 방언方言으로 그들이 사는 곳을 이름 지어 길주를 해양이라 칭하고 단주를 독로올이라 불렀으며 영주를 삼산이라 칭했습니다. 또한 웅주를 홍긍이라 부르고 함주를 합란이라 칭하였습니다.

황제의 칙유에 '삼산과 독로올 등 여진 지역의 관민인을 직접 초유招諭한다' 하셨습니다. 상고하건대, 삼산천호參散千戶 이역리불화李亦里不花가 비록 여진인에 속하기는 하나, 본국 땅에 와서 산 지가 오래되었고 본국의 인민과 서로 혼인하여 자손을 낳아서 부역에 이바지하고 있습니다.

또 신의 조상이 일찍이 동북지방에 살았으므로 현조玄祖 이안사의 분묘가 현재 공주에 있고, 고조高祖 행리와 조祖 이자춘의 분묘가 모두 함주에 있습니다. 생각건대 소방小邦이 고황제의 '왕국유사王國有辭'라는 은혜를 입었사오니, 그곳에 살고 있는 여진 인민들을 본국에서 전과 같이 관할하게 하시면 한 나라가 다행하겠습니다. 이에 지형도본을 받들고 경사에 가게 하여 주달奏達합니다."

재반론의 여지가 없는 완벽한 반론이었다. 외교문서이니만큼 정중한 예를 갖췄다. 하지만 내용은 유구한 역사를 상고하고 지도를 첨부하여 '너희 아버지 주원장 홍무제가 인정했으니 '딴죽 걸지 말라'는 얘기였다.

사신을 명나라에 파견한 태종 이방원은 상호군 박영을 동북면선위사로 임명하고 현장으로 출동하라 명했다.

"동요하는 여진족을 안무하라."

동북면에 도착한 박영은 국경을 철통같이 경비하고 술렁이는 여진족을 진정시켰다. 명나라와 담판을 짓기 위하여 경사에 들어간 계품사 김첨이 황제의 칙서를 가지고 돌아왔다.

"조선 국왕 이휘에게 칙유한다. 상주하여 말한 삼산 천호 이역리불화 등 십처인원十處人員을 그대가 성찰省察하라. 이에 그대의 준청准請을 칙유하노라."

여진족을 간섭하지 않을 테니 조선이 계속 관리하라는 뜻이었다. 조선의 승리였다. 명나라를 상대로 한 외교전에서 거둔 작은 성공이었지만 큰 수확이었다. 이것이 오늘날 압록강과 두만강을 경계로 구획 짓는 국경선이다.

한양천도

　원자 이제를 세자로 책봉한 태종 이방원은 세자로 하여금 종묘에 배알하라 명했다. 왕궁은 개경에 있고 종묘는 한양에 있으니 여간 불편한 것이 아니었다. 자연스럽게 천도문제가 수면 위로 떠올랐다.

　"한양은 우리 태상왕이 창건한 땅이고 종묘와 사직이 있는 곳이니, 오래 비워 두고 거주하지 않으면 선조의 뜻을 계승하는 효도가 아니다. 명년 겨울에는 내가 마땅히 옮겨갈 터이니 응당 궁실을 수즙修葺하게 해야 할 것이다."

　종묘사직을 천도 명분으로 삼았지만 태종 이방원에게 천도는 아버지에 대한 효에 무게 중심이 실려 있었다.

　성산군 이직과 취산군 신극례를 이궁조성도감 제조로 임명하고 본격적으로 한양천도 문제에 착수했다. 기회를 기다리던 하륜이 팔을 걷어붙이고 나섰다. '한양으로 가긴 가되 무악으로 가자'는 것이다. 하륜에게 천도는 패자 부활전이었다. 하륜은 이번에는 기필코 무악을 관철하고 싶었다.

　하륜의 주청에 따라 태종 이방원이 무악 현지답사에 나섰다. 하륜, 조준, 남재, 권근과 대간, 각각 1원員씩 호종한 임금의 행렬이 임진 나루터에 이르렀을 때 익안대군 이방의의 부음이 들려왔다. 이방의는 태조 이성계의 셋째 아들로 태종 이방원의 동모형이다. 임금 행렬은 발길을 돌려 개경으로 돌아왔다.

　장례를 치른 태종 이방원은 다시 무악 답사 길에 나섰다. 이번에는 남재가 빠지고 이천우가 동행했다. 태종 이방원이 무악산 중봉에 올라 사방을 휘둘러보았다. 사람을 시켜 한강 가에 백기를 세우게 하고 꼼꼼히 살펴봤다. 시야가 확 트여 한강에 접한 무악산 기슭은 가히 도읍지에 손색이 없었다.

"여기가 도읍하기에 합당한 땅이다. 진산부원군이 말한 곳이 백기의 북쪽이라면 가히 도읍이 들어앉을 만하다."

백기의 북쪽이라 하면 오늘날의 모래내 일대와 상암벌을 이르는 말이다. 흡족한 미소를 띠우던 태종 이방원은 무악산을 내려와 서운관 관리들을 모아놓고 의견을 물었다.

"지금 경들이 본 곳 중에서 명당을 찾아라."

윤신달, 민중리, 유한우, 이양달, 이양 등 천문지리에 학문이 깊고 조예가 있다는 서운관 관리들은 머리만 긁적일 뿐 아무 말이 없었다.

서운관 제조 윤신달이 말문을 열었다.

"이 땅을 참서讖書로 고찰한다면 왕씨의 5백 년 뒤에 이씨가 나온다는 곳입니다. 이 말은 이미 입증되었으니 그 책은 심히 믿을 만합니다."

도참서를 인용한 아부성 발언이었다. 잠시 말을 멈춘 윤신달이 말을 이어갔다.

"참서에 의하면 눈앞에 세 강江이 끌어당기기를 만월과 같이 한다고 하였는데, 이 땅의 눈앞에 세 강이 있으니 또한 참서와 합치합니다. 태상왕 때 이 땅을 얻지 못하여 한양에 도읍을 세웠던 것입니다."

윤신달이 거론한 세 강은 한강, 임진강, 예성강을 말하는 것이었다. 바로 이점에 주목한 것이 하륜이었다. 듣고 있던 유한우가 나섰다.

"한양은 전후에 석산이 험하고 명당에 물이 없으니 도읍할 수가 없습니다. 지리서에서 말하기를 '물의 흐름이 길지 않으면 사람이 반드시 끊긴다' 하였으니 불길한 것을 말한 것입니다. 이 땅도 또한 규국規局에 바로 합치하지는 아니합니다."

규국은 도참 지리서에 나오는 용어로써, 도국圖局에 길지吉地로 확정하는 범위 안의 땅을 말하는 것이다. 잠자코 있던 민중리가 말했다.

"도읍을 정하려고 한다면 천리의 안쪽에 산수가 빙 둘러싸고 있는 곳은 모두 찾아보는 것이 마땅합니다. 만약 삼각산에 올라가 사방으로 바라보고 명승지를 찾는다면 혹은 요행히 얻을 듯싶습니다."

조선 팔도를 새롭게 다 뒤지자는 것이다. 원론적인 얘기만 늘어놓은 서운관 관리들의 말을 듣던 태종 이방원이, 심기가 불편한 것을 감추지 못한 채 민중리에게 되물었다.

"이 땅의 규국을 말한다면 괜찮은가?"

"이 땅도 또한 규국에 바로 합치하지 못합니다. 반드시 외산이 빙 둘러싸고 있는 것을 살펴야 합니다."

태종 이방원의 급한 성격을 익히 잘 알고 있는 이양이 답답하다는 듯이 나섰다.

"이 땅은 한양에 비하여 심히 좋습니다."

너무 성급하게 판단할 일이 아니라는 듯이 이양달이 나섰다.

"한양에 비록 물이 없다고 말하나 광통교 이상에는 물이 흐르고 있습니다. 목멱산 너머에는 물이 사방으로 빙 둘러싸고 있으므로 웬만큼 도읍할 만합니다. 이 땅은 규국에 합치하지 못합니다."

태종 이방원이 언성을 높였다.

"내가 어찌 신도에 이미 이루어진 궁실을 싫어하고 풀이 우거진 이 땅을 좋아하여 다시 토목의 역사役事를 일으키려 하겠는가? 한양은 석산이 험하고 물이 끊어져 도읍하기에 불가한 까닭이다. 내가 지리서를 보니

'먼저 물을 보고 다음에 산을 보라' 하였다. 만약 지리서를 쓰지 않는다면 그만이지만 쓴다면 한양은 물이 없는 곳이니, 도읍하는 것이 불가한 것은 명확하다. 너희들이 모두 지리를 아는데, 처음에 태상왕을 따라 도읍을 정할 때 어찌 이러한 까닭을 말하지 아니하였는가?"

난상토론의 불똥이 엉뚱한 곳으로 튀었다. 태조 이성계가 한양으로 천도할 때 왜 불가함을 말하지 않았느냐고 질책하자 윤신달이 변명하고 나섰다.

"신은 그때 마침 친상을 만나 호종하지 못하였습니다."

이러한 변명으로 면책될 수 없다고 판단한 유한우가 서운관 관원의 한계를 들고 나왔다.

"신 등이 말하지 아니한 것은 아닙니다. 다만 전단專斷할 수 없었을 뿐입니다."

도읍을 정하는 데 절대 권한이 없었다는 것이다. 태종 이방원이 이양달을 지목하며 되물었다.

"네가 태상왕을 따라갔을 때 한양은 물이 끊어지는 땅이어서, 도읍을 세우는 데 불가하다는 사실을 왜 알지 못하였느냐? 어찌하여 한양에 도읍을 세우고 크게 토목의 역사를 일으켜서 부왕을 속였는가?"

이양달에게 불똥이 떨어졌다. 새로운 도읍지를 찾으러 왔다가 옛 도읍지 때문에 목이 달아날 위기에 처한 것이다. 이양달의 얼굴이 창백해졌다. 위기를 모면하지 못하면 관직을 잃는 것이 문제가 아니라 부왕을 속였다는 이유로 참에 처할 수도 있었다.

"한양에 비록 물이 없다고 말하나 전면에 물의 흐름이 시작됩니다. 더군다나 그때에 말을 숨기지 아니하고 다 말씀드렸습니다."

"한양에 천도하고 부왕이 편찮아서 생명이 위태로웠으나 회복되었다. 죽고 사는 것은 대명大命에 관계되는 것이다. 그 후 변고가 여러 번 일어나고 하나도 좋은 일이 없었으므로 이에 송도에 환도한 것이다."

태조 이성계의 환우와 왕자의 난을 거론하며 한양이 길지가 아니라는 것이다.

"다만 신이 진단할 바가 못 되었을 뿐입니다."

최종 결정권자가 아니었으므로 책임을 묻는다면 억울하다는 것이다.

"너희가 내 앞에 있으면서 변명하는 것이 이와 같으니 어찌 다른 곳에서 자복하겠는가?"

학자면 학자답게 양심에 어긋나는 말은 하지 말라는 불호령이었다. 질책의 화살이 조준에게 향했다.

"도읍을 세울 때 경은 재상이었다. 어찌하여 한양에 도읍을 세웠는가?"

"신은 지리를 알지 못합니다."

"좋다. 더 내려가서 명당을 찾도록 하라."

임금 일행은 하산하기 시작했다. 태종 이방원 곁에 바짝 붙은 하륜이 낮은 목소리로 소곤거렸다.

"좋은 명당은 송도의 강안전 같은 곳이나, 무악은 송도의 수창궁과 같습니다."

강안전 터처럼 빼어난 길지는 아니나 버금가는 명당이라는 뜻이었다. 산을 내려온 임금 일행은 사천가에 자리를 마련하고 또다시 토론이 벌어졌다. 의견을 개진하라는 왕명에 따라 소신을 말하였으나 불 같은 질책이 떨어지니, 모두가 하나같이 입이 얼어붙었다.

"왜들 말이 없는가? 무악과 한양 어느 곳이 좋은가? 어서들 말하라."

태종이 호종한 신하들을 다그쳤지만 어느 누구하나 입을 떼지 않았다.

"내가 송도에 있을 때 여러 번 가뭄과 수재의 이변이 있었으므로 하교하여 구언求言하였더니, 정승 조준 이하 대신들이 한양으로 환도하는 것이 마땅하다고 말한 자가 많았다. 그러나 한양 또한 변고가 많았으므로 마음의 결정을 하지 못하였다. 더는 지체할 수 없다. 무악과 한양 어느 곳이 좋은가?"

군주란 신하들의 얘기를 들으려 할 때는 귀를 열어놓고 들어야 하는데, 과거의 일을 들춰내며 질책하니 아무도 입을 열지 못했다.

"경들이 아무 소리 안 하니 방법은 하나밖에 없다. 이제 종묘에 들어가 송도와 한양과 무악을 고告하고 그 길흉을 점쳐, 길한 데 따라 도읍을 정하겠다. 도읍을 정한 뒤에는 비록 재변災變이 있더라도 이의가 있을 수 없다."

- 척전(擲錢) 돈점
- 시초(蓍草) 점을 치는 풀

점으로 결판 짓겠다는 말이었다. 종묘로 이동한 태종 이방원이 제학 김첨에게 물었다.

"무슨 물건으로 점을 칠 것인가?

"종묘 안에서 척전擲錢●할 수 없으니 시초蓍草●로 점치는 것이 좋겠습니다."

"시초가 있으면 좋으련만, 척전은 요사이 세상에서 하지 않는 것이므로 길흉을 정하는 것이 어렵지 않겠느냐?"

개경을 떠나올 때 시초 점을 칠 것이라 예상했으면 도구를 준비해왔겠지만, 전혀 뜻밖이라 제학 김첨도 난감했다.

"점괘의 글은 의심나는 것이 많으므로 정하기가 어렵겠습니다."

"여러 사람이 함께 알 수 있는 것으로 하는 것이 낫겠다. 척전이 속된 일이라 하나 중대사를 결정할 때 중국에서도 사용했다. 고려 때 아버지께서 도읍을 정할 때 무슨 물건으로 하였는가?"

뒷말을 없애기 위하여 공개적으로 하는 것이 좋다는 뜻이었다. 정승 조준이 답했다.

"역시 척전을 썼습니다."

"그랬다면 지금도 척전이 좋겠다."

조금 격에 떨어지기는 하지만 척전으로 결정이 났다. 태종 이방원은 여러 신하를 거느리고 종묘에 예를 올렸다.

묘당에 향을 올리고 꿇어 앉아 이천우에게 돈을 던지라 명했다. 좌우를 살피며 호흡을 가다듬은 이천우가 돈을 집어들었다. 모두의 시선이 이천우의 손끝에 모아졌다.

태종 이방원을 비롯한 모두의 시선이 동전의 궤적을 따라 움직였다. 착지한 동전이 떼구루루 구르다 멈췄다. 이천우의 동전 던지기는 한 번으로 끝나지 않았고 아홉 번 계속되었다. 결과는 한양이 2길吉 1흉凶이었고, 송도와 무악은 각각 2흉 1길이었다. 한양으로 결판이 난 것이다.

"한양으로 결정이 났다. 누구라도 이의를 제기하는 자는 종묘를 능멸하는 것이다."

임금의 한양 선언이었다. 새로운 도읍지로 한양을 선택한 태종 이방원은 환도를 차질 없이 수행하라 명하고 종묘를 빠져나와 어가를 돌렸다. 광나루에 휴식을 취하던 태종이 혼잣말처럼 중얼거렸다.

"나는 무악에 도읍하지 아니하였지만 후세에 반드시 도읍하는 자가 있을 것이다."

빼어난 명당 무악에 대한 아쉬움이 컸던 것이다.

개경으로 돌아온 태종 이방원은 한양천도 집행기관 이궁수보도감을 이궁조성도감으로 개편했다. 한양으로 가긴 가되 경복궁으로 들어가지 않겠다는 것이다. 아버지 태조 이성계가 조선을 개국하며 법궁으로 삼았던 경복궁에는 핏빛 그림자가 있었다. 동생 방번과 방석의 살려달라는 외마디 소리와, 왕좌에서 내려오던 태조 이성계의 뜨거운 눈물에 대한 기억이 아리게 자리 잡고 있었다.

경복궁 동쪽에 새로운 궁궐 후보지를 확정하고 공사에 착수했다. 공사를 빨리 마무리하기 위하여 경기도와 강원도에서 장정 3천 명을 징발하여 투입했다. 오늘날의 창덕궁이다.

한양으로 환도하기 전 개경에서 있었던 일은 털고 가리라 마음먹은 태종 이방원은, 의안대군 이화와 완산군 이천우를 비밀리에 궁으로 불렀다.

"신사년에 조영무가 나에게 찾아와, 이거이가 나를 도모하자고 하더라는 말을 했다. 내가 그 말을 듣고 조영무에게 일절 입 밖에 누설하지 말라 엄명한 것이 4년이다. 이거이도 늙었고 조영무도 곧 늙을 것이다. 만약 한 사람이라도 먼저 세상을 떠나면 이 말은 변별하기가 어렵다. 이 일을 어떻게 처결하면 좋겠느냐?"

"이거이와 조영무를 대질시켜 진위를 가리는 것이 좋겠습니다."

이거이는 왕자의 난 때 공을 세운 혁명 동지였다. 또한, 그의 아들 이백강은 사위였다. 간단치 않은 문제가 얽힌 것이다. 사안의 중대성으로 보아 비공개 처리는 파장이 클 것이라 생각한 태종 이방원은 모든 것을 공개하기로 했다.

이거이와 조영무를 대질시켜 진위를 가리는 자리에 종친 이화와 상락부원군 김사형 등 35인이 예궐하여 이거이의 말을 듣도록 하고, 삼부의 수장과 대간이 배석하도록 했다.

혁명동지 이거이를 면대하기가 곤란한 태종 이방원은, 지신사 박석명을 대리인으로 내보내고 참석하지 않았다. 박석명이 이거이에게 물었다.

"주상 전하를 도모하자고 한 말이 사실인가?"

"두 아들이 부마駙馬가 되었고 신이 정승이 되었는데, 무엇이 부족하여 이러한 말을 하였겠습니까?"

이거이의 맏아들 이저는 태조 이성계의 맏딸 경신공주에게 장가들었으며, 둘째 아들 이백강은 태종 이방원의 맏딸 정순공주에게 장가들었다. 그러니까 겹사돈 관계였다.

"주상전하를 도모하자는 이거이의 말을 언제 어디서 들었는가?"

조영무를 지목하며 박석명이 물었다.

"신사년에 신이 이거이의 집에 갔더니 이거이가 말하기를 '우리들의 부귀함이 이와 같으니 마땅히 보존할 계책을 마련해야 한다. 주상이 임금이 되면 반드시 우리들을 싫어하여 제거할 것이니, 상왕을 섬기는 것만 같지 못하다'고 하였습니다."

정종 이방과가 태종 이방원에게 선위하기 전, 용상에 있을 때를 이르는 말이다. 조영무를 노려보던 이거이가 말했다.

"어찌하여 나를 해치려고 하는가?"

"그대가 있고 없는 것이 나에게 무슨 이익되고 손해가 되겠는가? 함께 공신이 되어 군신의 분수가 붕우의 사귐보다 무겁기 때문에, 그대의 말을 주상에게 고한 것이다."

이거이가 더 이상 결백을 주장하지 못했다. 흑백은 가려졌다. 하륜이 대질 결과를 이방원에게 보고해야 한다며 자리에서 일어났다. 배석한 대사헌 유양과 사간 조휴가 상언하였다.

"이거이와 그 아들 이저는 특별히 성은을 입어 지위가 극품極品에 이르러 마땅히 임금에게 충성을 다하여야 하나, 도리어 두 마음을 품고 조영무에게 감히 불궤한 말을 하였으니 이것이 어찌 하루아침에 나온 마음이겠습니까?

보고를 받은 태종 이방원은 이거이에게 고향 진주에 내려가 근신하도록 명했다. 이에 반발하여 대간이 들고 일어났다.

"이거이는 마땅히 법으로 다스려야 합니다. 만세의 법은 비록 임금이라 하더라도 폐할 수가 없습니다."

"내가 공신을 보전하고자 하여 이미 황천과 후토에게 맹세하였다. 이거이 부자는 일찍이 큰 공이 있었으므로 죄를 물을 수 없다."

이거이는 정사공신이고 조영무는 개국공신과 정사공신이었다. 태종 이방원이 즉위한 후 정사공신들을 모아놓고 삽혈동맹 맹세식을 가졌던 일을 상기시킨 것이다.

"한때의 공으로 만세의 법을 폐할 수는 없습니다. 어찌 이거이 한 사람을 아끼고 자손 만세의 계책을 위하지는 않습니까? 반드시 한漢 고조처럼 사사로운 정을 없앤 뒤라야 왕업의 보전을 기약할 수 있습니다. 이거이는 임금을 업신여기는 마음이 가슴 속에 쌓여서 말 가운데 나타난 것이며, 또 그 아들 이저도 또한 광망한 자이니 아울러 법대로 처치할 것을 청합니다."

"내가 이거이를 보전하고자 하는 마음은 이미 정해졌다. 경이 비록 죄를 가하고자 하더라도 들어주지는 않을 것이다. 경이 물러가지 않는다면 내가 문을 닫겠다."

"전하께서 비록 이거이를 유배하고자 하더라도 신 등이 이거이를 구속하고 보내지 아니하여, '법이 죄인을 다스릴 수 있다'는 것을 보여드리겠습니다. 조영무에게 흉측한 말을 한 이거이가 어찌 그 아들 이저에게 말하지 않았겠습니까? 이저도 또한 법으로 다스릴 수 있는 것입니다."

하륜이 이거이 부자를 유배 보내자는 절충안을 가지고 대전으로 들어간 사이, 유양이 분개하여 박석명에게 따지고 들었다.

"신은 주상 앞에 직접 계달할 수 없지만, 지신사도 또한 공신이니 어찌 주상에게 다 말하지 않습니까?"

"내가 어찌 말하지 않겠습니까? 주상이 말씀하기를 '다시 들어오지 말라'고 하였고 또 이미 문을 닫았습니다."

밤은 깊었다. 태종 이방원의 의중을 전한 박석명이 유양을 불렀다.

"주상 전하께서 아침 일찍 나와 정사를 살피느라 심히 피로합니다. 다음날을 기다려 끝내도록 하는 것이 마땅합니다."

"만정滿庭한 공신이 난적을 토죄하기를, 청하지 아니하면 신자의 도리가 어디에 있다는 말인가."

유양이 고함을 질렀으나 메아리만 울릴 뿐 태종 이방원의 귀에는 들어오지 않았다. 밤이 어두워지자 유양이 물러났다. 이튿날 태종 이방원은 태상전으로 태조 이성계를 찾았다.

"너의 고뇌를 이해한다. 하지만 회안이 쫓겨나고 익안군이 죽고 상왕이 출입하지 않으니, 친척 가운데 살아 있는 자가 몇 사람이냐? 일이 이루어질 때에는 돕는 자가 많지만 일이 낭패할 때에는 돕는 자가 적다. 죽을 위기에 돕는 자는 친척밖에 없다. 이 일은 큰 것인데 장차 큰 근심이 있을까 두렵다."

태종 이방원과 맞서다 회안대군 이방간이 귀양 떠나고, 익안대군 이방의는 세상을 하직하고, 상왕으로 물러나 있는 이방과는 서로 오가지도 않아 넌 외로우니 마음을 크게 쓰라는 얘기였다. 가슴을 파고드는 아버지의 말을 듣던 태종 이방원은 눈물을 흘리며 태상전을 물러났다.

태종 이방원은 반역을 도모하려 한 이거이를 엄벌해야 한다는 신하들의 주청을 뿌리치고 이거이 부자를 고향 진주로 유배 보냈다. 이거이의 서원부원군과 그 아들 이저의 상당군 직첩職牒●도 회수하여 서인으로 축출했다. 뿐만 아니라 이거이의 둘째 아들 청평 이백강도 서인으로 폐했다.

● 직첩(職牒)
조정에서 내리는 벼슬아치의 임명장

● 난신적자(亂臣賊子)
나라를 어지럽히는 신하와 부모를 해하는 자식

헌데 여기에서 예상하지 못한 문제가 불거졌다. 청평군 이백강은 태종 이방원의 사위고 자신의 딸 정순공주의 지아비가 아닌가? 현존하는 임금의 딸 왕실의 공주가 서인으로 강등되는 사태가 발생한 것이다. 그렇지만 태종 이방원에게는 개인적인 부녀의 정보다도 정치가 우선 순위였다.

태종 이방원은 아비로서 가슴 아픈 일이지만 공주를 보내지 않을 수 없었다. 자신의 딸이 수행하는 이거이의 유배 길에 대언 노한과 김과를 보내 중로에서 위로하게 하였다. 이 사실이 조정에 알려지자 또다시 소동이 빚어졌다. 유양이 들고 일어났다.

"죄인들이 고향에 돌아가는 것이 어찌 그리 영광스럽습니까? 또 대언을 난신적자亂臣賊子●에게 보내는 것이 옳습니까? 대언은 어찌하여 여러 신하들과 의논하고 난 뒤에 가지 않았습니까?"

"주상이 강제하신 까닭으로 부득이 어명을 받들었을 뿐입니다."

임금을 대리한 지신사 박석명이 궁색한 답변을 했다. 태종 이방원은 좌대언 이승상을 불러 공신들의 협조를 부탁했다.

"지난 무인년과 경진년 간에 있었던 일은 공신들 가운데 뜻이 같지 않아 발생한 일이다. 만약 지금의 일이라면 이거이가 어찌 나를 미워하겠는가? 다만 그가 미련하여 국가에 간범干犯되었을 뿐이다. 여러 공신은 이제부터 경계하여 이와 같은 어리석은 일은 하지 말 것이며, 마음을 같이하여 왕가를 좌우에서 도와주면 참으로 다행함이 크겠다."

태종 이방원이 거론한 무인년은 이랬다. 당시 왕은 태조 이성계였고 세자는 방석이었다. 오늘의 임금 이방원은 아무런 직책 없는 야인이었다. 왕자의 난이라 칭하는 쿠데타를 일으켜 아버지를 축출할 때 개국공신 이거이가 혁명동지 이성계에게 심정적으로 동정을 보내고, 이성계의 사위 이저가 인간적으로 이성계에게 경도될 수 있다는 것이다. 그 당시의 상황으로 보아 허물이 아니라는 것이다.

경진년도 그랬다. 강한 태종 이방원보다 무른 정종 이방과가 신하들의 입장에서 더 좋다는 표현은, 이거이의 행동이 괘씸하기는 하지만 할 수 있다는 것이다. 그렇다면 왜 이런 평지풍파를 일으켰을까? 여기에서 태종 이방원의 통치술이 드러난다. '용서는 하되 용납하지 않겠다' 는 뜻이다. 공개 청문회를 열어 여론을 환기하고 경종을 울려 기강을 바로잡겠다는 복안이었다.

지난날은 용서하되 도전은 용납하지 않겠다는 의지를 만천하에 공표한 태종 이방원은, 지신사 박석명과 대언 이승상을 조용히 불렀다.

"경들도 내 뜻에 따르지 아니하고 공신의 뜻을 따르겠는가? 공신이 이거이의 죄를 청하거든 그 말을 출납하지 말라."

이거이 효과는 이미 달성되었으니 더 이상 번지는 것은 원치 않는다는 뜻이다. 허나, 신하들은 물러서지 않았다. 좌정승 조준이 백관을 거느리고 예궐했다.

"신 등이 상소하여 이거이의 죄를 청하였는데, 전하가 열람하였는지 알지 못하겠습니다."

"내가 그 소장을 아직 보지 못하였다. 내가 공신을 보전하고자 하는데 정승도 또한 그 뜻을 알 것이다. 무슨 까닭으로 백관을 거느리고 왔는가?"

"이거이의 죄가 중하므로 법대로 다스리기를 청합니다."

"경 등이 법대로 이거이의 죄를 다스리고자 하는데 그렇다면 죽이자는 것인가? 내가 공신을 보전하고자 하는데 공신들이 내 말을 따르지 않는 것은 심히 불가하다."

"난신적자는 천지에 용납할 수 없는 것이요, 왕법에 따라 마땅히 토죄 討罪하는 것입니다. 왕법은 사사로운 정에 얽매여서는 아니 됩니다. 전하는 이거이 부자의 공을 생각하여 머리를 보전하고 고향에 안치하고자 하나, 이것은 부질없는 인애仁愛요 종사 만세의 계책은 아닙니다."

"내가 진실로 공신을 보전하겠다고 하여 이미 황천후토에게 맹세하였는데, 만약 이거이 부자를 죽인다면 나는 마땅히 천년을 마칠 수 없을 것이다. 무인년의 공은 오로지 이저에게 있고 경진년의 공은 오로지 이거이와 이저에게 있다. 또 사정으로 말한다면 이거이의 아들 이백강은 나의 사위다. 청하는 것이 비록 간절하고 지극하나 내가 들어주지 않을 것이다."

"법이란 천하 만세에 함께 하는 것이요, 전하가 사사로이 할 수 없는 것입니다. 이거이의 죄에 관대하시니 신은 사직이 위태로워질까 두렵습니다. 춘추春秋의 법에는 난신적자는 먼저 베고 뒤에 아뢰는 경우도 있습니다. 전하가 끝까지 들어주지 않으면 신은 마땅히 옛 법을 따르겠습니다."

신하들의 뜻은 강경했다. 4년 전 일이기에 가슴에 묻어두어도 될 일이었지만, 만당에 터트려 여론을 조성하고 경각심을 불러일으키기 위하여 펼친 한판 굿이, 이제는 탄력을 받아 어디까지 굴러갈지 예측 불허였다.

"경이 이러한 말을 발하니 내 몸도 또한 보전할 수 없겠구려! 이거이를 진주에 유배하겠다는 결정은 되돌릴 수 없다."

이거이의 문제는 더 이상 거론하지 말라는 것이다. 신하들의 주청에 떠밀려 이거이를 죽인다면, 삽혈동맹의 맹세를 깬 사람은 자신이라고 질타하는 백성들의 눈초리가 두려웠던 것이다. 이거이를 진주로 내려보낸 태종 이방원은 개국공신과 정사공신, 그리고 좌명공신을 대청관으로 불러 맹세의 의식을 가졌다.

●붕당(朋黨)
이념과 이해가 이루어진 사림의 집단

"조선국왕 신 휘는 개국공신, 정사공신, 좌명공신을 거느리고 감히 황천의 상제에게 고하고 종묘사직과 산천의 여러 신령에게 굳게 맹세합니다. 삼맹의 신하들이 맹세한 뒤에는 충성으로 서로 믿고 은애로 좋아하고 친애하기를 골육같이 하고 굳건하기를 금석같이 할 것입니다. 맹세를 어기거나 두 가지 마음을 품거나 참언을 꾸며 흔단을 만들거나 붕당朋黨●을 나누어 결당하거나 나라를 경복하기를 꾀하거나 같이 맹세한 이를 무함하는 자가 있으면, 이것은 천지를 속이고 군부를 저버리는 것이니 반드시 왕법이 있을 것이며 죄는 그 몸에만 그치지 아니하고 재앙이 자손에게까지 미칠 것입니다."

맹세식에 참석한 사람은 개국공신, 정사공신, 좌명공신 66명이었다. 삼공신을 하나로 묶은 것이다. 무조건 충성하라는 것이다. 맹세식을 마친 신하들을 태종 이방원은 무일전으로 초치하여 연회를 베풀었다.

맹세식이 끝난 후 이거이 부자에 대한 정치공세는 수그러들었지만 끝나지 않았다. 공주가 난신적자의 아들과 혼인관계를 지속시키는 것은 불가하니 이혼시키라는 것이었다. 태종 이방원은 신하들의 주청을 일축했다. 오히려 유배지에 있는 이저와 이백강을 왕도에 불러들여 위로했다. 이 모습에 신하들이 또다시 성토하고 나섰다.

"사사로운 정으로 난신적자의 아들을 경도에 불러들이는 것은 불가합니다."

임금과 신하의 줄다리기가 계속되었다. 세월이 흐른 훗날 태종 이방원은 신하들의 반대를 무릅쓰고 이저와 이백강에게 직첩을 돌려주고 왕도에 살도록 허락했다. 이거이는 왕도에 돌아오지 못하고 유배지에서 생을 마감했다.

태종 이방원에게 이거이는 왕권에 도전하는 위험인물로 기억되어 있었다. 이방원이 세자로 있을 때 정종 이방과가 군사를 삼군부에 통합하는 군부개편을 단행했다. 이때 모든 절제사들이 병권을 삼군부에 반납했는데, 오직 이거이와 이저만이 병권을 내놓지 않았다.

이에 판의흥삼군부사 이무가 논박하자 '한 덩어리 고기'라고 조롱했다. 벨 수 있다는 뜻이었다. 왕명을 어긴 자를 추궁하는 신하를 벨 수 있다는 것은, 왕을 벨 수 있다는 불패한 도전으로 받아들였다. 이것이 문제의 발단이 된 것이다.

한양천도가 시작되었다. 국채가 이사 가는 것이다. 국사國史를 운반하여 경복궁에 안치했다.

태종 이방원은 제릉齊陵에 배알하여 한양 신도로 옮기는 것을 고하고, 친히 인소전에 나아가 제사 지냈다. 한양으로 옮기는 것을 조상님께 고했으니 이제는 살아 있는 어른을 찾을 차례였다. 태조 이성계가 있는 태상전을 찾았다. 속내를 털어놓고 지내던 무학대사의 죽음으로 침울해 있던 아버지가 반갑게 맞이하여 술자리를 베풀었다.

11월 8일, 드디어 임금의 거가車駕가 개경을 출발했다. 문무백관이 임금의 가마를 뒤따랐다. 개경을 출발한 환도 행렬은 사흘 만에 한양에 도착했다. 경복궁이 웅장한 모습을 드러내고 목멱산이 손에 잡힐 듯했다.

도성에 들어온 태종 이방원은 제일 먼저 종묘를 찾았다. 환도를 조상님께 고하기 위해서였다. 종묘 알현을 마친 태종 이방원은 연화방에 있는 영의정부사 조준의 집에 들었다. 아직 궁궐 공사가 끝나지 않았기 때문이다.

이튿날, 마무리 공사가 한창인 공사 현장을 찾아 이궁조성 제조 이직을 불러 치하하고 술자리를 베풀었다. 10월 19일 이궁이 완공되었다. 임금이 정사를 살피는 정전과 편전이 9칸, 승정원청과 부속실 구실을 하는 행랑이 14칸, 침전을 포함한 내전이 118칸이었다. 궁 이름을 창덕궁이라 명명했다. 새로 지은 궁궐에서 축하연이 베풀어졌다. 한양시대의 개막이었다. 용상에 앉아 있는 임금에게 세자가 백관을 거느리고 하례를 올렸다.

태상왕이 마지막으로 개경을 출발했다. 태조 이성계가 임진나루를 건넜다는 소식을 접한 태종 이방원은 양주에 나가 태조 이성계를 맞이했다.

"내가 양도兩都에 내왕하느라 백성들의 생업에 지장을 주었는데, 이제부터는 한 군데 정해서 살 수 있겠는가?"

"여부가 있겠습니까."

태조 이성계가 개경을 떠난 사흘째 되던 날, 태종 이방원이 태조 이성계를 모시고 한양에 입성했다. 무안군 방번이 쓰던 집을 태상궁으로 정하고 들기를 권했으나 태조 이성계는 거절했다. 어디로 모실까? 이방원은 난감했다. 태조 이성계는 고집을 꺾지 않고 장막을 치고 기거했다. 창덕궁과 방번의 집으로 들지 않고 천막에 거처하는 태조 이성계의 의도는, '내가 들어가 살 궁실을 새로 지어 내놓으라'는 것이었다.

태종 이방원의 발등에 불이 떨어졌다. 아버지가 궁에 들지 않고 천막살이를 하고 있으니 창덕궁에 있는 것이 가시방석이었다. 꾸물대었다가는 아버지가 왕도를 떠나 어디로 갈지 알 수 없었다. 아버지가 왕도를 벗어나는 것은 이방원에게는 악몽이었다. 아버지가 멀리 떨어져 있으면 그것은 불효의 시작이었다. 아버지를 붙들어두기 위해서는 궁실을 짓는 일 이외는 방법이 없었다.

창덕궁 동북쪽 오늘날의 창경궁에 태상전 공사를 착공했다. 충청도와 강원도 장정 3천 명을 동원하여 벼락치기로 밀어붙였다. 창덕궁을 짓느라 전국에 쓸 만한 목재가 바닥이 났다고, 사간원에서 공사 중지를 요청하는 상소를 올렸지만 묵살했다. 속전속결, 공사 시작 3개월 만에 궁실을 완공하고 덕수궁이라 명명했다.

한양천도가 완료되었다. 창덕궁에서 국사를 살피고 아버지를 덕수궁으로 모셨으니 태종 이방원은 마음이 편안했다. 이제는 태평성대를 열어가는 숙제만 남은 것이다. 그러나 사전 정지 작업과 오랜 준비기간을 거치지 않고 한양천도를 결행하다 보니 부작용이 속출했다. 개경에서 이주해오는 관료들의 주거 문제였다. 우사간대부 윤사영이 상소를 올렸다.

"군자감승 박희종이 세자의 힘을 빌어 부당하게 집터를 분양받고자 했으니 파직하소서. 세자의 좌정자는 세자에게 모범을 보여야 하는 스승임에도 불구하고 박희종이 세자의 좌정자로 있을 때 자신의 이익을 취하기 위하여 세자를 이용하려 들었고, 아래로는 사풍士風을 더럽혔으니 법대로 죄를 물으소서."

오늘날의 부정 분양사건이다. 삼부三府의 수장과 정승들에게는 나라에서 집을 마련해주거나 집 지을 터를 분양해주었는데, 중하급 관리들의 주거대책이 마련되지 않으니 부정이 횡횡하고 분쟁이 그칠 날이 없었다. 개경에서 내려온 관리들은 우월적 지위를 이용하여 백성들의 집을 빼앗거나 헐값에 사들이니 백성들의 불만이 터질 듯했다.

특단의 대책이 필요하다고 생각한 태종 이방원은, 창덕궁 주변에 있는 백성들의 집과 땅을 접수했다. 분양 물량을 늘리기 위해서였다. 삶와 터전을 빼앗긴 백성들은 경기도 양주 대동리 한골에 집단 이주시켰다. 한골은 현재의 광진구 구의동이다.

하루아침에 삶의 터전을 잃은 이주민들이 집단 거주하는 한골은 꿈틀거리기 시작했다. 한골에는 창덕궁 공사로 철거되어 먼저 이주해온 백성들도 많았다. 대대로 살아오던 집을 몇 푼의 돈을 받고 떠나왔지만 억울하다는 것이었다. 태종 이방원은 정치력을 발휘했다.

견주 산하에 있던 양주를 도호부로 승격하고, 관아와 향교를 한골로 이전했다. 동대문 밖 숭신방과 안암골은 물론 도봉과 노원, 그리고 고양, 교하, 임진, 적성, 포천, 가평현을 산하에 두고 있는 양주 도호부는 당시 도읍지 주변에서 제일 큰 도호부였다. 살고지들과 녹양들을 조성하여 강제 이주민들로 하여금 마음 놓고 생업에 종사할 수 있도록 위성도시로 육성했다.

불교척결

　조선은 유교를 건국이념으로 하는 유교국가다. 고려의 패망 원인을 불교에서 찾았던 정도전은 억불숭유 정책을 입안하고 시행했다. 4대문 안의 사찰을 폐쇄하고 승려들의 도성 출입마저 금지했던 정도전이 물러나고 급변하는 정변의 와중에서, 억불정책이 느슨해진 틈을 이용하여 승려들이 기승을 부리기 시작했다.

　태조 이성계가 하나밖에 없는 말벗 무학대사를 찾아 회암사를 드나들고 신덕왕후 강씨를 위한 대장불사大藏佛事를 일으키기 위하여 흥천사에 드나드는 것이 사찰에는 바람막이가 되고 승려들에게는 좋은 빌미가 되었지만, 원인은 강력한 제재가 없었기 때문이다.

　좌정승 하륜이 발 벗고 나섰다. 불교를 손봐야 한다는 것이었다. 국가이념에 배치되는 불교가 풍속과 사회기강을 저해하는 행위는 좌시할 수 없다는 것이었다.

　금산사 주지 도징이 그 절의 종 강장과 강덕을 강간하고, 와룡사 주지 설연이 그 절 종 가이를 간통했다. 이에 깜짝 놀란 조정은 부녀자들의 사찰출입을 제한했지만 부녀자들은 아랑곳하지 않았다. 사간원에서 칼을 빼어 들었다.

　조선 건국의 주역은 성리학자들이었다. 성리학은 공자의 가르침을 이념으로 받아들이는 윤리학이며 정치학이다. 신뢰하면 가르침이 되고 행동하면 인격이 완성된다고 믿었다. 이러한 가르침을 행동으로 옮기려는 성리학자들에게 불교는 걸림돌이었다. 권력의 비호 아래 위세를 누리고 과다한 토지를 소유하여 노비와 소작농을 착취하는 불교는 척결의 대상이었다.

불교는 살생을 계율로 금하고 있었다. 자존을 위하여 스스로 죽을 수 있고 대의를 위해서 타인을 죽일 수 있다는 것이 성리학자들이었다. 부적절한 관계마저도 인연의 범주로 포용하려는 불교는, 성리학자들에게 도저히 받아들일 수 없는 집단이었다.

"근래 법령이 해이해져 부녀자가 절에 올라가는 것이 길에 끊이지 않으니 공공연히 음행을 저지르고 절개를 잃는 것이 이러한 까닭에서 비롯되는데, 이것은 시정의 아름다운 풍속을 해치는 것입니다. 부모를 추모하는 법회法會를 막론하고 부녀자들이 절에 올라가는 것을 일절 모두 금단하여 풍속을 바루도록 하소서."

자비를 사상으로 하는 불교가 이상한 자비를 베풀었고, 그것은 '인륜을 파괴하는 인연因緣이다'는 얘기였다. 태종 이방원은 사간원의 상언을 윤허하고 엄격히 시행하라 명했다. 호조戶曹에서 첫 깃발을 들었다. 승려들의 경행經行 금지였다.

의정부에서 포문을 열었다. 불교의 퇴폐상을 열거하고 사찰의 토지와 노비를 몰수하자는 것이다. 불교와의 종교전쟁을 선포한 것이다.

"불씨의 도道는 청정淸淨으로 종계宗戒를 삼고 정혜定慧로 근본을 삼았습니다. 석가가 출가하여 설산 가운데 들어가서 고행한 지 6년 만에 그 도를 이루고 사위국舍衛國에 이르러 설법하는데, 아난이 마등가 여자를 보고 참지 못하여 마침내 범하였습니다. 석가가 《능엄경楞嚴經》을 설법하여 음란한 것을 경계하라고 제일계第一戒로 삼았습니다.

불법佛法이 우리나라에 들어온 것은 삼국시대이며 고구려 17대 소수림왕 때에 호승 순도가 진나라로부터 들여왔고, 백제는 13대 침류왕 때에 호승 마라난타가 진나라로부터 들여왔습니다. 그 초기에는 창건한 절이

한둘에 지나지 않았고, 머리를 깎고 중이 된 자도 수십 명에 불과하였습니다. 그 뒤에 신라에 흘러들어와서 그 설이 더욱 성하였고, 전조前朝에 이르러서는 또 영건을 더하여 비보裨補라 일컬었습니다.

우리나라는 단군檀君 기자箕子가 모두 그 역년歷年이 1천 년이나 되었으나, 당시에는 불법이 있지 않았습니다. 삼국시대에 이르러 고구려, 백제가 비로소 불사를 지었으나 세 나라 중에서 고구려와 백제가 먼저 망하였고, 신라 말년에는 성중에 불사가 반이나 되었는데 나라가 곧 망하였습니다.

중니°가 붓으로 베지 아니하였다면 천하에 군신이 없었을 것이오, 양주楊朱 묵적墨翟이 횡행하여 세상을 속이고 어지럽혔을 것이며, 맹가씨가 배척하지 아니하였다면 천하의 풍속이 금수禽獸가 되었을 것입니다. 석씨釋氏의 해害는 이것보다 더 심한 것이 없습니다. 임금은 임금 노릇하고 신하는 신하 노릇하고 아비는 아비 노릇하고 자식은 자식 노릇하는 것이, 집안과 나라의 대전大典이요 인류의 대본大本이니 하루도 버릴 수 없는 것입니다."

● 중니 공자

고구려, 백제, 신라가 패망한 원인이 불교에 있다는 얘기였다.

"지금 각 절의 주지가 나갈 때면 살찐 말을 타고 길거리를 활개치며, 들면 비복婢僕을 사역시켜 편안히 앉아서 먹습니다. 토전의 소출과 노비의 공화貢貨로 안마鞍馬와 의복을 사는 데 지출하고, 심지어는 주색酒色의 비용으로 쓰고 있습니다."

의정부에서 사찰의 토지와 승려를 혁파할 것을 골자로 하는 대책을 내놓았다. 선교禪敎 각 종파를 합하여 남겨둘 사찰을 제외한 나머지 사찰은 폐쇄하자는 내용이었다.

"조계종과 총지종은 합하여 70사寺를 남기고, 천태종, 소자종, 법사종은 합하여 43사를 남길 것입니다. 화엄종, 도문종은 합하여 43사를 남기고, 자은종은 36사를 남길 것입니다. 중도종, 신인종은 합하여 30사를 남기고, 남산종, 시흥종은 각각 10사를 남길 것입니다."

태종 이방원은 의정부의 계획안을 그대로 시행하라 명했다. 대대적인 불교 개혁이었다. 그런데 의외의 곳에서 문제가 터졌다. 아버지 태조 이성계였다. 태상왕이 회암사에 거둥하여 반야경般若經을 옮겨놓으려 하자, 태조 이성계를 호종한 환자●가 불교는 개혁 대상이므로 그만두기를 정중히 청했다.

이에 격노한 태조 이성계가 환자 김문후, 김중귀, 김수징를 내치고 문을 닫아걸어버렸다. 아들의 정책에 아버지가 우회적으로 농성하는 사태가 회암사에서 발생한 것이다. 보고를 받은 태종 이방원은 지신사 황희를 보내어 아버지의 노여움을 풀어드리고 회암사는 별도로 관리하라고 명했다.

●환자 내시

"회암사는 도道에 뜻이 있어 승도들이 모이는 곳이니 예외로 함이 가하다. 전지田地 1백 결과 노비 50구를 더 급여하라. 표훈사와 유점사도 또한 회암사의 예로 하여 그 원속전原屬田과 노비는 예전 그대로 두고 감하지 말라."

회암사는 개혁 대상에서 제외하고 오히려 지원을 늘리라는 얘기였다. 이렇게 권력의 비호를 받은 회암사는 조선 초기 국내 최대의 사찰로 성장했다.

의정부에서 입안한 불교 개혁이 시행되자 불교계가 반발하고 나섰다. 조계사 중 성민이 하륜을 찾아와, 절의 수를 줄이고 노비와 전지를 삭감하는 것은 부당하다며 원상회복을 요구했다. 하륜이 일언지하에 거절하고 그들의 요구를 들어주지 않자, 성민이 승려들 수백 명을 이끌고 와서 신문고를 쳤다.

조계사 중 성민의 요구사항을 전해들은 태종 이방원은, 불교계의 요구를 받아들이지 않았다. 태종 이방원의 의중을 간파한 의정부에서 오히려 더 강한 대책을 내놓았다.

"정한 숫자 외의 사사寺社의 전지는 모두 군자軍資에 소속시켜 선군船軍의 양식으로 보충하고, 노비는 모두 전농시, 군기감, 내자시, 내섬시, 예빈시, 복흥고에 소속시켜 사역시킬 것입니다."

강공 일변도에 전국의 사찰이 궁지에 몰리고 승려들은 긴장했다. 목탁을 치고 염불을 외던 스님들이 군대에 끌려가고 사역이라니 눈앞이 캄캄했다. 사찰을 빠져나온 승려들이 두만강과 압록강을 건너 탈출하기 시작했다. 이에 태종 이방원은 국경을 지키는 도순문사에게 방비를 철통같이 하라 명했다.

경원에서 동북면도순문사 박신의 보고가 올라왔다. 두만강을 넘나들며 나라를 비방하고 요망한 말을 퍼트리던 중 해선을 붙잡았다는 것이다. 즉각 그를 한양으로 압송하라 명했다. 사헌부에서 심문을 받은 해선은 장 1백 대 형에 처해지고, 내이포 선군으로 충군시켰다.

불교를 혁파하기 위하여 강공책을 쓰고 있는데 난감한 사건이 터졌다. 부녀자를 성폭행했다는 혐의로 체포되어 순금사 옥에 투옥되어 있던 중 설연이 감쪽같이 사라졌다. 탈옥을 도와준 비호세력이 있었다는 얘기였다. 당시 승려들의 세계에서 막강한 영향력을 행사하던 설연은 권력층에도 줄이 닿아 있었다. 권력층이 연루된 비리사건이었다.

경상도 진주 와룡사 주지 설연은, 그 절의 종 가이 등 다섯 명을 간음했다는 혐의로 진주목사 안노생으로부터 조사를 받았다. 조사의 강도가 예사롭지 않다는 것을 간파한 설연은, 진주를 탈출하여 한양으로 잠입해 들어와 은거하다 체포되었다.

탈옥 사건을 조사하던 대간에서 보고가 올라왔다.

"지금 중 설연이 죄를 범하고 도망 중에 있는 것은 나라 사람들이 다 아는 바인데, 의안대군 이화, 원윤 이덕근, 한평군 조연, 전 대호군 강진, 전 소윤 이난, 전 산원 홍상검 등이 돌려가면서 숨겨주거나 고발하지 아니하고 그 무리들과 내통하고 있습니다. 죄인을 감추어 주는 것은 대죄를 받아야 마땅합니다."

공신과 훈친이 연루되었다. 탈옥한 죄인을 대군과 군이 감싸고 있다는 얘기였다. 불교의 영향력은 권력 깊숙이 들어와 있었다. 나라에서 심혈을 기울여 추진하는 국책사업을 뿌리부터 흔드는 사건이었다. 불교를 혁파하려다 공신과 훈친을 잃을 수도 있었다. 자칫 방향을 잘못 잡으면 피의 향연이 펼쳐질 수도 있는 사건이었다.

태종 이방원은 의안대군 이화 등 훈친勳親은 거론하지 말라 이르고, 대호군 강진과 산원 홍상검은 유배시키라 명했다. 권력자의 하수인만 처벌받은 것이다. 그리고 장령 이명덕을 불러 꾸짖었다.

"이 같은 작은 일로 대군의 집을 파수하여 지키게 하는 것은 정도에 지나치다. 이와 같이 하지 말라."

탈옥한 중 설연을 잡기 위하여 의안대군 사저에 잠복해 있던 군졸들마저 철수시키라 명했다. 확대 해석하면 죄인을 감추어주는 것은 대명률로 다루어야 하는 중죄이나 축소한 것이다.

설연 사건은 여기에서 끝나지 않았다. 탈옥하여 도망 중이던 설연이 순금사의 그물망에 걸려들었다. 중 설연을 순금사 옥에 투옥시키고 대간과 형조, 그리고 순금사의 합동 국문이 시작되었다. 설연의 제자 혜정을 먼저 심문했다.

"너희가 하륜과 안노생을 죽이기로 모의한 것을, 중 홍련이 듣고 그 사실을 유양에게 고하였다. 모든 것을 이실직고하렷다."

전국의 승려들은 불교 개혁을 총지휘하는 하륜에게 저주 이상의 적개심을 가지고 있었다.

"내가 간직한 참서讖書로 보건대, 승왕이 나라를 세워 세상이 태평하게 될 것이다. 하륜과 안노생이 죽으면 내 참서가 맞는 것이다."

● 혹세무민(惑世誣民)
세상을 어지럽히고 백성을 미혹하게 하여 속임

참서에 승왕이 나타나 광명세계를 이끌 것이라는 얘기였다. 이것이 바로 성리학자들이 포진한 조정에서 경계하는 혹세무민惑世誣民●의 유언비어였다. 당시는 제왕이었지만 이방원 역시 엄격한 의미의 성리학 신봉자였다. 스승 원천석으로부터 성리학을 수학했고 과거에 급제했다.

합동 심문은 중 윤제 등 4~5명의 연루자를 밝혀냈다. 설연은 여자를 간범한 죄로 장 60대를 때려 전라도 해남현 달량의 수군에 충군시키고, 윤제는 알고도 자수하지 아니한 죄로 장 60대를 때려 경상도 동래현의 수군에 충군시켰다.

국기를 뒤흔드는 유언비어를 날조, 유포한 중 혜정은 참형에 해당되나, 한 단계 감하여 장 1백 대를 때려 경상도 기장현에 유배시키고 나머지는 모두 석방시켰다.

태종 이방원의 조치에 좌사간대부 송우가 반발하고 나섰다.

"죄가 있으면 반드시 벌을 주는 것은 고금의 떳떳한 법이요, 임금이 사사로이 할 수 없는 것입니다. 중 혜정은 감히 부도한 말을 발하였으니 불궤함이 심하므로 그 죄를 바루지 아니할 수 없습니다. 법대로 시행하여 그 죄를 밝게 바루어서 후일의 난역亂逆하는 마음을 막으소서."

난처한 입장에 처한 태종 이방원이 헌납 곽덕연을 불러 조용히 말했다.

"혜정을 가볍게 처결한 일은 과인의 뜻이 아니다. 양 정승이 내게 고하기를, '지금 5백 년 동안 전해내려온 사사의 관습을 개혁하고 있는데, 중들을 죽이면 뒤에 반드시 말이 있을까 염려되니 혜정을 죽이지 말기를 청합니다' 하였다. 이때 문에 내가 순금사에 내려 죽이지 아니하는 율에 좇아 죄를 결정한 것이다."

강온책을 구사하며 틀어쥔 고삐를 더욱 조이고 있는데, 아버지 이성계는 아들의 뜻과 달리 엇나갔다. 사랑하는 부인 신덕왕후의 능침사찰 흥국사를 찾아가 계성전에 친히 전奠 드리고, 중관으로 하여금 정릉에 전 드리게 했다. 뿐만 아니라 사리전에 친히 들어가 분향하고, 부처에게 배례하고 산릉을 돌아보면서 그칠 줄 모르고 눈물을 줄줄 흘렸다.

태종은 재위 18년 동안 극심한 천재지변에 시달려야 했다. 전국의 농토는 불볕으로 타들어갔고 태종 이방원의 가슴은 재가 됐다. 특히 풍해도와 동북면의 기근이 극심했다. 동북면의 기근을 구휼하기 위하여 전라도의 양곡을 수송하던 조운선이 난파되어 43명의 선원이 목숨을 잃기도 했다. 계림과 합천에 지진이 일어나는가 하면 태백성이 낮에 나타나고 7, 8월에 우박이 쏟아졌다.

당시에는 이를 하늘의 노여움으로 받아들였다. 기상대에 해당하는 서운관이 하늘을 관측했지만 뾰족한 대책이 없었다. 밤을 새워 하늘을 관측한 서운관승 박염이 보고했다.

"밤에 금성이 목성을 범하였고 유성이 태미동번大微東藩 상장上將에서 나와 고루庫樓로 들어갔는데, 크기가 됫박만 하고 그 빛이 청황이었습니다."

"유성은 어떠한 별인가?"

"병거兵車를 맡은 곳입니다."

"그러면 그 응험應驗은 어떠한가?"

"유성이 크면 사신이 크고 유성이 작으면 사신이 작은 것이오니, 명나라 사신이 오리라 생각되옵니다."

이것이 당시의 천문기상학이었다. 태종 이방원은 수라상의 음식 가짓수를 줄이고 약주를 끊었다. 순금사 옥을 비롯한 전국의 형옥에 갇혀 있던 죄인들 중에서, 참형 이하의 죄수를 용서하여 석방했다.

"하늘이 비를 내리지 아니하는 것은, 오직 과인이 우매하기 때문이다. 내가 상벌을 행함에 밝지 못하고 사람을 씀에 적당함을 잃고 궁금宮禁 안에서의 복어服御가 제도에 지나쳐서 재변을 부른 것이 아닌가 염려되니, 마땅히 각각 직언하여 숨김이 없도록 하라. 내 그것을 고치겠다."

스스로에게 채찍질하며 몸가짐을 단정히 했으나 그래도 비는 오지 않았다.

"지금 한재가 심한데도 불구하고 한 사람도 가뭄을 구救하자는 말을 하는 사람이 없으니, 의정부에서는 어떻게 생각하는가? 너희들이 정부와 육조에 말하여 각기 흉년을 구제할 방법을 아뢰라."

사헌부 장령 김여지가 방법을 내놓았다.

"신 등은 생각하건대 백악, 목멱, 남교, 북교에 벌써 비를 빌었으니 지금은 마땅히 종묘 사직과 토룡에 비를 빌도록 함이 좋겠습니다."

"예전부터 가뭄과 큰물의 재앙은 다 임금이 덕이 없어 이르는 것인데, 지금 중과 무당을 모아서 비를 빌게 하니 부끄럽지 않느냐? 나는 비를 비는 제사는 그만두고 사람의 일을 잘 하는 것이 옳다고 생각한다. 나도 경서를 약간 읽어서 중이나 무당의 속이고 허망함을 아는데, 이제 도리어 요술을 빙자하여 하늘이 비를 내려주기를 바라서야 되겠느냐."

"이는 비록 옛 성왕의 정도는 아니지만, 여러 신에게 모두 제사지내는 것 역시 예전부터 내려온 일입니다. 지금 중들이 이미 모였고 준비도 다 되었으니, 풍속에 따라서 행하는 것도 해로울 것이 없을 듯합니다."

불교를 혁파하고 있는데 중들을 모아 제사지낸다는 것은 이율배반이었다. 태종 이방원은 깊은 고민에 잠겼다.

● 공구수성(恐懼修省)
밤새도록

"기우제를 지내는 것은 비록 영전令典이 아닐지라도 공구수성恐懼修省 하는 뜻을 보이고자 함이니, 마땅히 중외로 하여금 정하게 제사를 마련하도록 힘쓰게 해야 한다."

김여지의 손을 들어주었다. 극심한 가뭄에 백성들이 고통받고 있으니, 군왕으로서 지푸라기라도 붙잡고 싶은 심정이었다. 우선 종묘사직과 토룡土龍에 정결하게 제물을 드리고, 동남童男을 모아 석척기우제를 행하게 하였다.

지성이면 감천이라 했는데 하늘이 움직이지 않았다. 비를 뿌리지 않는 하늘을 원망하던 백성들의 분노의 눈초리가 임금에게 옮겨졌다. 폭발직전이었다. 기우제를 지내도 비가 오지 않자 천둥을 부르는 태일초례太一醮禮를 행하고, 백악산 성황당 신에게 녹봉을 내렸다. 그러나 비는 오지 않았다.

"참소讒訴가 행하는가? 백성들이 원한이 있는가? 어찌하여 하늘의 꾸지람이 이처럼 심한가?"

간절한 소망이 하늘에 통했을까? 기우제의 영험이 통했을까? 지나가는 비가 뿌리더니만 이제는 전국 곳곳에서 벼락의 희생자가 속출했다. 현풍에서 엄대라는 사람이 벼락에 맞아 죽고, 개경에서는 건이라는 여자가 벼락에 희생되었다. 관내에서 제일 많은 희생자를 낸 전라도 도관찰사 박은이 보고했다.

"완산 사람 부개가 벼락 맞아 죽었고, 남원 사람 부존이 죽었으며, 광주 사람 득만과 득귀 형제가 죽었습니다. 또한 이들 형제가 끌고 가던 소도 죽었습니다."

"안타까운 일이로구나. 벼락이 사람에게 치는 것은 무슨 이치인지 내 아직 모르겠다."

"세상에서 벼락을 '천벌'이라 합니다. 사람의 죄악이 차고 넘치면 하늘이 이를 내리치는 것입니다."

곁에 있던 서운관원이 대답했다. 서운관원들도 벼락에 대해서 아는 것이라고는 없었다.

나라에서 강하게 몰아붙이는 불교 개혁에 밀리던 불교계가 마냥 밀리지만은 않았다. 전열을 가다듬고 반격에 나섰다. 극심한 가뭄으로 민심이 흉흉한 것을 기회로 삼았다. 종루와 운종가에 익명서가 나붙었다. 오늘날의 대자보다.

"가뭄은 하륜이 집정한 소치다."

하륜이 총대를 메고 불교를 강하게 밀어붙이자, 불교 승려들은 물론 조정에도 반대세력이 일었다. 공격 대상이 된 하륜이 태종 이방원에게 정승에서 물러나기를 청했다.

"사직하는 전문의 언사는 지극히 절실하여 실로 가상하다. 재이가 옴은 재상의 허물이 아니다. 오늘날 비가 오지 아니함은 죄가 실로 내게 있지 어찌 정승에게 있겠는가? 유언비어로 남을 비방하는 것 따위는 내 진실로 믿지 않는다. 사임하지 말고 나의 다스림을 보필토록 하라."

태종 이방원은 하륜의 사직을 물리쳤다. 오히려 좌정승 하륜에게 소격전에 비 내리기를 빌게 하였다. 사직을 청하는 하륜에게 무한한 신뢰를 보내며 오히려 힘을 실어준 것이다. 이후에도 전국 명산대천에 기우제를 지냈으나 결국 비는 오지 않았다.

백성들은 가뭄으로 고통을 받고 태종 이방원은 가슴이 타들어가고 있는데, 지신사 황희가 거지 행색의 중을 데리고 들어왔다.

"이 자는 장원심이라는 중이온데 남이 굶고 있으면 밥을 빌어다 먹이고, 추위에 떠는 것을 보면 옷을 벗어주었으며, 병들어 있는 자를 보면 반드시 힘을 다하여 구휼하였고, 죽어서도 주인이 없는 자는 반드시 묻어주어 거리의 아이들도 그 이름을 알지 못하는 자가 없습니다."

"가상하구나."

"이 자가 흥천사에 들어가 사리전에 기도를 드리면 비를 내릴 수 있다고 합니다."

지푸라기라도 잡고 싶은 심정이었다. 그런데 흥천사라는 것이 마음에 걸렸다. 흥천사는 서모 신덕왕후의 능침사찰이 아닌가?

"비가 내린다면 천만다행이지만, 비가 내리지 않는다면 신덕왕후 강씨가 저주를 퍼부어 비가 내리지 않았다고 할 것 아닌가?"

그러나 그런 것을 따질 경황이 없었다. 태종 이방원은 중 장원심으로 하여금 흥천사에 들어가 기도하라고 허락했다. 그런데 신통방통하고 귀신이 곡할 일이 벌어졌다. 중 장원심이 기도한 이튿날 비가 내린 것이다. 신하들의 시선이 중 장원심에게 쏠렸고 백성들의 관심이 불교에 집중되었다.

진퇴양난이었다. 중 장원심에게 관심을 보이면 지금까지 추진해왔던 불교 개혁이 탄력을 잃을 것이고, 관심 밖으로 밀어내면 백성들의 원망을 살 것이었다. 고민하던 태종 이방원이 지신사 황희를 불렀다.

"비는 하늘이 내리는 것이다. 중 장원심의 자비행이 가상하니 후히 상을 주어 돌려보내도록 하라."

황희는 중 장원심에게 저포苧布 1필, 정포正布 25필, 미두米豆 20석을 내려주어 돌려보냈다. 기층민들의 구휼에 힘쓰라는 것이다.

가뭄이 극성을 부리고 장원심이 신통력을 발휘했다고 불교 개혁을 멈출 수는 없었다. 지신사 황희, 서운관 제조 유양우, 대사헌 김첨, 그리고 이조 판서 이직을 불렀다.

"창덕궁 북동쪽에 인소전을 지을 터이니 땅의 형세를 보도록 하여라."

"창덕궁은 전하가 계신 법궁입니다. 주산主山의 기운이 모인 곳에 땅을 파서 집을 지으면, 반드시 궁궐에 이롭지 못할 것입니다."

전국의 풍수지리를 손아귀에 쥐고 있는 서운관 제조 유양우가 반대했다.

"이곳은 주산의 맥脈이 아니고, 따로 궁륭穹窿의 모양으로 나와서 남향의 형세를 이룬 것입니다. 전하가 만약 가까운 땅을 골라서 진전眞殿을 지으려면 이곳보다 나은 데가 없습니다."

이조 판서 이직은 찬성했다. 이직은 창덕궁 신축공사 총감독을 맡았던 사람이다.

"진전보다도 불당이 있어야 마땅할 듯싶습니다."

대사헌 김첨은 불교신자인지 태종 이방원의 의중을 읽지 못하는 것인지 알 수 없었다. 권력 상층부에는 의안대군 이화, 한평군 조연 등 상당수의 불교 옹호세력이 있었다.

"불당 하나를 짓는 것이 비록 폐가 없다고 하나, 후세에 법을 남기는 것이므로 옳지 못합니다."

지신사 황희가 반대했다.

"부처의 도道는 허와 실을 알기가 어렵다. 지금 이러한 가뭄은 하늘이 나를 견책하는 것이다. 기우제를 지내는 것은 비록 전典이 아닐지라도, 하늘에 내 뜻을 보이고자 함이다. 궁궐과 가까운 곳에 인소전을 지어 내가 아침저녁으로 봉사奉祀하기를 평시와 같이 하고자 하니, 진전을 정성 들여 짓고 정하게 제사를 마련하도록 하라."

인소전은 태조 이성계의 비 신의왕후 한씨를 모신 혼전으로, 태종 8년(1408년)에 태조가 승하하자 이름을 문소전이라 고치고 태조와 신의왕후를 같이 모신 사당이다. 비가 오지 않으면 산천초목의 잡신에게 빌 것이 아니라 조상에게 빌겠다는 뜻이었다.

태종 이방원은 어머니 신의왕후 한씨에 대하여 생모 이상의 애틋한 정을 갖고 있었다. 그 어머니에게 아들이 왕이 되어 아침저녁으로 봉사드리면 어여삐 봐줄 것만 같았다. 실체가 없는 허무맹랑한 잡신에게 제사 지내는 것보다 큰 감동으로 되돌려줄 것만 같았다.

인소전을 세운 태종 이방원은 진전 봉사만큼은 직접 챙겼고, 전국의 각 고을에 사직단을 세워 고을 수령들로 하여금 봉사하도록 했다. 이로부터 군주를 후손으로 둔 조상신은 궁궐로 들어왔고, 개인은 신주神主라는 이름으로 가정에 들어왔다. 가뭄이라는 시련이 조상을 숭배하는 유교 국가의 동력이 된 것이다.

진정한 의미의 유교국가 탄생이었다. 이때부터 조상의 위패를 모신 가로 6cm 세로 25cm 밤나무로 만든 사판祠板은 각 가정의 귀중한 물건이 되었다. 그 어떤 가보보다도 소중히 모시는 대상이 된 것이다. 훗날 조일전쟁과 병자호란 등 전쟁 시 피난 갈 때, 다른 가재도구는 다 버렸지만 신주는 꼭 챙겼다.

인소전을 지어 큰 물줄기를 제시한 태종 이방원은, 가뭄으로 피폐해진 백성들의 마음을 어루만져주고 흉흉한 민심을 다잡기 위하여 대책을 내놓았다. 가뭄으로 가정이 해체되고 뿔뿔이 흩어져 의지할 곳 없는 불쌍한 백성들을, 제생원濟生院에 모아 보살피도록 의정부에 지시했다.

● 환과고독(鰥寡孤獨)
홀아비, 과부, 고아와 자식이 없는 늙은이

"환과고독鰥寡孤獨과 독질篤疾, 폐질자廢疾者, 실업한 백성들이 어찌 추위에 얼고 배고픔에 주려 비명에 죽는 자가 없겠느냐? 내가 매우 불쌍히 여긴다. 한양부와 유휴사는 물론 오부에 빠짐없이 알려 불쌍한 백성들을 거두어 보살피도록 하라."

명을 받은 지제생원사 허도는 즉각 실행에 들어갔고 덧붙여 의견을 내놓았다.

"부인이 병이 있는데도 남자 의원으로 하여금 진맥하려 하면, 그 병을 보이기 부끄러워 끝내는 보이지 않고 사망에 이르게 됩니다. 제생원과 궁사宮司의 동녀童女 중에서 10여 명을 골라 맥경脈經과 침구針灸의 법을 가르쳐, 이들로 하여금 부인들을 치료하게 하면 보탬이 될 것입니다."

태종 이방원은 제생원에 명하여 나이 어린 여자 어린이로 하여금 의약

醫藥을 가르치게 하였다. 교육 대상자는 천출이었기 때문에, 학문적인 기초가 부족하여 필수적인 의약과 산부인과에 관한 의술을 주로 가르쳤다. 의녀醫女의 탄생이다.

불교를 혁파하지 못하면 미래가 없다고 판단한 태종 이방원은 불교 개혁에 강한 의지를 드러냈다. 전국의 사찰을 통폐합하고 사찰이 가지고 있던 토지와 노비를 몰수하여 국가에 귀속시켰다. 승려들의 경행을 금지하고 도성 출입을 엄단했다. 풍속범죄를 저지른 승려를 일벌백계 차원에서 단죄하고 군대에 징집했다.

사간원에서 불교 개혁을 마무리 짓는 상소가 올라왔다. 불교 개혁의 총사령탑 하륜이 마련한 예정된 수순이었다.

● 천례(賤隷) 천민과 노예

"자초는 천례賤隷●에서 나와 살아서도 취할 것이 없고 죽어서도 이상한 자취가 없사온데, 전하께서 그가 일찍이 왕사가 되었다 하여 예조로 하여금 부도浮屠, 안탑安塔, 법호法號, 조파祖派, 비명碑銘 등을 상정詳定하게 하시니, 전하의 전일의 뜻에 어긋나는가 합니다."

자초, 즉 무학대사는 출신이 천출이고 죽어서도 사리가 나오지 않았으니 별 볼일 없는 그저 그런 사람이라는 뜻이었다. 태조 이성계의 왕사가 되었다 하여 평범한 사람에게 부도탑을 세워주고 법호를 내리는 것은 부당하다는 얘기였다. 또한 불교 개혁을 일관되게 추진하는 태종 이방원의 정책과도 거리가 멀다는 뜻이었다.

"이것은 나의 뜻이 아니고 상왕의 명령을 받은 것뿐이다."

무학대사를 왕사로 모신 태조 이성계는 대사 생전에 부도탑을 세워주고 존경을 표했다.

"중 자초가 왕사의 이름을 분수없이 받았으므로, 식자들이 비방할 뿐만 아니라 그 무리들 또한 비소非笑합니다. 죽을 때는 미쳐서 신음하고 통곡하여 보통 사람과 다를 것이 없었고, 다비茶毗*한 뒤에도 이상한 자취가 없었습니다."

무학대사는 학문이 높고 고고한 인격을 갖추어 왕사가 된 것이 아니라 태조 이성계와 사사로운 친분관계로 왕사를 받았으니, 지식인들은 그를 인정하지 않고 동료 승려들마저 비웃고 있다는 뜻이다.

"본원에서 입탑入塔, 시호諡號, 탑명塔名, 조파, 비명 등을 파罷하자고 청하여 윤허를 받았사온데, 지금 그의 문도들이 임의로 해골을 안치하고 방자하게 광탄한 일을 행하여 밝은 시대를 더럽히니 그 죄를 묻지 않을 수 없습니다. 영令을 내려 직첩을 거두고 죄상을 국문하여 율에 따라 논죄하고, 소재관으로 하여금 그 탑묘를 헐어버리고 그 해골을 흩어버리게 하소서."

●다비(茶毗) 화장(火葬)

자초 해체작업에 착수한 사간원에서 마침표를 찍었다.

"불씨의 교教는 국가에 무익하나 우리나라에서는 이에 미혹됨이 더 심합니다. 백성들이 제 마음대로 머리 깎는 것을 나라에서 엄금하지 아니하므로, 그 무리가 번성하여 사찰이 산과 들에서 서로 바라보고 더구나 근자에는 중들이 그 스승의 교훈을 따르지 아니하고 불법을 자행합니다."

조상을 가정으로 모신 신주가 개인적인 유교 정책이라면, 불교 혁파는 정치적인 유교 정책이었다. 불교 개혁을 마무리한 태종 이방원은 훗날 이렇게 술회했다.

"불씨의 도는 그 내력이 오래되니, 나는 헐뜯지도 않고 칭찬하지도 않으려 하나 그 도를 다하는 사람이면 나는 마땅히 존경하여 섬기겠다. 지난날에 승 자초는 사람들이 모두 숭앙하였으나, 끝내 그는 득도한 경험이 없었다. 이와 같은 무리를 나는 노상의 행인과 같이 본다."

민씨 사건

양녕대군을 세자로 책봉한 태종 이방원은 세자로 하여금 종묘에 배알하고 인소전에 제사를 올리게 하는 한편 혹독한 학문 연마를 독려했다. 친밀감이 쌓이면 나태해진다는 이유로 세자사世子師와 서연관을 수시로 교체했다. 세자 양녕과 죽이 맞아 장난놀이를 한 세자궁 환관의 종아리를 때리는가 하면 환자의 볼기를 때렸다.

임금이 직접 환관과 환자의 볼기를 때렸다는 소식을 접한 세자사 성석린이 세자궁 식구들을 소집했다. 자존심 상하고 유쾌하지 않은 사건이었다. 세자사 성석린이 빈객 권근, 유창, 이내, 조용과 서연관을 불러놓은 자리에서 권근이 세자 양녕에게 힘주어 말했다.

"보통 사람은 반드시 배워야 입신하지만 세자는 과거에 급제하는 것도 아닌데 꼭 글공부를 해야 하느냐? 라고 하는데 이것은 매우 옳지 않소. 보통 사람은 한 가지 재주만 능하여도 입신할 수 있지만 상위上位에 있으려면 배우지 않고는 정치를 할 수 없고 정치를 하지 못하면 나라는 곧 망하는 것이오."

세자 양녕의 장래에 국가의 명운을 걸고 있는 태종 이방원은 세자공부

에 신경을 곤두세웠다. 서연관 문학文學 정안지, 사경司經 조말생을 불러 명했다

"이제부터 서연에 입직하는 관원은 세자가 식사하거나 움직이거나 가만 있을 때에도 좌우를 떠나지 말고 장난을 일체 금하여 오로지 학문에만 힘쓰도록 하라. 세자가 만약 듣지 아니하거든 곧 와서 보고하라."

태종 이방원은 시관侍官을 별도로 불러 꾸짖었다.

"요즘 듣건대 세자가 공부하기를 매우 좋아하지 않는다고 하니 사실은 너희들의 소치다. 세자가 만약 다시 공부에 힘쓰지 아니하면 마땅히 너희들을 죄줄 것이다."

서연관 관원들과 세자궁 시종들을 직접 챙기며 세자교육에 심혈을 기울이고 있는데 엉뚱한 곳에서 문제가 불거졌다. 명나라 황실의 황녀와 세자 양녕을 혼인시키자는 의견이 물밑에서 움직이고 있었다.

원나라 황실의 공주가 고려왕실에 하가下嫁하여 국가경영에 지대한 문제를 야기했다는 것을 잘 알고 있는 태종 이방원은 아연실색했다. 있어서도 안 되고 있을 수도 없는 일이 신하들 사이에서 논의되었다는 것이 불쾌했다. 비록 나라가 약소하여 중국에 사대하지만, 신성해야 할 왕실의 혼인이 예속의 수단으로 전락한다는 것은 자존심이 허락하지 않았다.

세자 양녕을 서둘러 김한로의 딸과 정혼시킨 태종 이방원은, 세자 양녕과 황녀의 혼인 문제를 자신도 모르게 의논한 민제와 하륜 등 대신들을 불러들여 경위를 설명하라 명했다. 나라를 위함이었다는 원로대신들의 변명을 받아들여 그들의 죄는 공신이라 불문에 붙였다. 조박, 정구, 이현, 조희민, 공부, 안노생이 순금사에 하옥되어 이숙번의 조사를 받았고 조박은 양주로 귀양 보냈다.

강무를 실시하여 무신들의 군기를 다잡은 태종 이방원이 문신이라고 느슨하게 놓아줄 리 없었다. 종3품 이하 문신들에게 친히 시험을 실시했다. 과거에 급제한 이후 공부를 놓아버린 관료들에게 새로운 바람을 불어넣고 재교육시키겠다는 의도였다.

좌정승 하륜, 대제학 권근을 독권관讀券官으로 하고 이조참의 맹사성, 지신사 황희를 대독관對讀官으로 한 친시親試에 108명이 응시하여 광연루에서 시험이 치러졌다.

예문관직제학 변계량, 이조정랑 조말생, 성균학정 박서생이 을과 1등에 합격했다. 권지성균학유 김구경, 예조정랑 박제, 병조정랑 유사눌, 예문검열 정초, 성균직강 황현, 성균사예 윤회종, 전 사헌장령 이지강이 을과 2등에 합격하였다.

변계량은 예조참의, 조말생은 전농부정, 박서생은 우정언, 김구경은 봉상주부, 박제는 성균사예, 유사눌은 사헌장령, 정초는 좌정언, 황현은 경승부소윤, 윤회종은 성균사성, 이지강은 예문관 직제학에 승진하는 영예를 안았고 홍패紅牌를 받았다. 태종 시대의 신 엘리트 출현이었다. 변계량은 이후 권근에 이은 외교가의 명문장가로 성가를 드높였다.

● 홍패(紅牌)
과거시험 최종 합격자에게 내주던 증서

문무백관을 시험에 들게 하며 국정을 장악한 태종 이방원이 하륜을 조용히 불렀다.

"명나라 진하사에 누구를 보내면 좋겠소?"

"세자 저하를 보내는 것이 좋을 듯합니다."

"너무 어리지 않소?"

"세자 저하께서도 이제 혼례를 올리셨습니다. 일찍이 명나라에 다녀와

견문과 학문을 넓히시는 것이 이로울 듯싶습니다."

"그것은 알고 있소만 너무 빠르지 않소?"

태종 이방원의 눈동자가 섬광처럼 빛났다. 그 순간 하륜의 머리를 번개처럼 스치고 지나가는 것이 있었다.

"빠르다 생각할 때 늦을 수도 있습니다."

"으음, 경의 말에도 일리가 있구려."

태종 이방원은 괴로운 한숨을 내쉬며 깊은 상념에 잠겼다.

"신이 먼저 사직하도록 하겠습니다."

왕심을 읽어내린 하륜이 길을 비켜선 것이다. 걸림돌을 스스로 치워놨으니 치고 나가라는 뜻이었다. 눈빛 하나로 왕심을 읽어내는 하륜은 역시 천하의 하륜이었다. 정도전이 주군을 끌고 가는 성격이라면 하륜은 밀고 가는 체질이었다.

"하하하, 역시 하공이구려. 내 일찍이 한나라에 장량이 있었고 송나라에 치규가 있었다는 소리는 들었지만, 아직 조선에 그러한 인물은 없지를 않소?"

"황공무지로소이다."

태종 이방원은 하륜과 조영무를 면직시키고 그 자리에 성석린을 좌정승에, 이무를 우정승에 임명하고 총사령탑에 해당하는 영의정에 의안대군 이화를 임명했다. 이들을 받쳐주는 자리에 성석인을 예문관대제학, 박신을 참지의정부사, 권진을 사헌부대사헌, 조원을 우부대언, 이승간을 동부대언, 최함을 좌사간대부에 임명했다. 진용이 갖춰진 셈이다.

하륜이 사임한 후 민무구, 민무질, 신극례의 죄를 청하는 상소가 올라왔다. 새로 취임한 영의정 이화가 올린 상소였다. 하륜이 사직했지만 보이지 않는 손은 움직이고 있었다.

"민무구, 민무질은 지나치게 성은을 입어 일가형제 모두 존영을 누리니, 마땅히 조심하고 삼가하여 그 직책을 정성껏 지켜 교만하고 방자함이 있어서는 아니 되고 성은 갚기를 하늘같이 하여야 할 터인데, 도리어 분수를 돌보지 않고 권병權柄●을 전천專擅하여 속으로 금장今將●의 마음을 품고 발호跋扈● 할 뜻을 펴보려 하였습니다.

지난해 전하께서 내선內禪을 행하려 할 때 온 나라 신민이 마음 아프게 생각하지 않는 이가 없었으나, 민무구 형제는 스스로 다행하게 여겨 기뻐하는 빛을 얼굴에 나타냈습니다. 또한 전하께서 신민의 여망에 따라 복위하신 뒤에 이르러서도 온 나라 신민이 기쁘게 여기지 않는 이가 없었으나, 민무구 형제는 도리어 슬프게 여겼습니다.

이는 어린아이를 끼고 위복威福을 마음대로 하고자 한 것이니 불충한 자취가 소연히 나타난 것입니다. 들건대 민무구가 주상께 아뢰기를 '세자 이외에는 왕자 가운데 영기가 있는 자는 없어도 좋습니다' 하였다 하니 이는 금장의 마음을 품은 것이 명백합니다.

또 신극례를 부추겨서 친남親男의 먹장난한 종이를 취하여 찢게 하고 말하기를 '제왕의 아들에 영기 있는 자가 많으면 난을 일으킨다' 고 하였으니, 이 또한 종지宗支를 삭제하고자 한 것입니다."

피바람을 예고하는 상소였다. 민무질, 민무구 형제는 태종 이방원의 장인 민제의 아들이며 왕비 원경왕후의 동생들이다. 그러니까 태종 이방원의 처남인 셈이다. 이방원이 정도전과 방석을 도모하던 왕자의 난 때 혁혁한 공을 세운 순화동 3인방이다. 헌데 그들이 국문의 대상이 되었

● 권병(權柄)
권세나 세력을 제멋대로 부리며 함부로 날뜀

● 금장(今將)
역란의 마음을 품음

● 발호(跋扈)
권력을 마음대로 좌우할 수 있는 힘. 또는 그런 지위나 신분

다. 죄목은 '표정 관리'를 잘 못했다는 것이다. 이것은 구실에 불과하고 궁극적인 죄목은 금장에 있었다.

여자를 좋아하는 태종 이방원은 비빈제도를 고치고 잉첩을 두면서 정비 민씨를 끊임없이 자극했고, 기가 센 정비 민씨 역시 적극적으로 반발했다. 허나 이는 지엽적인 이유에 불과했고 핵심은 금장이었다.

혐의를 받고 있는 민무구 형제의 누나가 낳은 태종 이방원의 아들은, 양녕을 비롯하여 효령, 충녕, 성녕 네 명이었다. 모두 조카로서 누가 왕이 되어도 상관없을 텐데 양녕에 집착했다는 혐의를 받았다.

야인 이방원이 혁명의 소용돌이에 휩쓸려 가정을 돌보지 못할 때 양녕 이제가 태어났다. 이방원이 장인 민제의 보살핌을 받으며 처가살이나 다름없는 생활을 할 때였다. 외가에서 태어난 양녕은 외할머니의 손에서 자랐고 외삼촌들과 장난하며 성장했다. 다시 말하면 이방원의 안정기에 태어난 조카들보다 더 외가와 친밀하고 외가 지향적이었다. 양녕의 둘째 아우 세종만 하더라도 한양 순화방에서 태어났으며 외가와는 멀었다.

태종 이방원이 경계하는 대목이 바로 이것이었다. 왕권은 시간, 공간, 인간 즉, 삼간을 하늘과 연결하는 매개자 천간天間이라 보고 있었다. 임금이 내리는 왕명은 자연인 인간이 내리는 것이 아니라 '하늘의 뜻을 전하는 것이다'라는 것이다. 또한 백성들의 소망을 하늘에 전하여 그 가르침을 시간과 공간에 맞게 인간들에게 베푸는 것이 임금이라는 것이다.

이렇게 존엄한 왕권에 인간관계 즉, 외삼촌과 조카 관계가 끼어들면 하늘의 뜻을 전하는 매개자 역할을 충실히 할 수 없다는 것이다. 다시 말하면 아무리 왕이라도 외삼촌 앞에 약해질 수 있다는 것이다.

또 하나, 핏줄에도 색깔이 있었다. 부계혈통으로 이어지는 권좌는 온 신민이 힘을 합쳐 종묘사직으로 수호해야 할 가치가 있는 왕권이지만, 외척과 처족은 천간의 하등 단계인 인간관계에서 형성된 혈연이라는 것이다.

영의정 이화의 상소가 있자 민무질이 억울하다며 대질을 요청했다. 상소에 적시한 혐의가 사실로 인정되면 대명률에 따라 참형에 처해질 중죄인의 운명이었다. 죽음의 계곡을 빠져나가기 위한 안간힘이다.

태종 이방원은 6대언과 의령군 남재, 철성군 이원, 사간 최함, 정언 박서생, 집의 이조를 불러 사건 당사자와 대질심문하라 명했다. 대사헌 권진과 우부대언 조원, 동부대언 이승간은 하륜이 사직할 때 임명된 신진이었다.

대질자는 병조판서 윤저, 참찬의정부사 유양, 총제 성발도, 평강군 조희민, 칠원군 윤자당, 이조참의 윤향, 호조참의 구종지였다. 모두가 한때는 민무질과의 관계가 돈독했던 사이다.

"네가 민무질에게 무슨 말을 들었느냐?"

심문관이 구종지에게 물었다.

"신이 민무질의 집에 갔는데 민무질이 말하기를 '상당군 이저가 폄출貶黜된 뒤로 나는 항상 주상께서 의심하고 꺼릴까 두려워하였다'고 하였습니다."

"내 입에서 이런 말을 내지 않았는데 들은 자가 누구란 말이냐?"

"지금 사생이 관계되는 곳에 나와서 내가 어찌 거짓말을 하겠소?"

민무질이 흘겨보자 구종지가 목소리를 높였다. 눈에 핏발이 서는 살벌한 설전이었다.

"민무질이 신의 집에 와서 말하기를 주상이 광연루에 나아가서 이숙번에게 '지금 가뭄 기운이 없어지지 않는 것은 아래에 불순한 신하가 있기 때문이라 하니, 이숙번이 대답하기를 불순한 신하는 제거하는 것이 가합니다' 라고 하였다 하는데 '이숙번이 주상께 하소연하여 우리들을 해치고자 할까 걱정이다' 하였습니다."

"과연 이런 말을 하였느냐?"

심문관의 물음에 민무질이 변명하지 못했다. 이어 병조판서 윤저가 말했다.

"주상께서 세자에게 전위하고자 할 때 민무질이 비밀히 내재추內宰樞●를 정하였는데 조희민도 그중의 한 사람이었다고 하였습니다."

자신의 억울함을 호소하기 위하여 자청한 대질심문에서 민무질의 명치끝을 누르는 증언이 튀어나왔다. 권력이 양녕대군에게 넘어간 것을 기정사실화하여 관직이 배분되었다면 보통 문제가 아니었다. 현직 임금을 능멸한 것이다.

● 내재추(內宰樞)
임금 가까이 있으면서 국사를 의논하던 대신

민무질의 대질심문이 끝났다. 민무질은 얼굴을 붉힐 뿐 더 이상 변명하지 못했다. 태종 이방원은 여러 공신과 신하를 돌려보낸 후 이숙번을 불렀다.

"민무질, 민무구, 신극례를 그들의 자원에 따라 지방에 안치하려 한다. 하륜을 찾아가 그 처치가 마땅한지 알아오도록 하라."

태종 이방원은 하륜의 꾀주머니를 총애했고 무한한 신뢰를 보냈다. 자원안치는 유배에 처한 죄인이 원하는 곳에 기거하게 하는 부드러운 형벌이다.

"마땅히 경한 법전으로 처하여야 합니다."

가볍게 처벌하여 경고성 제재를 가하자는 얘기였다.

민무구 형제를 가볍게 벌하여 지방에 안치한다는 소식이 전해지자 의정부와 대간에서 벌떼처럼 들고 일어났다. 엄중히 책임을 물어 대명률로 다스려야 한다는 것이다. 대간의 상소를 뿌리친 태종 이방원은 민무구를 연안에, 민무질을 장단에, 신극례는 원주에 안치했다.

순화동 3인방을 귀양 보낸 태종 이방원은 영의정 이화, 좌정승 성석린, 우정승 이무를 광연루에 초치하여 잔치를 베풀며 조용히 일렀다.

"민무구 등 세 사람의 죄는 다시 중하게 논하지 말라. 다시는 도성 안으로 불러들여 일을 맡기지 아니하고 천년을 마치게 할 것이니, 경들은 마땅히 이 뜻을 본받아 다시는 논계하지 말라."

이것이 민무구 형제의 옥사를 바라보는 태종 이방원의 시각이었다. 혁명을 같이한 동지고 왕비의 동생들이기에 목숨은 빼앗고 싶지 않았다. 단, 왕도에 불러들여 권력의 언저리에 서성이지 못하게 하겠다는 생각이었다. 하지만 사건은 태종 이방원의 의지와 상관없이 굴러갔다.

대간은 물론 공신과 백관들의 상소가 끊이지 않았다. 그래도 태종 이방원이 뿌리치고 주청을 들어주지 않자, 공신과 백관이 대궐에 나와 전정殿庭의 동쪽에 서고 대간과 형조는 서쪽에 서서 민무질 등 세 사람에게 죄 주기를 주청했다.

태종 이방원은 이들을 피해 동문을 빠져나와 덕수궁으로 향했다. 명분은 태상왕 병문안이었지만 극렬하게 주청하는 신하들을 잠시 피하기 위해서였다. 돌아오는 길에 지신사 황희를 불렀다.

"백관과 공신들이 물러갔느냐?"

"전하께서 환궁하시기를 기다리고 있습니다."

"그들이 물러가기를 기다려 환궁하겠다."

주청하는 신하들이 물러가지 않는 한 환궁하지 않겠다는 것이다. 결국 신하들이 물러갔다. 민무구 형제를 죄 주자는 신하들과 이쯤에서 멈추자는 태종 이방원의 줄다리기는 계속되었다.

삼공신三功臣의 상소가 올라왔다. 삼공신은 조선 개국에 공을 세운 개국공신과 이방원의 혁명에 공을 세운 정사공신, 그리고 이방간과 벌인 개경 시가전에서 공을 세우고 이방원의 등극에 이바지한 좌명공신을 말한다. 모두가 태종 이방원의 권력기반이다. 탄핵을 받고 있는 민무구, 민무질, 신극례 역시 공신이다.

"민무구 등이 삽혈하며 훈맹에 맹세한 글이 맹부盟府에 간수되어 있습니다. 지금 이 세 사람은 맹세를 어기고 사특한 마음을 품어 불충한 말을 여러 번 입으로 발설하였습니다. 세 사람을 공신명부에서 삭제하고 녹권錄券을 회수하여 전날의 맹세에 신信을 보이시고 후일의 간사한 자를 징계하소서."

살아 있는 사슴을 잡아 서로 피를 나누어 마시며 변치 말자고 맹세했던 민무구, 민무질, 신극례가 맹세를 어겼으니 엄한 벌을 내려 맹세의 신뢰도를 높이자는 것이다.

"민무구, 민무질의 공신녹권을 거두어라."

신하들의 충성 경쟁에 임금이 밀리고 말았다. 녹권 회수는 정치적인 사형선고였다. 죄인의 몸으로 귀양 간 민무구, 민무질의 공신녹권을 회수한 태종 이방원은 그들의 아우 민무휼과 민무회를 편전으로 불렀다. 이 자리에는 병조판서 윤저, 참찬의정부사 유양, 호조판서 정구와 6대언이 배석했다.

"여흥부원군은 곧 중궁의 아버지고 세자는 그 외손이다. 내가 부원군으로 하여금 세자전에 통래하지 못하도록 하였는데 지금 들으니 부원군

부처가 운다고 한다. 세자는 본래 부원군 부처가 안아서 키운 것인데 지금 문안하지 못하게 하였으니, 인정으로 말하면 우는 것이 마땅하다. 부모의 마음으로 편안치 못할 것이다. 내가 세자에게 통래하거나 문안하지 못하게 한 것은 이 때문이다.

너희 두 형이 죄를 지어 외방에 귀양 가 있는데 그 마음 '내가 무슨 불충한 마음이 있는가?' 할 것이고, 너희들도 또한 '우리 형이 무슨 불충한 죄가 있는가?' 할 것이다. 너희 부모의 마음에도 또한 그러할 것이다. 지금 내가 그 까닭을 자세히 말할 터이니 너희들은 돌아가서 부모에게 고하도록 하라.

불충이라는 것은 한 가지가 아니다. 예전 사람이 말하기를 '임금의 지친에게는 장차(將)가 없다'고 하였으니 장차가 있으면 이것은 불충인 것이다. 설사 만일 내가 정안군으로 있었을 때에 너희 형들이 나에게 쌀쌀하고 야박하게 굴었다면 이것은 불목(不睦)이 되는 것이고 불충은 아니 되는 것이지만, 지금 내가 일국의 임금이 되었는데 저희가 쌀쌀하고 야박한 감정을 품는다면 이것은 참으로 불충인 것이다.

창덕궁이 이루어졌을 때 내가 작은 술자리를 베풀어 감독관을 위로하고 우리 아이(세종)가 글씨를 쓴 종이 한 장을 내어 돌려보였더니, 민무구가 신극례에게 주고서 또 눈짓을 하여 신극례로 하여금 술 취한 것을 빙자하여 찢게 하였다. 이것이 불충이 아니고 무엇이냐?

또 하루는 민무구가 곁에 있기에 그 뜻을 보고자 내가 말했다. '네가 지난번에 군권을 사임하고자 하였는데 지금 사임할 테냐? 내 사위 조대림도 군권을 해임시키겠다' 고 하니 민무구가 매우 성을 내어 좋지 않은 기색으로 말하기를, '신을 만일 해임하면 전하의 사위도 해임하여야 합니다' 고 하였다. 그 마음이 불경하고 말이 천박하기가 이와 같았다.

내가 들으니 너희들이 일찍이 말하기를 '주상이 이미 우리를 싫어하니 우리들은 여기에 있을 수 없다. 마땅히 각각 가속을 데리고 나가서 고향으로 돌아가야 한다' 고 하였다 하니 너희들이 나가서 무엇을 하고자 하는 것이냐?"

"신은 알지 못하는 말입니다."

민무휼은 당황하여 어쩔 줄 몰랐다.

"지금 내가 이처럼 말이 많으니 너의 형제가 반드시 나더러 참소를 들었다고 할 것이다. 내가 비록 어질지 못하나 내 소원이 참소를 분변分辨하여 듣지 않으려는 것이다. 옛날에 민무구가 어느 사람을 나에게 참소하였는데 내가 그 말을 믿지 않았다. 이미 네가 사람을 참소하는 것을 믿지 않았는데 다른 사람이 너를 참소하는 것을 믿겠느냐?

옛날에 이거이가 불충한 말을 하였는데 그 아들 이저도 아비의 죄 때문에 또한 외방으로 폄출되었다. 그때에 의논하는 자들이 말하기를 '이거이의 말을 이저가 듣지 못하였을 리가 없습니다' 고 하였는데 지금 너희 두 형들의 죄가 또한 부원군에게 연루되는 것이 아니겠느냐?"

처가에 쳐놓은 태종 이방원의 그물망은 촘촘했다. 매부이자 임금인 자신의 조치에 반발하면 화가 아버지에게 미칠 수 있다는 것을 경고하고 있었다. 씨줄과 날줄로 엮은 하륜의 직조술도 놀랍다.

민무구 형제의 탄핵사건이 터지자 충격을 받은 것은 중궁전을 지키는 정비 민씨였다. 이방원이 임금 자리에 오르도록 헌신한 친정에 올가미를 드리우다니 심한 배신감에 휩싸였다. 돌부처도 시앗•을 보면 돌아앉는다는데, 몸종으로 데리고 있던 여자를 비빈에 앉히고 잉첩도 모자라 반

• 시앗 남편의 첩

반한 후궁은 죄다 꿰어차는 꼴을 이만큼 보아주는 여자가 있으면 '나와 봐'라고 하늘에 소리치고 싶었다.

정비 민씨 못지않게 충격의 늪에 빠진 것은 정비 민씨의 아버지 민제였다. 임금의 국구가 되어 부귀영화를 누리고 있지만 교만한 성격의 아들 형제가 항상 걱정이었다. 노심초사하던 일이 결국 오고야 말았다고 생각한 민제는 자리에 눕고 말았다.

어머니 정비 민씨는 상심에 싸여 있는데 세자 양녕은 즐거웠다. 사신단을 이끌고 세계의 중심 명나라에 간다니 가슴이 벅차올랐다. 세자 양녕은 종묘와 인소전을 찾아 중국 방문을 조상에게 고했다. 덕수궁과 인덕궁에 들러 태상왕과 상왕을 배알했다. 어른들을 찾아뵙고 중국 방문을 고한 세자 양녕은, 중궁전에 들러 어머니 정비에게 명나라에 다녀오겠다는 인사를 했다.

세자를 진표사進表使로 한 사신단이 창덕궁을 출발했다. 우정승 이무가 진전사進箋使의 중임을 맡았고 완산군 이천우와 이내를 부사로 한 사신단이었다. 조선 개국 이래 최대의 사신단이었다. 의원醫員과 내시는 물론, 오늘날의 주방장에 해당하는 감주監廚와 수의사에 해당하는 마의馬醫까지 대동한 대규모 사신단이었다.

세자를 정점으로 한 진하사進賀使는, 대륙의 권력을 거머쥔 영락제에게 혼란을 극복한 조선의 안정과 변함없는 충성을 표하기 위한 사신단이었다. 특히 맹사성을 비롯한 학자들을 많이 포함시킨 것은, 조선은 학문을 숭상하고 도덕을 중시하는 건강한 국가라는 것을 과시하기 위한 전략적인 인원배치였다.

"길이 멀고 험하니 마땅히 자애하여야 하느니라. 저부라는 것은 책임이 중하다. 오늘의 일은 종사와 생민生民을 위한 계책이니라."

태종 이방원은 법복을 갖춰 표전에 예를 올리고 장의문으로 나가 영서역에서 세자 양녕을 전송했다. 태종 이방원은 사신 길이 얼마나 험하고 고달프다는 것을 익히 잘 알고 있었다. 압록강을 건너면 길에서 노숙하는 일이 다반사였다. 이제 세자 나이 열세 살. 어린 것에게 얼마나 고생길이라는 것을 태종 이방원은 알고도 남았다. 태종 이방원은 세자 양녕을 떠나보내고 환궁 길에 눈물을 훔쳤다.

의정부, 육조, 3공신은 남교에서 작별하고 의안대군 이화는 종친을 거느리고 임진나루에서 전송했다. 태종 이방원은 청평군 이백강, 참지의정부사 박신, 첨내시부사 김완에게 요동까지 호종하라 이르고 사헌집의 허조를 특별히 불러 당부했다.

"법을 어기는 자가 있거든 돌아오는 날에 나에게 고하라."

하정사는 중국의 황제에게 새해 첫날 세배하러 가는 사신이다. 보통의 진하사는 10월에 출발하여 이듬해 3월에 돌아오는 것이 관례였다. 하지만 이번 하정사는 달랐다. 조선의 차세대 주자 세자 양녕이 직접 가는 길이라 수행하는 인원도 많고 진상하는 물건도 많았다. 장장 7개월이 소요되는 여정에 범죄 사고를 대비하여 사헌부의 관리를 호종하게 한 것이다.

세자 양녕이 이끄는 사신단이 요동성에 입성했다는 소식이 전해지자, 사간원과 사헌부 합동으로 민무구 형제와 신극례에게 극형을 내려달라는 상소문을 올렸다. 본격 작업이 시작된 것이다. 편한 곳에 안치되어 유배생활이 평소와 다름없는 그들이, 수하를 끌어들여 나라를 전복할 음모를 꾸밀 수 있다는 이유였다. 태종 이방원은 상소를 묵살했다.

이 와중에 양주에서 귀양살이하던 신극례가 죽었다. 그 가솔들이 시신을 한양으로 운구하여 장례를 치르려 하자, 사간원에서 아전을 보내어 성 밖으로 내쫓았다. 이 소식을 접한 태종 이방원은 대노했다.

"신극례는 미혹迷惑하여 작은 아이(세종)의 묵희한 종이를 찢은 것뿐이니, 불공이라고 말하는 것은 가하지만 불충이라고 하는 것은 불가하다."

예조좌랑 유면을 불러 종이 2백 권과 쌀, 콩 각각 50석을 부의로 내려주고 후하게 장례를 치러주라 이르고 정조장을 올리라 명했다. 마침내 3일 동안 조회를 정지하였다. 공신에 대한 예우였다.

신극례의 장례가 끝나자 대간에서 주청했다.

"세 사람의 역모가 발각되었으나 전하께서 인친의 사사로운 은혜로써 목숨을 보존하게 하니, 온 나라 신민이 분하게 여기는 바입니다."

민씨 형제 문제를 세자 양녕이 귀국하기 전에 종결지으려는 신하들은 사건을 극단으로 몰고 갔다. 신하들의 주청에 밀린 태종 이방원은 민무구, 민무질의 직첩을 회수하고 신극례는 논하지 말라 명했다. 녹권회수가 정치적인 사형선고라면 직첩회수는 사망선고였다.

직첩회수에 물러설 대간이 아니었다. 또다시 상소를 올렸다.

"전하께서 다만 직첩만을 거두시니 이것은 종사를 가볍게 여기고 인친을 중하게 여기는 것입니다. 신극례는 법대로 처치하는 것이 마땅한데 논하지 말라고 명령하시고 예장禮葬하도록 명하시니 이는 대보大寶가 아닙니다."

파상적인 공격에 밀린 태종 이방원이 재야에 있는 진산부원군 하륜을 불렀다.

"민무구 형제의 죄는 내가 사정私情으로 인해 과단果斷하지 못했다. 공신과 대간, 그리고 백관까지 모두 죄를 청하니 내가 부득이하여 직첩만 거두고 목숨을 보전하도록 하였다."

"성려聖慮가 적의함을 얻으셨습니다."

민무구, 민무질 형제가 인심을 잃어 궁지에 몰리고 있다는 것을 감지한 민제가, 사람을 놓아 사위인 태종 이방원에게 의견을 내놓았다. 아들들이 가까운 곳에 있어 대간의 시비가 되풀이되고 있으니 먼 지방으로 내쳐달라는 것이었다. 신하들의 주청에 시달리고 있는 태종 이방원에게 운신의 폭을 넓혀주는 제안이었다. 태종 이방원은 민무구를 연안에서 여흥으로, 민무질을 장단에서 대구로 이동 안치하라 명하고 대언 윤사수를 불렀다.

"여강군과 여성군을 가까운 곳에 둔 것은 양친을 위한 것이지 저들을 위한 것이 아니다. 저들의 양친이 나이가 많아 병이 나면 하루 안에 불러서 시약侍藥●할 수 있게 한 것이다. 대간의 장소章疏●에 모두 두 사람을 법대로 처치할 것을 청하였는데, 그 뜻이 어찌 나더러 민무구 등을 죽이라는 것이겠는가? 그것은 바로 먼 지방에 두고자 한 것이 아니겠느냐?"

● 시약(侍藥) 약을 올림
● 장소(章疏) 신하가 임금에게 올리던 글

민무구 형제에 대한 녹권회수와 직첩회수에도 불만이 많은 대간들이 참형을 주장하는 상소를 계속 올렸으나 임금이 들어주지 않자, 사간원사 김매경을 필두로 줄줄이 사직해버렸다. 태종 이방원이 좌사간대부 강회중을 궁으로 들라 명했다.

"민무구, 민무질은 그 죄가 비록 중하나 내게는 인친이다. 내가 나이 15세에 민 씨에게 장가들어 오랫동안 함께 살았고, 또 부원군의 나이 70세에 가깝고 송 씨가 병에 걸려 오래 누워 있다. 만일 두 아들을 법으로 논한다면 부자간의 마음이 어떠하겠는가? 직첩과 녹권을 거두고 추방하였으니 이것으로 족한 것이다. 또한 신극례의 죄는 민무구 등과 같은 죄과가 아니다. 더군다나 그 몸이 이미 죽었고 내가 일찍이 그와 함께 맹세하였으니 다시 거론하지 말라."

민무구 형제 사건이 수습국면에 들려는 찰나, 불길이 엉뚱한 곳으로 옮아붙었다. 민무구의 동생 민무휼, 민무회였다. 이들이 조정에 출사하지 않고 두문불출 칩거했다. 태종 이방원은 일종의 사보타주 내지는 업무적 파업으로 받아들였다. 노기를 감추지 못한 태종 이방원이 두 형제를 편전으로 들라 일렀다.

"요사이 어째서 출사하지 않느냐?"

"같은 민씨니 감히 문 밖에 나오지 못합니다."

"너희들이 불충한 형을 사랑하고 나를 버리느냐? 또 민무회 너는 글을 읽은 사람인데, 옛날 주공周公이 불충한 형을 베고 주실周室에 충성을 다한 것을 네가 어찌 알지 못하겠느냐?"

호랑이같이 엄하게 질책했으나 목소리는 부드러웠다. 공과 사, 정치와 혈연에 대한 태종 이방원의 사고가 이 한마디에 녹아 있었다. 정치는 정치고 혈연은 혈연이라는 것이다. 형들이 불충으로 정치적인 사형선고를 받았으니 동정은 너희들 자유지만 동조는 곧 불충이라는 경고였다.

세자 양녕이 명나라에서 돌아왔다. 도성은 축제 분위기였다. 좌정승 성석린과 육조판서는 서교에 나가 세자 양녕을 맞이하고, 안평부원군 이서를 비롯한 공신은 영서역에서 영접했다. 기로와 영의정치사 권중화는 홍제원에서 맞이하고 각사의 관원들은 반송정에 도열했다.

세자 양녕이 이끄는 사신단이 문무백관의 환영을 받으며 입성했다. 세자 양녕이 명나라를 방문하여 환대를 받았다는 소문이 도성에 파다하게 퍼졌다. 반송정에서 돈의문에 이르는 길에는 도성의 백성들로 메워졌다. 태종 이방원은 사신단을 환영하는 잔치를 광연루에서 베풀었다.

"내가 보기에 네 모습이 장대해져서 옛날과 달라졌구나."

태종 이방원은 세자 양녕이 대견했다. 불과 7개월 만에 보는 아들이지만 많이 큰 것 같았다. 어린 나이에 황제의 나라를 방문하여 사신 임무를 차질 없이 수행하고 돌아온 것이 기특했다. 지금 당장 왕위를 물려주어도 왕 노릇을 충분히 할 수 있을 것 같았다.

"사람이 많으면 그 가운데는 반드시 우환이 있는 것이다. 이번 일행은 내가 조근朝覲˚하던 때보다 훨씬 많았는데 한 사람도 근심을 끼친 자가 없었으니 다행이다. 황제께서 너를 대접하는 것이 성심에서 나와 상사賞賜˚가 후할 뿐 아니라 세사細事에 이르기까지 가르쳐주지 않음이 없었으니, 성은이 중대하여 보사報謝할 길이 없구나."

● 조근(朝覲)
신하가 조정에 나아가 임금을 뵙는 일
● 상사(賞賜)
칭찬하여 상으로 물품을 내려줌
● 부액(扶掖) 부축의 높임말

"황제께서 호송하는 내관에게 명하기를 '조선 국왕이 14세 된 아들에게 만 리 길을 조근하도록 하였으니 그 충성이 지극하다. 네가 호송할 때에 만일 세자로 하여금 조금이라도 불편한 것이 있으면 너를 죄줄 것이다' 하였으므로, 호종하는 내관이 잠시도 세자의 곁을 떠나지 않고 부액扶掖˚하여 세자로 하여금 안온히 다녀오게 하였습니다."

황제의 배려로 무사히 다녀왔다고 이천우가 보고했다. 조카 혜제를 폐하고 황위에 오른 영락제는 아직 천도하지 않고 남경에 있었다. 명나라의 문명을 꽃피웠던 북경은 아직 명나라의 수도가 아니었다. 이제 자금성 공사를 시작하고 있었다. 한양에서 금릉까지 8천 리 길. 결코 가까운 거리가 아니었다.

"그래, 황제께서 뭐라 묻더냐?"

"서각문에 좌기坐起한 황제께서 '세자의 나이 몇 살이냐?'고 물으셔 '열네 살입니다' 하니, 황제께서 온화한 얼굴로 접견하시고 채사의 다섯 벌과 신발 각각 한 벌씩 주시고 이천우 이하 종사관 35인에 이르기까지 채사의 한 벌, 타각부 이하 종인 78명에 이르기까지는 각각 초의 한 벌씩을 주셨습니다."

"또 다른 말씀은 안 계시더냐?"

"'한양을 출발한 지가 며칠이나 되었느냐?' 물으셔 '100일도 더 되었습니다' 말씀드렸더니 또 물으시기를 '글을 읽느냐?' 하시기에 '글을 읽습니다' 하였더니 '가까이 오라' 명하셨습니다."

"그래 가까이 갔더니 뭐라 말씀하시더냐?"

"용모는 내부乃父와 같은데 키만 좀 다르구나, 하시었습니다."

태종 이방원은 감개무량했다. 남경에 있는 홍무제를 알현하러 가는 길, 북경에서 잠깐 뵈었던 연왕이 영락제가 된 현재 자신을 잊지 않고 기억하고 있다는 것이 황공했다.

"그래, 선물은 무엇을 받아왔느냐?"

"《인효황후권선서》1백 50본과 《효자황후전》1백 50본을 받아왔습니다."

"오호, 대견하도다. 경들은 마음껏 마시고 오늘을 경축하여라."

태종 이방원은 흐뭇했다. 자신의 뒤를 이을 세자 양녕이 황제의 눈도장을 받고 사신 임무를 완벽하게 수행했다는 것이 흡족했다. 순탄하지 않았던 명나라 관계에 밝은 서광이 비치는 것만 같았다. 세자 양녕이 대륙의 기상을 호흡하고 돌아왔기를 기대했다. 자신이 요동을 지나며 고구려의 고토를 생각했듯이, 세자 양녕이 역시 대륙을 호령하던 조상들의 기백과 기상을 가슴속에 담아왔기를 고대했다.

태조 이성계의 병환이 예사롭지 않았다. 태종 이방원은 형 정종 이방과와 번갈아 아버지의 곁을 지켰다. 때로는 환궁하지 않고 아버지 곁에서 잠을 자기도 했다. 별전에서 잠을 자고 있는데 아버지가 위독하다는 전갈이 왔다. 태종 이방원은 거여를 챙길 겨를도 없이 뛰었다.

손수 청심원을 드렸으나 삼키지 못하고 태조 이성계는 두어 번 태종 이방원을 바라보더니만 숨을 거두었다. 태조 이성계가 세상을 뜬 것이다. 태종 이방원을 용서한다는 말은 없었다. 말을 타고 달려온 정종 이방과와 함께 태종 이방원은 통곡했다. 애증이 서린 아버지였다. 효도하고 싶어도 이 세상에 없으니 하늘이 무너지는 것만 같았다.

태종 이방원은 혼잣말처럼 중얼거렸다.

"내가 항상 아버지께 환심歡心을 사지 못하는 것을 한하여 항상 덕수궁에 머물고 싶었으나, 좌우 시종이 많아 내 마음을 이룰 수 없었다. 세자에게 전위하고 한가한 사람이 되면 매양 단기로 출입하여 시인방寺人房에도 들어가고 사약방司鑰房에도 들어가, 아버님을 뵙든지 못 뵙든지 간에 항상 곁에 있으면 환심을 사리라고 여겼는데 이제는 그럴 수도 없구나."

광화문 앞에 천막을 치고 아버지 태조 이성계의 항복문서를 받아내며 권력을 장악했지만, 그래도 태종 이방원에게 태조 이성계는 최후의 버팀목이었다. 이제 그 버팀목이 사라졌으니 허허 벌판에 홀로 서 있는 느낌이었다. 오로지 자신의 두 어깨에 짊어지고 가야 한다 생각하니 아버지의 빈자리가 더욱 아쉬웠다.

국장이 선포되었다. 관리들은 모두 소복에 검은 각대를 매고 오사모烏

紗帽를 썼다. 온 나라가 100일간 초상집이었다. 의정부에 조묘造墓 등 4도 감과 옥책玉册을 비롯한 13색色을 설치했다. 예조에서는 경외의 음악을 정지하고 도살과 혼인을 금했다. 뿐만 아니라 사가의 대소례大小禮와 이른 아침 시장이 서는 것을 폐쇄했다.

　청성군 정탁과 공안부윤 정부를 명나라에 보내어 부음을 전하게 한 태종 이방원은 궐내에 거려居廬를 준비하라 명했다. 사가의 여막이었다. 창덕궁 동남방 작은 집에 거려를 마련한 태종 이방원은 소의素衣에 백모白帽를 쓰고 국사를 전폐했다. 식사도 육류를 뺀 나물 반찬에 간소하게 들이라 일렀다.

　서운관원 유한우, 이양달, 이양을 거느리고 산릉 자리를 알아보던 하륜이 양주 검암산 자락에 능침 자리를 정했다. 오늘날 동구릉이다. 훗날 문종과 그의 비 현덕왕후 권씨의 현릉이 옮겨오는 것을 시작으로, 철종 시대 익종의 수릉이 아홉 번째로 자리 잡았다.

　조묘도감제조 박자청이 석수쟁이 등 공장工匠을 거느리고 역사를 시작했다. 경기도와 충청도, 그리고 전라도에서 장정들이 징발되었다. 조선 최대의 산역이 검암산 자락에서 이루어졌다.

　발인하는 날이었다. 태종 이방원이 빈전殯殿에 나아가 견전례遣奠禮를 행하고 영구를 받들었다. 태조 이성계의 육신이 창덕궁 돈화문을 벗어났다. 종친과 백관이 앞에서 인도하고 태종 이방원과 정종 이방과는 소여를 타고 뒤를 따랐다. 도성에 머무르는 대소신료는 홍인문 밖 5리에서 하직하고 거가를 따르는 백관은 말을 타고 오시에 검암에 도착했다.

　태종 이방원이 영구를 직접 받들어 석실에 안치했다. 그리고 한줌 흙을 쥐어 그 위에 뿌렸다. 목이 메었다. 경복궁 앞에 진을 치고 '아버지의 과오를 인정하고 항복하시오' 라고 압박했던 불효를 용서해달라고 빌고 싶었다. 그러나 죽은 자는 말이 없다. 어디에선가 '벌써 용서했는데 아직도 그걸 모르고 있었느냐?' 라는 아버지의 말씀이 들리는 것만 같았다.

고개를 들어 하늘을 쳐다보았다. 초가을 흰 구름 사이에 어머니 얼굴이 보이는 것 같았다. 어머니 곁으로 보내드리고 싶었다. 신덕왕후 강씨를 목메게 그리던 아버지였지만 이 문제만큼은 불효하고 싶었다. 이승에서 못다 한 지아비와의 사랑을 저승에서나마 원 없이 풀어드리고 싶었다.

장사를 마친 태종 이방원은 자시子時에 건원릉을 출발하여 환궁했다. 심야의 강행군이었다. 돌아오는 길에 장사를 총감독하는 사헌집의 이관을 불렀다.

"부왕의 유지에 따라 동북면 영흥에 모시려 했으나 여의치 않았다. 능침의 봉분에 잔디를 심지 말고 영흥의 억새풀을 심도록 하라. 이것 또한 부왕의 뜻이다."

"명대로 거행하겠습니다."

장례를 마친 태종 이방원은 산릉의 재궁齋宮에 개경사라는 이름을 내려주고 조계종에 붙여주었다. 능침사찰이다. 산릉을 잘 관리하라고 노비 1백 50구와 전지 3백 결結을 정속시켰다. 불교를 척결하는 임금으로서 배치되는 처사라는 상소가 있을 것을 염려한 태종 이방원은 지신사 황희를 불러 일렀다.

"불씨佛氏의 그른 것을 내 어찌 알지 못하랴마는, 이렇게 하는 것은 부왕의 대사大事를 당하여 시비를 따질 겨를이 없다. 내 생전에 마땅히 해야 할 일을 했을 뿐이니 거론하지 말도록 하라."

온 나라가 국상이고 임금이 부왕을 하관하던 그 시각, 태종 이방원의 아내 정비 민씨는 여흥부원군 민제의 집을 찾아가 아버지 민제를 문병하고 있었다. 그 자리에는 귀양처에 있어야 할 민무구와 민무질이 있었다. 딸이 아버지의 병환을 문안하는 거야 나무랄 수 없지만, 안치된 몸으로 유배지에 있어야 할 죄인이 도성에 들어와 있다는 것이 문제였다.

"전하께서 민무구와 민무질을 부르시니 모든 신민들이 어리둥절합니다. 지난번 태상왕의 병환이 계셨을 적에 회안군과 태상전하께서 어찌 서로 만나보고 싶은 마음이 없었겠습니까? 하지만 끝내 부르지 못하였고 승하하신 뒤에도 분상奔喪하지 못한 것은, 오직 공의를 사사로이 할 수 없었기 때문입니다."

사헌집의 이관의 상소였다. 태조 이성계도 임종 시에 보고 싶은 아들을 만나지 못했는데 하물며 민무구냐는 항변이었다. 여흥과 대구에서 귀양살이 하고 있던 민무구 형제를 한양으로 불러올린 것은 태종 이방원이었.

여흥부원군 민제의 병환이 위중하다는 전갈을 받은 태종 이방원은, 내관 박성우로 하여금 역마를 이용하여 민무구 형제를 불러오도록 했다. 시각이 화급하다는 것이다.

"여흥 부원군의 병이 위독하므로 임종할 때 서로 만나보게 하려는 것이다. 만나본 뒤에는 곧 돌려보내겠으니 아직 논하지 말라. 또 태상왕의 병환에 내가 회안군을 부르려고 하지 않은 것이 아니다. 그러나 태상왕의 승하가 너무 급작스러워 상왕께서는 한양에 계시면서도 종신하지 못하셨다. 그러므로 회안을 부르지 못한 것이다."

"민무구 형제는 나라에 득죄하였으니 여흥이 자식으로 여길 수도 없고 전하께서 인친으로 여길 수도 없습니다. 어찌 다시 국문에 들어올 이유가 있겠습니까?"

태종 이방원의 해명에도 불구하고 좌사간대부 안속을 필두로 대간의 상소가 줄을 이었다. 심지어 사헌부에서 민제의 집에 아전을 보내어 수직守直●하고 민무구 형제를 감시했다. 연금 상태였다.

"민무구와 민무질이 생명을 보전한 것은 오직 인정 때문이다. 지금 그 아비의 병이 위중하니 조금만 나으면 마땅히 돌려보낼 것이다."

"민무구와 민무질의 죄는 용서할 수 없사온데 지금 전하께서 그 아비의 병을 칭탁하여 도성으로 소환하시므로 신 등이 죽음을 무릅쓰고 계문하고 대궐에 나아가 두 번이나 청하였사온데, 유윤兪允●을 입지 못하였으므로 사직하고자 합니다."

유배지에 있어야 할 죄인을 한양에 불러들인 것은 부당하다며 대간과 사헌부에서 상소를 올렸으나, 임금이 들어주지 않자 대간이 줄줄이 사직했다.

● 수직(守直)
건물이나 물건 따위를 맡아서 지킴

● 유윤(兪允) 왕의 허락

"지금 대간이 사직을 하니 어찌할꼬?"

태종 이방원이 의정부에 삼정승을 불러놓고 탄식했으나 삼정승 역시 상소를 윤허하라고 주청했다. 대간에 이어 승정원도 술렁거렸다. 좌정언 이종화가 항의 표시로 정원직을 사직했다. 이러한 와중에 여흥부원군 민제가 세상을 떠났다. 국구이고 왕비의 아버지다. 차세대를 이끌어갈 세자 양녕의 외할아버지다. 태종 이방원은 조회朝會를 정지하고 친히 문상했다.

민제의 장례가 끝나자 형조에서 민무구 형제의 죄를 다시 청했다.

"자고로 난신적자는 베어야 합니다. 민무구 형제는 불충한 죄를 짓고서도 다행히 주상의 은혜를 입어 각각 성명性命을 보전하여 편안히 살고 있사온데, 아비의 병으로 인하여 민무구, 민무질이 부름을 받아 역마를 타고 와서 부친을 보았으니 부당합니다. 불충한 무리로 하여금 왜 도성에 발을 붙이게 하십니까?"

"대간이 여러 날 죄주기를 청하였사온데 전하께서는 윤허하지 아니하고 언로를 막으셨습니다. 대간은 하루라도 없어서는 아니 되는 것이온데 어찌하여 오랫동안 비워두고 계십니까? 불충한 자와는 한 하늘 아래 있을 수 없습니다. 신 등은 직책이 집법執法에 있어 법을 폐할 수 없습니다."

대간과 승정원에 이어 형조가 들고 일어났다. 민무질, 민무구 형제를 순군옥에 가둘 태세였다. 하륜과 이무가 대간을 출사시켜야 한다고 거들었다. 태종 이방원이 타협안을 내놓았다.

"부원군의 초재初齋를 지내면 돌려보내겠다."

"두 사람은 죽어도 남는 죄가 있는데 목숨을 보전하였습니다. 그런데도 역시 방자하니 해상海上으로 옮겨 붕비朋比●를 끊게 하소서."

● 붕비(朋比)
붕당을 지어서 자기편을 두둔함

임금의 명을 받은 대간이 사직을 철회하고 출사하며 태종 이방원이 제시한 타협안에 강공책을 들고나왔다. 민무구 형제를 먼 바다에 있는 섬으로 내치라는 것이다. 부친의 장례를 참칭하여 도성에 머물고 있는 민무질이 옛 동료와 수하들을 만나며 작당하고 있다는 것이다.

"대구현령 옥고가 민제의 문생인 까닭으로 제일 먼저 부하뇌동하였고, 전 계림부윤 이은, 성주목사 윤임, 지선주사 윤개, 지청도군사 강해진, 계림판관 은여림, 경산현령 정구당, 전 지영주사 강만령, 판동래현사 송극량, 하양감무 김도생, 지양주사 이승조, 인동감무 김타, 진성감무 최예 등은 모두 붕비하여 경계를 넘어 아부하였사오니, 전하께서는 윗 사람들의 직첩을 거두고 국문하게 하소서."

단순한 민무구 형제의 사건이 전국으로 확대되었다. 사태의 심각성을 직감한 태종 이방원은 재야에 있는 하륜에게 출사하라 명했다. 소방수가 필요한 것이다.

"지금 국가에 일이 많아서 이미 하륜으로 하여금 출사하게 하였다."

태종 이방원은 삼정승과 의논할 겨를도 없었다. 의정부에는 사후에 통고했다. 재야에 있던 하륜이 영의정으로 돌아왔다. 도참의 대가 하륜은 왕심을 읽어내는 데도 도사였다. 이제 하륜의 능력을 보여줄 시기가 온 것이다.

조정에 출사한 하륜이 사태를 점검해본 결과 사건의 흐름이 심상치 않았다. 특단의 대책이 필요하다고 생각했다. 종합보고서를 올렸다. 하륜의 주청을 받아들인 태종 이방원은 교서를 발표했다. 민무구 형제의 죄상을 나열한 10개 항의 교서였다.

● 중노(衆怒)
많은 사람의 노여움
● 청단(聽斷)
송사를 자세히 듣고 판단함

"민무구와 민무질은 중궁의 지친으로서 훈신의 열列에 참여하였으므로 그 작질을 높이고 녹봉을 후하게 하였으니, 그 마음의 욕망이 대체로 족했을 것이다. 허나, 은혜를 잊고 덕을 배반하여 불충하고 만족함이 없는 죄이니 극형에 처하여 중노衆怒●에 대답하고 후인을 징계하는 것이 실로 지극히 공정한 도리나, 또한 인정에 있어 차마 그러하지 못하는 바이다.

헌데, 어찌하여 민무구, 민무질이 개전의 마음이 없고 붕류朋類들을 끌어들여 우매한 사람이 왕래하고 아부하여 죄고罪辜에 빠져, 마침내 대간이 소장을 올리어 과인의 청단聽斷●을 번거롭게 하는 데 이르렀는가? 이것은 다만 제 몸에 재앙을 부를 뿐 아니라 민무구, 민무질로 하여금 그 멸망을 스스로 재촉한 것이니 또한 누구를 원망하겠는가?

그들을 폐하여 서인을 만들고 종신토록 상종하지 아니하여 군신의 죄를 청하는 의논에 종지부를 찍겠다. 다만 그 생명을 보전하여 수령을 마치게 할 것인바, 이는 과인이 차마 못할 정을 폈으니 사은과 공의가 아울러 행해져서 어긋나지 않을 것이다."

민씨 형제를 귀양처로 원위치시키는 것이 아니라 서인庶人*을 만들어 민무구를 여흥에서 풍해도 옹진으로, 민무질을 대구에서 강원도 삼척으로 안치하라 명했다. 처남들과 인친의 인연을 끊고 평생 상종하지 않겠다는 강력한 결의였다.

민무구 형제가 태종 이방원의 처분을 받아 새로운 귀양처로 떠난 후 사건은 오히려 확대되었다. 원평군 윤목과 한성소윤 정안지를 국문하던 중 호조판서 이빈과 평강군 조희민이 민무질 사건에 연루된 사실이 드러났다. 판서는 오늘날의 장관급이다.

●서인(庶人) 서민

대사헌 이문화와 좌사간 박습이 깃발을 들었다. 지금까지의 민무구 형제 사건과는 색깔과 방향이 달랐다. 세력이 움직이고 있는 것이다. 보이지 않는 손에 의해 작성된 살생부가 책갈피를 벗어나 현실세계로 나왔다. 이제 상생은 없고 어느 한 쪽의 몰락이 기다리고 있을 뿐이었다. 사건은 임금도 제어하기 어려운 방향으로 굴러가기 시작했다.

신하들의 새로운 연루 사실에 대노한 태종 이방원은, 이빈과 조희민을 순금사에 하옥하라 명했다. 또한 연루된 것으로 드러난 전라도 병마도절제사 강사덕을 순금사사직 심귀린을 보내 잡아오게 하고, 구종수를 개성유후사에 보내 김첨을 잡아오게 했다. 검거 열풍이었다.

판순금사사 남재, 이응, 성발도. 대사헌 이문화, 좌사간 박습, 형조참의 김자지, 위관참찬 이지에게 명하여 교대로 국문하게 하였다. 심문관이 한성소윤 정안지에게 물었다.

"천추사가 되어 경사에 다녀올 때 요동에서 윤목으로부터 무슨 말을 들었느냐?"

"'회안군은 그 공이 크고 민무구, 민무질 또한 왕실에 공이 있는데, 주상과 국가에서 대우하는 바가 잘못되었소. 민씨 형제가 공이 있는 친속으로서 귀양을 가게 되었으니 우리 같은 공신은 더욱 보전하기 어렵소. 주상의 여러 공신이 모두 보전하지 못할 것이오' 하였습니다."

"정안지의 말이 틀림없으렷다?"

심문관이 다그치자 윤목은 순순히 자복했다. 순금사의 보고를 받은 태종 이방원은 정안지에게 장 90대 형에 처하라 명하고, 조희민과 박강생, 그리고 윤목을 석방하라 명했다. 공신에 대한 예우라 하지만 석연치 않은 구석이 있었다.

"용서할 수 없습니다."

"윤목의 불충한 말이 이미 드러났으니 마땅히 다시 국문을 가하여 그 죄를 바루어야 합니다."

"농사꾼이 풀을 없애는 것은 곡식의 싹을 위한 것입니다. 어찌하여 이 악인을 제거하지 아니하고 조정에 섞이게 하십니까? 민무구, 민무질, 회안군의 무리가 밖에 늘어 있으니 반드시 공모하여 일어날 때가 있으리라 여겨집니다. 지금 다행히 하늘이 그 단서를 열어놓았는데, 만일 베지 아니할 것 같으면 이것은 공신이 모두 모반하도록 시키는 것입니다."

이천우와 성석린, 그리고 조영무가 강한 어조로 아뢰었다. 조정 밖에 반체제인사가 모반의 기회를 엿보고 있으니 소상하게 조사하여 엄벌해야 한다는 것이다.

"윤목의 말은 한담에 불과하다. 만일 다시 국문을 허락한다면 경 등이 그 사정邪正●을 분변하여 주모자를 찾아낼 수 있겠는가? 내 어찌 일의 본말을 헤아리지 못하고 갑자기 정지하였겠는가?"

태종 이방원은 사건의 성격을 하찮게 받아들였다.

"이것은 미리 헤아릴 수 없는 것이나 마땅히 국문하고 대질해 사실을 가려야 합니다."

"일은 본말이 있으니 어찌 중도에서 폐할 수 있습니까? 만일 다시 국문을 허락하신다면 어찌 주모자를 찾아내기 어렵고 사정을 분변하지 못함을 근심하겠습니까?"

이문화와 박습이 강한 자신감을 표시했다.

"초사招辭에 관련된 공신은 반드시 명령을 품신하고 그 나머지는 모두 하옥하여 심문하라."

중단되었던 윤목에 대한 국문이 다시 시작되었다. 윤목은 태종 이방원이 즉위하는 데 공을 세워 좌명공신 4등에 책록되고 원평군에 봉작된 인물이다. 이무의 추천으로 지합주사가 되었으나 몽계사의 양곡을 횡령한 혐의로 탄핵받았다. 천추사가 되어 명나라에 다녀온 후 평양부윤이 되었던 사람이다.

● 사정(邪正)
그릇됨과 올바름을 아울러 이르는 말
● 유폄(流貶) 유배

심문관에게 심문 중에 공신이 거론되거든, 반드시 재가를 받아 인신을 구금하고 나머지는 투옥시켜 심문하라는 재량권을 주었다. 순금사 심문관이 물었다.

"이빈에게 들은 이야기를 하나도 남기지 말고 죄다 말하라."

"내가 이빈의 집에 갔는데 이빈이 말하기를 '민무질이 두 번이나 와서 나를 보고 말하기를, 우리 형 여강의 말이 왜곡되어 유폄流貶●되었고 나는 병권을 빼앗겼다고 했는데 만일 그의 말과 같다면 민무질은 죄가 없

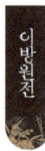

고 그의 일은 중간에서 누가 잘못 전한 것이다'라고 말했습니다."

순금사 대호군 목진공으로부터 국문 내용을 보고받은 태종 이방원은 삼척에서 귀양살이하고 있는 민무질을 불러와 대질 심문하라 명했다.

"비록 공신이라도 형문을 면하기 어렵다."

실토를 받아내기 위해서는 고문을 가해도 좋다는 뜻이었다. 인간의 한계를 시험하는 형문이 시작되었다.

"이빈이 항복하기를, '윤목이 말한 뜻은 내가 말한 것인데 잊었다'고 하였으니 고문을 가하지 않더라도 정상이 이미 드러났습니다."

형조판서 이빈의 죄상은 기정사실화되었다. 태종 이방원은 남재, 이응, 성발도, 이문화를 내전에 불러들여 이빈을 형문한 초사에 대하여 자세히 물었다. 윤목의 초사에 또 단산부원군 이무와 강사덕, 김첨이 등장했다. 이무는 좌정승이었다. 불길이 어디까지 번질지 아무도 몰랐다.

이무는 송현에 있는 남은의 첩 집에 정도전 무리가 모두 모여 있다는 정보를 이방원에게 제공하여, 정도전을 도모하는 데 결정적인 공헌을 하였다. 이것으로 정사공신 2등에 책록된 인물이다. 한때는 정도전과 친교가 두터운 불충지당으로 지목되어 강릉에 유배되었으나, 곧 풀려 방간의 난 때 공을 세워 좌명공신 1등에 책훈되었다.

"윤목은 비록 족질이긴 하나 일찍이 사감이 있었으니 옥獄에 나가 스스로 변명하도록 허락해주십시오."

이무가 대궐에 나와 말했다. 스스로 심문관 앞에 나가 해명하겠다는 것이다. 태종 이방원은 사건에 연루된 이무를 좌정승에서 면직하고 그 자리에 이서를 임명했다.

"단산부원군 이무는 별로 재주와 덕이 없이 두 번이나 훈전勳典을 입어 벼슬이 극품에 이르렀고, 또 자질들도 화요華要한 벼슬에 포열해 있게 하였으니 부귀가 극진합니다. 비록 몸이 부서지고 뼈가 가루가 된다 하더라도 전하의 은혜를 갚기가 어려운데, 도리어 난신과 결탁하여 죄가 불충에 있으니 그 실상이 여섯 가지가 있습니다."

대사헌 이문화와 우사간 박습이 상언하였다. 좌정승 이무의 죄상을 열거한 상소를 받아든 태종 이방원은 분노했다. 좌정승이 그럴 리 있느냐 하는 것이다.

여기에서 괴이한 일이 벌어졌다. 이 상소는 대사헌 이문화가 초잡은 것인데 이 글이 임금에게 전달되는 과정에서 왜곡되었다고 폭로한 것이다.

"남의 죄를 짜서 만들었다."

이문화의 외침은 강했으나 울림은 작았다. 대세에 밀려 묻혀버리고 말았다. 오히려 대간으로부터 탄핵을 받아 투옥되었다. 호조판서와 형조판서가 투옥되고 좌정승이 하옥되었으며, 사건을 앞장서서 끌고 가던 대사헌이 투옥되는 초유의 사태가 발생한 것이다.

이 사건의 단초는 윤목의 초사에서 비롯되었다. 초사를 바탕으로 강도 높은 심문에 죄인이 범죄 사실을 자백한 봉초捧招도 아니고, 이러한 과정을 두 번 이상 거친 갱초更招도 아닌 초사를 가지고 여기까지 이르게 된 것이다.

조정이 발칵 뒤집혔다. '사건이 왜곡되었다' 고 대사헌이 폭로했으니 사건을 밀고 가는 진영에서는 아연 긴장했다. '이제는 물러설 수 없다' 배수의 진을 쳤다. 이문화의 폭로가 오히려 세력의 결속력을 배가시켰다.

이무를 순금사에 하옥하라 명한 태종 이방원은 연루된 형조판서 유용생도 옥에 가두라 명했다. 연루된 자들도 줄줄이 투옥되었다. 대간에서 형조판서 이용생과 대사헌 이문화를 국문하라고 주청했다. 본격 형문이 시작되었다. 순금사에서 죄인들을 심문한 옥사獄辭를 올렸다.

"'여강군과 여성군은 그 공이 사직에 있는데 하루아침에 조락凋落하였으니 애석한 일이다. 국가에서 죄를 논하여 죽는 데에 이르지 않는다면, 후일에 등용될 운명은 알 수 없는 일이다' 하면서 이무 등 여섯 사람은 서로 도모하고 의논하여 사직을 위태롭게 하였으니, 수범과 종범을 나눌 것 없이 마땅히 능지처사해야 합니다."

싹쓸이의 핏빛 깃발이었다.

"윤목 등 5인은 사죄死罪에서 한 등을 감하여 장 1백 대에 유流 3천 리에 처하고 그 재산은 몰수하라."

태종 이방원의 명이 떨어졌다. 하급범부터 처리하는 수순이었다. 윤목은 사천에, 이빈은 장흥에, 강사덕은 영해에, 조희민은 광양에, 유기는 해남에 귀양 보냈다.

수범으로 지목된 이무는 혁명에 공을 세운 공신이기 때문에 신중하게 처리해야 할 문제였다. 졸속 처리는 오해를 불러 모든 공신들로부터 '삽혈맹세'를 의심받을 수 있었다. 이무를 대궐 안 진선문 밖에 대기시켜놓은 태종 이방원은 대신과 3공신을 정전으로 불렀다.

"이무가 지금 옥중에 갇혀 있는데 경들이 어찌 다 그 까닭을 알겠는가? 내가 신료들을 다 불러서 이를 알려주고 싶으나 상황이 그러하지 못하니, 경들은 내 말을 똑똑히 들으라. 부왕의 병환이 위독하여 내가 형제들과 더불어 경복궁에서 시병侍病하고 있었는데, 그때는 내가 이무의 이름만 들었을 뿐 서로 친하지는 아니하였다. 이에 이무가 민무질을 통하여 나에게 교분을 맺었다.

'오늘 저녁에 정도전 무리가 거사하려고 하니 이때를 놓칠 수 없다'고 이무가 말했다. 내가 '그대가 먼저 그들이 모인 곳에 가서 그 계획을 늦추도록 하라' 했다. 정사한 뒤에 사람들이 '이무가 무슨 공이 있느냐?'고 하였으나 내가 그 체력과 풍채가 볼만하기 때문에 듣지 않았다. 뒤에 나타난 큰 허물이 없기 때문에 드디어 정승에 이르렀다.

내가 종기가 나서 매우 위독할 때 민씨 4형제와 신극례가 민씨의 사가에 모여 약한 자식을 세우자고 의논하였는데, 그 꾀가 실상은 이무에게서 나왔다. 이무가 민무질에게 말하기를 '주상께서 나를 좋아하지 않는 것은 그대가 아는 바이다. 그대의 곤제昆弟와 함께 가고 싶다'고 하였다. 그리고 나에게 말하기를 '세자는 영기가 다른 사람보다 뛰어나니 원컨대 주상께서는 교회敎誨하소서' 하였으니 이것은 무슨 뜻인가?"

● 곤제(昆弟) 형제
● 교회(敎誨) 잘 가르치고 타일러 지난날의 잘못을 깨우치게 함
● 용심(用心) 정성스레 마음을 씀

지신사 안등이 진선문 밖에 대기하고 있는 이무에게 임금의 말을 전했다.

"무인년의 일은 정말 정신이 황망하여 억지로 일어난 것이지, 실로 다른 마음이 없었습니다. 그리고 회의한 일과 주상이 나를 좋아하지 않는다고 한 말은 실로 없었던 일입니다. 세자가 영기가 있다고 한 말은 세자가 성색에 빠질까 두려웠기 때문에 상달한 것입니다."

"이무의 말과 같다면 도리어 내 말이 망령된다는 말인가?"

태종 이방원은 불쾌했다.

"신 등이 일찍이 무인년의 변에 참여하였지만 이무의 용심用心이 이와 같은 것은 알지 못하였습니다."

조영무가 거들었다.

"민무질이 '주상이 나를 좋아하지 않는다'고 한 이무의 말을 그 두 아

우에게 말하였더니, 민무회와 민무휼이 그 허물을 면하려고 그 말을 써서 나에게 바쳤다. 내가 공개하지 않고 보관하려고 하였으나 죄악이 여기에 이르렀으니 내가 비밀히 할 수 있겠는가?"

태종 이방원은 지신사 안등에게 밖에 대기하고 있는 민무질을 들라 일렀다. 삼척에서 귀양살이하고 있던 민무질을 소환하여 대기시켜놓았던 것이다. 치밀한 성격 그대로였다.

'주상이 나를 좋아하지 않는다'고 한 말을 이무와 대질시켰다. 이무가 머리를 수그리고 대답하지 못했다. 이무가 살아날 수 있는 유일한 길이었던 대질심문이 종결되었다. 이무를 다시 순금사 옥에 가두라 명한 태종 이방원이 공신들에게 말했다.

"한나라 고조는 공신을 보전하지 못하고 광무는 보전하였는데 이것이 사책에 실려 있다. 지금 내가 날마다 공신들을 보전하고자 생각하고 있는데 일이 여기에 이르렀다."

역사를 꿰뚫어 자신의 심경을 토로했다.

"이같은 불충한 신하를 보전하고자 대의로 결단하지 않으면 어떻게 후일을 징계하겠습니까?

철성군 이원과 의원군 황거정, 참지 황희는 잠자코 있었고 조영무가 말했다. 하륜이 이무를 베지 말라고 가만히 아뢰니 태종 이방원이 대답하지 않고 안으로 들어가며 혼잣말처럼 말했다.

"하륜이 나더러 이무를 베지 말라고 청하였다. 하륜은 곧기 때문에 그 마음의 소회를 말한 것이니 이무를 불쌍하게 여길 만하다."

민무질이 삼척으로 돌아가고 이무가 순금사 옥에 갇혀 있는 동안, 밖에서는 연루자들에 대한 매타작이 계속되었다. 이무의 아들 이공유를 곤장 90대를 쳐도 아버지에 대한 죄를 실토하지 않는다는 옥관의 보고를 받은 태종 이방원은 옥관을 나무랐다.

"이것은 묻는 자가 잘못이다. 자식은 아비를 위하여 숨기는 법이니 차라리 죽을지언정 어찌 아비의 죄를 증거해 이루겠는가?"

이공유를 석방하라 명했다. 유용생은 부여에, 구종수는 울진에 귀양 보내고 이양배를 옹진에 장류杖流 시켰다. 구성량을 울주에, 홍언을 기장에 귀양 보내고, 모두 그 관직을 삭탈하였다.

이무의 아들들도 줄줄이 귀양 갔다. 이간을 울주에, 이승조를 장기에, 이공유를 옥구에, 이공효를 풍주에, 이공지를 청주에, 이탁을 평해에 귀양 보내고, 이공유만은 맹인이기 때문에 귀양을 면했다.

이무가 귀양 떠나는 날, 순금사사직 우도에게 이무를 창원으로 압령하라는 명이 떨어졌다. 이무에게 칼鎖을 씌운 함거가 청파역에 이르렀을 때, 대간에서 아전을 보내어 귀양행렬을 저지했다. 능지처참해도 부족한 죄인을 귀양 보낸다는 것은 천부당만부당하다는 뜻이다. 우도가 돌아와 태종 이방원에게 보고했다.

"네가 내 명령은 따르지 않고 도리어 대간을 두려워하느냐?"

공무를 집행하지 못한 우도를 하옥하라 명한 태종 이방원은, 부사직 김이공으로 하여금 이무를 압령해가게 하였다. 죄인을 호송하는 함거를 정지시킬 만한 힘이 작동하고 있었던 것이다.

이무가 귀양 떠난 후, 이귀령, 박은, 유정현, 설미수가 대궐에 나아가 이무를 율律과 같이 논하기를 청하고 삼공신, 의정부, 대간이 상소하여 청하였다.

"왕법에 난신적자는 용서하지 않는 것이라 하였습니다. 원컨대 전하께서는 대의로 결단하여 죄인들을 모두 법에 의해 처치하여 만세 화란禍亂의 싹을 자르소서."

한강진에서 선군의 거룻배에 오른 이무는 멀어져가는 삼각산을 바라보았다. 다시 보고 싶었다. 허나, 죄인의 몸으로 귀양 떠나는 몸이 삼각산을 다시 볼 수 있을지 그것은 아득하기만 했다.

귀양행렬이 안성 죽산을 지날 무렵, 흙먼지 일으키며 뒤쫓아오는 역마가 있었다.

"게 섰거라. 죄인은 멈춰라."

호송하는 김이공은 긴장했지만 귀양 가는 이무는 가슴이 뛰었다. '주상의 마음이 변하여 나를 용서해주려는 것인가?' 한 가닥 희망이 섬광처럼 빛났다.

"어명이오, 죄인은 어명을 받으시오."

순금사대호군 목진공이 위엄을 갖춘 목소리로 말했다. 이무가 함거에서 끌려 내려와 흙바닥에 무릎을 꿇었다.

"죄인을 참하라는 어명이오."

형조정랑 양윤관의 목소리는 싸늘했다. 송현에서 목이 잘리던 정도전의 얼굴이 그려졌다. 혁명에는 무武가 필수지만 수성에는 경계의 대상이라는 것을 이제야 알았느냐고 정도전이 비웃고 있는 것 같았다. '이거이, 이저가 그랬고 신극례가 그랬잖은가?' 라고 묻고 있는 것 같았다.

임금이 군사를 거느린 무골을 경원하는 이유를 이제야 알 것 같았다. 자신 역시 군사를 이끌고 대마도를 정벌하여 무공을 세웠지만, 그것은 임금의 총애가 아니라 눈총이었다는 것을 이제야 알았다.

"죄인은 목을 내어놓으시오."

집행관의 말은 서릿발 같았다. 이무는 죽음을 담담히 받아들이기로 했다.

"너의 죄악은 처자까지 죽여야 마땅하나, 특별히 네 자식은 면죄하여 각기 머리를 보전하게 한다."

이무가 머리를 조아리는 순간, 은빛 칼날이 하늘을 가르고 선혈이 푸른 창공으로 튀었다. 아픔을 알지 못하는 몸뚱어리가 앞으로 꼬꾸라졌다. 떨어진 이무의 목은 저잣거리에 걸렸다. 혁명을 같이 한 이무는 이렇게 사라져갔다.

의정부의 주청을 가납하여 유배 길에서 이무를 처형한 태종 이방원은 민무구, 민무질을 제주로 이배하라 명했다. 순금사사직 심귀린을 옹진에 보내고 부사직 우도를 삼척에 보내어 민무구, 민무질을 압령해 제주에 안치했다. 대간의 상소는 끈질겼다.

"전하께서 차마 베지 못하시고 그 머리를 보전하게 하여 당여들이 간계를 꾸몄으니, 이것은 한 사람의 대악을 덮어주어 화가 만연하기에 이른 것입니다. 어찌 나라의 체통에 해가 되지 않겠습니까?"

의정부의 상언에 이어 영의정부사 하륜, 좌정승 성석린이 대궐에 나와 상서하였다. 사건의 마침표가 필요했다.

주청을 받아들인 태종 이방원은 순금사호군 이승직을 해진에 보내어 유기를 베고 부사직 윤은을 광양과 장흥에 보내어 이빈과 조희민을 참형에 처하라 명했다. 그리고 사직 김자양을 영해에 보내어 강사덕을 베고 부사직 우도를 사주에 보내어 윤목을 처형했다. 단초를 제공한 윤목도 살아남지 못한 것이다.

사건은 급물살을 타고 종착지를 향하여 달리고 있었다. 제사를 지내기 위하여 경덕궁에 거둥한 태종 이방원을 성석린, 김한로, 설미수 등이 뒤쫓아왔다. 거가를 수행한 신료들과 더불어 궁정 뜰에 서 있는 태종 이방원에게 성석린이 상소를 내밀었다.

"어째서 왔는가?"

"민무구, 민무질의 죄는 천지에 용납할 수 없으니 비록 하루라도 이 세상에 살아 있을 수 없습니다. 너무 오래 끌었으니 어느 누가 마음이 썩고 이를 갈지 않는 자가 있겠습니까? 신 등의 청이 하루 이틀이 아닙니다. 옛적에 마대馬帶를 붙잡고 간諫한 자가 있었으니 전하께서 비록 천릿길을 거둥한다 하시더라도 마땅히 따라가며 간하겠습니다."

"이것은 작은 일이 아닌데 어떻게 갑자기 따르겠는가?"

"나라란 것은 한 사람의 사유물이 아닙니다. 신료의 말을 어찌 거절하고 받아들이지 않을 수 있습니까? 노신老臣이 만일 청을 얻지 못하면 장차 무슨 낯으로 물러가겠습니까? 만일 신의 말을 옳지 않다 하시면 신도 또한 벼슬을 사퇴하고 물러가겠습니다."

"과인이 이들에게 무슨 사은私恩이 있겠는가? 내일 소疏를 보고 마땅히 처치하겠다."

"옛날부터 지금까지 국가를 유지하는 것은 충과 효 때문입니다. 만일 충과 효가 없다면 어찌 인군과 아비가 있겠습니까? 민무구 등의 죄는 의논할 것도 없는데 무얼 다시 생각하겠습니까?"

"대간의 청이 오래되었으니 반드시 판부判付를 기다린 뒤에 물러가겠습니다. 뜰에 있는 신하가 누가 감히 먼저 물러가겠습니까?"

성석린에 이어 김한로가 거들었다.

"이무의 아들을 아울러 베게한다? 형벌이 지나치지 아니한가?"

의정부와 백관, 그리고 대간에서 올라온 상소를 서 있는 자세로 꼼꼼히 읽어본 태종 이방원은 판부를 초하라 명했다.

"내가 전일에 이무의 일에 대하여 매우 겸연스런 것이 있다. 옛날에 한 문제가 박소를 베는데 자진하게 하였으니, 경 등도 마땅히 이 법에 의하여 시행하라.

태종 이방원은 제주에서 귀양살이하고 있는 민무구, 민무질에게 자결하라 명했다. 말이 자결이지 사사賜死나 다름없었다. 순금사호군 이승직과 형조정랑 김자서를 보내 제주에서 귀양살이하고 있던 민무구, 민무질에게 자진해 죽게 하였다.

핏빛 광풍이 휩쓸고 지나갔다. 시정은 살벌했고 민심은 흉흉했다. 대소신료는 지레 겁을 먹고 움츠러들었다.

민무질, 이무 사건을 밀고 갔던 지휘부에서는 더욱 바짝 죄어야 할 필요성을 느꼈다. 관료들의 불평을 방치하거나 백성들의 웅성거림을 방관하면 자신들이 과했다는 것을 스스로 인정하는 꼴이 된다고 판단했다. 그렇게 되면 권력에 맹목적으로 충성하는 자신들의 치부가 드러나고 무소불위의 칼날이 무디어진다고 생각했다.

희생양을 찾고 있던 이들의 정보망에 먹잇감이 포착되었다. '이무 괴담'이었다. 도성에 '왕위가 바뀐다'는 소문이 파다하게 퍼졌다. 왕위가 바뀐다는 것은 현 왕을 부정하고 임금의 퇴출을 의미하는 불경스러운 말이었다. 대역무도의 죄를 씌울 수 있었다.

민심에 촉각을 곤두세우고 있던 순금사에서 역추적에 나섰다. 그러나 백성들의 입에서 입으로 전파된 소문의 진원지를 찾기란 쉽지 않았다.

탐문의 범위를 성내로 압축한 순금사는 종루와 운종가를 샅샅이 뒤졌다. 피맛골 곰보댁 국밥집에 불경스러워 보이는 사내들이 드나든다는 첩보를 입수한 순금사는 망원을 투입했다.

"어, 여기 탁배기 두 사발만 주쇼."

아니나 다를까 얼굴에 마마 자국이 선명한 곰보댁이 헝클어진 머리를 쓸어올리며 탁배기가 담긴 호리병을 가지고 왔다.

구석진 자리에서 국밥에 탁배기를 걸치던 일단의 무리 중에 한 사내가 칼칼한 목소리로 말했다.

"천벌을 받을 놈들이지…. 이럴 때 벼락은 왜 놀고 있는지 모르겠어?"

"푸하하하. 그러게 말이야."

"이무 정승이 아까운 인물이야."

이것을 놓칠 리 없는 순금사 망원은 이들에게 접근하여 소문의 진원지를 밝혀냈다. 인달방에 살고 있는 한용이라는 사람이었다.

"왕위가 바뀔 것이라고 한 말이 네가 지어낸 말이 맞으렸다?"

순금사에 투옥된 한용에게 매타작이 시작되었다.

"지가 한 말은 맞습니다만 지가 지어낸 말은 아닙니다요."

"누구한테 들었느냐?"

"정인수라는 사람한테 들었습니다요."

정인수와 한용은 같은 동네 사람이었다. 즉시 정인수를 잡아들였다.

"네가 지어낸 말이 맞으렸다?"

"아닙니다요. 꿈에서 그랬습니다."

심문하던 옥관은 맥이 풀렸다.

"그래, 꿈에서 누가 그러더냐?"

"지가 잠을 자고 있는데 이무 정승이 왕이 되어 의장을 갖추고 길거리를 지나가는 것을 봤습니다요. 그래서 그 이야기를 한용에게 했는데 그게 무슨 큰 잘못이라도 됐습니까?"

정인수는 매를 맞으면서도 할 말은 했다. 어처구니없는 심문이었지만 계통을 따라 태종 이방원에게 보고했다.

"꿈에서는 하늘에도 오르고 공중에도 나르고 탄환허망誕幻虛妄● 하여 믿을 수 없는 것이다. 다만 꿈에 큰일을 보고 남과 말을 하였으니 이것이 죄다."

보고를 받은 태종 이방원은 곤장을 때려 석방하라고 순금사에 명했다. 하지만 파문이 일었다. 왕위와 국가를 거론하는 것은 곧 국사범이었다. 이렇게 큰 죄인을 어떻게 석방할 수 있느냐 하는 것이다. 묵과할 수 없는 일이라고 의정부에서 들고 일어났다.

●탄환허망(誕幻虛妄)
환상과 허망

"옛사람이 이르기를 '낮에 한 일을 밤에 꿈꾸는 것이다' 하였으니 정인수가 평일에 이러한 마음이 없었다면 어찌 이러한 꿈을 꾸었겠습니까? 비록 실지로 꿈을 꾸었다 하더라도 깨어난 뒤에는 마땅히 두려워하여 감히 말을 발설하지 않았어야 할 것인데, 의심치 않고 발설하였으니 그 마음을 헤아릴 수 없습니다."

"어떻게 꿈속의 일을 가지고 실형으로 처단할 수 있겠는가?"

"꿈이 비록 허탄한 것이긴 하나 이무가 왕이 된 꿈을 꾸어 발설한 정인수는 부도한 것이고, 또 그 말이 꿈이라는 것을 알면서도 퍼뜨린 한용도 불궤한 것이오니, 청컨대 큰 말을 발설한 율에 의하여 시행하소서."

한용과 정인수는 참형에 처해졌다. 목이 잘리는 형벌이다. 큰 말을 퍼뜨린 죄라는 것이다.

후폭풍은 여기에서 잦아들지 않았다. 조희민 가家에 몰아쳤다. 혁명에 공을 세운 아들 조희민이 유배지에서 처형되자 아버지 조호는 망연자실했다. '세상에 이럴 수 있느냐?'고 탄식했지만 하늘은 도와주지 않았다. 울화통이 치밀어 한마디 내뱉은 것이 화근이 되었다. 일명 설화舌禍다.

조호가 자신의 부인과 단둘이 있을 때 말을 꺼냈다.

"이무 정승은 인물이 훤하니 왕이 될 만해."

이때, 집에 자주 드나들던 중 묘음이 들어서고 있었다.

"그게 무슨 말이오?"

깜짝 놀란 부인은 남편에게 눈총을 주며 묘음을 맞이했다. 남편의 말을 감추려는 듯 묘음을 돌아보며 겸연쩍게 웃으며 말했다.

"여승은 말을 많이 하지 않는 사람이니까…."

부인이 혼잣말처럼 중얼거렸으나 중 묘음에게 들은 소리를 입 밖에 내지 말라는 부탁이었다. 하지만 이 말은 묘음의 입을 통하여 전 대호군 유혜강에게 전해졌고, 유혜강은 그 자부 성석인에게 전하고 또 좌정승 성석린의 귀에 들어갔다.

순금사사직 김자양을 합포에 보내 조호를 잡아들인 의정부는, 조희민의 아들 조금음, 조동가, 조벌, 그리고 조희민의 어머니를 옥에 가두었다. 죄인들로부터 실토를 받아내기 위하여 순금사로 하여금 형문을 가할 수 있도록 윤허해달라고 임금에게 주청했다.

"어찌 혹독한 형벌을 가하여 거짓 자백을 받아내어서야 되겠느냐?"

"조호와 묘음의 말이 각기 어긋남이 있습니다."

"조호가 이미 자복하지 않고 또 증거가 분명하지 않으니 어찌 함부로 죄를 가할 수 있는가? 조호는 늙고 또 병이 들었으며 묘음은 나이가 70세가 넘었으니 지나치게 형벌을 가하여 옥사를 이룰 수는 없다."

"우리 국가가 옥사를 결단하는 것이 밝지 않음이 없습니다. 지금 이 사람을 용서하면 고발한 자를 어떻게 처치하려 하십니까? 고발한 자가 사실이라 하면 그 죄가 저 사람에게 있고 사실이 아니면 그 죄가 고발한 자에 해당하는데, 어찌 가리지 않고 중지하겠습니까?"

"이미 묘음을 석방하였고 조호가 불복하였으니 어떻게 그 정상을 얻겠는가? 만일 초사를 바치지 않고 옥중에서 죽는다면 그 허실이 나타나지 아니하여 모든 사람들이 다 의심하기를, '지난날의 옥사를 결단한 것도 이와 같이 밝지 못하다'고 할 것이니 내 마음에 미편未便한 점이 있을 것이다. 어찌 천의天意에 합하겠는가?"

태종 이방원은 조호가 형문을 받다 죽는다면 이무, 민무질 사건도 가혹한 형문에 의하여 조작된 사건이라고 비판받는 것을 두려워하고 있었다. 대간은 물러서지 않았다. 끝내 임금이 물러서고 말았다.

"혹독한 형문을 가하여 후세에 웃음을 사지 말라."

심하게 다루지 말라 했지만 결과에 급급한 심문관의 매타작이 시작되었다. 그런데 일이 크게 번져버렸다. 형문을 견디지 못한 조호가 죽어버린 것이다. 당황한 순금사에서 대역죄로 처단할 것을 주청했다. 형문 중에 죄인이 죽은 것에 대노한 태종 이방원이 이응, 유정현을 불러 질책했다.

"조호가 그 정상을 다 토설하지 아니하고 죽었으니, 어찌 정상을 다 토설하지 않은 사람을 극형에 처하고 그 삼족을 멸하는 것이 인정에 합하겠는가?"

"조호가 비록 정상을 토설하지 않았으나 증거가 명백하니, 율에 의하여 시행할 수 있습니다. 이것을 용서하고 죄 주지 않는다면 뒤에 대역을 범하는 자가 반드시 본받아서, 비록 죽는 데에 이르더라도 진정을 토설하지 아니하여 면하기를 꾀할 것입니다.

죽은 자는 말이 없다. 순금사는 자신들의 가혹행위가 드러나는 것이 두려웠다. 순금사의 주청에 따라 조호의 시신을 혜민국 거리에서 거열하였다. 죽은 사람의 팔과 다리를 묶어 각기 다른 방향으로 우마차를 끌어 시신이 찢어지게 하는 참혹한 형벌이다. 사건의 진실을 알 수 없는 백성들이 보는 앞에서 이러한 처형을 하는 것은, 공포 분위기를 조성하기 위한 전시효과였다.

옥에서 이 소식을 전해들은 조호의 부인 노씨는 자결을 결심했다. 승승장구 잘나가던 아들이 처형되고 남편이 거열당하는 세상, 더 이상 살고 싶은 미련이 없었다. 수자守者●들이 없는 사이 목을 매달아 자결하려다 옥졸에게 발견되어 미수에 그쳤다. 죽음마저도 자기 마음대로 할 수 없는 것이 죄인이었다. 부인에게 심문관의 형문이 시작되었다.

● 수자(守者) 지키는 사람

"왜 죽으려 했느냐?"

"지아비가 죽었으니 아내가 살아 무엇 하겠느냐?"

"발칙한 것 같으니라고. 네 목숨은 네 것이 아니라 나라 것이다. 네 남편의 불궤한 말을 듣지 못하였느냐?"

"제공들은 부인이 없소? 부부 사이에는 비록 죄를 범하였더라도 서로 숨겨주는 것이 정리인데, 하물며 남편이 하지 않은 말을 내가 어찌 했다고 말할 수 있겠소? 내가 만일 매에 못 이겨 없는 일을 사실이라고 증언하고 내가 죽어 황천에서 남편을 만나면 남편이 내게 묻기를, '내가 실지로 말한 적이 없는데 네가 어째서 거짓 증언하여 죄를 만들었느냐?' 하면 내가 어떻게 대답하겠소?"

"어째서 '그 입, 그 입' 하였느냐?"

중 묘음이 조호의 집에 들어설 때 아내가 남편의 입을 가로막으며 핀잔을 주었다고 고발했던 일을 상기시키는 말이다. 중 묘음은 이 소리를 '들었다' 하고 조호는 '듣지 않았다' 고 항변하며 죽어갔다.

"어찌 아내가 남편을 위하여 이런 용렬한 말을 할 리가 있겠소? 지금 일을 묻는 여러 재신들이 모두 부인이 있으니 누가 이런 사람이 있겠소? 우리 가문은 일찍이 이렇지 않았소."

부인 노씨는 칼칼했다. 재상이나 대소신료들의 부인에는 그런 천박한 말을 하는 사람이 없다는 얘기였다. 자신을 압박해 거짓 증언을 받아내면 너희들이 상전으로 모시는 재상과 신하들의 부인들이 모두 다 천박하다는 논리였다.

비록 아녀자지만 글을 읽고 깨우친 부인이었다. 예문관 관리의 부인으로서도 부족함이 없었고 아들을 대신大臣 반열로 키워낸 어머니였다.

논리정연하고 당당한 부인의 기개에 감동한 옥관은 자신이 부끄러웠다. 형문을 중지하고 그때까지의 초사를 보고했다. 초사를 받아든 태종 이방원은 조호의 처 노씨를 용서하여 석방하라 명했다. 뿐만 아니라 관천官賤에 속하여 노비생활을 하고 있는 조호의 아들 조수와 조아를 석방하라 명하고, 나라에 속공屬公된 노비를 돌려주라 명했다.

부동산 광풍

　민무구, 민무질 형제와 이무를 죽음으로 처결한 태종 이방원은 심신이 피로했다. 쉬고 싶었다. 고심 끝에 개성으로 방향을 잡았다. 의정부에 개성 거둥을 준비하라 명했다.

　공신과 정승은 물론 각사를 절반으로 나누어, 반은 한양에 남고 반은 호종하게 했다. 한양에는 오직 한성부, 성균관, 전사시, 전농시, 광흥창, 도염서, 혜민국, 제생원, 전옥서만이 도성에 머물게 했다. 조정이 옮겨가는 셈이었다. 이러한 채비는 하루 이틀에 돌아올 일이 아니라 장기간 머무를 계획이라는 뜻이었다.

　중궁전을 지키던 정비 민씨와 세자 양녕은 물론 왕자도 대동했다. 어엿한 성년에 이른 세자 양녕은 세자빈을 거느리고 뒤따랐다.

　태종 이방원의 개성 행차는 아버지와 두 동생을 잃고 비탄에 잠겨 있는 정비 민씨를 위로하기 위한 배려도 깔려 있었다. 깜짝 선물도 준비했다.

　한양을 떠나던 날, 태종 이방원은 번잡스러운 공식행사를 금지시켰다. 이에 사간원에서 예의에 어긋난다며 상소했다.

　"인군人君의 거동은 대절大節입니다. 유후사에 행행行幸함에 있어서 성城에 드시는 길과 연輦에서 내리시는 때에 모두 처음 즉위하신 때와 같지 않으시니 신 등은 유감스럽습니다. 원컨대 지금부터 무릇 행행하실 때에 모든 대간과 법관으로 하여금 수종隨從하게 하고 영송迎送하게 하여 만세에 법을 남기소서."

　간소함이 도에 지나쳤으니 위엄을 세워달라는 얘기였다. 태종 이방원은 반송정에서의 환송행사마저 시행하지 말라 일렀다. 조용히 떠나서 소리 없이 돌아오고 싶다는 뜻이었다. 임금을 태운 어가가 임진 나루터에 머무를 때 태종 이방원이 세자 양녕을 불렀다.

"세자는 도성으로 돌아가라."

"전하, 아니 되옵니다. 전하께서 도성에 돌아가실 때까지 소자가 시종 하겠습니다."

태종 이방원은 세자 양녕의 소청을 가납했다. 임금이 도성을 비우면 세자가 지키는 것이 관례였다. 그런데 태종 이방원이 허락했다. 왕도 한양은 권력이 공동화된 도읍지가 된 것이다. 이때 뜻밖의 문제가 불거졌다. 부동산 광풍이었다.

태종 이방원이 대소신료를 이끌고 개성으로 행차하자 한양에는 이상한 소문이 나돌았다. 개성으로 또다시 천도할 것이라는 유언비어였다. 개성에서 한양으로 환도할 때 곤혹을 치른 관료들이 먼저 선수를 치고 나간 것이다. 정보의 옳고 그름을 떠나 사대부들이 움직이니 이재理財에 밝은 잡배들이 뛰어들었다.

개성에 부동산 광풍이 불었다. 한양의 집값은 폭락했고 개성의 집값은 하늘 높은 줄 모르고 치솟았다. 이에 편승하여 사대부의 부인과 고위관리들의 부인들이 나서기 시작했다. 이들은 개성의 땅과 집을 닥치는 대로 사들였다. 덩달아 집값과 땅값이 뛰어 올랐다.

태종 즉위 초, 갑작스러운 한양 환도 당시 집을 마련하지 못한 관료들은 식솔들을 거느리고 고생을 많이 했다. 집이 있는 개성으로 출퇴근할 수도 없고, 집을 사자니 한양 집값이 폭등하여 개경 집을 판 돈으로는 엄두를 내지 못했다. 다른 사람이 사놓은 집을 웃돈을 주고 사들이거나, 집 매입 과정에서 무리수를 두어 송사가 빈발하여 파직된 관리가 하나 둘이 아니었다.

모든 것의 매매에는 호가와 매매가가 있게 마련인데, 당시 관료들은 우월적 지위를 이용하여 터무니없는 값을 쥐여주며 힘없는 백성들의 집을 빼앗다시피 했다. 삶의 터전을 관료들에게 빼앗긴 백성들은 관료들을 성토했다. 백성들의 민원과 쟁소가 끊이지 않자 조정에서 구의동에 대토를 마련해주고 백성들의 불만을 잠재운 일이 있었다.

한양과 개성에 일고 있는 부동산 사태의 심각성을 파악한 사헌부에서 상소문을 올렸다.

"천사遷徙하는 거동은 신중하게 하지 않을 수 없습니다. 전하께서 구도舊都에 이어移御하신 것은 부득이한 일입니다. 시종하는 신하가 다투어 서로 가권家眷을 끌고 오니, 무지한 백성들이 고토를 그리는 정으로 낙역부절絡繹不絕 합니다. 시종하는 대소신료로 하여금 가권을 끌고 오지 못하게 하고, 이미 온 자는 되돌아가게 하면 민생을 진정시킬 수 있을 것입니다."

● 천사(遷徙) 움직여서 옮김
● 구도(舊都) 예전의 도읍
● 낙역부절(絡繹不絕) 소식이 끊이지 않음

낙역부절. 개성에 집을 사려는 사람들이 한양에서 개경에 이르는 길에 끊이지 않으니 특단의 대책이 필요하다는 말이다. 이에 태종 이방원은 단호한 조치를 내놓았다.

"여러 신하들이 가족을 끌고 오는 것은 불가하다. 관진關津으로 하여금 부녀자가 강을 건너는 것을 금지하라."

이때부터 임진나루터에 검문소를 설치하고 부녀자들의 도강을 금지하였다. 도강 금지가 부동산 광풍에는 약효를 발휘했지만 또 다른 부작용이 튀어나왔다. 임금을 따라 개성에 호종한 신료들을 홀아비로 만들고 이산가족을 만들었다. 때아니게 색향 평양이 호황을 맞았다. 평양에서 개성에 이르는 길목에 여인들의 행렬이 줄을 이었다.

경덕궁에 행재소를 마련한 태종 이방원은 사냥으로 소일하며 심신을 추슬렀다. 새벽에 나가 열마파에서 노루 33마리를 잡고 밤에 돌아오니, 의정부에서 각사를 거느리고 선의문 밖에서 맞이하였다. 태종 이방원은 이러한 격식이 싫었다.

"오래 사냥하는 것도 아닌데 교외에서 맞이하는 것은 부당하다."

의정부사인을 불러 책망하고 대언이 각사에서 마중 나오는 것을 금하지 않았다고 예조좌랑 심도원을 칼을 씌워 순금옥에 가두었다가 조금 뒤에 석방했다. 경고 표시였다.

임금이 개성에 머무르는 시간이 장기화되자 한양 민심이 다시 술렁거렸다. '개성 천도가 헛소문이 아니지 않느냐?' 하는 것이었다. 흔들리는 한양 민심을 잠재워야 할 필요성을 느낀 태종 이방원은 세자 양녕을 한양으로 돌려보냈다.

정비 민씨와 평주 온천에서 휴식을 취하던 태종 이방원이 지신사 안등을 불러 교지를 내렸다.

"이천우로 의정부찬성사 겸 판의용순금사사, 이숙번을 참찬의정부사 겸 지의흥부사, 민무휼을 우군동지총제, 민무회로 한성윤을 삼는다."

두 형이 처형되는 것을 목격하며 정치의 비정함에 정치와 손을 끊고 재야에 묻혀 있는 민무휼과 민무회를 발탁하는 파격적인 인사이동이었다. 격랑이 일었던 정치파동에서 두 처남을 죽일 수밖에 없었던 매형의 고심에 찬 결단이었다. 살아 있는 두 처남은 끝까지 보호하겠다는 의지의 표현이었다. 무엇보다도 두 동생을 잃고 가슴앓이하고 있는 정비 민씨에게 최대의 선물이었다.

개성에 머물던 태종 이방원은 5개월 만에 한양으로 돌아왔다. 임금의 어가가 양주 녹양평에 머무르니 세자 양녕이 나가서 맞이하였다.

임금님의 결혼식

임금의 어가 행렬이 흥인문 밖에 이르자 도성의 백성들이 구름처럼 몰려나왔다. 임금이 존경스럽고 위대해서가 아니었다. '개성재천도설'로 뒤숭숭하던 소문을 잠재워 바닥을 모르고 추락하던 한양의 집값을 안정시켰기 때문이다.

도성 백성들의 환영을 받으며 한양으로 돌아온 태종 이방원은 기분이 유쾌하지 않았다. 정비 민씨 때문이었다. 민무구 사건으로 싸늘하기만 하던 정비 민씨의 시선이 개성을 다녀오면 회복되리라 기대했다. 그러나 정비 민씨는 나아진 것이 없었다. 뜨거웠던 몸은 차갑게 식어만 갔고 시선은 싸늘하기만 했다.

민무휼, 민무회에게 관직을 내려주고자 한다는 의중을 내비쳤을 때 반대하는 신하들도 있었다. 꺼져가는 불길에 기름을 붓는 격이라고 한사코 반대하는 의견을 물리치고 태종 이방원은 통 크게 관직을 내렸다. 반대하는 사람들의 예봉을 꺾기 위하여, 반대 무리의 중심에 있는 사람과 같은 인사이동에 민무휼 형제의 이름을 넣었다.

그런데 정비 민씨가 몰라주고 있었다. 한양에 돌아온 태종 이방원은 정비 민씨가 야속을 넘어 괘씸했다. 대소신료들이 퇴궐한 늦은 밤, 태종 이방원은 지신사 김여지를 소침小寢으로 불렀다. 태종 이방원이 소침에 머무른다는 것은 요샛말로 풀이하면 왕비와 부부관계를 끊고 각방을 쓰고 있다는 뜻이었다.

"부부는 사람의 대륜인데 지금 정비가 민무구 일 때문에 속으로 불평을 품고 여러 번 불손한 말을 하였다. 지난날에 내가 창병이 몹시 크게 났을 때 가만히 여시女侍와 결탁하여 병세를 엿보고 이무와 더불어 불궤를 음모하였으니, 이것이 바로 민무구 죄의 출발이었다. 정비가 이것을 돌아보지 않고 사사로운 분한忿恨을 품으니, 내가 폐출하여 후세를 경계하고자 하나 조강지처임을 생각하여 차마 버리지 못하겠다."

"정비는 이미 정적正嫡이고 나라의 국모이며 또 자손이 많으니 가볍게 움직일 수 없습니다. 원컨대, 깊이 생각하소서."

"나도 또한 가볍게 폐하고자 하는 것이 아니다. 정비를 대신하여 내사內事를 이끌어갈 만한 자를 선택하여 들이고자 하는 것이다. 지신사는 과인이 하는 말을 기초하여 의정부에 내려라."

태종 이방원은 지신사 김여지에게 임금의 혼인문제를 기초하라 명했다.

"부인이 남편의 집을 안으로 하고 부모를 밖으로 하는 것은 고금에 통한 의리다. 정비가 민무구의 원망을 끼고 여러 번 불손한 말을 하여 폐출하고자 하였으나, 다만 예전 정리를 생각하여 스스로 새로워지기를 기다리겠다. 정부는 훈구의 집과 충의의 가문에 내사를 잘 보살필 수 있는 여자를 선택하여 아뢰라."

지신사 김여지를 통하여 자신의 뜻을 전한 태종 이방원은, 영의정부사 하륜, 우정승 조영무, 그리고 예조판서를 불렀다.

"지금 즉시 가례색을 설치하도록 하라."

정승과 판서는 어리둥절했다.

"무엇들을 하느냐? 가례색을 설치하라고 하지 않았더냐?"

"예, 명대로 거행하겠습니다."

하륜이 머리를 조아렸다. 임금의 불호령에 다른 대안이 없었다.

"예조는 비빈 제도를 상고하라."

"가례는 내치를 바르게 해서 위로는 종묘를 받들고 아래로는 후사를 잇자는 것이니, 신중히 하여 예를 갖추지 않을 수 없는 것입니다. 삼가 상고하건대, 예기禮記에 천자天子의 후后는 6궁宮, 3부인夫人, 9빈嬪 27세부世婦, 81어처御妻를 세워 천하의 내치를 돕는다고 하였습니다.

춘추호씨전을 상고하면 '제후諸侯는 한 번에 아홉 여자에게 장가드는데 적부인嫡夫人이 행行하면 질제姪娣가 따른다. 그런즉, 부인이 1이고 잉이 2이고 질제가 6이라' 하였습니다. 그 칭호는 세부를 빈으로 하고 처를 잉으로 하여 후세에 법을 삼으면 법도에 어긋남이 없을 것입니다."

중국의 천자는 126명의 여자를 거느리고 제후 즉, 왕은 10명의 여자를 거느릴 수 있다는 뜻이었다. 태종 이방원은 흡족했다.

"1빈 2잉으로 제도를 삼도록 하라."

처첩 제도가 아니라 빈잉 제도가 순간에 확정되었다. 태종 이방원의 새 장가는 일사천리로 진행되었다. 영의정 하륜, 좌정승 성석린, 우정승 조영무를 도제조로 하는 가례색이 설치되었다. 가례색은 왕실의 혼인을 전담하는 임시기구다.

의정부 찬성사 이천우, 칠성군 윤저, 대사헌 박경, 지의정부사 이응이 제조가 되고, 좌사간 정준과 신개가 가례색 별감이 되었다. 가례색 별감은 예쁘고 잘생긴 처녀를 끌어오는 데 있어서 무소불위의 권력을 행사하는 감투다.

의정부에서 오부에 명하여 전국에 혼인을 금지시켰다. 금혼령이었다. 금혼령이라고 해서 모든 혼례가 금지된 것은 아니었다. 13~17세에 해당하는 규수가 대상이었다. 좋은 처녀를 골라내기 위한 조치였다.

조선 후기의 금혼령은 팔도에 방을 붙이고 혼례를 금지했다. 하지만 이것은 요식행위에 불과했고, 정치적인 이해타산에 따라 명문 사대부 가家의 규수가 미리 정해져 있었다. 그러나 별감이 지방으로 뛰는 태종 이방원의 금혼령은 실질적인 규수를 찾아내기 위한 방편이었다.

여기저기에서 처녀 단자가 들어왔다. 처녀 단자란 처녀의 사주, 사는 곳, 아버지와 할아버지, 그리고 증조할아버지의 이력과 외할아버지의 내력을 적은 문서를 이르는 말이다. 사가私家에서의 혼인은 신랑의 사주 단자를 신부 집에 보내는 것이 예법이지만 왕실에서는 그 반대였다.

왕실에서의 간택 기준은 가계 혈통과 규수의 부덕, 그리고 미모였다. 미모에서 제일 관심 깊게 보는 것은 피부 색깔과 골반이었다. 피부에서 으뜸으로 친 것은 우윳빛 하얀 피부였다. 골반은 왕자 생산 능력의 척도였다.

드디어 규수가 선정되었다. 삼간택의 관문을 통과한 처녀는 판통례문사 김구덕의 딸이었다. 이렇게 간택된 규수는 본인은 물론 가문의 영광이었고, 내명부의 우두머리가 되는 것이 관례였지만 오늘의 간택은 그렇지 않았다. 중궁전에 정비 민씨가 두 눈을 부릅뜨고 있었기 때문이다.

처녀를 맞이하여 새 장가 들게 된 태종 이방원이 지신사 김여지에게 물었다.

"판각判閣이나 근시近侍의 벼슬은 빈의 아비로 시킬 수 없을까?"

"전례로는 마땅히 군君을 봉하여야 합니다."

이미 왕자(경녕군)를 생산한 효빈 김씨의 아버지와 소빈 노씨의 아버지 노귀산에게 벼슬을 내려줄 방법을 찾아보라는 얘기였다.

태종 이방원의 혼인은 차질 없이 진행되었다. 영의정 하륜이 가례사의를 올렸다.

"가례 때에 임헌명사臨軒命使, 납채納采, 문명問名, 납길納吉, 납징納徵, 고기告期, 고묘告廟 등 모든 절차를 예조로 하여금 시행하게 하소서."

조선 후기에 들어와서 의혼, 납채, 납폐, 친영, 부현구고, 묘현의 여섯 가지 절차로 변형되었지만 초기에는 좀더 까다로웠다. 중매를 넣고 약혼식을 하며 폐백을 받고, 신랑이 신부의 집에 가서 신부를 데려오는 등의 절차를 행하자는 것이다.

"천자도 후后를 맞이하는 것 외에는 이 예를 행하지 않는데, 하물며 제후가 빈잉을 들이는 것이겠느냐?"

태종 이방원은 간소하게 하라 일렀다. 옛 법을 거론했지만 실은 새 신랑도 아닌 구 신랑이 민망하고 겸연쩍다는 쑥스러움의 또 다른 표현이었다. 또한 왕이 처녀의 집에 가서 혼례를 치르고 처가에 묵는다는 것은 현실적으로 어려움이 많았다.

이러한 문제점을 해소하기 위하여 특별조치가 취해졌다. 대궐 안에 규수의 거처를 임시로 만드는 것이었다. 국가에서 몰수한 이무의 집을 의령군 남재에게 주었다. 남재의 집으로 동궁東宮을 만들고 연화방 동궁에서 가례를 행하기 위함이었다.

드디어 44세 새 신랑 태종 이방원이 처녀를 맞이하여 새 장가 드는 날이 돌아왔다. 혼례를 치른 태종 이방원이 신방에 들었다. 시월 스무이레,

음기가 가장 세다는 그믐 하루 전이었다. 연화방 동궁에 마련된 신방을 밝히던 등촉이 살랑거렸다. 참새의 심장처럼 펄떡거리던 처녀의 가슴이 바람을 일으켜서일까? 가느다랗게 흔들리던 등불이 꺼졌다.

같은 시각, 중궁전을 지키던 정비 민씨는 시종하는 시녀를 물리치고 혼자 있었다. 밤은 깊어가건만 두 눈은 오히려 초롱초롱했다. 앉아 있는 모습이 흡사 돌부처 같았다. 입술이 파르르 떨렸다.

칠흑같이 어두운 밤 이경二更, 정비 민씨는 밤하늘을 바라보며 악이라도 써보고 싶었다.

"천벌을 받을…."

혼잣말처럼 중얼거리면서도 마지막 '놈'이라는 말은 입에 담지 못했다. 적어도 한 나라의 국모로서 그런 천박한 말은 입에 담고 싶지 않았다. 비록 지아비가 '놈' 같은 짓을 해도 차마 그 말은 입에 담을 수 없었다.

첫날밤을 치른 태종 이방원은 이미 가슴에 품은 김점의 딸을 빈으로 봉하고, 노귀산의 딸과 김구덕의 딸을 잉으로 삼았다. 김점의 딸 김씨는 명빈이 되었고, 노귀산의 딸 노씨는 소혜궁주, 김구덕의 딸 김씨는 숙공궁주가 되었다.

5장
권력은 바람이고
권세는 구름이던가

치수사업

혼례를 끝낸 태종 이방원은 인사이동을 단행했다.

"하구와 노귀산을 좌군총제로, 김구덕을 우군동지총제로, 한옹을 한성 부윤으로, 김점을 공조참의로, 맹사성을 판충주목사로, 탁신을 동부대언으로 한다."

하구는 하륜의 아들이다. 처음 하구를 도총제로 삼았으나 '도총제는 원로 장수의 직책인데 하구가 나이 젊고 아는 것이 없으니 이 직책에 합당하지 않다'는 하륜의 주청을 받아들여 한 등 내린 것이고, 태종 이방원의 지근거리에 있던 맹사성의 충주행은 하방이었다.

"광통교의 흙다리가 비만 오면 무너지니, 청컨대 정릉 구기舊基의 돌로 돌다리를 만드소서."

의정부에서 상언이 올라왔다. 정동에 있는 신덕왕후 강씨의 능침에, 병풍석과 신장석으로 사용된 석물을 해체 운반하여 돌다리를 만들자는 것이다. 의정부의 이름을 빌렸지만 왕심을 읽어내는 데 천재성을 발휘하는 귀재의 복안이었다.

신덕왕후 강씨가 세상을 떠나자 태조 이성계는 웅장한 능침을 조성하라고 감역제조 김주에게 명했다.

"정릉과 요물고를 빨리 만들 필요는 없으나 사리전 건축은 내가 원한 지가 오래 되었는데 지금 일을 마치지 않으면 후일에 이를 저지시킬 사람이 있을까 염려되니, 빨리 성취하여 나의 소망에 보답하라."

산릉의 능침사찰로 흥천사를 짓고 사리전을 지으라는 것이다. 그것도 자기 대가 아니면 중지될 수 있으니 빨리 서두르라는 것이다. 이때 태조 이성계가 사찰 공사를 저지시킬 수 있는 자로 지목한 사람은 태종 이방원이었다.

이방원이 아무런 직책이 없는 야인으로 권력의 변방에 서성거리고 있지만 이성계는 그의 야심을 잘 알고 있었다. 유학을 공부하여 성리학을 숭상하고 있는 이방원이 언젠가 왕위에 오르면 불교를 배척하리라 예상하고 있었던 것이다.

신덕왕후 능침과 흥천사 공사에 속도가 붙었다. 태조 이성계 곁에 항상 붙어다니던 환자 김사행이 잔재주와 아첨을 떨어, 능침과 흥천사가 호화롭고 사치스럽게 완공되었다.

당대 최고의 석공을 동원하여 조각한 화엄신장을 둘러싼 구름무늬가 있는 병풍석은 하나의 예술품이었다. 덩굴무늬를 아로새긴 열두 개의 돌은, 태조 이성계가 먼저 간 신덕왕후 강씨에게 바치는 사부곡의 또 다른 표현이었다.

이렇게 완성된 능침에 수호군 수백 명을 배치하여 시위하게 하니 백성들의 원성이 비등했다. 이에 태조 이성계는 허약한 수호군 100명을 골라내어 원대 복귀시키기도 했다. 또한 청해도 사람 최백안과 부개 등 일곱 집을 상주하게 하고, 그들이 안심하고 능침 봉사에 전념하도록 과주에 전지 2결씩을 주었다.

능지기도 감투런가. 주변 백성에 대한 이들의 횡포가 심했다. 태조 이성계가 몇 번 경고를 주었으나 이들의 나쁜 짓이 그치지 않았다. 결국 태조 이성계는 최백안과 부개를 연변 지방으로 내쳐 군대에 편입시켜버렸다.

신덕왕후의 영정을 정릉 흥천사에 봉안한 태조 이성계는, 흥천사 탑전에서 7일 동안 불사를 베풀었다. 사리舍利 4매가 분신分身하니 유동에 불당을 짓고 사리를 안치했다.

또한 금강산으로 유람을 떠나기 전 흥천사를 방문하여 정근법석을 베풀고, 자신이 입고 있던 용포를 벗어 부처에게 시사施捨하였다.

"장차 오대산과 낙산에 거둥하려 하니 길을 밝혀주소서."

태조 이성계가 금강산을 다녀와서 맨 처음 찾는 곳이 정릉이었다. 흥천사 계성전에 친히 전奠 드리고 중관에게 명하여 정릉에 전 드리게 하였다. 사리전에 들어가 직접 분향하고 부처에게 배례하고서 산릉을 돌아보면서, 그칠 줄 모르고 눈물을 흘렸다.

이렇게 태조 이성계가 정성을 들인 곳이 정릉과 흥천사였다. 아버지의 손때가 묻어 있고 흔적이 남아 있는 정릉을 헐어낸다는 것이 태종은 불효인 것만 같았다. 우선 산릉 권역을 줄이기로 했다.

"정릉이 도성에 있는데도 영역이 너무 넓으니 백성들의 원망이 많다. 능에서 1백 보 밖에는 사람들에게 집을 지어 살도록 하라."

임금의 명이 떨어지기 바쁘게 세력가들이 기다렸다는 듯이 좋은 땅을 선점하였다. 무주공산이나 다름없었기 때문이다. 이때 좌정승 하륜이 여러 사위를 내세워 많은 땅을 차지했다.

태조 이성계의 제2부인 신덕왕후 강씨가 잠들어 있는 정릉은 태종 이방원에게 눈엣가시였다. 아버지 이성계에게는 잊을 수 없는 여인이었지만 태종 이방원에게는 원한이 맺혀 있는 여인이었다.

"옛 제왕의 능묘가 모두 도성 밖에 있는데 지금 정릉이 성 안에 있는 것은 적당하지 못하고, 또 사신이 묵는 관사에 가까우니 사을한의 산기슭으로 옮기도록 하소서."

"정릉의 능침을 헐어 광통교를 짓고 정자각을 헐어서 누樓 3간을 짓고 태평관의 구 건물을 가지고 동헌과 서헌으로 나누면, 목석의 공력을 덜고 일도 쉽게 이루어질 것이다. 이는 '정자 터를 높이 쌓고 가운데에 누각을 짓고 동쪽과 서쪽에 헌軒을 지으면 아름다울 것이다'고 한 황엄의 의견에 따른 것이다."

"석인을 가지고 주초柱礎를 메우는 것이 좋겠습니다."

황희가 말했다. 문인석과 무인석을 주초로 사용하자는 것이다.

"옳지 못하다. 땅에 묻는 것이 마땅하다. 정릉의 돌을 운반하여 돌다리 놓는 데 사용하고 그 봉분은 흔적을 없애 사람들이 알아볼 수 없게 할 것이며 석인石人●은 땅을 파고 묻도록 하라."

태종 이방원은 태평관 감조제조 이귀령에게 명했다. 능침을 헐어서 다리를 만들고 정자각 터에 사신을 위한 누각을 만들라는 것이다. 황엄은 명나라에서 조선에 파견한 내사였다.

●석인(石人)
무덤 앞에 세우는, 돌로 만든 사람의 형상

이렇게 하여 웅장하게 조성된 정동의 정릉을 헐어내고 오늘날의 정릉으로 간소하게 이장했다. 정동의 구기 터에 남아 있던 병풍석과 석물을 옮겨와 돌다리를 만들었다. 오늘날의 광통교다. 이때가 태종 10년 8월 8일이었다.

권력획득과 기반조성에 여념이 없던 태종 이방원이, 매년 비만 오면 유실되던 흙다리 광통교를 돌다리로 건설하고 이제야 비로소 치수治水에 관심을 갖기 시작했다.

"해마다 비가 많이 오는 여름철이면 천변의 물이 넘쳐 민가가 침수되니, 밤낮으로 근심이 되어 개천 길을 열고자 한 지가 오래다. 개천도감을 설치하라."

이름 없는 하천 청계천의 본격 치수사업이었다. 도읍지를 동서로 관통하는 하천이고 시냇물이었다. 건천이기 때문에 수량은 많지 않지만 우기에는 범람하는 것이 예사였다.

고려조의 남경으로 별볼일없던 한양이 조선 개국과 함께 도읍지로 번창하면서 인구가 늘고 가옥도 많아졌다. 왕도에 유입된 기층민들이 천변에 집을 짓고 살면서 홍수기에 피해가 컸다. 개천이 범람하여 종묘 창의문 앞까지 물이 차오르는 대홍수에는 인명피해가 컸다. 왕명에 의하여 개천도감이 설치되었다.

"정월에는 대중을 일으키지 말라고 월령에 나와 있습니다. 지금 대중을 움직여 개천을 파게 되면 곧 경칩이 다가옵니다. 청컨대, 정지하소서."

예조에서 반대 의견이 올라왔다. 백성을 동원하여 개천공사를 시작하면 곧 농사철이 다가오니 진행하기 어렵다는 얘기였다.

"이번 일이 백성에게 폐해가 없겠는가? 아직 후년을 기다리거나 혹 자손 대에 이르게 하는 것이 옳지 않겠는가?"

예조의 의견을 가납한 태종 이방원이 좌정승 성석린에게 물었다.

"명년 2월 초하룻날 역사를 시작하는 일로 이미 충청도와 강원도에 하달하였습니다."

"금년은 윤 12월 15일이 입춘이니 정월의 기후가 반드시 따뜻할 것이다. 2월을 기다리면 농시農時를 빼앗을까 염려되니 정월 보름이 되기 전에 부역을 마치게 하라. 금년에는 경상도와 전라도가 조금 풍년이 들었으니 양도兩道를 소집하는 것이 좋겠다."

"경상도 백성에게는 충주 창倉을 짓는 일을 이미 하달하였습니다."

지의정부사 박신이 말했다.

"그러면 노역을 겹쳐서 행할 수가 없으니 전라상도의 백성을 부역하게 하는 것이 가하다."

"군인은 몇 명이나 동원하느냐?"

"충청도, 강원도, 전라도 군사가 4만 명입니다."

"개천을 파는 일이 거창한데 군인의 수가 적다."

"5만 명으로 하고 정월 15일에 역사를 시작하는 것이 어떻겠습니까?"

"농사에 지장이 없도록 공사를 조속히 마무리하도록 하라."

인력동원 문제가 확정되었는데 안동 대도호부사 최용소와 충청도 도관찰사 한옹이 한양에 올라와 이의를 제기했다.

"갑사甲士와 선군船軍, 그리고 조호助戶는 다른 역사에 참여하지 말라는 것이 이미 나타난 영갑이 있습니다. 지금 개천을 파는 군인을 징발하면 수를 채우기가 어려우니, 가을을 기다려서 역사하게 하는 것이 옳을까 합니다."

국토방위를 우선으로 하는 정예군은 개천공사에 투입할 수 없으니 가을로 미루자는 것이다.

"신도新都의 이 역사는 급히 하지 않을 수 없습니다. 또 지금 기계가 이미 갖춰지고 군인의 수가 이미 정해졌으니 파할 수 없습니다."

계획대로 추진하자고 의정부에서 강력히 주청했다.

"기쁨으로 백성을 부리고 백성을 적당한 시기에 부리는 것은 예전의 도道입니다. 만일 의리에 합한다면 비록 칼날에 죽더라도 또한 분수가 있는 것입니다. 기쁘게 하는 도리는 창고를 열어서 양식을 주고 밤에는 역사를 쉬게 하여, 피로해서 병이 나지 않게 하는 것이 가장 좋습니다."

영의정 하륜이 말했다.

"개천을 파는 것은 폐지할 수 없습니다. 때는 농한기니 무엇이 불가한 것이 있겠습니까?"

좌정승 성석린과 우정승 조영무도 개천공사를 미루어서는 안 된다고 말했다. 개천공사가 시작되었다. 종묘 사직과 산천의 신에게 대신을 보내어 고했다. 수많은 사람이 동원된 공사장에서 사상자가 없기를 바라는 의식이었다. 동원된 군사는 경상도, 전라도, 충청도 3도의 군인 5만 2천 8백 명이었다.

"군인 중에 부모의 상을 입은 자의 수가 3백 명에 이른다 하니 그들은 돌려보내도록 하고, 5만여 명이 먼 길에 쌀을 지고 오는 것이 넉넉지 못할 것이니 군자감의 쌀 4만 4백 석을 내어 군인에게 각각 3두斗씩을 주어 양식으로 하도록 하라."

개천도감제조가 증원되었다. 농번기가 다가오는 공사기간을 넘기지 않기 위해서였다. 남성군 홍서, 화성군 장사정, 희천군 김우, 총제 김중보·유습·이지실·김만수·유은지·이안우·황녹사使와 판관 33명이 투입되었다.

● 파루(罷漏)
통행금지를 해제하기 위하여 종각의 종을 서른세 번 치던 일

● 인정(人定)
밤에 통행금지를 위해 종을 치던 일

● 방헐(放歇)
놓아두다. 쉬게 하다

"부역자와 군인이 일하고 쉬는 법은 파루罷漏● 뒤에 역사를 시작하여 인정人停● 뒤에 방헐放歇● 하게 하라. 만일 명령을 어기고 백성을 과중하게 역사시키는 자가 있으면 마땅히 중하게 논죄하겠다. 또한 전의감, 혜민서, 제생원은 미리 약을 만들고 막幕을 쳐서, 만일 병이 난 자가 있으면 곧 구제 치료하여 생명을 잃지 않도록 하라."

대규모 인력을 동원한 개천공사가 끝났다. 개천이 태어난 이래 최초로 행하는 대대적인 공사였다. 개천공사에 징발된 백성들의 농사에 지장을 주지 않기 위하여 공사기간을 넘기지 않았다.

장의동 어귀로부터 종묘동 어귀까지 문소전과 창덕궁 문 앞을 모두 돌로 쌓고, 종묘동 어귀로부터 수구문까지는 나무로 방축을 만들었다. 또

한 대·소광통교와 혜정교 및 정선방 동구, 그리고 신화방 동구의 다리는 모두 돌을 썼다. 광통교는 그 당시에 가장 넓은 다리였기에 광통廣通이라는 이름을 얻었다.

혜정교는 운종가에 있던 다리로서 삼청 계곡에서 내려오는 물이 장원서교, 십자각 다리, 중학교橋를 거쳐 혜정교를 지나 청계천에 합류했다.

궁궐이 아닌 일반 백성들이 다니는 길에 돌다리가 등장한다는 것은, 초가집이 콘크리트 슬라브 집으로 변한 것 이상의 혁명적인 사건이었다.

궁궐에 있는 다리는 실용적이라기보다 조형미와 의식적인 면이 강했다. 백악과 북산에서 흐르는 물을 인위적으로 대궐을 휘돌아 흐르도록 하고 그 위에 돌다리를 만들었다. 정문과 중문 사이에 있는 이 다리를 건너는 임금과 신하가 마음을 씻고 '어떻게 하면 백성을 편안하게 하여 태평성대를 이룰 것인지?' 생각하게 하기 위함이었다.

개천 공사를 마감한 개천도감에서 태종에게 보고했다.

"역사에 나와서 병들어 죽은 자가 64명입니다."

과로와 사고로 죽은 사람이 더 많았는데 모두 다 병들어 죽었다고 보고했다. 그러나 태종 이방원은 알고 있었다.

"일에 시달려서 죽은 자는 심히 불쌍하다. 마땅히 그 집의 요역徭役을 면제하고 콩과 쌀을 주라. 또한 어리석은 백성들이 집을 생각하여 다투어 한강을 건너다가 생명을 상할까 염려된다. 각 도의 차사원, 총패 등으로 하여금 운運을 나누어 질서 있게 강을 건너도록 하라."

태종 이방원은 부역에 동원된 백성들이 고향에 돌아간다는 해방감에 들떠 사고가 날까 염려되었다. 순금사대호군 박미와 사직 하형을 나루터에 내보내 차례를 무시하고 강을 건너는 자를 단속하게 하였다.

동원된 백성들을 고향으로 돌려보낸 태종 이방원은 여세를 몰아 경복궁 보수공사에 착수했다. 개천도감을 행랑조성도감으로 개편하고 동원된 군사로 하여금 경복궁 근정전 서쪽에 행랑을 짓고 그 바깥쪽에 못을 파고 누각을 짓는 공사였다. 누각 공사가 끝나자 태종 이방원이 지신사 김여지를 불렀다.

"내가 새 누각의 이름을 경회, 납량, 승운, 과학, 소선, 척진, 기룡이라고 지었는데 어느 것이 좋으냐?"

"경회가 좋습니다."

새 누각을 경회루라 명명한 태종 이방원은 영의정 하륜으로 하여금 경회루 기記를 짓도록 하고 호조판서 한상경에게 글씨를 쓰도록 했다. 또한 세자 양녕으로 하여금 경회루 편액篇額을 크게 써서 걸도록 했다.

경회루를 완공한 태종 이방원은 대소신료와 세자 양녕, 종친, 부마를 불러 기념연회를 했다.

"내가 이 누각을 지은 것은 중국 사신에게 잔치하거나 위로하는 장소를 삼고자 한 것이오, 내가 놀거나 편안히 하자는 곳이 아니다. 실로 모화루와 더불어 뜻이 같다."

박저생 사건

조선은 유교를 이념으로 건국한 국가다. 왕실과 불교, 그리고 권문세족이 뒤엉켜 부패한 고려를 뒤엎고 개국한 조선은 도덕률을 지향했다. 유학에 근거한 도덕은 군신간의 충, 부자간의 효, 부부간의 별別을 그 바탕으로 했다. 이것이 유교국가 조선을 떠받치고 있는 가공할 위력의 삼각편대였다.

이러한 조선에 국초를 뒤흔드는 사건이 터졌다. 이른바 박저생 사건이었다. 아버지가 아들의 첩을 간음하고 그 아비가 죽자 아버지가 취했던 그 여자를 다시 아들이 첩으로 삼는 희대의 치정사건이 터진 것이다. 사건을 일으킨 문제의 당사자들은 원대복귀라고 변명했지만, 삼강오륜을 따지는 조선이라는 나라가 그것을 용납하지 않았다.

태종 12년 12월, 찬바람이 스산한 사헌부에 사건을 고변하는 부인이 있었다.

"아비의 첩을 간음한 자가 있으니 법대로 처결하여 주소서."

"너는 그 아비와 어떠한 관계냐?"

"처이옵니다."

사건을 접수한 사헌부 장령은 머리가 어지러웠다. 그렇다면 어미가 아들을 고발한다는 것이 아닌가.

"그 아들과는 어떠한 관계인가?"

"의자義子입니다."

아비의 후처, 즉 아들의 계모가 의붓아들을 고발한 것이다. 밑그림을 완성한 장령은 아들 박저생을 잡아들였다.

"네가 네 아비의 첩을 취한 것이 사실이렷다?"

"아닙니다요. 그 여자는 원래 소인의 첩이었습니다요."

갈수록 가관이었다.

"그렇다면 네 첩을 네 아비가 빼앗았다는 말이냐?"

"네, 그렇습니다요."

"왜 관가에 고하지 않았느냐?"

"아버지가 소인의 여자를 품었다고 어찌 관가에 고발할 수 있습니까? 아버지가 돌아가시기를 기다렸습죠."

"네 여자를 아비가 빼앗았다 하더라도, 아비의 첩을 네가 다시 취한 것은 네 아비의 첩을 네가 간음한 것이라는 사실을 네가 몰랐더냐?"

풍속의 기강을 다루는 사헌부의 논고는 준엄했다. 법리적으로 사무생유死無生有 즉, 죽은 자는 죄를 물을 수 없고 산 자의 죄를 묻겠다는 뜻이었다. 또한 효란 인륜도덕에 바탕을 둔 효가 가치가 있으며 수평관계가 아니라는 의미를 내포하고 있었다.

"아닙니다요. 소인의 여자를 다시 찾아온 것입니다요."

심문관은 기가 막혔다. 사건을 고발한 계모는 그 여자가 의붓아들의 첩이었다는 사실을 모르고 유산다툼을 하다가 의붓아들을 고발한 것이다. 문제의 여자를 잡아들였다.

"너는 누구의 여자였더냐?"

"박자성의 첩이었습니다."

"그 다음엔?"

"박자성 아비의 첩이었습니다."

"고얀지고. 아들의 여자가 어떻게 아비의 첩이 되었더냐? 아들이 허락이라도 하였더냐?"

"아닙니다요. 서방님이 출타한 밤에 아비가 소첩의 방을 침범하여 범하였습니다."

"네가 행실이 방자하지 못하고 요기를 뿜어 유혹한 것이 아니었더냐?"

"아닙니다요. 소첩은 옹녀와 변강쇠가 무슨 말인지 모르지만 아비가 변강쇠 같았습니다."

심문하던 심문관이 민망하여 더 이상 묻지 못하고 질문을 다른 쪽으로 돌렸다.

"왜 관가에 고변하지 않았느냐?"

"아비가 더 좋았습니다."

심문관은 기가 막혔다. 부끄러움이나 수치심을 느끼지 못하고 아무 거리낌 없이 심문에 응하는 파독波獨이 딴 나라에서 온 여자로 보였다. 배시시 웃는 모습이 푼수 같기도 했고 눈웃음을 흘리는 것으로 보아 요부 같기도 했다. 천박성에 백치미를 겸비한 파독은 아버지와 아들을 인륜과 도덕을 파괴하는 패륜의 늪으로 빠지게 한 장본인이었다.

희대의 치정 사건과 재산 싸움을 접수한 사헌부는 사건의 성격상 가벼이 다룰 수 없어 사간원, 형조와 함께 임금에게 보고했다.

"박저생이 처음에 파독을 첩으로 삼았으나 그 아비 박침이 중간에 범간하였고, 박침이 죽자 박저생이 다시 첩으로 삼았으니 부자가 공간共奸한 정상이 명백합니다. 고변자 곽씨는 규문閨門의 추한 것을 발설함으로써 그 남편의 죄악을 드러내게 하였고, 파독은 아비와 아들의 첩이 되기를 달게 여겨 거부하지 않았으니 일일이 율에 의하여 논죄하소서."

아버지는 현행법을 어긴 범죄자고 아들은 법 이상의 관습법에 의한 범죄자며, 이 사건을 고발한 곽 씨도 죄가 된다는 법리해석이었다. 또한 이 사건의 원인을 제공한 파독이 피해자로서 고발했으면 죄가 없으나 달게 여겼으니 죄가 되므로, 별개의 사건으로 다뤄 엄히 다스리자는 것이다.

"이 계집은 본시 박저생의 첩인데 그 아비가 간음을 행했으나 이 계집이 실지로 고하지 아니하였다. 그 아비가 죽은 뒤에 박저생이 재간再奸하였어도 아비의 연고 때문에 그 아들을 고하지 아니하였다. 이제 직접 아비의 첩을 간음한 것으로 여겨 참斬함은 그것이 '죄가 의심나거든 가볍게 벌을 주라'는 뜻에 있어 어긋난다. 다시 의논하여 아뢰도록 하라."

태종 이방원은 박은의 상소를 상기하며 사건을 사헌부로 돌려보냈다. 순금사겸판사 박은이 사형의 삼복법을 청하니 그대로 따른 것이다. 삼복법이란 오늘날의 삼심제로써, 박은이 '경제육전에 사죄死罪에는 삼복三覆한다고 하였으나 형조와 순금사에서 시행하지 않고 있으니 육전六典을 따르도록 하소서'라고 주청하였던 것이다. 이때부터 삼복법이 시행되었다.

● 대유(大宥)
죄수를 석방하여 사면함

"조祖와 부父의 첩을 간음하면 참한다, 하였으니 박저생의 죄는 마땅히 이 형벌을 받아야 하며 인륜의 대변大變을 용서함은 옳지 못합니다."

인륜을 망각한 죄인을 엄히 처벌하자고 사헌부와 의정부에서 강력히 주청했다.

"박저생은 장 1백 대에 유 3천 리, 곽 씨는 장 90대에 도 2년 반, 파독은 장 1백 대에 처하여 외방으로 내치라."

이에 박저생의 아들이 신문고를 쳐 억울함을 호소하고 나섰다.

"소생의 아비가 비록 스스로 밝힐 수는 없다 하더라도, 여러 번 대유大宥●를 거쳤으니 죄를 면할 만합니다."

박저생의 아들이 억울하다며 폭로한 내용이 일파만파 파문을 일으켰다. 박저생이 그동안 사헌부와 형조에 갖다 바친 뇌물이 얼마인데 죄를 주냐는 항변이었다. 조사를 담당했던 사헌부와 형조가 발칵 뒤집혔다. 폭로에

수사기관이 어수선한 사이, 박저생이 순금사 옥에서 감쪽같이 사라졌다. 뒤가 찝찝한 순금사에서 놓아준 것인지 탈옥한 것인지 알 수 없었다.

설상가상으로 의정부검상으로 있던 박저생의 아우 박강생이 의정부에 투서하여, 삼성에서 형의 죄를 오결했다고 항의하고 나섰다. 삼성에서는 박강생이 말을 꾸며 해당 관서를 능욕하였다 하여, 아전을 보내어 두 사람과 곽 씨의 집을 수직守直하게 하였다. 사건은 점점 꼬여갔다.

옥에서 사라졌던 박저생이 경상도 밀양에서 체포되었다. 이름을 바꾸어 박의라는 사람으로 행세하던 박저생이, 전 언양감무 장효례와 재산을 다투다 신분이 드러난 것이다. 밀양지군사 우균에게 체포된 박저생이 한양으로 압송되어 순군옥에 다시 투옥되었다.

"지난 가을 형조에 잡혀왔을 때 포2백 40필을 징수하였으니, 내 사죄는 이미 속되었다고 생각합니다."

벌금인지 뇌물인지 재산형인지 성격은 알 수 없지만, 적지 않은 물품을 바쳤으니 자신의 죄는 사면되었다는 항변이었다. 사건을 다루었던 사헌부와 형조에 불똥이 튀었다. 대사헌 허응이 연산으로 귀양 가고 집의 이맹균은 원주에, 장령 이명덕은 곡산으로 지평 허항은 진주로 유배갔다.

이에 장령 김질, 지평 이승직이 사건의 단초를 제공한 곽 씨를 불러 심하게 고문했다. 직계상관들이 줄줄이 귀양 간 것에 따른 보복성 고문이었다. 여기에서 또 문제가 터졌다. 곽 씨의 아들 박눌생이 신문고를 쳐서 억울함을 하소연하고 나선 것이다.

보고를 받은 태종 이방원이 곽 씨를 석방하도록 명하고 김질과 이승직 등을 견책하여, 김질은 남양부사로 나가게 되고 이승직은 지의주사로 내보냈다. 대사헌 한상경이 아뢰었다.

"김질과 이승직은 곽 씨를 엄하게 고문하였으니 공정하지 못하였습니다. 하물며 곽 씨의 죄는 비록 실지의 율에 의거한다 하더라도 이죄二罪 이하에 해당되며, 또한 그들의 고문은 사정私情을 두고 행하였으니 이는 관리가 법을 받드는 뜻이 아닙니다."

지방으로 좌천된 김질과 이승직은 파면되었다. 삼성에서 박저생의 죄를 치죄治罪하고자 하였으나, 유지를 거쳤으므로 대벽大辟을 면하고 울주에 부처付處되었다. 귀양살이하는 몸이 울주에 잠자코 있으면 되련만, 울주에서 탈출한 박저생이 김화현에 스며들어 도망생활을 하던 중 그 현縣 사람의 토지를 빼앗으려다 체포되어 신분이 탄로 났다.

"박저생은 마음을 고치지 아니하고 이름을 바꾸어서 이익을 다투었으니, 율에 의하여 시행하되 무부無父 · 내란內亂 죄로 다루소서."

대사헌 한상경이 강력 처벌을 주청했다. 한양으로 압송된 박저생은 순군옥에 투옥되었다. 이튿날 박저생은 시체로 발견되었다. 자살이라고 공식 발표되었지만 사실과 진실은 박저생만이 알고 있을 것이다.

일본정벌 소동

동북아 정세가 심상치 않았다. 조카 혜제를 폐하고 황위에 오른 영락제는 자금성을 지어 남경에서 북경으로 천도를 준비하는 한편, 친히 정예군을 이끌고 북벌을 감행했다. 세계의 정복자로 군림하던 원나라는,

대륙을 호령하던 기백은 간데없고 북녘 변방으로 쫓기며 종말을 예고하고 있었다.

고비사막 너머 북방으로 밀린 원나라는 옛 영광의 중흥을 노렸으나, 내부 분열로 대륙 회복의 꿈은 점점 멀어져갔다. 아루크타이를 공격하면서 우리앙가드를 공격하여 몽골족을 고립시키는 데 성공한 영락제는, 흑룡강 유역에 살고 있던 여진족을 책동하여 몽골족 고사 작전에 들어갔다. 대륙의 패자 원나라의 패망은 시간문제였다.

자신감을 얻은 영락제는 안남을 공략하는 한편, 이슬람 환관 출신 정화에게 함대를 주어 동남아와 서역을 원정하도록 했다. 그 다음은 어디인가? 그것이 문제였다. 힘이 넘치는 명나라가 다음 공격목표로 삼을 나라가 어디란 말인가? 태종 이방원은 깊은 시름에 잠겼다. 명나라와 국경을 맞대고 있는 나라의 안위가 걱정스러웠다.

영락제의 북벌 성공을 축하하기 위하여 진하사로 남경에 파견했던 평양군 조대림과 참지의정부사 윤사수를 불렀다. 현재 명나라의 실체를 파악하기 위해서였다.

"명나라의 정세가 어떠하더냐?"

"황제의 북벌 성공으로 승전 분위기입니다."

"서역을 원정했던 정화에게 더 큰 함대를 주어 동아東阿를 원정하게 한답니다."

동아, 오늘날의 두바이와 소말리아, 에티오피아에 해당하는 동 아프리카는 명나라만 알고 살아오던 조선인에게 혹성惑星과도 같은 존재였다. 아무리 설명해주어도 알 길이 없는 딴 세상이었다. 먼 바다에 나가면 낭떠러지에 떨어진다고 생각하던 시대였다.

"정화 함대의 배가 얼마나 크기에 그리 멀리 갈 수 있단 말이냐?"

"신이 배를 만드는 포구에 나가 직접 이 두 눈으로 똑똑히 보았는데 장대하기가 대궐보다도 몇 배 컸습니다."

창덕궁의 인정전보다 몇 배 컸다는 것이다. 영락제가 동아를 원정하라고 명한 정화함대의 주력선은 길이가 150m에 3,100톤의 배수량을 자랑하는 거대한 선박이었다. 70년 후, 콜럼버스가 신대륙을 발견하기 위하여 에스파냐 팔로스에서 출항시킨 산타마리아호가 230톤에 불과했으니 명나라의 조선술을 짐작하고도 남는다.

당시의 조선술은 오늘날의 우주선처럼 최첨단 기술의 집합체였다. 조선술과 항해술은 과학 문명의 꽃이었고 국가 기술력의 총아였다. 바다를 지배하는 자가 세계를 재패할 수 있다는 개념을 터득하기 시작한 서양에서 500톤급 이상의 배가 출현한 것은 16세기 이후였다. 충격을 받은 태종 이방원이 병조판서 박은을 불렀다.

"우리나라에서 제일 빠른 병선兵船을 만들어라."

명을 받은 병조판서는 즉각 병선 건조에 착수했다. 용산강에 마련된 군자감에 조선 최고의 선박 건조 장인을 징발한 병판은, 조선의 기술을 총동원하여 최신형 병선을 건조했다. 보고를 받은 태종 이방원은 왜인 평도전이 만든 왜선과 비교 검토하도록 지시했다.

한강에 배가 띄워졌다. 일본인 기술자가 만든 일본식 배와 조선 최고의 장인들이 만든 조선 배였다. '어느 나라 병선이 더 빠른가?' 시험하는 것이다. 시험장이 결정되었다. 용산강 어귀를 출발하여 한강진까지 물길을 따라 거슬러 올라가는 것과 내려오는 속도를 비교 검토하는 것이다. 주행시험을 참관했던 대언 유사눌이 보고했다.

"물길을 따라 내려가면 우리나라 병선이 왜선보다 30보 뒤지고, 물길을 거슬러 올라가면 몇백 보나 뒤졌습니다."

"뭣이라고?"

태종 이방원은 아연실색했다. 최소한 왜선보다는 빠를 것이라고 생각했던 기대가 깨진 것이다. 동북면 방비를 강화하고 평양성을 완성하는 등 육전 태세에 치중하느라 선군 장비를 소홀히 한 것이 안타까웠다.

우리나라 병선이 왜선보다 느리다면 명나라 병선은 어떻게 당해낸단 말인가? 명나라 병선이 얼마나 빠른지 알 수 없지만, 거대한 선박을 만들어내는 기술을 가지고 있는 명나라 병선과 맞서려면 조선 수군의 병선은 빨라야 한다고 생각했다. 그런데 우리보다 한 수 아래라고 생각했던 왜국 병선보다 우리나라의 최신예 병선이 느리다니, 모든 기대가 한꺼번에 무너지는 것만 같았다.

태종 이방원은 지금까지의 전투는 산성山城을 지키고 공략하는 것이 병법의 전부였지만, 앞으로의 전쟁은 바다에서 승패가 갈린다고 생각하고 있었다. 명나라가 우리나라를 침략할 경우 우리의 보군이 전열을 가다듬는 동안 선군船軍이 압록강 어구와 황해를 장악하여 그들의 보급로를 차단한다면, 그들을 능히 패퇴시킬 수 있을 것이라고 생각하고 있었다.

이러한 전략이 압록강을 경계로 국경을 맞대고 있는 명나라와 우리나라의 지정학적 위치상, 대명 전략으로써는 부족한 점이 많다 해도 대일본 전략으로써는 유효하다고 생각하고 있었다. 적이 우리나라 땅에 발을 들여놓기 전에 바다에서 분쇄해야 백성들의 피해를 줄일 수 있다고 생각하고 있었다.

남해안에 상륙하여 노략질을 일삼는 왜인들이 여간 신경 쓰이는 것이 아니었다. 힘이 비축되면 대마도는 정벌의 대상이었고 왜국은 일전의 대상이었다. 이러한 태종 이방원의 생각은 당대에는 이루어지지 못했지만 후대 즉, 세종대에 태종 이방원의 진두지휘로 이종무를 앞세워 대마도 정벌이 현실화되었다.

"왜국의 배보다 더 빠르고 야무진 배를 만들어보라."

땅에 떨어진 신뢰를 회복할 수 있는 절호의 기회가 찾아왔건만 대책이 없었다. 고민하던 병조판서가 선박 건조의 장인들을 다시 불러 모았다. 장인들에게 지혜를 짜내라고 재촉했지만 묘책이 나오지 않았다. 임금이 풍해도에 행차하는 길 임진강에서 시범을 보여야 하니 마음이 급했다.

고민하던 병판이 구전으로 전해내려오던 구선龜船을 만들어보라고 주문했다. 고려시대 거북선이 있었다 는 사실이 입에서 입으로 전해내려왔을 뿐, 설계도도 없었고 장인 중에서 만들어본 사람도 없었다. 막막하기만 했다. 수많은 시행착오 끝에 거북선을 완성했다. 우리나라 최초의 거북선이다.

평주로 향하던 임금의 행차가 통제원 남교를 지나 임진나루에 도착했다. 나루터에 매어 있던 왜선과 거북선이 강심으로 들어가 전투 대형을 갖췄다. 병판의 군호에 따라 쫓고 쫓기는 선군전이 펼쳐졌다. 거북이 모양을 한 구선이 제법 위용을 갖추었으나 속도가 문제였다. 실망한 태종 이방원은 일언반구 말 한마디 남기지 않고 가던 길을 재촉했다.

이렇게 나타난 거북선이 180년 후 이순신에 의하여 부활했다. 태종 시대의 거북선과 이순신의 거북선이 동일형인지 동명이형인지 알 수 없다. 이순신의 거북선은 충무공의 고안에 의해 나대용이 건조한 것으로 알려지고 있으나, 태종시대의 거북선과 이순신의 거북선 모두 설계에 대한 세부적인 기록이 없어 그 진실을 가릴 수 없다.

박은과 이숙번에 이어 병조판서에 오른 탁신이 병비에 대한 사의事宜를 올릴 때 거북선에 대하여 다음과 같이 보고한 것으로 보아, 구선은 돌격선으로 꾸준히 개량되었던 것 같다.

"거북선의 전술은 많은 적과 충돌하여도 적이 능히 해하지 못하니, 가위 결승決勝의 좋은 계책이라고 하겠습니다. 다시 견고하고 교묘하게 만들게 하여 전승戰勝의 도구를 갖추게 하소서."

평주에서 휴식을 취하고 한양에 돌아온 태종 이방원에게 급박한 보고가 날아들었다. 하정사의 통사로 남경을 방문했던 임밀의 보고였다.

"일본국 노왕은 지성으로 사대하여 도둑질함이 없었는데, 지금의 사왕은 좀도둑을 금하지 아니하여 우리 강토를 침요侵擾하고 또 아비의 영정을 벽에 걸어놓고 그 눈을 찌른다 하니, 그 부도함이 이 같은지라. 짐이 병선 1만 척을 발하여 토벌하고자 한다. 너희 조선에서도 이를 미리 알아둠이 마땅하겠다."

명나라가 일본을 정벌하겠다는 것이다. 황제의 칙유를 받아든 조선 조정은 발칵 뒤집혔다. 우려했던 동북아의 전운이 조선반도를 강타한 것이다. 일본과 명나라가 전쟁을 벌인다면 조선반도는 전쟁터가 될 터. 상상만 해도 끔찍했다.

긴급 대책회의가 열렸다. 명나라가 일본을 정벌한다면 조선 반도는 전화戰禍에 휩쓸리는 것은 명약관화한 일. 특단의 대책이 필요했다. 우선 일본을 정벌하겠다는 영락제의 진의를 파악하는 것이 급선무였다.

"명나라가 일본을 정벌하는 일을 어떻게 대응해야 하겠는가?"

영의정을 비롯한 삼정승, 육조의 판서, 사간원을 비롯한 삼성, 대소신

료들이 편전에 모였으나 머리를 조아릴 뿐 누구 하나 입을 열지 못했다.

"황제가 어찌 실없는 말을 하였겠는가? 만약 명나라 병선이 일본으로 향한다면 우리나라도 비상경계함이 마땅하다. 경들은 만전을 기하도록 하라."

의정부에 당부한 태종 이방원은 대책을 내놓았다

"황제가 우리나라 사신에게 친유하였으니 우리나라에서도 사신을 보내어 희경 喜慶의 뜻을 아뢰어야 하지 않겠는가? 명나라는 반드시 우리나라가 왜와 통호하는 것으로 여길 터인데, 모른 체하면 반드시 우리나라를 가지고 속인다 할 것이다."

사신을 보내어 명나라의 일본 정벌을 감축하자는 얘기였다.

● 양향(糧餉) 군대의 양식

"황제가 북경으로 거둥한다고 합니다."

영락제의 칙유를 전한 통사 임밀이 주억거렸다.

"길천군이 속히 경사京師로 나아감이 옳겠다."

남경에 있는 황제가 북경으로 거둥한다면 더없이 좋은 기회였다. 한양에서 남경까지 8천 리 길, 장장 4개월이 소요되는 여정인데 북경은 그 절반 정도면 충분했다. 안주도 절제사로 있다 태종 이방원의 신임을 얻어 세자전 숙위를 맡고 있는 권규를 보내자는 것이다. 길천군 권규는 무인으로 군사에 밝았으며 정보에 남다른 감각을 가지고 있는 인물이었다.

"왜인은 우리나라와 원수니 명나라가 그들을 주벌한다면 국가의 다행이지만, 길이 우리 강토를 거쳐야 하니 염려하지 않을 수 없다. 길천군 사행에는 명나라 말을 잘 아는 이현과 같은 자를 부사로 삼아 속내를 알게 하는 것이 어떨까? 전라도는 초면初面이라 양향糧餉을 대비하지 않을 수 없으니, 금년은 조운漕運하지 말게 함이 어떨까 한다."

우리나라의 원수 일본을 명나라가 대신 쳐주면 더없이 좋은 일이지만, 명나라의 군대가 우리나라를 거쳐야 하니 걱정이라는 얘기였다. 또한 명나라 말에 정통한 자를 사신에 포함시켜 세밀한 정보를 파악하자는 것이다. 또한 전라도는 전선戰線이 형성되는 곳이므로 군량을 조달해야 하니, 세곡을 거두어들이지 말아야 한다는 것이다.

"왜인이 만약 이 변을 안다면 크게 해롭다. 지금 한양에 와 있는 왜사의 족류族類가 곳곳에 퍼져 있어, 만약에 그들이 정보를 알아가지고 본국에 통지하게 되면 뒷날 중국에서 반드시 누언洩言한 까닭을 물을 것이다. 정왜征倭의 거사는 5, 6월에 있을 것이니 왜사를 구류하여 2, 3개월만 지난다면 누가 이를 누설하겠는가?"

역시 태종 이방원은 정보통이었다. 조선에는 일본인들이 많이 들어와 있으니 그들의 정보 수집을 봉쇄하라는 것이다. 가장 좋은 방법은 그들을 2, 3개월만 연금하면 좋겠다는 뜻이다.

"상교가 지당하니 신이 마땅히 여러 정승과 의논하여 다시 아뢰겠습니다."

영의정 하륜이 머리를 조아렸다. 임금의 말을 잠자코 듣고 있던 병조판서 황희가 나섰다. 병판 황희는 임진강 거북선 실패로 경질된 박은의 후임자였다.

"무사한 때를 당하여 군용을 점검하지 않을 수 없는데 더구나 지금은 변이 있으니, 각도의 병선과 군기를 속히 점검함이 옳겠습니다. 또 갑사甲士의 신분으로 가난하여 말과 종자從者가 없는 사람도 있을 것이니, 제도諸道로 하여금 가산家産이 넉넉하고 재예가 있는 자를 택하여 한양으로 조송하게 함이 마땅합니다."

군 장비를 점검하고 기동력을 갖춘 군사를 한양으로 집결시키자는 얘기였다. 갑사는 조선 정예군의 기간병이었다. 갑사는 키, 힘, 기, 예를 갖춘 자만이 들어갈 수 있는 특수병종으로, 기갑사는 입속 시 본인의 자비로 말을 준비해야 했다. 이러한 까닭에 사대부나 부유층 자제가 아니면 입속 자체가 어려웠다.

"북방의 오랑캐가 변방을 엿볼까 염려됩니다. 사람을 강계·경원 이북의 무인지처에 보내어 그들의 동태를 정탐케 하여 불우不虞에 대비함이 어떻겠습니까?"

병조판서 황희의 장비점검 방책에 지의정부참사 김승주가 덧붙였다. 남방의 불길만 볼 것이 아니라 북방의 여진족도 경계하자는 것이다.

길천군 권규를 정사로 한 사신이 명나라로 떠나던 날, 임금이 몸소 광연루에 나와 전송했다. 이들의 임무 여하에 따라 국난을 당하느냐, 국체를 보존하느냐의 기로에 서 있기 때문이었다.

태종 이방원이 막중한 임무를 안고 떠나는 서장관 진준을 별도로 불렀다.

"정사와 부사는 황제의 진의 파악에 전념할 것인바, 너는 삼국지와 소자고사를 구해오도록 하라."

태종 이방원은 국난에 처한 위급한 상황에서도 여유를 가졌다. 만백성의 필독서 《삼국지》는 이때 들어와 백성의 책이 되었다.

당시 일본의 권력자는 족리막부의 아시까가 요시미쓰였다. 원나라의 침공을 받아 휘청거리던 가마꾸라 막부에 이은 실력자였다. 재정이 파탄난 일본을 일으켜 세우려는 아시까가는 원나라를 지원한 우리나라에 적개심을 드러내는 한편, 대륙의 새로운 패자 명나라에는 머리를 조아렸다.

이 시대 명나라의 영락제는 아시까가의 황제였다. 일본 역사 유일하게 종주권을 인정한 아시까가는 명나라에 조공을 보내고 바짝 엎드렸다. 그러나 아시까가를 이은 쇼군이 등장하면서 일본의 태도는 달라졌다. 이전의 순종적인 태도를 버리고 조공을 끊었다. 명나라를 침범하여 노략질을 일삼는 왜구들을 붙잡은 명나라의 책임 추궁에, 아시까가는 머리 숙여 사죄했으나 쇼군은 오리발이었다. 이에 화가 난 영락제가 군대를 보내 일본을 정벌하겠다고 위협했으나 쇼군은 종속관계마저 거부했다.

응징을 벼르던 영락제는 북벌과 정화함대, 그리고 안남의 반격으로 일본 정벌 계획을 접었다. 원나라는 일본을 원정했지만 명나라는 일본을 침공하지 않았다. 득보다 실이 많다고 판단했기 때문이다. 절대 우위의 물량공세로 선공을 가한다 하더라도 결과를 정확히 예측할 수 없는 것이 전쟁이다.

급박하게 돌아가던 동북아 정세에 전운이 걷혔다. 병선 1만 척을 동원하여 일본을 정벌하겠다는 영락제의 엄포는 한바탕 해프닝으로 끝났다. 명나라의 큰 기침에 조선은 떨었고 일본은 대들었다. 바짝 엎드려 평화를 유지한 나라와, 맞서며 평화를 유지한 나라의 평화의 색깔은 달랐다.

노비변정도감

"말 값은 오승포五升布 4, 5백 필에 이르고 노비의 값은 1백 50필에 지나지 않으니, 이것은 가축을 중하게 여기고 사람을 경하게 여기는 것이 므로 도리에 맞지 않은 일입니다. 지금부터는 노비의 값을 남녀를 논할 것 없이 나이 15세 이상 40세 이하인 자는 4백 필로 하고, 14세 이하와 41세 이상인 자는 3백 필로 하여 매매賣買하도록 법으로 정하소서."

형조도관의 주청을 받아들여 임금이 윤허했다.

노비는 국가기관에 노역을 공여하는 공노公奴와 사노私奴가 있었으며 사내종과 계집종으로 나뉘었다. 귀족과 양민, 천민으로 구분되는 신분사회에서 천민의 하위계급으로 생산의 중추적 역할을 담당했으나, 인간적인 대우를 받지 못하여 가축처럼 사고 팔리는 신분이었다.

노비는 권력이 부패할수록 그 숫자가 기하급수적으로 불어나 권력의 명줄을 재촉했다. 권문세족과 사찰의 과다한 노비보유는 백성들의 원성의 대상이 되었다. 고려가 패망한 원인도 일정 부분 노비에서 찾을 수 있었다. 부패한 고려를 멸하고 조선을 개국한 성리학자들은 다른 각도에서 노비문제에 접근했다.

반 귀족정서가 팽배한 백성들에게 신선한 바람을 불어넣자는 정치적인 목적과, 인간의 기본율에 충실하라는 유학에 반한다는 것이다. 정도전의 주청을 받아들인 태조 이성계는 노비변정도감을 설치했다.

좌복야 남재와 첨서 한상경, 중추 김희선을 판사로 임명하여 상당한 실적을 올렸으나, 대소신료들의 비협조에 유야무야되고 말았다. 새로운 기득권자로 등장한 권력자들 모두의 이해가 맞닿아 있었기 때문이다.

모든 일에 양면성이 있듯이 노비변정에 순기능과 역기능이 있어 부작용이 나타나기 시작했다. 왕조가 바뀌는 사회혼란기를 틈타 도망친 노비가 옛 주인을 찾아와 협박하여 천적을 불사르고 재산을 빼앗는가 하면, 도감에서 판결을 받아 해방된 노비들이 사람을 죽이는 등 혼란을 야기했다.

　정권이 바뀌면서 자신이 모시던 주인이 고위직에 오르자 노비들이 덩달아 날뛰었다. 주인의 지위가 자신의 지위인양 안하무인으로 행패를 부렸다. 이것도 모자라 신분상승을 꾀하는 등 사회질서를 어지럽혔다.

　끊임없이 이어지는 정변의 와중에 개국공신, 정사공신, 좌명공신 등 국가에서 책록하는 공신이 양산되었고, 공신들에게 포상 형식으로 토지와 노비가 지급되면서 노비 문제는 더욱 악화되었다.

　포상으로 받은 토지를 경작하여 농작물을 생산하기 위해서는 노동력이 필요했고, 그 노동력을 충당하기 위해서는 노비가 절대적으로 필요했으니 노비 확보에 혈안이 된 것이다. 노비가 권문세족들의 쟁탈전의 산물로 등장한 것이다.

　여기에 태종 이방원이 야심차게 추진한 불교 개혁의 뒷바람이 가세했다. 사찰이 소유한 토지와 노비를 몰수하여 나라에서 관리하는 과정에서, 권력자들의 아귀다툼이 벌어진 것이다. 오늘날의 눈먼 돈이나 땅처럼 먼저 차지하는 사람이 임자였다. 그러니 한때는 혁명동지요, 한솥밥을 먹던 사람들이 싸움을 벌인 것이다.

　권문세족들의 위상은 관직과 토지보유량, 그리고 몇 명의 노비를 거느리고 있느냐에 따라서 결정되는 풍조가 만연했다. 전국의 사찰에서 8만여 구의 노비를 확보한 조정은 전농시, 군기감, 내섬시, 내자시, 예빈시 등에 노비를 배속시켰다. 그 과정에서 권력자들이 알게 모르게 노비를 빼돌렸다. 많이 빼간 사람이 힘 있고 권력이 있는 사람으로 치부되는 기현상이 벌어진 것이다.

　태종 이방원은 고민했다. 노비문제를 방치하자니 신하들끼리 싸워 권력기반이 흔들리고, 해결하자니 뾰족한 대안이 없었다. 태종 이방원은 노비변정도감을 혁파하고 다시 세우는 일을 반복하였다. 다시 도감을 세워 조준, 이숙번, 이직, 전백영, 박신, 함부림을 제조提調로 명하고 노비 문제를 처결해나가자 형조판서 유양이 이의를 제기했다.

"전하께서 도감을 설치하신 것은, 여러 사람이 원통하고 억울함이 있어 화기和氣를 상할까 염려하신 때문입니다. 하오나 노비는 각기 그 자손들에게까지 영향이 미치고 국정에 관계되니, 도감을 설치하는 것은 적절한 일이 아닌가 하옵니다."

평지풍파를 일으키지 말자는 얘기였다. 노비변정도감은 일종의 과거사 정리며 현실문제였다. 재물이 걸린 첨예한 현안이었다. 사간원에서도 맞장구를 쳤다.

"다시 도감을 세워서 민심을 소란하게 함은 옳지 못합니다."

태종 이방원은 변정도감을 폐지하였다. 임시로 세웠던 변정도감이 폐지되자 형조에 접수된 노비 소송사건이 폭주하여 사건을 감당하기 어렵게 되었다. 이에 각사에 이관하여 처결하도록 했다.

노비문제는 이권이 첨예한 사건이라 진행속도가 느려 여기저기에서 불만이 터져나왔다. 이에 태종 이방원은 이조판서 한상경, 금천군 박은, 호조판서 박신을 제조로 삼고, 시산관, 사, 부사, 판관 등 57명으로 증원한 변정도감을 설치했다. 하지만 실적은 지지부진했다.

이에 실망한 태종 이방원은 도감의 제조를 인녕부윤 김영, 좌군총제 심온으로 교체하고 전 판충주목사 권진, 인녕부윤 안등, 예문관제학 김여지를 가정제조로 투입하여 변정도감을 독려했으나 역시 마찬가지였다.

"쟁송사건을 계류稽留시키지 말고 즉시 계문啓聞하여 시행하라."

그러나 명이 먹히지 않았다. 하나의 사건에 친척, 정파, 학맥과 줄줄이 연결되어 있었기 때문이다. 급기야 사간원 지평 이맹진과 헌납 김이상이 도감의 장무영사를 옥에 가두는 사건이 벌어졌다. 사간원과 도감이 주도권 다툼을 벌인 것이다. 이에 태종 이방원은 사간원으로 하여금 노비변정에 참견하지 말도록 지시했다.

변정도감에서 노비의 변정사목을 올렸다. 2품 이상의 벼슬에 있는 사람이 사문私門에서 소송을 진술하는 것은 부적절하니 제조청에 나오게 하고, 어기는 자는 논죄하자는 것이다. 쟁송에 연루된 자는 지위고하를 막론하고 도감에 출두하여 조사를 받아야 한다는 것이다.

하지만 현실은 그렇지 않았다. 힘 있고 권력 있는 고관들이 도감에 출두하여 조사에 응하지 않고, 조사관을 집으로 불러들여 진술했다. 관직이 낮은 조사관에게 거드름을 피우며 조사를 받으니 제대로 조사가 될 리 없었다.

변정도감을 개편하여 이귀령을 변정도감 제조로 삼았을 때 조사받던 사람이 죽은 사건이 터졌다. 조사를 받던 부녀자에게 장 1백 대를 때려 죽게 한 것이다. 이에 태종 이방원은 노했다.

"도감에서 양쪽의 시비를 분간하여 거짓 진술한 자는 형조에 이송하고 도감에서는 형을 쓰지 말라."

노비문제를 다투는 민사에서 체형을 가해서는 안 된다는 것이다. 나라에서 조사권을 위임받은 도감 관리들은, 고관들에게는 굽신거리고 일반 백성들에게는 천하의 권력을 손에 쥔 것처럼 함부로 다뤄 사고가 난 것이다.

변정도감의 설치목적과는 달리, 노비를 빼앗은 세도가들에게 도감이

면죄부를 주고 백성들의 노비를 빼앗아 고관들에게 바치는 합법적인 통로가 되는 기현상이 벌어졌다. 변정도감의 문제점을 인식한 영의정 하륜이 변정도감 사의事宜를 올렸다.

"변정도감 관원의 수가 많으니 어찌 사람마다 바르고 일마다 옳겠습니까? 때론 편견과 사사로운 정에 이끌려 옳지 않은 판결을 하였을 때 항의하면 변명을 한다고 죄에 돌립니다. 억울하지만 일찍이 내린 왕명 때문에 헌사憲司에 고할 수도 없고, 신문고를 쳐서 호소할 수도 없습니다. 사사로운 정을 좇아서 오결한 자는 도감을 파한 뒤에 사헌부에 이송하여 중형에 처한다 하면, 관원들이 감히 비행을 저지르지 못 할 것입니다."

변정도감을 한시적으로 운영하면서 노비쟁송에 관한 사건으로 신문고를 치거나 사헌부에 제소를 금한다는 교지가 있었다. 쟁송을 일원화하여 효율을 높이자는 뜻이었다. 하지만 도감 관리들의 태도는 객관적이지 못하고 정실에 치우쳐 판결 이후에도 불평불만이 쏟아졌다.

● 공초(供招)
죄인이 범죄 사실을 진술함

하륜의 건의를 받은 태종 이방원은 변정도감에 명했다.

"오결한 관원과 변정도감의 판결을 오결이라고 거짓 고하는 자는, 사헌부에 이문移文하여 헌부에서 공초供招를 취한 뒤에 형조로 이송하여 결죄決罪하라."

판의정부사 유정현을 변정도감 제조로 삼았을 때 태종 이방원과 직접 관련이 있는 사건이 터졌다. 잠저시절 사가에서 시종한 이옹이 자신이 도감에 제소한 사건이 오결이라고 사헌부에 고했다. 사헌부에서 조사했으나 오결이 아니었다. 이에 불복한 이옹이 왕명으로 금지한 신문고를 친 것이다.

"이옹은 교지를 맨 먼저 범하였으니 죄가 있음이 확실하다. 다만 잠저 때 시종한 노고 때문에 특별히 용서하는 것이다."

죄는 있지만 봐주라는 것이었다. 이렇게 얽히고설킨 노비문제를 일관되게 해결하기란 난망했다. 힘이 있는 자는 배를 내밀었고 없는 자는 줄을 대었다. 도감의 판결이 마음에 들지 않으면 사돈의 팔촌을 들이대어 뒤집으려고 수단과 방법을 총동원했다.

자신의 재산권이나 다름없는 노비문제에 있어서 변정도감의 판결을 승복하지 않는 것이 문제였다. 이러한 아귀다툼에서 관리들은 몸을 사렸고 쟁송은 지연되었다. 변정도감에서 노비송사를 잠정적으로 중지하다 원성이 빗발치면 다시 재개하는 일을 반복했다.

태종 이방원이 변정도감의 업무를 중단 없이 시행하라 명했으나 영이 서지 않았다. 관리들이 바짝 엎드려 무사안일주의에 빠졌기 때문이다. 이러한 와중에 문제가 터졌다. 노비문제를 해결해야 할 변정도감 제조가 비리를 저지른 것이다. 이에 화가 난 태종 이방원은 도감 제조 판충주목사 권진의 직첩을 거두고 장1백 대를 쳐 내쳤다.

● 노자(奴子) 사내 종

급기야 대사헌 김을신과 의정부사 유정현이 다툼을 벌였다. 노비출신 여자를 취하여 자식을 낳았을 때, 그 자식의 소속은 어디로 하느냐 하는 문제였다. 지금까지는 자기 비첩 소생을 사재감에 소속시켰는데 개인에게 속공屬公해야 마땅하다는 것이다.

이에 태종 이방원은 '자기 비첩이 공천이면 속공하고, 사천이면 노자奴子●의 본주本主에게 결급하는 것이 좋다' 고 해결책을 제시했다.

노비에는 사내종과 계집종이 있었다. 조정 기관에 근무하는 고위관리가 그 기관에서 쓰고 있는 계집종이 반반하면 첩으로 삼았다. 여기에서

2세가 태어나면 첩은 계속 데리고 살되, 자식은 나라에 바쳐 종으로 살게 하라는 것이다. 이때 씨를 뿌린 남자는 자신의 용모와 성을 물려받은 2세가 나라의 종에서 벗어나지 못해도 개의치 않았지만 여자는 달랐다.

자신은 노비일지라도 2세만큼은 양반의 피를 이어받았으니 어떻게 해서든 노비를 탈피시키려고 갖은 계책을 썼다. 아기 아버지가 세력가고 애첩의 지위를 확보한 계집종이라면 집에서 당당히 기르기도 했다. 하지만 지체 있는 사대부가 계집종을 길게 상대하지 않았으며, 뱀눈으로 노려보는 안방마님 등쌀에 아는 친척집으로 빼돌리거나 사찰로 내보냈다.

이토록 숨 막히는 환경에서 나라에서 손을 놓고 있는 것만도 아니었다. 이러한 비리를 감독하고 단속하는 부서가 사재감이었다. 사재감에서는 대소관료들의 비첩 소생 문부文簿를 만들었다가, 그 소생 아비가 사망하면 추적하여 잡아다 공천에 입속시켰다.

사가에서 부리던 사천도 마찬가지였다. 종은 사람이 아니었다. 계집종이 아기를 낳으면 계집종은 계속 부리면서 아기는 외방에 팔기도 했다. 기르던 암소가 송아지를 낳으면 암소는 계속 농사에 쓰고 새끼는 소시장에 내다 파는 것과 별반 다르지 않았다.

계집종이 반반하면 아비도 건드렸고 아들도 집적거렸다. 계집종에게는 거절할 명분도 없었고 힘도 없었다. 종의 생사여탈권은 주인에게 있었다. 나라에서도 사망사고 이외에는 간섭하지 않았다. 어떠한 매질이나 악형도 죽지만 않으면 문제 삼지 않았다. 사형私刑을 가하다 죽어도 입단속하면 끝이었다.

권력의 대들보 하륜이 사건에 휘말렸다. 첩자의 양부 변겸의 노비쟁송 사건이었다. 하륜에게는 첩이 낳은 아들 하장이 있었다. 아버지를 닮아

머리는 영특했으나 첩의 자식이라는 한계를 벗어나지 못하고 안방마님과 적자嫡子들의 등쌀에 기죽어 살았다. 이때 하륜의 향리 고령에서 왔다는 변겸이 하 대감댁을 드나들며 하장에게 끔찍이 잘해주었다.

아버지의 사랑에 굶주린 하장이 아비처럼 따랐고 하륜도 그것이 싫지 않았다. 이목 때문에 자신이 챙겨주지 못하는 핏줄에게 아비 역할을 하니 하륜도 눈감아주었다. 이렇게 눈도장을 받은 변겸이 하륜의 천거로 사직司直 벼슬을 꿰차고, 자신이 영의정이라도 된 것처럼 거드름을 피웠다.

변겸이 데리고 있던 사환노비를 은근슬쩍 제 것으로 만들어버렸다. 국가 소유를 사유화한 변겸의 부정을 적발한 사재감에서 노비를 국가에 반환하라고 요구했다. 든든한 뒷배가 있는 변겸은 사재감의 요구를 묵살했다. 이에 사재감이 노비변정도감에 쟁송을 의뢰했고, 도감은 내자시內資寺에 속공하라고 판결했다.

변겸은 하륜의 권세를 믿고 도감의 판결을 외면했다. 도감의 판결을 받아들이지 않은 변겸은 도감판관의 판결이 오결이라고 사헌부에 고했다. 사헌부에서 면밀히 조사해보았으나 도감의 판결은 정당했다. 이에 불복한 변겸이 신문고를 친 것이다. 든든한 배경 영의정을 믿고 천방지축으로 날뛴 것이다.

변겸으로 인한 곤혹은 이뿐만이 아니었다. 변겸의 처남 한상량의 고령 집에 변겸이 은닉해두었던 금덩어리 10개가 발각되어 관찰사의 추궁을 받자, '금덩어리는 하 대감댁에 뇌물로 갈 것'이라고 우쭐대며 거들먹거렸다. 영상대감 하륜댁에 전해질 것이라 하면 지레 겁먹고 물러날까 봐 미리 선수를 친 것이다.

하지만 결과는 변겸의 예상을 빗나갔다. 관찰사는 '의문의 금덩어리'

를 의정부에 보고했고 승정원을 통하여 태종 이방원에게 알려졌다. 태종 이방원은 호조참의 황자후를 경상도 고령현에 급파하여 사건의 의혹을 밝히라 명했다. 다급해진 하륜이 잠자코 있을 위인이 아니었다. 고령으로 떠나는 황자후에게 미리 손을 써 사건을 조용히 마무리했다.

고령에 내려가 사건을 조사하고 돌아온 황자후의 보고를 받은 태종 이방원이 하륜을 불렀다.

"경을 의심한 것은 본의가 아니었소."

"하도낙서는 반드시 야인野人●이 바친 것일 것입니다. 청컨대, 다시 국문하소서."

자신은 쑥 빠지고 다시 조사하자는 것이다. 관찰사로 하여금 재조사하여 보고하라 명했으나 결과는 한상량 혐의 없음이었다. 모두 하륜의 작품이었다. 중국 복희씨 때에 황하黃河에서 용마龍馬가 가지고 나왔다는 쉰다섯 점의 그림을 하도河圖라 하고, 하나라의 우임금 때 낙수에서 나온 거북이 등에 있었던 마흔다섯 점의 글씨를 낙서洛書라고 한다. 이것이 하륜이 인용한 하도낙서다.

변겸이 신문고를 친 사건에 대하여 승정원의 보고를 받은 태종 이방원은, 형조와 대간에 사건의 진실을 철저히 밝혀 보고하라 명했다. 영의정이 관련되어 있으니 적당히 넘어갈 일이 아니라고 판단한 것이다. 하륜의 비호를 받아 권겸이 망동을 저질렀다면 권력형 비호사건으로 하륜을 신뢰하는 임금 자신의 통치력에 누가 된다고 생각한 것이다.

권겸을 잡아들여 순금사 옥에 가두고 조사한 형조에서 보고가 올라왔다.

"변겸의 송사를 핵문하니 도감 판관의 판결은 옳았으며, 이를 헌부에

● 야인(野人) 여진족

고한 것은 변겸의 망령됨이 드러났습니다. 일찍이 내린 교지에 의하여 장 1백 대에 몸을 수군에 충당하고 변겸의 사환노비는 속공하소서."

임금이 직접 챙긴 사건의 중대성을 간파한 하륜이 미리 손을 쓴 도마뱀 꼬리 자르기의 결과였다.

"오결이라고 망령되게 고하였다가 일찍이 수군에 충당된 자는 이미 석방하여 돌려보냈으니, 변겸에게 장 80대를 속받도록 하라."

하륜은 큰 사고를 치지 않았지만 재물은 좋아했다. 통진 간척지 땅을 비롯하여 정동 정릉 터 사건 등, 크고 작은 사건이 있었지만 태종 이방원의 변함없는 신뢰로 위기를 탈출했다. 하륜의 꾀주머니를 아끼는 태종 이방원의 배려였다.

변겸처럼 잡배스럽고 어리석은 자는 멀리해야 하는데 하륜의 실수였다. 변겸 사건으로 곤혹을 치른 하륜은 훗날 변겸 사건이 빌미가 되어 탄핵을 받았고 태종 이방원의 배려로 기사회생했다. 탄핵을 빠져나온 하륜은 보복의 칼을 갈았다. 자신을 향한 위해세력이 있다고 생각한 것이다. 노회한 하륜이 던진 마지막 승부수가 오히려 자신의 명줄을 재촉하는 결과가 되었다.

변겸 사건을 처결한 태종 이방원은 변정도감에 판관 등 20명의 관원을 증원하여 노비송사를 강력하게 진행시켰다. 그러나 결과는 기대 이하였다. 사헌부에서 상소가 올라왔다.

"예부터 도감을 설치하는 것은 해묵은 송사를 변별하고자 함인데, 강한 세력이 시비를 어지럽혀 중단한 사례가 허다합니다. 변정도감을 설치하여 1만여 건이나 분변하여 결절決絶을 끝마쳤으니 천재일우의 성사입니다. 이제 쟁송은 날로 줄고 문권은 많지 않으니, 도감을 혁파하고 본부로 하여금 고찰하여서 쟁송을 끊게 하소서."

　아직도 노비변정도감에서 다루어야 할 일이 많은데 노비쟁송을 마무리하자는 것이다. 태종 이방원은 망설였다. 아버지 태조 이성계가 손을 댔으나 대소신료들의 반대에 부딪혀 중단했던 노비문제. 자신만은 깔끔하게 마무리 짓고 싶었다. 그것만이 고려를 무너뜨리고 조선을 개국한 건국이념에도 부합된다고 생각했다.

　그런데 중도에서 그만두자고 하니 갈등이 생겼다. 물론 노비변정도감을 운영함으로써 세상이 시끄러워지고 소란스러워진다는 것을 잘 알고 있었다. 하지만 이 정도의 후유증은 새로운 질서를 잡아가는 데 있을 수 있는 홍역으로 받아들이고 신료들이 따라주었으면 하는 아쉬움이 컸다.

　국가의 백년대계는 생각하지 않고 목전의 사사로운 이권에 발목이 잡힌 신료들이 야속했다. 대의를 중하게 여기는 성리학을 공부했다는 신료들이 이토록 재물을 밝히는지 처음 알았다. 변정도감을 중단하자는 대사헌을 비롯하여 모든 대소신료를 내치고 싶었다. 하지만 그 다음이 문제였다. 누구와 함께 나라를 끌고 가고 누구와 정치를 한단 말인가?

　아쉽지만 1만 건에 위안을 받은 태종 이방원은 변정도감을 혁파하라 명했다. 더불어 노비의 옛 문적과 함께 도감에서 판결할 때의 문서도 불태워버릴 것을 지시했다. 조사 문서가 빌미가 되어 또 다른 문제를 야기할까 봐 내린 조치였다.

　노비변정도감을 혁파한 태종 이방원은 노비문제로 신문고를 치는 것을 금했다. 억울함을 하소연할 길이 없는 백성들이 임금의 행차 길을 기다렸다 어가가 나타나면 길바닥에 엎드려 억울함을 호소했다. 태종 이방원은 대가 앞에서 노비문제를 신소하는 것마저 금했다.

태종 이방원은 마음에 뜻을 둔 것은 다 이루었던 인물이다. 열심히 공부하여 과거에 급제했다. 고려를 멸하기 위하여 정몽주를 치는 것을 주저하지 않았다. 왕위에 오르기 위하여 아버지에게 혁명의 깃발을 거침없이 올렸다. 권력의 동반자 아내의 가슴에 비수를 꽂는 일을 주저하지 않았다. 열정과 욕망이 강했던 그가 중도에 하차한 것이 유일하게 노비문제였다.

하륜 탄핵사건

태종 이방원이 야심차게 추진했던 노비변정도감이 혁파되었다. 시끄럽던 세상이 조용해지기를 기대했지만 오히려 더 소란스러워졌다. 관료는 관료들대로 백성은 백성들대로 불평불만이 터져나왔다. 사명감에 불타던 관료들의 사기는 땅에 떨어졌다. 노비문제와 사적으로 연결된 관료들은 이해타산에 불만을 터뜨렸고, 그렇지 않은 관료들은 정의가 죽어가는 데 전율했다.

혈기왕성한 신진 관료들 사이에서 수구세력을 척결해야 한다는 공감대가 형성되었다. 사헌부의 젊은 관리들이 총대를 멨다. 수구세력의 대표 인물 하륜을 탄핵하고 나선 것이다. 드디어 올 것이 왔다. 신진세력과 수구세력의 힘겨루기다. 태종 권력의 옆구리가 터진 것이다. 사헌집의 이당이 하륜을 탄핵하는 상소를 올렸다.

"재상은 임금의 덕을 도와 정치를 이룩하는 수상이라는 천직天職임에도 불구하고, 하륜은 자기 첩자의 양부 변겸의 노비송사에 개입하여 전하로 하여금 형조와 대간이 고쳐서 바로 잡으라 명하시기에 이르렀습니다. 이것은 자기 한 몸에 흠이 될 뿐만 아니라 장차 전하의 다스림에 누가 될 것이오니, 그 직을 파하여 외방에 안치하여 대신의 경계를 삼으소서."

영의정은 임금이 임명하는 최고의 자리며 모든 대소신료들의 우두머리다. 일인지하 만인지상을 사헌부에서 탄핵하고 나선 것이다. 물론 사헌부나 사간원에서 영의정을 탄핵할 수 있다. 그럴 능력과 권한도 있다. 하지만 상대가 하륜이다. 노회한 하륜과 정의를 앞세우는 신진관료가 맞붙은 싸움이 시작된 것이다.

상소문을 받아든 태종 이방원이 장무지평 정연을 불렀다.

"영의정의 일은 비밀로 하여 알기가 어려운데 너희들이 어떻게 알았느냐?"

● 원의(圓議)
사헌부나 사간원의 벼슬아치들이 중대한 일을 비밀리에 의논하던 일

"원의圓議●의 일이므로 신은 감히 말할 수 없습니다."

임금의 질문에 답변을 거부했다. 상소는 개인의 뜻이 아니라 회의에서 도출된 전체 의견이라는 것이었다. 태종 이방원이 노기 띤 얼굴로 다시 물었다.

"누구에게서 들은 말이냐고 묻지 않느냐?"

"말씀드릴 수 없습니다."

정연의 태도는 완강했다. 노기를 풀고 태종 이방원이 다시 말했다.

"내가 죄를 가하고자 묻는 것이 아니다. 어서 말하라."

"그래도 말씀드릴 수 없습니다."

정연의 태도는 변함이 없었다. 목에 칼이 들어와도 의견 도출과정을 말할 수 없다고 버텼다. 하륜을 탄핵하는 상소문은 한두 사람의 귓속말

이 아니라 사헌부의 결집된 의견이며, 그 과정을 고해바칠 수 없다는 것이다. 임금이 주춤했다. 임금도 간원이 입을 열지 않으니 대책이 없었다.

태종 이방원은 간원들의 생리를 잘 알고 있었다. 강직함을 최우선으로 하는 위인들이다. 그러한 인품에 무한한 신뢰를 보내고 때론 갈등을 겪는 것이 임금과 간원이다. 정연을 내보낸 태종 이방원은 편전으로 육조판서와 완산부원군 이천우를 불러들였다.

"영의정의 일을 처결할 때 이를 안 사람은 지신사 이관, 대언 유사눌, 조말생 세 사람뿐이다. 내가 비밀히 지시한 일을 외방에 누설하여 대원으로 하여금 상소하기에 이르도록 한 것은 어떻게 된 것인가? 또한 대원이 원의라 하여 숨기고 말하지 않는데 이것이 군신의 예란 말인가? 영의정이 비록 변겸에게 사정私情을 두었다 하더라도 그 마음이 어찌 나를 속이려 했겠는가? 궁중의 비밀을 외방에 누설한 것은 용서할 수 없다."

태종 이방원의 대노는 결연했다. 사건의 본질보다도 비밀이 누설된 배경에 분노의 무게를 두고 있었다. 노성怒聲에서 태풍을 감지한 육조판서와 이천우가 편전을 물러나와, 집의 이당과 지평 안수산, 그리고 정연을 불렀다. 들은 곳을 물으니 이들은 입을 굳게 다물었다. 사건을 원만하게 해결하려던 원로대신들의 노력은 물거품이 되고 말았다.

임금이 상소문을 올린 이당을 의금부에 내려 국문하라 명했다. 태종 이방원은 이당의 기개가 가상했으나 유쾌하지 않았다. 비밀한 궁중의 이야기가 누설되어 간원의 간쟁에 등장한 것이 불쾌했고, 이당의 답변 거부에 모멸감을 느꼈다. 국문을 이기지 못한 이당이 결국 입을 열었다.

"원의에서 말을 꺼낸 자는 형조판서 성발도였습니다."

즉시 성발도를 하옥하고 국문하라 명했다.

"누설한 자는 이관입니다."

성발도 역시 국문을 이겨내지 못하고 무너지고 말았다. 사건의 단초를 제공한 사람은 지신사 이관으로 밝혀졌다. 태종 이방원은 심한 배신감을 느꼈다. 자신의 가장 지근거리에 있는 사람이 비밀을 누설하여 평지풍파를 일으킨 것이 괘씸했다.

성발도는 공신의 아들이라 죄주지 않고 파직만 시킨 태종 이방원은, 이관도 파직에서 멈췄다. 이관은 지신사로서 오랫동안 곁에 있었고 노모가 있는데 직첩을 거두면 과전을 거둘 것이므로, 노모에게 불효해서는 안 된다는 배려였다. 이당이 문제였다. 태종 이방원의 물음에 답변을 거부한 이당을 괘씸죄를 걸어 외방으로 내치고 싶었지만 걸리는 게 있었다. 거간拒諫●이었다.

● 거간(拒諫) 간언을 거절함

고민하던 태종 이방원이 이당 역시 파직으로 마무리했다. 이당을 죄줌으로써 거간의 이름이 역사에 기록되는 것을 두렵게 생각한 것이다.

사건을 마무리 한 태종 이방원이 이조판서 한상경을 불렀다.

"사헌부에서 하륜을 탄핵하는 상소가 올라왔을 때 내가 어디에서 들었느냐고 물으니, 원의를 핑계하고 사실대로 고하지 않았다. 이것은 나를 임금으로 부족하게 여겨 고하지 않는 것인데, 죄를 주고자 하였으나 너그러이 용서하였다. 또 성발도는 형조의 우두머리로 하륜의 일을 듣고 부당하게 여겼다면 즉시 나에게 고하는 것이 마땅하지, 3성에 말하여 번거롭게 소청疏請하게 만드는 것이 대신의 도리겠느냐?"

"상교가 지당합니다. 성발도가 신에게 고하기를, '부끄럽다'고 하였는데, 신은 능히 그의 이러한 뜻을 이해합니다."

"내가 듣건대 하륜은 변겸 송사의 시비를 알지 못하다가, 형조와 대간에서 핵실覈實한 뒤에야 그 잘못을 알았다고 하는데 그러한가?"

"하륜은 아직 의혹을 해명하지 못하고 있습니다."

한상경의 말은 의미심장했다.

조정의 공기를 간파한 하륜이 영의정을 사직하는 상서를 올렸으나, 태종 이방원은 읽어보지도 않고 돌려주었다. 태종의 하륜에 대한 신뢰는 끝이 없었다. 감읍한 하륜이 예궐하여 사례하고 상서원에 들러 중관 최한과 대언 유사눌, 그리고 조말생을 비밀히 불러 변겸 사건에 대하여 모종의 귓속말을 하고 물러갔다.

승정원에 심어둔 자기 사람들에게 전략을 숙지시킨 하륜이 상소문을 올렸다. 방어만 하던 하륜이 배수의 진을 치고 공세로 돌아선 것이다.

"대간과 형조에서 변겸의 노비 사건을 오결하였습니다."

상소문을 읽어본 태종 이방원은 잘되었다 싶었다. 그렇지 않아도 하륜의 행적이 의문스러웠는데 철저히 파헤쳐 사건의 진실을 알고 싶었다.

"사건의 본말을 고찰하여 확실하게 보고하라."

승정원에 특명이 떨어졌다. 허나 승정원에는 이미 하륜의 손길이 거쳐 간 뒤였다. 하륜은 대간과 형조가 연루된 상소문을 올릴 때 자신의 상소가 어디에 하명될 것인가 맥을 짚었다. 사간원이 전면에 나서지는 않았지만 사헌부와 사간원은 초록은 동색이라고 생각할 터. 그럼 어디로 내릴 것인가? 승정원에 하명될 것이라 예견한 하륜이 먼저 손을 쓴 것이다.

"삼성의 판결이 오결이었습니다."

임금의 명을 받은 승정원 형방대언 조말생이 보고했다. 조말생의 보고를 받은 태종 이방원은 의금부에 명했다.

"삼성의 장무지평 정연과 헌납 안도, 형조좌랑 송명산, 형조좌랑 정용

과, 그리고 변정도감 판관 하면, 변정제조 유정현, 민여익과 도청사제용
감정 정초와 성발도를 하옥하라."

하륜의 공세는 집요했다. 하륜을 향하여 각을 세웠던 사람들이 줄줄이
투옥되었다. 반대세력을 뿌리째 싹 쓸어버린 것이다. 하면의 판결이 옳았
고 성발도의 기개가 가상했지만 권세 앞에는 무력했다. 하륜 역시 사건의
진실 앞에 철저히 무너질 위험이 도사리고 있었지만 공세는 성공했다. 왕
심을 읽어내는 데 동물적인 감각을 지닌 하륜의 뒤집기 한판승이었다.

권력은 잡는 순간부터 부패한다고 했던가. 대의를 명분으로 아버지를
향하여 쿠데타를 일으킨 태종 이방원. 그가 이저, 이거이의 옥사와 이무
를 참하며 군기를 잡고 처남 민무구, 민무질에게 칼바람을 일으키며 대
소신료를 떨게 했지만, 세월이 가면서 기강이 느슨해졌다. 중앙권력은
그런대로 서슬이 살아 있었지만 지방은 영이 서지 않았다.

풍해도 황주의 유학교수관 나득경이 기생을 거느리고 성전 근처에서
유희를 즐기고 있었다. 이 모습을 목격한 해주목사 염치용이 힐책했다.

"학생들을 가르치는 교수가 성스러운 공자님 사당 근처에서 이 무슨
해괴한 망동이오?"

"목사님은 아관을 힐책할 자격이 없수다."

꾸지람을 받아들이기는커녕 코웃음을 쳤다.

염치용은 자신의 가비에 인물이 뛰어난 계집종을 두고 있었다. 이를 먼
저 맛을 보고 상왕전에 바쳐 정종 이방과의 시첩을 만들었다. 여기에도
하륜의 작용이 컸다. 그 끄나풀을 이용하여 해주목사를 꿰차고 앉아 재물
을 긁어모으고 있으니, 지역 관리는 물론 백성들이 존경할 리 없었다.

염치용으로부터 질책을 받은 유학교수관 나득경 역시, 반성하기는커녕

해주목사 염치용의 비리 10여 가지를 풍해도감사 민약손에게 고했다.

염치용을 불러들인 감사가 안핵하니 고개를 떨어뜨리고 눈을 부릅떴다. 그 길로 한양으로 올라온 염치용은 상왕전 환관과 시첩에게 해주감사를 참소하고, 자신의 처를 시켜 사헌부에 고발하게 하였다.

사헌부에서 풍해도 감사 민약손의 비리를 조사하여 임금에게 보고했다.

"염치용의 가비가 상왕전에 들어가 시첩이 되었는데, 염치용이 등용된 것도 상왕의 청한 때문이었다. 그의 소위所爲가 이와 같으니 염치용을 조사하여 보고하라."

불호령이 떨어졌다. 염치용으로서는 혹을 떼려다 붙인 격이 되었다. 해주가 발칵 뒤집혔다. 조용하던 고을 해주에 사헌부 관원들이 들이닥친 것이다. 해주 바닥을 샅샅이 뒤진 사헌부에서 보고가 올라왔다.

"황주목사 염치용이 국고의 쌀과 콩 3백 석을 빼돌리고 제 마음대로 임지를 떠나 한양 나들이를 했습니다. 풍해도 감사 민약손은 한창 농사철에 각 고을 수령과 함께 기생을 거느리고 풍악을 울리며 연회를 즐겼으며, 술에 취하여 창기를 역마에 태우고 달리다가 창기를 말에서 떨어뜨려 죽게 하였습니다.

경력 오을제는 감사의 행동거지를 바로잡지 못하였고, 황주판관 양여공도 목사의 비행을 바로잡지 못하였으며, 찰방 김경은 법령을 범하여 연회에 나갔고, 내관 김희정은 마음대로 역마를 내주었으며, 지봉주사 송남직은 그 관중의 저화, 미곡, 어물을 사사로이 기관과 여기女妓에게 주었습니다. 청컨대, 모두 죄를 주소서."

해주지방 관리가 줄줄이 연루되었다. 모두 잡아올려 순금사 옥에 하옥시켰다. 해주가 초토화된 것이다. 실력으로 관직에 나간 사람도 있지만,

뇌물을 바쳐 직책을 꿰어찬 지방 관리가 토호세력과 유착하여 분탕질을 치고 있을 때 허리가 휘는 것은 백성들뿐이었다.

태종 이방원은 분노했다. 중앙 감시가 미치지 못하는 지방에서 관리들의 부패가 이 지경이 되었다는 사실에 충격을 받았다.

"염치용의 죄는 참형에 해당하나 한 등을 감하여 그에게 자자刺字● 하여 먼 지방에 부처하고, 민약손은 장 80대, 오을제, 양여공, 김경, 송남직도 장을 쳐 파직하라."

태종 이방원의 명이 떨어지자 하륜이 예궐하여 청하였다.

"염치용은 소신 외손의 양부입니다. 남은 곡식을 관중의 용도로 하고 자기에게 들이지 않았다 하옵니다. 청컨대, 용서하소서."

● 자자(刺字)
죄인의 팔뚝에 먹물로 죄명을 넣음

부정부패에는 하륜이 연결되어 있었다. 태종 재위 18년 동안 그가 죽어 관직을 놓은 16년간은 태종시대가 아니라 가히 하륜시대라 해도 과언이 아니다. 그의 비첩이 낳은 자식의 양부 변겸이 그랬듯이 이번에는 외손의 양부였다.

하륜의 청을 받은 태종 이방원은 염치용에게 내렸던 자자형을 면제해 주었다. 하륜의 얘기라면 팥으로 메주를 쑨다 해도 믿어주니 알다가도 모를 일이었다.

얼마 후, 안동에 안치되었던 염치용이 유배에서 풀렸다. 뒷배를 봐주는 사람이 있었기에 가능한 이례적인 일이었다. 한양에 올라온 염치용은 도성을 휘젓고 다니며 자신이 억울하다고 토로했다. 그러다 드디어 일을 냈다. 민무회를 찾아간 염치용이 폭탄발언을 한 것이다. 임금이 관련된 내용이었다. 어설픈 이무기가 용의 발톱을 건드린 것이다. 민무회 사건의 서막이었다.

민씨 사건 2

"서철은 혜선옹주 홍씨에게 은덩어리를 뇌물로 상납하고 또 좋은 말을 영의정 하륜에게 바쳐서, 이를 인연으로 성상에게 계청啓請하여 내섬시에 속하게 되었고 큰 부자가 되었습니다."

내섬시는 호조의 하부기관으로 대궐의 생활용품과 2품 이상의 관리들에게 내려주는 하사품, 그리고 외국 사신들의 접대용품을 관장하는 부서였다. 관요에서 제작한 명품 도자기를 비롯하여, 술과 직조 등 당시의 최고급품만을 취급하는 관아였다. 노비출신 서철이 태종 이방원의 빈 혜선옹주에게 뇌물을 바치고 내섬시에 들어가 떼돈을 벌었다는 얘기였다.

민무회는 깜짝 놀랐다. 천기를 누설해야 될지 망설였다. 염치용이 한성부윤으로 있는 자신을 찾아와 왜 이렇게 큰 얘기를 하는지 알 수 없었다. 며칠을 고민하던 민무회는 충녕대군을 알현하고 염치용의 말을 전했다. 충녕은 즉시 임금에게 아뢰었다.

염치용의 말을 전해들은 태종 이방원은 승전환관 최한을 시켜 승정원으로 하여금 호조판서 박신, 예조판서 황희, 지신사 유사눌, 좌부대언 조말생과 민무회, 그리고 문제의 장본인 염치용을 불러들이라 명했다.

"내가 부끄러운 말을 들으니 도리어 경들을 보기가 민망하다. 염치용은 나더러 대신 하륜과 시첩 가이의 말을 듣고 서철을 내섬시에 소속시켰다고 하는데, 그렇다면 내가 대신과 시첩의 말을 듣고 그 일을 부당하게 처리했다는 말인가? 마땅히 염치용은 대답하라."

염치용은 머리만 조아릴 뿐 아무 말도 못했다. 설혹 임금이 시첩과의 베갯머리 송사에서 청탁을 받아 서철을 내섬시에 근무토록 했다 하더라

도, 내막이 백일하에 드러난 이상 용의 발톱이 꼼지락거릴 수밖에 없었다. 이건 임금의 체통문제였다. 염치용이 용의 발톱을 잘못 건드린 것이다. 태종 이방원은 염치용을 의금부에 하옥하라 명했다.

사간원에서 상소가 올라왔다.

"염 씨는 전조前朝에 탐오貪汚로 인하여 패가하였는데 염치용은 도피하여 화를 모면했습니다. 그러나 성은을 입어 황주목사에 이르렀으나 탐관오리로 파면되어 그 죄가 자자에 이르렀습니다. 그러나 또다시 성은을 입어 자자를 면할 수 있게 되었으니 더욱 마음을 고쳐 성은에 보답해야 할 터인데, 오히려 난언亂言을 발설하여 그 말이 승여乘輿에까지 미쳤으니 그것은 불충임이 분명합니다.

● 궁금(宮禁) 궁궐

한성부윤 민무회는 중궁의 지친이니 진실로 휴척休戚을 함께 하여 일이 궁금宮禁에 관계되면 보고 듣는 대로 마땅히 곧 아뢰어야 할 것인데, 염치용의 난언을 듣고 여러 날을 머물러두었다가 그 말을 올렸으니 죄가 또한 중합니다."

"염치용의 죄는 내가 벌써 적당히 요량하여 시행하였다. 그리고 민무회는 병들고 늙은 어미가 있어 정리情理로 갑자기 버릴 수가 없다."

민무회의 어머니 즉, 태종 이방원의 장모는 잘나가던 민무구, 민무질 두 아들을 사위에게 잃고 남편 민제마저 세상을 떠나자 마음의 병이 되어 폐인이나 다름없이 되었다. 그러한 노모를 민무회가 모시고 있으니 큰 죄를 내릴 수 없다는 얘기였다.

사간원에서 또다시 상소가 올라오자, 민무회의 직첩을 거두게 하고 염치용은 다시 거론하지 못하게 하였다. 민씨 형제를 죽음으로 몰고 간 민무회 사건의 시작이었다.

처남 민무구, 민무질 형제를 죽음으로 처결한 태종 이방원은 마음이 무거웠다. 보상이라도 하듯 살아남은 형제를 챙겼다. 민무휼을 우군동지총제에 임명한 후 지돈녕부사로 승진시키고, 민무회에게 한성윤 직책을 주었다. 또한 임금의 인친이라는 체신을 살려주기 위하여 민무휼에게 여원군, 민무회는 여산군이라는 봉작을 내렸다.

중전 민씨와도 관계가 회복되었다. 심신이 피폐해진 민씨가 병환에 시달리자 태종 이방원은 명나라에 사람을 보내어 귀한 약재를 구해오는가 하면, 어의를 중궁전에 상주케 하며 중전을 돌보게 했다. 또한 자주 문병하여 얼굴을 맞대고 대화를 나누었다.

중전 민씨 역시 지아비에 대한 원망을 접었다. 태종 이방원이 후궁들을 이끌고 해주 온천을 다녀오면서 개성 행재소에 머무를 때, 중궁전 사람을 보내어 잔치를 베풀어주기도 했다. 이러한 해빙기에 민무회 사건이 터진 것이다. 실로 작은 일에서 출발했다.

사간원에서 또다시 상소가 올라왔다.

"염치용과 민무회의 죄를 육조와 의금부, 승정원, 사간원에서 율문에 의하여 시행하라고 청하였는데, 사헌부는 직책이 국가의 법을 관장하고서도 그 죄를 청하지 아니하였습니다. 또 그들이 아뢴 조목 안에는 '대소인원이 함부로 상서하여 어떤 자는 자기의 죄를 모면하기를 엿보고, 어떤 자는 자기의 욕심을 이루려고 도모한다' 고 하였으니 이는 반드시 누구를 모해하려고 발설한 것입니다."

"사헌부는 풍기를 맡은 관청으로 나라의 기강을 염려하지 않아도 되는가? 내 진실로 그들의 간사한 마음가짐을 더럽게 여겼으나 꾹 참고 오늘에 이르렀다. 우리나라는 군신의 예절이 있는 나라라고 일컬어오는 터에, 헌사에서 감히 이럴 수가 있는가? 정승들은 지위가 높아 세미細微한 임무에 응할 수 없다고 하겠으나, 어찌 기강을 바로잡는 권한을 가지고서도 이같이 하는가?"

대노한 태종 이방원은 대사헌 이은과 집의 이유희, 장령 강종덕과 정지당, 그리고 지평 김익렴·금유를 의금부에 가두라 명했다. 사헌부와 사간원의 알력에 임금이 가세한 것이다. 양대 권력기관의 고래싸움에 민무회가 끼어 새우등이 터진 격이다.

대간과 형조에서 연이어 교장이 올라왔다.

"인신人臣으로 임금을 업신여기는 마음을 품고 불충한 죄를 범했다면 천하에 용납될 수 없습니다. 염치용은 장류의 죄에만 처하고 민무회는 직첩을 거두는데 그치시어 집에 있게 하였으니 성조盛朝● 의 용형에 어긋납니다. 전하께서 대의로 결단하고 모조리 극형에 처하여 뒷사람을 경계하소서."

● 성조(盛朝)
어진 임금이 다스리는 조정

하지만 태종 이방원은 상소를 받아들이지 않았다. 민무회에게 병든 노모가 있다는 이유였다. 헌데 작은 사건에 기름을 붓는 사건이 터졌다. 이른바 민무휼 사건이었다.

사간원과 형조에서 상소문이 올라왔다.

"중궁이 편찮았을 때 민무휼, 민무회가 세자와 한 말을 물었으나, 잊어버렸다고 핑계하여 솔직하게 대답하지 않았습니다. 민무회를 별도로 불러 사실 여부를 물었는데도 말하지 아니하였습니다. 민무회는 세자가 전하께 말한 것을 도리어 부실한 말이라 하니, 이는 임금과 세자를 업신여기는 마음이 뚜렷합니다.

민무휼은 그때에 민무회의 말을 자세히 듣고 세자에게 '누설하지 말라'고 청하였는데, 지금 삼성에서 핵문하니 대의를 돌보지 않고 다만 형제의 사사로운 정리 때문에 서로 숨기며 대답을 솔직히 하지 아니하니, 민무회와 함께 형벌을 가하여 국문하게 하소서."

태종 이방원은 격노했다. 임금과 세자를 불신한다니 대역보다도 더한 능멸로 받아들였다.

"내가 여기에서 결단하면 후세에 반드시 '우리 부자가 없는 일을 꾸며 무고한 사람을 모해했다'고 이를 것이다. 그러므로 경들은 육조, 대간, 세자와 함께 한곳에서 진실과 거짓을 대질하여, 온 나라 사람들로 하여금 그 곡직曲直을 밝게 하도록 하라."

태종 이방원과 세자 양녕이 연루된 사안이니만큼 대소신료들 앞에서 투명하게 처리하겠다는 것이다. 조정에 비상이 떨어졌다. 대궐에 살벌한 긴장감에 감돌았다. 시종들의 발걸음이 분주해졌다. 이 소식을 전해들은 중궁전은 불길한 예감에 무겁게 내려앉았다.

태종 이방원의 부름을 받은 대소신료들이 속속 집결했다. 임금이 편전이 아닌 병조정청에서 대소신료들과 마주 앉은 것은 이례적인 일이었다. 경우에 따라서는 국문의 형벌도 가할 수 있다는 암시였다. 병조에는 부속 시설로 순군옥이 있었다. 주리를 틀고 인두질을 하는 참혹한 형벌이 실시간 진행되는 곳이다. 임금의 친국 명령은 없었지만 병판은 만반의 준비를 갖췄다. 언제라도 실시 명령이 떨어지면 바로 시행해야 했다.

어떠한 국문에서도 죄인에게 형벌을 가하되 죽으면 책임추궁을 당했다. 그래서 형리들은 형을 가하면서도 당하는 사람 못지않게 진땀을 흘렸다. 강하면 죽을 것 같고 약하면 불지 않기 때문이었다. 하지만 임금을 모신 친국에서는 마음이 편했다. '매우 쳐라'는 구령에 따라 움직이고

죄인이 죽어도 책임추궁을 당하지 않았다.

임금이 정좌하고 좌우에 대소신료들이 자리했다. 싸늘한 냉기만 흐를 뿐 누구 하나 입을 열지 못했다. 무거운 공기를 가르며 이조판서 황희가 입을 열었다.

"민무휼 형제가 서로 죄를 숨겨준다 하더라도 그 정상이 이미 나타났으니, 대질을 하지 않더라도 그 곡직이 이미 판명된 것입니다. 그런데 세자와 함께 대질하는 것은 서로 송사하는 것 같아 민망합니다. 신하가 어찌 같이 앉아서 그것을 들을 수 있겠습니까? 마음이 편치 못합니다. 이 일은 반드시 사필史筆에 전할 것이니 그리 하도록 하소서."

"옛날에 이와 같은 일이 있어 내 몸소 처결하여 그 진망을 변정하였는데 별로 해됨이 없었다."

● 천토(天討) 하늘이 죄인을 침

"이무의 일은 전하가 친히 결단하여 그 죄가 곧 밝혀져 천토天討*를 당하였으나 이 일은 그것에 비할 바가 아닙니다."

황희는 죽음으로까지 가야 할 크나큰 일로 생각하지 않았고 태종 이방원의 생각은 달랐다.

"내가 그것을 몰라서 그러는 것이 아니다. 모름지기 서로 대질 변론케 함으로써 그 진망을 결정해야 하겠기 때문이다."

태종 이방원의 의도는 분명했다. 세자와 인친이 관련된 일이니 대소신료들이 보는 앞에서 투명하게 처리하여 후일의 잡음을 없애겠다는 것이다. 세자 양녕이 중앙으로 나와 앉았다. 모든 신료들의 시선이 세자 양녕에게 쏠렸다. 뒤이어 민무휼, 민무회 형제가 나와 무릎을 꿇었다. 팽팽한 긴장감이 장내를 감돌았다.

"중궁이 편찮으실 때 내가 효령, 충녕 두 대군과 함께 병구완을 하고 있었는데, 두 외숙과 민계생이 병문안을 왔습니다. 두 대군이 탕약을 받들고 안으로 들어가자 민무회 외숙이 가문이 패망하고 두 형이 득죄得罪한 연유에 대하여 말하기에, 신이 듣기 거북하여 '민씨 가문은 교만 방자하여 화를 입음이 마땅하다'고 말했습니다.

민무회 외숙이 화난 목소리로 '세자는 우리 가문에서 생장하지 않았습니까?' 하며 눈을 치뜨고 바라보기에 내 마음이 언짢아서 바로 일어나 안으로 들어갔습니다. 민무휼 외숙이 따라와서 나를 세우고 말하기를 '잡담이니 잊어버리기 바랍니다'고 한 일이 있었는데 위의 말들을 두 외숙이 하지 않았습니까?"

이때 세자 양녕 나이 스물 한 살이었다. 양녕은 이방원 잠저시절 외가에서 태어났고 외할머니 손에서 자랐다. 효령과 충녕을 비롯한 다른 대군들보다 외가에서 자란 외손자가 차세대를 이끌어갈 세자가 되었으니, 민씨 가문 또한 기대가 컸다. 허나 기대는 정반대로 흘러 가문의 몰락을 불러왔다. 태종 이방원이 잠저시절 《대학연의》에서 공부한 외척 척결의 대상이 된 것이다.

"혼매함이 너무 심하여 기억해낼 수 없습니다."

민무휼은 바짝 얼어붙었다. 항상 어린아이로만 생각했던 양녕의 성장에 놀랐고 기억력이 두려웠다. 외가에서 자란 양녕이 외숙을 감싸줄 것이라는 기대는 물 건너갔다. 제왕학을 공부하여 균형감을 익힌 양녕을 얕잡아보고 경거망동했던 무질 형이 잘못 짚었다는 생각이 들었다.

"외숙이 말하지 않았다면 내가 무슨 까닭에 이런 망령된 말을 하겠습니까?"

"곰곰이 생각해보니 그때 세자가 말한 것을 두 형들의 득죄 때문에 저희 일문一門을 욕하는 것으로 여겨져, 속으로 불평을 품고 그렇게 말했던 것입니다."

민무회가 시인했다. 그러나 민무휼은 부인했다.

"저는 그 말을 듣지 못했습니다."

"그렇다면 세자의 말씀이 사실이 아니란 말인가?"

형조판서 윤향이 물었다.

"듣지 못했습니다."

"민무회는 이미 자복하였는데 공은 어찌 솔직하지 못하는가?"

우사간 이맹균이 다그쳤다.

"다시 생각해보아도 저는 듣지 못했습니다."

"민무회가 이미 자복하였으니 공이 비록 말하더라도 무슨 해로움이 있겠는가?"

형조와 대간을 비롯하여 좌정한 대소신료들이 이구동성으로 말했다.

"민무회는 자복하여 진정을 다 말했는데 민무휼은 간사하기가 더욱 심하여 아직도 숨기고 있으니, 청컨대 유사攸司에 내려 고문을 가하여 국문하소서."

"그들의 노모가 병을 얻었으니 아직은 그리할 수 없다."

형조와 대간에서 재삼 형문을 청했으나 태종 이방원은 거절했다.

잠시 침묵이 흘렀다. 병조정청이 쥐 죽은 듯이 고요했다. 동생 민무휼을 바라보고 있는 민무회의 안타까운 숨소리가 들리는 듯했다. 오뉴월 삼복더위에 민무휼의 이마에서는 땀방울이 비 오듯 쏟아졌다. 적막을 깨고 태종 이방원이 입을 열었다.

"내가 직접 묻겠다."

한 박자 건너뛰며 호흡을 가다듬은 태종 이방원이 민무휼을 보며 무거운 목소리로 물었다.

"너는 육조, 대간과 나를 모두 어리석다고 생각하여 사실대로 말하지 않는가? 너에게 형문을 가해도 진실을 말하지 않겠는가?"

임금의 목소리는 추상같았다. 복더위의 열기로 가득한 정청을 금방이라도 얼려버릴 것만 같았다. 임금의 목소리가 장내를 울리자 민무휼이 삼복더위에 사시나무 떨듯 떨었다. 태종 이방원의 목소리는 민무휼에게 저승사자의 목소리처럼 들렸다.

"다시 생각해보니 '잡담이니 잊어버리기 바랍니다'고 한 것은 신의 말입니다."

민무휼이 시인했다.

"너는 무슨 마음을 품었길래 그와 같은 말을 하였는가?"

"그때 헤어지는 순간이었기에 신이 말하기를 '잡담이니 잊어버리기 바랍니다' 하고 각자 돌아갔을 뿐입니다. 무슨 마음이 있어서 이 말을 했겠습니까?"

"내가 평상시에 항상 너희들을 가르침에 있어 왕도王導● 와 왕돈王敦●, 주공周公● 과 관채管蔡● 의 일들을 인용하기까지 하면서 간절하게 말하였는데, 너는 아직도 살피지 못하고 묻는 일에 대해 사실대로 고하지 않는단 말이냐?"

"헤어질 때에 '잡담이니 잊어버리기 바랍니다'고 한 말은 각자 집으로 돌아갈 때 한 말로써 진실로 사심 없이 한 말입니다. 무슨 마음이 있어서 그런 말을 하였겠습니까?"

"전하, 이들의 불충이 드러났으니 극형으로 다스려 후일의 경계로 삼

● 왕도(王導) / 왕돈(王敦) / 주공(周公) / 관채(管蔡)
형제간의 우애와 의리를 논할 때 등장하는 고사

으소서."

모든 대소신료들이 머리를 주억거리며 목소리를 높였다.

"이들을 외방에 안치하라."

민무휼, 민무회 형제는 경기도 해풍에 안치되었다. 이들이 귀양 떠나던 날을 실록은 이렇게 기록하고 있다.

"자원 안치된다는 소리를 들은 대부인이 '내가 늙었으니 어찌 이 세상에 오래 살 수 있겠느냐? 두 아들을 따라가고 싶다'고 하였다니 그 말이 슬프다. 특별히 늙은 할미를 염려해서 국론을 거부하고 너희들에게 죄주지 않는다. 내 진실로 조정대신들의 비평을 받을 줄 아나 사정에 못 이겨 어쩔 수 없다. 대언이 의금부로 하여금 압송할 것을 청하나 내 마땅히 사람을 보내어 그들을 보내겠다."

민무휼, 민무회 형제가 귀양을 떠났으나 조정의 여론은 잠잠해지지 않았다. 형조와 대간에서 연이어 상소가 올라왔다.

"민무회는 세자에게 감히 불령한 말을 하였으니, 본디부터 세자와 임금을 업신여기는 마음이 있었음이 드러난 것입니다. 또한 염치용과 함께 사실무근한 말을 꾸며내어 성상의 덕에 누를 끼치려고 하였으니, 반역의 마음을 품은 것이 여실히 나타났습니다.

태종 이방원은 윤허하지 않았다. 형조와 사헌부, 그리고 사간원에서 줄지어 상소가 올라왔다.

"공신, 정부, 육조에서 소장을 올려 민무휼, 민무회의 죄를 바로잡기를 청한 것이 이미 여러 날이 되었는데, 전하가 다만 사사로운 정리로써 유윤을 내리지 않고 형제로 하여금 경기도 전장에 평상시와 다름없게 하였습니다. 이는 천지 사이에 용납할 수 없습니다.

태종 이방원은 상소를 받아들이지 않았다. 이에 형조, 사헌부, 사간원 삼성의 대간들이 사직해버렸다. 임금과 신하들의 힘겨루기가 시작된 것이다. 태종 이방원은 경기도 관찰사 구종지로 하여금 민무휼, 민무회의 귀양지에 외부인의 출입을 금하도록 명하고 대간들이 출사하기를 종용했다. 이를 지켜보던 조정의 원로 하륜이 편전으로 임금을 찾아왔다.

"여러 번 장소를 올려 민무휼, 민무회의 죄를 청하였으나 윤허를 얻지 못하였고 또 대간, 형조에서 그 청한 것을 얻지 못하여 모두 사직하였습니다. 법을 집행하는 관원은 하루라도 비울 수 없으니 바라건대 그 청한 것을 윤허하고 명하여 직사에 나오게 하소서. 민무휼, 민무회는 죄가 더 클 수 없으니 조선의 신자로서 누가 성토하기를 원하지 않겠습니까?"

"대간의 청이 옳지 않은 것은 아니다. 다만 내가 즉시 청단하지는 못하겠다. 이미 밖에 나가 있게 하였으니 더 이상 추죄할 수 없다."

"대부인께서 민무휼 형제가 있는 해풍에 계시다는 얘기를 들었는데, 어떻게 된 영문인지 알 수 없습니다."

대부인이 귀양지에 가 있다는 얘기를 들었을 때 하륜은 아연실색했다. 대부인이 누구인가? 임금의 장모님이다. 임금의 장모가 귀양 간 아들과 같이 있다면 보통일이 아니었다. 태종 이방원이 모르고 있을까 봐 하륜이 귀띔해주는 말이었다.

"대부인께서 아들이 있는 곳으로 가고자 하므로 내가 뜻을 굽히어 따랐다."

"대부인이 어찌 한 나라 모의母儀의 영화로운 봉양奉養을 버리고 도리어 불충한 자식에게로 나아갈 이유가 있겠습니까?"

"대부인이 함께 있고자 하므로 내가 인정에 못 이겨 굳이 말리지 못하고 받들어 보냈다."

"대부인이 두 아들을 따라서 해풍에 나가 있으면 훗날 사책史冊에 대부인이 아들과 죄를 함께 하여 밖에 쫓겨나가 있다고 할 것이니, 청컨대 한양으로 돌아오도록 명하소서."

"대부인을 아들과 함께 있게 한 것은 과인의 뜻이다."

하륜은 난감했다. 대부인이 해풍 귀양지에 있는 것은 무언의 시위였다. 아들을 애처롭게 생각하는 깊은 모정이지만 '아들은 죄 없으니 돌려보내라' 는 항의 표시였다. 약자를 동정하는 백성들은 나이 많은 장모를 유배생활시킨다 할 것이었다. 그것을 간과하고 사사로운 정에 이끌려 허락한 태종 이방원이 하륜은 안타까웠다.

하륜의 소청도 무위로 끝났다. 허탈한 마음으로 하륜이 편전을 물러났다. 거의 동시에 이숙번이 나타났다. 3각의 한 모서리를 점하고 있는 이숙번의 등장이었다. 좌하륜 우숙번이라 부르리만큼 태종 이방원의 막하였다.

하륜이 단기로 들어온 것과는 달리 이숙번은 병조판서 박신, 이조판서 박은, 예조판서 이원을 대동하고 편전으로 들어와 민무휼, 민무회의 죄를 청했다. 세勢 과시였다. 지방의 일개 군사에서 병조판서에 이르고 안성군에 진봉했으니 목에 힘줄 만했다.

이숙번을 바라보는 태종 이방원의 시선은 싸늘했다. 이숙번은 혁명 동지였다. 광화문 앞에 천막을 치고 한솥밥을 먹고 밤을 새던 동지였다. 하륜이 책사라면 이숙번은 무사였다. 이숙번은 궂은 일은 도맡아 처리하던 행동파였다. 때문에 태종 이방원의 총애를 받았고 고속 승진했다. 하지만 오늘 그를 바라보는 태종 이방원의 눈빛은 달랐다.

"민무휼의 일은 이미 끝났다. 어찌 다시 청하는가? 누가 인정이 없을까마는 특별히 장모가 있기 때문에 법대로 처리하지 못하는 것이다."

"누가 전하의 지극한 정리를 알지 못하겠습니까? 다만 민무휼, 민무회의 죄가 애매하여 사람들이 정확히 알지 못하기 때문에, 유사에 내려 그 죄를 밝게 하자는 것입니다. 그러한 뒤에 특별히 넓은 은혜를 내리어 성명을 보전하시면 사은과 공의 두 가지를 이룰 수 있을 것입니다. 또 삼성은 국가의 기강이므로 잠시도 비울 수 없으니, 적당치 않거든 다른 사람으로 임명하고 그 죄가 없거든 출사하도록 명하소서."

"삼성이 나오는 것은 막지 않겠지만 특별히 출사하도록 명하지는 않겠다. 명하여 출사하면 또다시 전과 같을 것이다. 비록 다른 사람으로 바꾸더라도 또 뒤를 이어 청할 것이다. 그러므로 즉시 임명하는 것 역시 하지 않을 것이다."

"조선의 신자로서 하늘을 이고 땅을 밟고 무릇 먹고 자는 사람이라면, 누가 토죄하여 충성을 다하고자 하지 않겠습니까? 또 전하가 비록 보전하고자 하더라도 나라 사람들이 따르지 않을 것입니다. 그러나 이거이도 능히 보전하였으니 이 예에 의하는 것이 편할 것입니다."

"이미 육조, 대간에서 힐문하여 명백해지지 않았는가? 만일 유사에 내리면 고문을 할 터인데 특별히 다른 음모가 있어 화가 미칠까 염려된다."

정곡을 찌르는 태종 이방원의 예리한 통찰력이었다. 분명 검은 음모가 있고 음모세력이 있다는 것이다. 세력을 손바닥에 올려놓고 힘의 세기를 가늠하고 반동력을 측정하고 있다니 태종 이방원은 두려운 존재였.

차기에 방점을 찍은 삼각편대의 목표는 동일했다. 차세대의 중심에 서고 싶은 것이다. 이러한 중심세력을 헤쳐 모이게 하려는 태종의 전략과 뭉

쳐서 중심을 선점하려는 하륜의 전술, 이숙번의 전법은 달랐다. 태종 이방원은 자신의 힘을 유보해두고 세력의 힘을 이용하고 있는 것이다.

이숙번이 민무휼, 민무회 형제를 유사에 내려줄 것을 간청했으나 윤허하지 않았다. 이원과 박신이 먼저 물러나고 이숙번과 박은이 남았다. 이숙번과 박은은 태종 이방원의 혁명 동지였다.

"민무구, 민무질이 손해를 본 까닭으로 복수할 마음을 품은 것이 아닙니까?"

"그렇지 않다. 지난번 계사啓事에 두 형을 가련하게 여기지 않는 것을 알았다. 하지만 그들을 귀양 보냈으니 내가 용서하더라도 어찌 덕에 감사하겠는가? 국론이 원하니 송 씨가 돌아간 뒤에 마땅히 이들을 버리겠다."

● 체대(遞代)
어떤 일을 서로 번갈아가며 대신함

답이 나왔다. 하지만 이숙번은 표정관리를 했다. 송 씨가 돌아간 뒤에 버리겠다는 임금의 말은 송 씨 살아생전에 처치하면 장모가 마음 아파할까 봐 그때까지만 기다려달라는 말이었다. 하지만 그 사이에 어떠한 변화가 있을지 아무도 몰랐다. 그것이 문제였다.

"그래도 국문의 절차를 거쳐야 합니다."

"알고 있다."

긴 한숨을 내쉬던 태종 이방원의 시선이 천정에 꽂혔다.

"가물어서 벼가 마르고 큰 바람이 불어 나무가 뽑히고 무슨 선하지 못한 일이 쌓여서 이러한 재앙을 가져오는가? 내가 방문을 닫고 가만히 생각하니 살고 싶지가 않았다. 즉위한 이래로 백성을 복되게 한 것이 없다. 며칠 전 교하交河 백성들이 말하기를, '멸망할 때를 당하여 이런 재이가 있다'고 하였으니 어찌 부끄럽지 않겠는가?"

"정사를 도모하는 대신은 서로 체대遞代 되고 나는 오래 재위하였으니 세자에게 전위하여 조금은 근심과 걱정을 풀고자 하나, 세자가 어려서 일을 경험하지 못하였으므로 또한 그렇게도 할 수 없다. 누가 밤낮으로 이처럼 근심하고 고민하는 나의 마음을 알겠느냐?"

임금이 눈물을 줄줄 흘리며 탄식했다. 격정을 가누지 못하고 바닥을 치며 통곡했다. 회한이 강물처럼 밀려온 것이다. 아버지를 향하여 혁명의 깃발을 올리던 기백은 간데없었다. 정상에 오르는 길보다 정상에서 내려가는 길이 이렇게 험난하고 힘든지 예전에는 미처 몰랐다.

이숙번과 박은은 황공하고 놀라워서 어찌할 바를 몰랐다. 이방원의 눈물도 처음 봤고 임금의 눈물도 처음 봤다. 용의 눈물을 본 것이다. 하지만 임금이 흘리는 눈물의 의미는 몰랐다. 박은과 이숙번은 민망하여 편전을 물러 나왔다.

다음날, 태종 이방원은 하륜을 불렀다.

"하공! 나도 살 날이 많지 않은 것 같소. 수릉을 보아주시오."

매사에 거침없이 치고 나가던 태종 이방원이 많이 심약해졌다. 수릉은 자신의 묘 자리다. 죽어서 들어갈 자리를 보아달라는 것이다.

"전하, 당치않은 말씀이십니다. 아직 춘추가 여하신데 수릉이라니요?"

"하공의 그 뜻을 내 어찌 모르겠소. 하지만 내 청을 거역하지 마시오. 하공이 잡아준 자리에서 편히 쉬고 싶은 것이 내 소원이오."

말을 마친 태종 이방원의 눈망울이 촉촉이 젖었다. 너무나 진지한 태종 이방원의 모습에 하륜이 오히려 당황스러웠다. 처음 보는 참모습에 중언부언 말을 붙일 수가 없었다. 하륜은 사양하지 못하고 편전을 물러 나왔다.

하륜은 지신사 유사눌을 대동하고 경기도 일대를 뒤졌다. '왕릉은 법궁에서 백 리 이내에 있어야 한다'라는 법도 때문에 멀리 갈 수 없었다. 드디어 찾아낸 곳이 대모산 남쪽 명당이었다. 태종 이방원이 승하한 뒤 당대의 풍수들이 다른 곳을 추천했으나 아들 세종은 아버지의 유지를 받들어 대모산 아래 모셨다. 오늘날 헌릉이다.

하륜과 함께 대모산 명당을 답사한 태종 이방원은 흡족했다. 역시 천하의 대가 하륜이라고 치하했다. 한강 건너 번잡한 정사를 잊어버리고 양지바른 곳에 누워 있으면 편안할 것 같았다. 태종 이방원은 깊은 번민의 수렁에서 빠져나왔다. 심기일전이었다. 한결 마음이 가벼웠다.

한양을 탈출해 사냥을 끝낸 태종 이방원이 한 달 만에 환궁했다. 기다렸다는 듯이 상소가 올라왔다.

"민무회 형제가 나라에 득죄하였으니 왕법으로 마땅히 다스려야 합니다. 지난번에 대소신료와 신들이 같은 말로 죄를 청하였는데 전하가 다스리지 말라고 명하였으니, 사은에는 가하나 공의에는 미치지 못합니다. 청컨대, 법대로 국문하소서."

"노 할미가 있어 처결하기가 심히 어렵다. 대언이 모두 내 뜻을 알 것이다."

"신들이 베기를 청하는 것이 아니라 다만 말한 사연을 알지 못하니, 원컨대 죄명을 밝게 바로잡아서 대부인으로 하여금 민무휼의 죄가 무슨 일인지를 알게 하소서."

"민무휼, 민무회가 있는 곳에 섶을 지고 물을 긷는 것 외에 그 나머지 노비, 안마鞍馬, 복종僕從을 모두 다 옮겨두고 그 왕래를 금하라. 식량을 운반하는 것은 모두 소를 쓰고 말을 쓰지 말 것이며, 만일 말로 왕래하는 자가 있으면 그 말을 관가에 몰수하라."

상소를 받아들이지 않는 대신 유배 강도를 높였다. 한양의 공기를 감지한 민무휼 형제가 도주하는 것을 막기 위한 방비책이었다.

신하들의 상소가 빗발치자 태종 이방원은 궁궐을 빠져나와 상왕 정종 이방과를 모시고 풍양현에 나아가 사냥하는 것을 구경하였다. 가평 수화 이산에 며칠간 머무르던 태종 이방원이 환궁했다.

궁에 돌아온 태종 이방원에게 모처럼 기분 좋은 일이 기다리고 있었다. 슬하 자식들의 혼인 문제였다. 4녀 정선궁주와 제1서남 이비, 그리고 제2서남 이인의 혼사가 동시에 진행되고 있었다. 왕실에 경사가 난 것이다.

● 손서(孫壻) 손녀의 남편

"원윤 이인을 신이충의 집에 결혼시키고자 하였는데, 들으니 신이충이 허물이 있다 하니 그러한가?"

"지난날에 사람을 죽였습니다."

대언 조말생이 대답했다.

"이것뿐만 아니라 신이충은 설회의 사위고 설회는 채홍철의 손서孫壻● 인데 채 씨는 본래 기생의 손자입니다. 어찌 금지金枝와 연결할 수 있겠습니까?"

지신사 유사눌이 덧붙였다.

"이인의 어미도 천하니 무슨 허물이 있겠는가? 그러나 내가 이미 최사강의 딸에게 정혼하였다. 정적正嫡의 아들로서 괜찮게 살고 있다. 내가 죽은 뒤에는 처부모의 은애를 받아야 그 삶을 편안히 살 수 있겠으므로 재산을 구비한 곳에 결혼하려고 하는 것이다."

"원윤• 이비는 변함이 없으십니까?"

유사눌이 물었다.

"첨총제 김관의 딸에게 장가들게 하기로 하였다."

"경하드리옵니다. 전하."

지신사 유사눌이 주억거렸다.

"전하, 원윤 이비의 혼인을 감축드리고자 교하에서 찾아온 노파가 긴히 드릴 말씀이 있다 하옵니다."

파주 교하는 원윤 이비가 어린 시절을 보냈던 고향이다. 원경왕후 몸종이었던 김 씨의 몸에서 태어난 이비는 서자였기에 궁에서 자라지 못했다. 태종 이방원은 그것을 가슴 아파했다.

• 원유 서자

"들라 이르라."

옥색치마저고리를 갖춰 입었으나 촌티를 벗지 못한 노파가 들어와 넙죽 절을 했다. 가까이 들라 일렀지만 노파는 주변을 두리번거릴 뿐 입을 열지 않았다.

"지신사는 자리를 물러나도록 하라."

노파와 임금이 마주 앉았다. 신하와 임금의 독대는 금기사항이었지만 노파는 비정치적이라 예단하고 격을 깬 것이다. 지신사 유사눌이 물러나자 노파가 입을 열기 시작했다.

노파의 이야기를 듣던 태종 이방원의 얼굴이 굳어지더니만 눈망울에 이슬이 맺히기 시작했다. 노파의 이야기가 더 이어지자 태종 이방원이 꺼억꺼억 흐느끼기 시작했다. 체통도 위엄도 없었다. 하염없이 흐느낄 뿐이었다.

잠시 후, 태종 이방원의 얼굴이 일그러지더니만 분노로 이글거리기 시작했다. 그 모습은 불화살을 맞은 한 마리의 호랑이와도 같았다. 민무휼 형제를 죽음으로 몰아간 결정적인 계기였다. 밖에서 이 모습을 지켜보던 지신사 유사눌은 회심의 미소를 지었다.

파주 교하에서 온 노파를 조용히 돌려보낸 태종 이방원은 의정부참찬 황희, 이조판서 박은, 지신사 유사눌을 긴급히 들라 명했다. 긴급호출을 받고 달려온 신하들은 경악했다. 붉게 충혈된 눈, 흐트러진 자세, 모두가 처음 보는 태종 이방원의 모습이었다. 격정을 감추지 못한 태종 이방원이 입을 열었다. 그 목소리는 분노에 떨리고 있었다.

"원윤 이비의 유모로부터 기막힌 얘기를 들었다. 천지간에 이러한 일이 있을 수 있단 말인가? 원윤 이비가 태어났을 때 병약한 산모와 핏덩어리 어린것을 죽도록 내버려둔 민 씨의 음참하고 교활한 죄를 갖춰 써서 왕지를 내리고자 한다. 경들의 생각은 어떠한가?"

민 씨는 원경왕후 정비를 이르는 말이다. 태종 이방원은 노파로부터 들은 이야기를 한숨과 탄식을 섞어가며 좌정한 신하들에게 전했다.

"신하는 임금의 장수와 다남多男을 축원하는데, 왕자가 태어난 날에 그러한 일이 있었다니 하늘이 두려울 따름입니다. 비록 전하께서 왕지를 내리지 않더라도 신들이 이미 들었으니 어찌 잠자코 있을 수 있겠습니까?"

"내가 다시 상량하여 전지를 내리겠다. 경들은 각각 집으로 돌아가라."

분노와 격정에 휩싸인 태종 이방원은 도저히 수습이 되지 않았다. 가슴이 뛰고 눈물이 흘러 정사를 살필 수 없었다. 오후 정사를 전폐한 태종 이방원은 중궁전을 바라보며 이를 갈았다. 밤이 깊어도 잠을 이룰 수 없었다. 처마 밑에서 떨고 있었던 핏덩이가 눈앞에 어른거려 잠을 이루지 못하고 뒤척였다. 이튿날 태종 이방원은 경승부윤 변계량을 불렀다.

"경은 내가 하는 말을 정확히 듣고 춘추에 왕지를 내리도록 하라."

"명심하겠습니다, 전하."

"내가 임오년에 민 씨의 가비 김씨를 가까이 하여 임신하게 되었다. 배가 불러오자 민 씨 옆에 있을 수 없게 된 김 씨가 나가서 밖에 거하고 있었는데, 민 씨가 행랑방에 불러들여 계집종 삼덕과 함께 있게 하였다. 그해 12월에 산달이 되어 산모가 배가 아프기 시작하니, 종 삼덕이 민 씨에게 고하자 민 씨가 문 바깥 다듬잇돌 옆에 내다두게 하였으니 죽게 하고자 한 것이다.

사내종 화상이 불쌍히 여겨 담벼락에 서까래 두어 개를 걸치고 거적으로 덮어서 겨우 바람과 해를 가렸다. 진시에 아들을 낳았는데 지금의 원윤 이비다. 그날 민 씨가 계집종 소장과 금대를 시켜 산모와 아이를 끌고 숭교리 궁노 벌개의 집 앞 토담집에 옮겨두고, 화상이 가져온 이부자리를 빼앗아갔다. 다행히 종 한상좌란 자가 추위에 떨고 있는 산모를 불쌍히 여겨 마의馬衣를 덮어주어 7일이 지나도 죽지 않았다.

민 씨가 산모의 아비를 불러 김 씨와 어린것을 소에 실어 교하 김 씨의 집으로 보냈다. 산모와 어린것이 추위에 옮겨 다니느라 병을 얻었으나 천만다행으로 죽지는 않았다. 이러한 우여곡절을 과인은 그때에 알지 못하였으나, 며칠 전 교하에서 온 노파로부터 듣고 처음 알았다.

비록 핏덩어리가 미약함에도 하늘이 무심하지 않아 보존하고 도와서 온전하게 한 것이 천만다행이었다. 어찌 간사하고 음흉한 무리로 하여금 그 악한 짓을 이루게 하겠느냐? 이것이 실로 여러 민가의 음흉한 일이다. 내가 만일 말하지 않는다면 사필史筆을 잡은 자가 어찌 알겠는가? 사책에 상세히 써서 후세에 밝게 보여 외척으로 하여금 경계할 바를 알게 하라."

당대의 문장가 변계량의 붓끝에서 왕지가 완성되었다.

왕지가 조정에 내려지자 조정이 발칵 뒤집혔다. 정비 민씨의 교활함에 경악하는 신하가 있는가 하면, 피바람이 불어오지나 않을까 우려하는 신하도 있었다. 왕지를 받아든 지신사 유사눌이 이숙번과 대책을 협의했다.

"어떻게 하면 좋겠소?"

"즉시 대간에 이문하는 것이 좋을 듯하오."

두 사람의 눈동자는 희색으로 빛났다. 주변을 의식하여 말은 없었지만 교감이 통하고 있었다. 이숙번은 73년생, 유사눌은 75년생. 서로 대화가 통했다. 사석에서는 유사눌이 이숙번을 형님처럼 깍듯이 모셨다. 47년생 하륜과는 대화가 통하지 않았지만 두 사람 사이는 잘 통했다. 왕지를 가지고 지신사 유사눌이 대간으로 향하려 할 때 하륜이 제지하고 나섰다.

"아직은 시기상조인 것 같소. 추이를 지켜보아 이문해도 늦지 않을 것 같소."

"무슨 말씀을 그렇게 하시는 거요? 왕지를 지체시켰을 때 돌아오는 책임을 하공이 지시겠다는 말씀이오?"

이숙번이 치고 나왔다. 이숙번의 언사는 험악했다. 당장이라도 하륜에게 책임추궁을 할 기세였다. 두 사람의 눈에서 불꽃이 튀었다. 이숙번의 눈에서 강렬한 살기가 뿜어져 나왔다. 그것을 바라보는 하륜의 입가에 싸늘한 냉소가 그려졌다. 밟지 않으면 밟힌다는 위기의식이 두 사람 사이에 흘렀다. 삼각편대의 불꽃 튀는 일합一合이 벌어진 것이다.

좌하륜 우숙번이라 부르리만큼 태종 이방원의 총애를 받았고 목숨을 걸고 거사했던 혁명 동지였지만 지금은 아니다. 편대를 이루어 이방원을 엄호할 때는 우군이었지만, 창공 저 너머 보일 듯이 보이지 않은 차기를 향하여 돌진할 때는 제압해야 할 적이며 경쟁자였다.

하륜이 한발 물러섰다. 대회전을 겨냥한 작전상 후퇴였다. 하지만 무인혁명에 행동대장으로 참여했던 이숙번은 이것이 작전상 후퇴라는 것을 몰랐다. 자신의 공세가 먹혀들어갔고 하륜이 계속 밀릴 거라 생각한 것이다.

이숙번이 저돌적 공격형 행동파라면 하륜은 냉혹한 승부사다. 다혈질 행동파와 냉철한 승부사의 물러설 수 없는 한판 대결이 시작된 것이다.

첫 접전에서 기선을 제압한 이숙번이 지신사 유사눌로 하여금 변계량이 작성한 왕지를 대간에 전달하도록 했다. 이숙번과 유사눌은 쾌재를 불렀다. 이제 민무휼, 민무회를 처치하는 것은 시간문제고, 그 다음 수순이 문제였다.

원경왕후 민씨의 패악이 적시된 왕지가 대간에 전해지자, 조정은 벌집을 쑤셔놓은 듯했다. 의정부를 비롯한 삼성이 들고 일어났다. 충성경쟁에 불이 붙었다. 사간원에서 먼저 상소가 올라왔다.

"착한 것을 복 주고 악한 것을 화 주는 것은 하늘의 도입니다. 민무구, 민무질은 이미 하늘의 주살을 당하였고 민무휼, 민무회는 상은을 입어 아직까지 목숨을 보전하고 있는데, 종지를 제거하고자 하는 민 씨의 음참하고 교활한 것이 극에 달했습니다. 민무회, 민무휼의 죄를 밝게 밝히시어 후래를 경계하소서."

원윤 이비와 산모 김씨를 학대한 혐의를 받고 있는 민 씨는 왕비다. 임금이 어떠한 지침을 내리지 않는 한 왕비를 성토할 수 없었다. 왕비를 입에 담는 것은 불경이었다. 화살이 민무휼 형제에게 꽂혔다. 원윤 이비 학대사건에 어떠한 형태로든 연루되어 있을 것이라는 얘기였다. 사간원에 이어 사헌부에서 상소가 올라왔다.

"민 씨가 종지를 제거하고자 한 일은 입으로 차마 말할 수 없고 귀로 들을 수 없는 것입니다. 여러 민 씨가 잔적殘賊하고 참인慘忍한 죄악이 백일하에 드러났는데 민무휼, 민무회는 아직도 성명을 보존하고 있으니, 한 하늘 아래 함께 있다는 것이 부끄럽습니다."

태종 이방원은 의금부도사 이문간에게 귀양살이 하고 있는 민무휼, 민무회를 잡아들여 의금부에 하옥하라 명했다. 영문도 모르고 경기도 해풍 유배지에서 잡혀온 민무휼 형제는 의금부에 투옥되었다.

태종 이방원이 우사간 조계생, 집의 정초, 의금부제조 이천우, 이조판서 박은, 예조참판 허조를 불렀다.

"해풍에 나가 있도록 명하였을 때 민무휼에게 이르기를 '내가 편안히 있으면 너희들도 마땅히 환患이 없을 것이나, 내가 만일 편안치 못하면 너희들의 화는 더욱 빠를 것이다' 라고 했는데 지금 내가 편하지 않다."

"죄인을 율에 따라 처결하소서."

"민무회, 민무휼이 원윤 이비의 모자를 죽이고자 한 죄와, 세자에게 불경한 죄를 자세히 바루도록 하라. 그 음모에 가담한 민 씨의 집 노비도 아울러 국문하라."

드디어 민무휼 형제에게 국문하라는 명이 떨어졌다. 추국한 내용을 보고받는 것이 아니라 죄목까지 거명하며 지침이 내려온 것이다. 원하는 답을 받아오라는 것이다.

국문대열에 의정부참찬 최이, 우부대언 서선이 보강되었다. 승정원은 별도로 계집종 삼덕, 사내종 화상과 한상좌를 내정으로 불러 초사를 받은 다음 의금부에 가두었다. 증거 확보 차원이었다. 죄인들이 부인하면 대질시키려는 준비 작업이었다.

"너는 이 사건을 언제 알았느냐?"

의금부진무 서선이 민무휼에게 물었다.

"그때에는 알지 못하였고 이듬해 애를 낳아서 교하에 가 있다는 말을 들었다. 기축년에 산모의 아비 상에 문상 갔을 때 파주 교하에서 처음 보았다."

"너는 언제 알았는가?"

의금부진무 전홍이 민무회에게 물었다.

"그때에는 알지 못하였고 기축년에 문상을 다녀온 형으로부터 원윤이 교하에 있다는 말을 들었을 뿐 만나보지는 못했다."

"세자에게 불경한 죄를 다시 말하라."

"할 말이 없다."

민무휼은 빳빳했다. 이 모습을 지켜보던 의금부도사 이문간이 곤장을 치라 명했다. 볼기에 떨어지는 곤장소리가 둔탁하게 울렸다. 민무휼의 입은 열리지 않았다.

"압슬형을 가하라."

의금부도사의 명이 떨어졌다.

으드득, 뼈가 으스러지는 소리와 함께 민무휼의 얼굴이 고통으로 일그러지며 입에서는 동물적인 신음소리가 튀어나왔다.

"이래도 할 말이 없는가?"

"중전이 편찮을 때 아우와 더불어 중궁전에 나갔는데, 아우 민무회가 세자를 향하여 눈을 흘기자 세자의 안색이 변하는 것을 보고 물러나올 때에 내가 말하기를 '쓸데없는 말은 하지 말라' 하였다. 귀양 갈 때 '네가 세자에게 무슨 말을 하였는가?' 하고 물으니 아우가 말하기를 '세자가 너희들의 가문이 좋지 않다고 하기에 내가 세자는 어느 곳에서 자랐는가?' 라고 했다."

"민무회는 무슨 말을 했는가?"

"세자에게 고한 말을 잊어서 기억하지 못한다."

민무회에게 압슬형이 가해졌다.

"사금파리가 무디어졌다. 새것으로 다시 깔아라."

민무회가 축 늘어지며 말이 없자 의금부도사가 날카로운 사금파리로 바꾸어 깔도록 명했다. 대기하고 있던 일단의 노비들이 기다렸다는 듯이 튀어나와 뭉개진 사금파리를 치우고 새것으로 깔았다.

민무회에게 다시 압슬형이 가해졌다. 심문관이 원하는 답이 나올 때까지 가하는 것이 압슬형이다. 1차, 2차, 3차, 무릎에 올리는 돌의 무게를 배가하며 강도를 더해가지만, 대부분의 피의자는 3차에 이르기 전에 무너지고 만다. 피가 튀고 뼈가 으스러지는 소리와 함께 민무회의 입에서 동물적인 신음소리가 튀어나왔다.

"형들이 모반한 것이 아닌데 죽었으니 죄 없이 죽은 것이다. 세자가 우리 가문에서 자랐으니 우리들을 불쌍히 여겨라 하니 세자가 말하기를 '가문이 좋지 않다'고 말했다. 형이 말하기를 '세자는 어느 곳에서 자랐는가?' 하였다."

이것이 바로 태종 이방원이 원하는 답이었다. 의금부로부터 국문 내용을 보고받은 태종 이방원은 흐뭇했다.

"이미 형들이 죄 없이 죽었다고 말하였으니 다시 무슨 일을 추문하겠느냐? 민무휼을 원주에 안치하고 민무회를 청주에 안치하라."

임금의 명이 내려졌으나 지신사 유사눌이 움직이지 않았다. 항명이었다. 지신사는 임금의 명이 떨어지면 지체 없이 받들어야 마땅한데, 유사눌이 부복俯伏하여 응하지 않았던 것이다. 대간에 지침을 내리는 사람이 임금이라면 지신사에게 지침을 내리는 사람은 따로 있었기 때문이다.

명을 내리면 발바닥에 불이 나도록 뛰어야 할 지신사가 엎드려 일어나지 않고 있으니 태종 이방원은 기가 막혔다. 당장 의금부에 하옥하라고 불호령을 내리고 싶지만 그럴 수도 없었다. 유사눌을 내치고 나면 민무휼 사건을 물 흐르듯이 처리해나갈 인재가 마땅치 않았다. 그것을 간파하고 있는 것이 유사눌이었다.

"지금 중궁이 이 일을 알고 울면서 먹지 않고 있으니, 내가 어찌 한양 거리에서 형을 집행하겠는가? 외방에 귀양 보내어 신민의 청을 기다려도 늦지 않다."

정비 민씨는 억장이 무너졌다. 민무구, 민무질 두 동생을 잃고 또다시 두 동생의 목숨이 백척간두에 달렸으니 하늘이 무너지는 것 같았다. 그것도 자신의 투기에서 비롯되었다니 괴로웠다. 왕비의 영화도 가문의 영광도 모두가 부질없는 일장춘몽만 같았다. 민무휼, 민무회 두 동생이 모진 고문을 당했다는 충격에 식음을 전폐하고 눕고 말았다.

태종 이방원은 지신사의 반대를 물리치고 민무휼을 원주로, 민무회를 청주로 분리 유배시켰다. 무릎이 부서져 일어서지도 못하는 민무휼, 민무회는 함거에 실려 유배지로 떠났다. 살인적인 고문에 만신창이가 된 두 형제는 살아 있어도 산목숨이 아니었다. 민무휼, 민무회가 귀양지로 떠났으나 조정은 들끓었다. 당장 참형에 처하라는 것이었다. 의금부에서 주청이 올라왔다.

"민무휼과 민무회는 먼저 복주伏誅된 두 형이 세자에게 뜻을 쏟다가 이미 죽어 장차 세자의 은혜를 바랐기 때문에, 세자에게 그러한 불경스러운 말을 했던 것입니다. 원윤의 모씨母氏가 임산臨産할 때 다듬잇돌 옆에 내다둔 것도 알고 있었으며, 교하로 보낸 것까지 알고 있으면서 말리지 않았으니 종지를 범한 것입니다. 율에 따라 참형으로 다스려주소서."

"정비가 몸져누워 있고 송 씨가 병을 얻었으니 후일을 기다려 바로잡겠다."

의정부, 육조, 대간에서 다시 민무휼, 민무회 등의 죄를 청했으나 윤허하지 않았다. 형조판서 정역이 상소하였다.

"대역은 천지에서 용납하지 않는 것이고 왕법에 마땅히 죽이는 것입니다. 역신 민무휼, 민무회가 종지를 제거하고자 한 정상이 나타났으니 마땅히 극형에 처하여야 합니다.

이어 사헌부에서 상소가 올라왔다.

"송 씨의 마음을 상하게 하지 않으려고 죄인을 귀양 보냈습니다. 전하가 어떻게 송 씨 때문에 핑계할 수 있겠습니까? 옛날에 박소가 한나라 사자를 죽이자 문제가 베었는데, 박소는 태후의 아우입니다. 문제가 어찌 태후의 마음이 상할 것을 생각지 않았겠습니까? 법이라는 것은 천하와 함께 하는 것이어서 사사로이 용서할 수 없기 때문입니다."

의정부, 공신, 육조, 대간에 이어 3공신 조온도 상언하여 민무휼과 민무회의 죄를 청했다. 그래도 임금이 꿈적하지 않자 영의정 성석린이 상언했다. 성석린은 태조 이성계 연배의 국가 원로다. 조선 개국과정에서 정도전에게 이색, 우현보 일파로 몰려 숙청되었으나, 태종 이방원의 무인혁명에 참여하여 좌명공신에 오른 인물이다.

"민무휼과 민무회의 불충한 죄가 명백하게 드러났으니 잠시라도 용인하는 것은 불가합니다. 대의로 결단하여 후세에 감계鑑戒를 내리소서."

태종 이방원은 깊은 고민에 빠졌다. 이럴 수도 없고 저럴 수도 없는 진퇴양난에 빠진 것이다. 잠을 이루지 못한 태종 이방원은 침전을 박차고 밖으로 나왔다. 지신사 유사눌이 귀신처럼 따라붙었다. 부엉이 소리가 간간히 들리는 후원을 거닐던 태종 이방원이 정자 앞에 멈추어 섰다. 궁궐에 유일하게 연못이 있는 해온정이었다.

"이 일을 어찌하면 좋겠느냐?"

● 감계(鑑戒)
교훈이 될 만한 본보기

그래도 속내를 털어놓을 수 있는 사람은 유사눌뿐이었다.

"오늘 정부, 공신, 육조와 3성에서 청한 것이 윤당하니 유윤兪允을 내리소서."

"민무구와 민무질은 이미 그 죄에 벌을 받았고 민무휼과 민무회도 또 죄에 걸렸다. 민 씨의 네 아들을 서로 잇달아서 죽이는 것을 나는 차마 하지 못하겠다."

"옛날 두헌이 궁액宮掖의 세력을 믿고 남의 땅을 빼앗았으나 장제가 그에게 죄주지 아니하니, 후세의 사가들이 우유부단한 처사라고 기록했습니다. 만약 전하께서 두 사람을 죽이지 아니한다면 신 같은 자는 전하를 우유부단하다고 사책에 쓸 것이니, 만세의 뒤에 전하께서 어찌 우유부단하다는 이름을 피하실 수 있겠습니까?"

"알았다. 그러나 나는 차마 발언할 수 없다. 전날부터 오늘 밤에 이르기까지 이 일을 반복하여 생각하여도 쉽게 결단을 내리지 못하겠다."

"이것도 또한 전하의 고식적인 인仁으로 백중흑점입니다."
 신하로부터 질책을 당하는 임금은 깊은 한숨을 내쉬었다.
 "두 사람이 자진自盡하면 가可할 듯하다."
 "사사하도록 하십시오. 저들의 자진함을 어찌 기다리겠습니까?"
 처형 방법이 결정되었다. 이튿날, 의정부에서 백관을 거느리고 대궐 뜰에 부복하였다.
 "불충한 죄는 왕법에 있어서 주륙誅戮에 해당하는 것으로 천지에 용납할 수 없습니다. 역신 민무구와 민무질은 이미 그 주륙을 당하였으나, 그 형들이 죄도 없는데 죽었다고 하여 몰래 원망하는 마음을 품었습니다."
 "민무휼과 민무회를 내 어찌 사랑하여 보호하겠는가? 다만 어미 송씨가 연로하고 중궁이 몹시 애석하게 여기기 때문이다."
 "옛사람이 이르기를 '마땅히 끊어야 할 것은 즉시 끊어버리라'고 하였습니다."
 하륜이 머리를 조아리며 말했다.
 "하공의 말이 옳다."
 태종 이방원은 의금부도사 이맹진을 민무휼이 있는 원주로, 송인산을 민무회가 있는 청주로 즉시 떠나라 명했다. 다음날 한양으로 돌아온 이맹진과 송인산이 보고했다.
 "민무휼과 민무회가 모두 자진했습니다."
 "민무휼과 민무회의 불충한 죄를 정부, 공신, 육조, 대간 등 문무각사에서 여러 차례 신청하였으나, 다만 정비의 지친이기 때문에 차마 법대로 처치하지 못하고 외방으로 유배했는데, 스스로 그 죄를 알고 서로 잇달아 목매어 죽었으니 더 이상 논하지 말라."

민무휼, 민무회 형제가 세상을 떠났다. 왕비를 지친으로 둔 부귀영화도, 4형제가 입신양명하는 가문의 영광도 막을 내린 것이다. 왕기가 서려 있는 사위를 맞아 좋아했던 민제를 비롯한 아들 4형제가 모조리 죽었다. 누가 그랬던가? 권력은 바람이고 권세는 구름이라고.

민무휼, 민무회가 자진하던 날, 하륜을 탄핵하는 상소문이 올라왔다. 하륜과 민무휼이 연루되어 있다는 것이다. 민씨 형제를 처치한 칼끝이 하륜을 겨냥한 것이다.

의금부제조 이천우, 허조, 박습과 위관 최이, 서선, 그리고 대사헌 이원, 형조판서 성발도, 우사간 조계생이 편전 앞에 머리를 조아렸다.

"하륜을 체포하여 빙문憑問하기를 청합니다."

말이 예를 갖춰 물어본다는 것이지 일단 피의자 신분으로 의금부 문턱을 넘어서면 대우가 달라졌다. 죄인 취급이다. 하륜에게는 절체절명의 위기였다.

하륜은 태종 정권을 탄생시키고 이끌어온 중심세력이었다. 하지만 하륜을 반대하고 시기하는 세력 역시 만만치 않았다. 태종 이방원을 떠받치고 있는 양대 세력이 충돌한 것이다. 공격하는 세력은 준비된 수순이고 당하는 하륜은 허를 찔린 것이다. 이제는 비켜갈 수도 없고 피할 수도 없었다.

"이지성의 일을 결단하여 끝내도록 했는데 어찌하여 일을 끝내지 않고 왔는가?"

하륜의 처조카 이지성은 고모부인 하륜의 천거로 출사하여 호군護軍이 되었으나 민무질의 수하가 되었다. 세자를 수행하여 명나라에 다녀오는 길에 '민무질은 죄가 없다'는 발설로 귀국 즉시 용궁현에 귀양 갔다. 민무질을 추종하는 그가 민무질, 민무구 형제가 죽은 것을 애석하게 생각하고 말한 것이 민무휼을 옹호한다는 것이다. 이지성의 협기어린 실언이 하륜의 숨통을 조이고 있었다.

"신들은 이지성의 말을 듣고 참을 수 없었습니다. 하륜이 해명한다면 자신이 편안하겠지만 그렇지 않을 경우 자기에게 편안하지 못할 것입니다."

의금부제조 이천우가 힘주어 말했다.

"내가 이미 중지하라고 명한 것을 어찌하여 듣지 않는가? 신하들이 몰려온다고 군왕이 그것을 두려워하겠는가? 하륜이 임금을 업신여기는 마음이라도 있단 말인가?"

태종 이방원은 불쾌한 표정으로 역정을 내었다.

"말의 실마리가 이미 나왔으니 거짓이든 사실이든 묻지 않을 수 없습니다. 하륜이 해명하지 않는다면 나라 사람들이 그를 의심할 것입니다. 만약 의금부에 내려서 국문하지 않는다면 당직청에 불러다가 이를 묻는 것이 어떻겠습니까?"

이원, 성발도, 조계생이 머리를 조아리며 삼구동성으로 말했다. 나라의 원로를 국문하기 거북하면 당직청에 소환하여 심문할 수 있도록 윤허해달라는 것이다.

"이지성의 죄가 끝난 뒤에 하륜이 어찌 해명하지 않겠는가?"

"전하의 하교가 비록 이와 같으나 법관이 그대로 가만두지 않을 것입니다."

임금이 아무리 만류해도 대간들이 좌시하지 않을 것이라는 반 협박조였다. 태종 이방원은 한 발 뺐다. 사태의 추이를 지켜보겠다는 것이다. 이지성에 대한 심문을 재개한 서선과 의금부진무 전흥이, 대궐에 나와 계본을 올렸다.

"이지성을 심문하였으나 불복하기에 곤장 10여 대를 때리니 이지성이 바로 불기를, '민무질이 어찌 죄가 있겠는가?' 라고 하륜이 말했다고 하였습니다. '어찌하여 전날의 말과 다른가?' 라고 물으니 '뜻은 한가지다' 라고 대답했습니다."

"공초를 받지 않는 까닭은 무슨 연유인가?"

"뜻은 한가지다, 고 하여 다시 공사供辭를 받지 아니하였습니다."

"어제 심문에서 이지성의 계책이라는 것이 이미 밝혀졌는데 왜들 이러는가? 너희들은 임금을 대신하여 그를 국문하였는데 이 같은 일도 명확히 밝혀내지 못하니 너희들을 무엇에다 쓰겠는가? 이봐라. 지신사는 어디 있는가? 이 자들을 모두 끌어내도록 하라."

격노한 태종 이방원이 불호령을 내렸다. 기겁한 지신사가 호위 군사를 불러들여 신하들을 끌어냈다. 태종 이방원의 눈은 예리했다. 목숨이 경각에 달려 있는 죄인이 하륜을 끌어들이면 살아날 구멍이 있을 것이라고 생각한 이지성의 계략을 꿰뚫어보고 있는 것이다.

노한 태종 이방원은 심문을 잘못하도록 방치한 대사헌 이원에게 귀가하라 명하고 그 나머지 대원들도 사람을 시켜 집으로 압송하게 하는 한편, 집의 정초, 장령 허반석, 지평 오영로, 윤수를 의금부에 하옥하라 명하고 이지성의 목을 즉시 베라는 특명을 내렸다.

이날 밤, 이지성의 목이 떨어졌다. 전광석화였다. 이지성의 잔머리에 조정이 놀아나면 시끄러워진다. 그러기 전에 말썽의 씨앗을 없애버리고 아끼는 신하를 보호하기 위한 태종 이방원의 순발력이었다. 두 세력의 충돌에서 계속 밀리던 하륜이 기사회생하여 숨통을 튼 것이다.

이튿날, 태종 이방원은 이천우, 허조, 박습, 성발도, 최이, 이원, 서선,

조계생, 유사눌, 탁신을 편전으로 불렀다.

"이지성이 대신을 끌어들여 해치고자 하지만, 하륜은 반드시 나를 배반하고 민무질에게 향하지는 않았을 것이다. 경들은 어제 추문을 잘 못한 사건을 가지고 재삼 신청했지만, 내 마음이 편안치 못하여 귀가하도록 명하였다."

뭔가 석연치 않은 구석이 있지만 혼란을 수습한 태종 이방원은, 최한을 하륜의 집으로 보내 자신의 뜻을 전했다.

"옛날에 소하도 옥에 갇힌 적이 있었다. 하공이 어찌 사직에 반심叛心이 있겠는가? 하공을 믿기에 굳이 변명하지 않게 한 것이다."

무한한 신뢰였다. 태종 이방원의 전지를 받은 하륜은 임금이 있는 궁궐을 향하여 큰 절을 올렸다. 기사회생한 하륜은 전의를 불태웠고 선공을 가한 반대세력은 쫓기는 신세가 되었다. 전세가 반전된 것이다.

● 지사(致仕)
나이가 많아 벼슬을 사양하고 물러남

태종 이방원의 신뢰로 위기를 탈출한 하륜은 반격을 위한 전열을 재정비했다. 때마침 인사이동에 지신사 유사눌을 날빼고 자기 사람을 심었다. 좌도병마도절제사에 권만, 우도병마도절제사에 신열을 배치하여 부족한 무武를 보강하고 변계량에게 수문전제학을, 박희중에게 춘추관기주관을 제수하도록 했다. 임금을 보필하는 변계량과 박희중은 하륜 문생이었다.

인사이동을 끝낸 태종 이방원이 지신사 조말생을 불렀다.

"하륜이 70세에 치사致仕●하는 법을 시행하도록 청하는데, 바로 자신이 치사하고자 함인가?"

마지막 결전을 준비하고 있는 하륜은 관직을 벗고 뛰는 것이 홀가분하다고 생각했다. 법도에는 있지만 사문화된 치사제도를 시행하도록 주청했다. 신하들은 몸져눕거나 결정적인 하자가 발생하지 않는 한, 임금이 그만두라 할 때까지 관직에 봉사하는 것이 관례였다. 치사는 오늘날의 정년이다.

"신자가 왕사王事에 근로하다가 나이 70세 이르면 치사하고 한가함을 얻어서 여생을 마치는 것은 옛날의 양법良法•입니다. 사람이 70세에 이르면 여생이 얼마나 되겠습니까? 70세 된 자로 하여금 모두 치사하도록 하소서. 그가 어찌 치사하고자 하여 이러한 청을 갑자기 하겠습니까?"

"하륜이 나라 일을 자기 집같이 하였고 어려운 일이 있으면 진언하였다. 지금 국가가 편안한 것도 하륜의 힘이 아닌가? 내가 들어주려 한다."

• 양법(良法) 좋은 법규나 제도

하륜이 드디어 관직을 벗었다. 홀가분했다. 이제는 두려울 것이 없었다. 임금 곁에 바짝 붙어 이숙번의 수족노릇을 하던 지신사 유사눌을 소합유 부정 혐의로 귀양 보낸 하륜은, 마지막 표적을 향하여 정조준했다.

이숙번의 추락

태종 재위 18년 동안 여덟 명의 신하가 지신사 자리를 거쳐 갔다. 지의정부사로 승진한 박석명이 있는가 하면, 권력을 남용하여 문책 당하거나 이관처럼 파면된 사람도 있었다. 후세에 이름을 남긴 황희도 있고 유사눌처럼 귀양 간 사람도 있었다. 임금과 신하를 연결하는 징검다리로써 부침이 심한 자리였다.

유사눌은 내약방에 들어오는 희귀 약재 소합유 납품사건에 개입하여, 권력을 남용한 혐의로 의금부에 투옥된 후 풍해도 안악으로 귀양 갔다. 하지만 이것은 구실에 불과하고 이숙번을 향한 유탄에 희생된 셈이다.

조선에 나와 있던 일본인 평도전이 소합유를 내약방에 납품하는 과정에서 변질된 불량품이 발견되었다. 약방대언 탁신이 벌레가 생겼다는 이유로 수납을 거절하자 유사눌이 압력을 행사하여 납품을 통과시키고, 제용감으로 하여금 면주 66필과 목면 5필을 주게 하였다. 임금에게 변질된 약재로 탕제한 약을 마시게 한 것이다.

대사헌 이원의 밀계로 이 사실을 알게 된 태종 이방원은, 대노하여 유사눌과 탁신을 의금부에 하옥하라 명하고 의금부 제조 이천우와 허조를 불렀다.

● 포양(布揚) 포장
● 사전(詐傳) 거짓으로 전언(傳言)함

"유사눌을 신임하였으나 나의 편견이었다. 유사눌과 같은 일은 발각 즉시 계달하여 직책을 다하도록 하라. 옛날에 위징이 말하면 임금이 받아들여 정관지치貞觀之治를 이루었으니, 임금의 허물을 포양布揚●한 뒤에야 언관의 직책을 다하는 것은 아니다. 유사눌을 사전詐傳● 한 율은 어떠한가?"

"사죄死罪입니다."

"과인을 속인 유사눌은 죽어 마땅하지만 그래도 사죄는 과하다. 곤장 100대를 쳐 풍해도 안악에 부처하라."

유사눌을 귀양 보낸 태종 이방원은 내약방 의원이 변질된 소합유를 폐기처분하려 하자, 버리지 말고 보관하라 명했다. 변질되었지만 꼭 쓸 곳이 있다는 것이다.

태종 이방원은 이숙번을 불렀다. 인적이 끊긴 창덕궁, 어둠이 내린 광연루에 조촐한 술상이 마련되었다. 대형 연회가 열리던 광연루에 임금과 신하가 술상을 마주하고 독대하는 것은 이례적인 일이었다.
　"안성군과 술 한잔 나누고 싶어서 불렀소이다."
　"성은이 망극하옵니다."
　이숙번은 임금이 내린 술잔을 예를 갖춰 받았다. 때마침 떠오른 보름달이 술잔을 가득 채운 술 위에 떠 있었다. 묘한 느낌이었다. 조금 두려움으로 다가왔다. 마음을 열고 속내를 보여달라는 것만 같았다.
　"우리가 밤을 새운 것이 여러 날이지요?"
　"감회가 새롭습니다."
　이방원 야인 시절 하륜의 천거로 이숙번과 처음 만난 후, 왕업을 이루기 위하여 수많은 밤을 새우던 일을 회생했다. 태종 이방원은 이숙번에게 또 한 차례 술을 주었다. 역시 술잔에 보름달이 떠 있었다.
　"나들이를 떠난다면서요?"
　"송구스럽습니다. 몸이 찌뿌듯하여 온천에나 다녀올까 합니다."
　며칠 전, 태종 이방원에게 일급 첩보가 접수되었다. 이숙번이 갑사 이징옥과 군사 몇 명을 대동하고 백천 온천에 나들이를 준비하고 있다는 내용이었다. 괘씸했다. 신하가 군사를 대동하고 다닌다는 것도 불쾌했지만, 따라다니는 장수들도 한심스러웠다. 태종 이방원이 가장 싫어하는 급소를 건드린 것이다. 태종 이방원은 평소 붕당을 짓고 사병을 거느리는 것을 금기사항으로 생각했다.
　"누구랑 떠나는 게요?"
　"시종 몇 명과 가벼운 마음으로 다녀올까 합니다."

이숙번은 실수하고 있었다. 임금은 신하를 상대로 속내를 내보이지 않으면서 진실게임을 하고 있는데 이숙번은 그걸 몰랐다. 술잔에 떠오르는 보름달처럼 환하게 속내를 보여줬어야 했는데 그러하지 못했다. 이숙번이 나라의 정예군 갑사 이징옥과 군사들을 시종쯤으로 생각하고 있다면 대단한 도발이었지만, 태종 이방원은 애써 충격을 감추며 냉정을 잃지 않았다.

"안성군이 벌써 온천에 다닐 나이가 되었소?"

"불혹을 넘겼습니다."

이때 이숙번 나이 마흔 셋이었다.

"하하하, 그래요. 난 아직 어린아이처럼 보이는데…."

"황공하옵니다."

또다시 이숙번의 빈 잔에 술을 쳐주었다. 이때까지 태종 이방원은 한 잔의 술도 마시지 않았다.

"벌써부터 온천엘 찾아다니는 부원군에게 좋은 약재를 하나 내려주리다. 소합유라고 아주 귀한 약재요."

"황공무지로소이다."

태종 이방원은 의약방에 명하여 버리려던 소합유를 가져오게 하여 이숙번에게 주었다. 이튿날 예궐한 이숙번이 태종 이방원을 배알했다.

"전일에 내려주신 약은 매우 좋았습니다."

태종 이방원은 이숙번이 가소로웠다. 변질되어 벌레가 생긴 약을 먹고 좋았다니 가증스러웠다. 소합유 사건으로 귀양 간 유사눌을 이숙번이 슬그머니 비호한 것 같았다. 곤장을 쳐 귀양 보낸 처사를 비꼬는 것만 같았다. 하지만 태종 이방원은 내색을 하지 않았다.

이숙번이 온천에 다녀온 후 임금의 의중을 알았을 때는 이미 늦었다.

이숙번은 큰 죄를 지은 것 같았다. 병을 핑계 삼아 입궁하지 않고 근신하고 있는 동안, 활시위를 떠난 화살이 이숙번을 향하여 날아오고 있었다.

태종 이방원은 우의정 박은과 병조판서로 승진한 이원, 그리고 대소신료들을 편전으로 불렀다.

"이숙번은 근래에 어찌하여 출입하지 않는가?"

임금의 의중을 파악하지 못한 신하들은 머리만 조아릴 뿐 아무 말이 없었다.

"과인에게 불경하고 무례한 신하가 있으니 하늘이 어찌 비를 내리겠는가?"

태종 재위 기간 끈질기게 따라다니는 것이 기상재해였다. 극심한 한재에 시달렸고, 비가 왔다 하면 폭우가 쏟아져 청계천이 범람했다. 기우제를 지내고 개천을 여는 토목사업을 펼쳤지만 자연재해 앞에는 임금도 백성도 무력했다. 임금이 가뭄을 빗대어 말했지만 이숙번을 성토하라는 암시가 내려졌다. 기다렸다는 듯이 좌대언 서선이 입을 열었다.

"지난 5월 신이 마침 강무 장소를 정하는 일 때문에 명을 받고 이숙번의 집에 이르니, 이숙번이 말하기를 '오늘날의 정사는 어떠한가?' 하기에 '박은이 우의정이 되었다' 하니 이숙번이 기뻐하지 않는 기색으로 '박은은 일찍이 내 밑에 있었는데 명이 통하는 자이다' 고 하였습니다."

태종 이방원의 얼굴이 일그러졌다. 임금의 신하를 자신의 명이 통하는 자라 하니 어처구니가 없었다. 당사자 박은이 격앙된 목소리로 말했다.

"전하께서 일찍이 '붕당을 만들지 말라' 하였는데 붕당을 만들었고, 하륜이 성상께 국정을 아뢰는데 이숙번이 계하階下에 잠복하여 엿듣는 것은 반복反覆입니다. 또한 세자를 배알하고 '이제부터 세자를 상견하기를 원합니다' 하였으니 금장의 마음이 분명합니다."

좌대언 서선의 말처럼 박은이 이숙번과 내통하고 붕당을 지었는지 아직은 몰랐다. 때문에 입에 오르내린 박은이 더 강하게 치고 나오면서 자신의 결백을 주장한 것이다.

"예조우참의를 들라 이르라."

태종 이방원의 목소리는 분노에 떨리고 있었다. 긴급 호출을 받은 정효문이 부복했다.

"이숙번이 불경한 죄를 스스로 헤아리도록 연안에 나가 있도록 하라."

추상같은 명령이 떨어졌다. 나는 새도 떨어뜨릴 권세를 부리던 이숙번도 단칼이었다. 자원 안치의 형식을 취했지만 유배나 다름없는 팽烹●이다. 이숙번은 변명 한마디 못하고 속절없이 한양을 떠났다.

이숙번이 풍해도 안악으로 유배 길에 올랐지만 조정은 들끓었다. 이숙번을 국문에 처하라는 것이다. 이숙번의 위압에 짓눌려 아무 소리 못하고 숨죽이던 원성이 한꺼번에 터진 것이다. 대사헌 김여지의 상소에 이어 우사간대부 박수기가 상소를 올렸다.

"훈구는 나라 사람들이 우러러보는 것이니 무릇 출입이 있게 되면 이를 알지 못함이 없습니다. 이숙번은 성명聖明●을 받아 지위가 1품에 이르렀는데 갑자기 외방으로 추방하게 하였으니, 사람들이 그가 범한 죄를 알지 못합니다."

뒤이어 형조판서 안등의 상소와 조정의 원로대신 성석린의 주청이 올라왔다. 한결같이 이숙번을 국문하라는 것이었다.

"짐의 마음은 이미 정해졌다. 다시는 청하지 말라 이르라."

태종 이방원이 지신사 조말생을 불러 하명했다.

● 팽(烹)
토사구팽의 준말. 필요할 때는 쓰고 필요 없을 때는 야박하게 버림
● 성명(聖明)
임금의 밝은 지혜

"이숙번의 불충하고 무례한 것이 언행에 나타난 지도 오래 되었습니다. 마땅히 그 죄를 바로잡아서 나라 사람들로 하여금 뚜렷이 알게 하여야 하는데, 원훈대신을 일조一朝에 추방하면서 그 죄를 밝히지 아니한다면 나라 사람이 이를 의심할 것이니 실로 부적절합니다."

드디어 대척점에 서 있는 하륜이 움직였다. 공격의 끈을 늦추면 역풍을 맞을 수 있다고 판단한 것이다. 맞바람은 예상 가능한 바람이지만 뒤통수를 치는 역풍은 예측 불가한 바람이다. 바람을 잡았을 때 확실하게 제압해야 한다는 것이 그의 전략이었다.

"내선內禪● 은 내가 꺼낸 말이지 이숙번의 음모는 아니다. 이숙번은 천성이 광망하고 매사에 착오를 자주 일으켜 불찰이지, 실로 두 마음 먹은 것이 있어서 그러한 것이 아니다. 사람에게 신信을 잃는 것은 불가하다."

● 내선(內禪)
임금이 살아 있는 동안 아들에게 임금 자리를 물려줌

이숙번은 천성이 광포하고 꼼꼼히 챙기지 못하는 성미일 뿐, 근본은 역심을 품은 것이 아니므로 거론하지 말라는 뜻이다. 또한 무덤까지 같이 가겠다는 공신들과의 약속을 버릴 수 없다는 것이다.

대신들은 물러서지 않았다. 임금이 상소를 받아들이지 않자 모두 사직서를 제출하며 윤허를 청했다. 임금과 신하의 힘겨루기가 계속되었다. 형조와 대간의 간원들이 퇴궐하지 않고 3일 동안 밤을 새며 이숙번의 죄를 청했다.

"이숙번은 두 번이나 사지死地를 같이 겪었으니 그 공이 크고 중하다. 그러나 일에는 경중이 있으니 내가 어찌 구처할 방도를 생각하지 않겠는가? 천천히 순리대로 하겠다."

이숙번과 함께 광화문 앞에 천막을 치고 아버지를 향한 무인혁명을 성공시키던 일과 형 이방간을 치던 일을 상기하는 말이었다.

임금이 한발 물러섰다. 순리대로 하겠다는 것이다. 그러나 그 순리가 무엇인지가 문제였다. 임금의 회유에 물러설 대신들이 아니었다. 좌의정 유정현의 상소에 이어 병조판서 이원의 상소가 올라왔다. 그래도 임금이 꿈적하지 않자 형조와 대간에서 교장하여 청했다.

"모든 대소신료가 이숙번의 죄를 청하였으나 겨우 관문 밖으로 나가도록 하니, 아직 그 연유를 알지 못하는 까닭에 답답합니다. 전하께서 말씀하기를 '이숙번은 내가 자식같이 여긴다. 근래에 과실이 있어 그를 밖으로 내보내어 그가 개과改過하기를 기다리니 죄를 청하지 말라' 하였습니다. 전하께서 그를 아들같이 하는데, 이숙번은 어찌하여 어버이를 섬기는 도리로써 전하를 섬기지 아니합니까?

대소신료가 비록 그 범한 것을 알지 못한다 하나, 반드시 그 죄가 종묘사직에 관계된 것이리라 생각합니다. 전하께서 그 죄를 다스리시지 아니하고 개과하게 하고자 하니, 이것이 신 등이 실망하는 까닭입니다."

"이숙번의 녹권과 직첩을 거두어라."

태종 이방원의 명이 떨어졌다. 임금이 물러선 것이다. 이숙번의 녹권과 직첩이 거두어졌다. 이제는 목숨이 위태롭다. 날개가 있어야 다시 날아오를 수 있는데 이숙번의 날개가 꺾인 것이다.

이숙번의 녹권과 직첩이 회수되었지만 조정은 조용하지 않았다. 이숙번을 국문에 처하라는 원로대신들의 상소가 빗발치고 삼성과 형조의 주청이 끊이지 않았다. 이숙번을 중죄로 다스려 엄벌에 처하라는 것이었다.

하지만 태종 이방원은 애써 외면했다. 침묵을 지키는 임금의 의중을 아는 사람은 없었다. 왕심을 읽어내는 귀재 하륜도 예외는 아니었다. 임금의 속내를 알지 못하여 부심하고 있었다.

 '성상께서 이숙번을 지키려는 의도가 무엇일까? 혁명동지들과의 약속? 하지만 삽혈맹세는 이미 깨지지 않았는가. 개과천선? 이숙번의 성격이 광포하다고 규정하지 않았는가. 천성이 광포한 자가 교정되기란 나이가 너무 굳어 있다. 이용가치? 그것도 이미 유효기간이 지나 용도 폐기하여 팽하지 않았는가. 그렇다면 무엇인가?'

 순간, 머리를 스치는 것이 있었다. 무릎을 치고 싶었지만 서두르지 않는 것이 하륜이었다.

 어떠한 조건과 환경에서도 절대 임금을 앞서 나가서는 안 된다는 것이 그의 정치철학이었다. 반발 뒤따라가되 뒤처져서는 안 된다는 것이 그의 지론이었다. 이러한 그의 처세술이 그로 하여금 죽을 때까지 권세를 누리게 했는지 모른다.

하륜의 죽음

 숨 고르기에 들어간 하륜은 평온했다. 출사할 일도 없었고 책임져야 할 일도 없었다. 가끔 임금이 부르면 입궐하여 자문에 응할 뿐 그야말로 한가로운 시간이었다. 이렇게 망중한을 즐기고 있는 그에게 대궐에서 전갈이 왔다. 자문할 일이 있으니 입궁하라는 것이었다. 채비를 갖춰 편전에 나아가니 여러 신하들이 있었다.

"내가 풀어야 할 문제가 있어 하공을 들라 했소."

"무슨 말씀이온지 하명을 주십시오."

"계모繼母란 무엇을 말하는 것이오?"

태종 이방원이 꼭 풀어야 할 숙제였다. 아버지 태조 이성계에게는 정비 신의왕후와 계비 신덕왕후가 있었다. 신의왕후 한씨는 이방원의 동복형제를 낳은 생모고, 신덕왕후는 이복 동생 방번과 방석을 낳은 강 씨다.

태종 이방원은 생모 한씨의 눈에서 피눈물을 쏟게 한 강 씨를 미워했다. 정동 양지바른 곳에 잠들어 있던 강 씨의 능침을 파헤쳐 성 밖으로 내보내고 신장석으로 광통교를 만들었다. 아버지 살아생전에 묻어두었던 증오심의 표출이었다.

태종 이방원은 신의왕후 한씨만을 어머니로 대접하고 싶은 것이 솔직한 심정이었다. 그것을 기정사실화하여 강 씨를 무시했다. 그 연장선에서 신덕왕후 소생 방석과 방번을 서자라 부르는 데 주저하지 않았고, 그것이 빌미가 되어 일으킨 것이 무인혁명이었다.

이러한 태종 이방원의 처사에 일각에서는 예법에 어긋난다는 지적이 있었다. 그래도 아버지의 제2여자 신덕왕후 강씨의 존재를 부정할 수는 없지 않은가. 아들로서 또는 국왕으로서 이 두 분을 어떻게 모셔야 할 것인지 태종 이방원은 고민이었다. 시행하는 절차에 있어 혼선이 있었고 봉행하는 과정에서 결례가 있었다는 것을 부인할 수 없었다.

"어머니가 죽은 뒤에 이를 계승하는 자를 계모라고 합니다."

좌의정 유정현이 대답했다.

"그렇다면 정릉이 내게 계모가 되는가?"

정릉이란 신덕왕후를 이르는 말이다. 적개심이 묻어 있었다. 태종 이

방원은 신덕왕후라는 말조차 입에 담기를 싫어했다.

"그때 신의왕후가 승하하지 않았으니 어찌 계모라고 할 수 있겠습니까?"

신의왕후 한씨가 살아 있을 때 태조 이성계가 강 씨를 취했으니 계모라 할 수 없다는 얘기였다.

"정릉이 내게 조금도 은의가 없었다. 내가 어머니 집에서 자라났고 장가를 들어서 따로 살았으니 어찌 은의가 있겠는가? 다만 부왕이 애중하시던 의리를 생각하여 기신忌晨●의 재제齋祭●를 어머니와 다름없이 하는 것이다."

절대로 어머니 대접을 해주고 싶지 않다는 뜻이었다.

태종 이방원이 하륜을 부른 이유가 바로 여기에 있었다. 유불선儒佛仙에 통달한 당대의 석학 하륜이 입회한 자리에서, 논리를 정립하고 재론의 여지를 없애겠다는 전략이었다. 하륜은 고개를 끄덕일 뿐 아무 말이 없었다. 긍정한다는 얘기였다.

● 기신(忌晨)
기일(忌日)의 높임말
● 재제(齋祭) 제사의 높임말
● 제후(諸侯)
일정한 영토를 가지고 그 영내의 백성을 지배하던 사람

"성비는 내게 계모인가?"

성비는 아버지 태조 이성계가 신덕왕후 강씨 사후에 맞아들인 여자였다.

"계모입니다."

유정현이 대답했다.

"그렇다면 성비가 내 궁에 오면 중궁은 남쪽을 향하고 성비는 동쪽에 있으니 그 예가 잘못 되었다."

태종 이방원 못지않게 원경왕후 민씨도 성비에게 시어머니 대접을 하지 않고 있었다.

"'제후諸侯●는 두 번 장가들지 않으니 예에 두 적처가 없다' 고 하였습니다."

하륜이 나직한 목소리로 말했다.

"이것은 내가 알지 못하는 것이다."

"제후는 재취再娶를 하지 않으므로 예에 두 적처가 없다는 것은 적비嫡妃의 생시를 말하는 것인가? 죽은 뒤를 말하는 것인가? 만일 죽은 뒤를 말한다고 하면 이것은 부인婦人의 도道와 같은 것이다."

"죽은 뒤에도 또한 재취하지 않아야 마땅합니다."

예조참판 허조가 대답했다.

"춘추春秋에 이르기를 '성자聲子로 계실繼室●을 삼았다' 하였으니 신은 적비가 죽은 뒤에는 재취하여야 마땅하다고 생각합니다."

조말생이 반론을 제기했다.

● 계실(繼室) 후실

"춘추전의 주註에 이 일을 자세히 말하였으니 경은 자세히 보라."

과거와 현재, 그리고 미래가 어느 정도 정리되었다. 자신이 신덕왕후를 계모 취급 아니 하고 방번과 방석을 서자 취급하는 것에 대한 논쟁에 종지부를 찍은 것이다. 또한 시름시름 앓고 있는 원경왕후 민씨에게 있을 수 있는 사후 포석도 깔려 있었다. 당대의 석학들과 논쟁에서 조금도 밀리지 않는 면모를 보이는 태종이었다.

"하공에게 또 하나의 청이 있소."

"무슨 말씀이온지 하명을 내려주십시오."

"공이 잡아준 수릉을 생각하면 내 마음이 편안하니 진산의 공이 크오. 동북면에 있는 능이 어찌 되었는지 궁금하오. 하공이 다녀오도록 하시오."

태종 이방원의 조부와 증조부, 그리고 고조부의 묘가 모두 동북면 함흥에 있었다. 이성계가 등극하기 전에는 그저 평범한 묘였으나, 조선을 개

221

국하고 왕에 등극한 후 경흥에 있던 이안사의 묘를 함흥으로 천장하면서 능으로 격상하고 관리를 상주하게 하였다. 도참의 대가 하륜으로 하여금 함흥을 방문하여 조상의 묘를 돌아보고 문제점을 살펴보라는 것이다.

"명을 받들어 다녀오도록 하겠습니다."

하륜이 제산릉고증사가 되었다. 고증사의 위상에 걸맞는 안마鞍馬, 모구毛裘, 모관毛冠, 입笠●, 화靴●와 유의襦衣 1습을 마련해주고 종사관을 붙여주었다. 최상의 대우였다.

"진산이 함길도에 가는데 내가 잔치를 베풀어 전송해주고자 한다. 진산부원군이 술을 마시지 못하니 풍악을 준비하도록 하라."

하륜이 동북면으로 떠나던 날, 태종 이방원은 몸소 동교 선암에 나와 하륜을 전송했다. 풍악이 울려 퍼지는 가운데 임금이 하사한 모관에 내려준 말을 타고 멀어져가는 하륜의 모습이 보이지 않을 때까지 태종 이방원은 그의 뒷모습을 바라보았다.

● 입(笠) 갓
● 화(靴) 가죽 신발

임금의 융숭한 환송을 받으며 한양을 출발한 하륜의 마음은 경쾌했다. 조상을 끔찍이 모시는 임금의 특명을 받아 함길도에 행차한 자신이 자랑스러웠다.

하륜 일행은 서둘러 출발해 철령에 이르렀다. 철령에서 바라본 조국산천은 장엄했다. 백두대간을 타고 내려온 백두산 정기가 태백산 등허리로 내려가는 길목 철령. 조국의 맥박이 뛰고 있었다. 그 혈맥에 서 있는 자신의 심장이 고동치고 목울대에서는 뜨거운 것이 치밀고 올라왔다. 명나라가 왜 철령을 탐내는지 알 수 있을 것 같았다.

하륜 일행은 철령을 넘어 함길도에 들어갔다. 예원군에서 하룻밤 묵다가 하륜은 오른쪽 턱 위가 이상한 것을 발견했다. 종기였다. 대수롭지 않게 생각한 하륜은 주치의로 대동한 방민으로 하여금 질침蛭針● 요법을 쓰게 하고, 함흥부에 들어가 임금의 할아버지 환조를 모신 정릉과 할머니를 모신 화릉을 살펴봤다.

　정릉과 화릉을 살펴보는 동안 환송연 막간에 태종 이방원이 던진 '천세千歲를 생각하시오'라는 한마디가 하륜의 뇌리를 떠나지 않았다. 그랬다. 태종 이방원이 천하의 도참 하륜을 동북면에 보낸 것은 그냥 살펴보라고 보낸 것이 아니었다. 할아버지를 잘 모셔 왕업을 이루었다고 생각한 태종 이방원은 천 년의 수성을 생각하고 보낸 것이다. 천년사직을 이어갈 수 있을 것인지 감정하라고 보낸 것이었다.

　성리학적 측면에서 도참을 배척한 태종 이방원은 하륜의 풍수를 신뢰했다. 특히 한양천도 당시 하륜이 주장했던 무악 번영론에 아쉬움이 남아 연희동에 이궁을 지었고, 백악산이 비틀어져 장자승계가 어렵다는 주장에 동의하여 경복궁을 멀리하고 창덕궁을 지었다. 이러한 하륜에게 할아버지의 묘를 감정해보고 싶었다. 당시의 현안도 장자 양녕에게 왕통을 승계해주는 것이 최대의 관심사였다. 그러나 백악의 훼방이었을까. 역사는 세종으로 흘렀다.

● 질침(蛭針)
거머리를 이용하여 피를 뽑아내는 침술

　귀주동에 자리한 정릉과 화릉 능침을 살펴보던 하륜의 얼굴이 아쉬움으로 굳어졌다. 할아버지를 모신 화릉은 천하의 명당 터에 자리 잡았는데, 할머니를 모신 화릉은 진산에서 각도를 벗어나 있었다. 음택에 음, 즉 여자를 모신 방위가 틀어지면 자손이 귀하다. 양의 기운을 받아 150년은 버티겠는데 200년이면 기운이 고갈되어 자손으로 아귀다툼이 벌어질 것만 같았다. 한양에 돌아가면 화릉은 천장해야 된다고 주청하고 싶었다.

　놀라운 예지력이었다. 이로부터 딱 151년 후, 왕통을 이어갈 후손이 끊겨 덕흥군의 아들을 옹립하여 선조대왕이 탄생했다. 여인천하 치마폭에 휘둘려 세월을 보낸 중종의 후궁 창빈 안씨의 몸에서 태어난 사람이 덕흥군이다. 명종이 후사가 없이 죽자 서열에서 멀리 떨어져 있던 종친이 등극하였으니 선조대왕이다. 이로부터 시작한 왕손 품귀현상은 드디어 강화도의 나무꾼을 데려다 철종을 만드는 사태에까지 이르렀다.

관아에 마련된 숙소에 돌아온 하륜은 대동한 주치의 방민으로 하여금 종기 부위에 질침을 시침하라 일렀다. 질침에도 병세가 호전되지 않은 하륜은 정평부에 머물며 휴식을 취하고 있었다. 하륜의 일거수일투족은 속속들이 태종에게 보고되었다. 하륜이 병환에 시달린다는 소식을 접한 태종 이방원은, 내신*황도를 급히 파견하여 하륜의 병을 위로하고 병세를 알아오라 명했다. 성질이 급한 태종 이방원은 황도의 귀환을 기다리지 못하고 어의 이헌을 불렀다.

*내신 내시

"산릉을 살펴보던 진산부원군이 병을 얻어 정평부에 누워 있다. 역마를 내줄 테니 화급히 달려가 내 몸처럼 치료해주도록 하라."

임금과 동격으로 치료하라는 명이었다. 왕이 역마를 내준다는 것은 쉬지 않고 가라는 뜻이었다.

어의 이헌이 탄 말이 창덕궁을 빠져나와 흥인문을 통과할 때였다. 한 필의 검은 말이 날쌔게 따라붙었다. 천리 길도 쉬지 않고 달릴 것 같은, 하체가 잘 빠진 준마였다.

동북면을 향하여 화급히 가라는 명을 받은 전의판관 이헌은, 앞만 보고 달리느라 뒤따라오는 말을 살펴볼 겨를이 없었다. 이헌이 보제원을 지나고 돌곶이 마을을 지나 녹양역에 멈췄다. 이헌이 말을 바꾸어 타는 동안 먼발치에서 지켜보던 검은 말은 이헌이 출발하자 어느 정도 거리를 두고 또다시 따라붙었다.

이헌이 수락산과 도봉산이 갈리는 삼거리에서 평로를 택한 것을 확인한 검은 말은 산속으로 사라졌다. 험로를 택한 것이다. 산자락 오솔길에 연결되어 있는 험로는 송우점으로 나가는 지름길이었다. 이헌이 탄 말이 축석령을 숨 가쁘게 오르자, 마루턱에 검은 말이 떡 버티고 서 있었다. 뒤따르던 바로 그 말이었다.

"전의는 잠시 멈추시오."

검은 말에서 내린 사나이가 명령하듯 말했다. 이헌은 당황했다. 산적들이 득실거리는 깊은 산에서 사람을 만나는 것도 괴쩍은 일이었지만, 자신의 신분을 알고 있다는 것이 더욱 두려웠다. 이헌은 말에서 내리지 않을 수 없었다. 품속에서 뭔가를 꺼내어 보여주던 사나이는 이헌에게 귀엣말을 속삭이고 오던 길을 되짚어 쏜살같이 사라졌다.

● 인침(人鍼)
환부에 침을 꽂아 사혈하는 침술

철령을 넘어 정평부에 도착한 이헌은 곧바로 하륜이 누워 있는 숙소를 찾아갔다.

"전하의 옥체와 다름없이 치료하라는 명을 받들어 예까지 왔습니다."

"성은이 망극하오이다. 여기까지 오시느라 얼마나 고생이 많으셨습니까?"

"지금까지 어떠한 치료를 하셨습니까?"

하륜의 환부를 살펴보던 이헌이 심각한 얼굴로 물었다.

"질침을 처방했는데 차도가 없어 인침을 쓸까 합니다."

하륜이 인침人鍼● 시술을 제시했다. 하륜은 비록 의원은 아니지만 의학에 일가견이 있었다.

"당치않은 말씀입니다. 종기에 인침을 쓴다는 얘기는 일찍이 들어보지 못했습니다."

"수백 개의 질침으로 피를 빼도 해가 없으니, 인침으로 피를 빼는 것이 무슨 해가 있겠습니까? 의서에서 말하기를 인후咽喉의 종기가 기도를 막아 기절하게 되면 반드시 인침을 쓰라고 되어 있는데, 하물며 인후 밖의 종기겠습니까?"

"그래도 아니 됩니다. 저의 처방을 따르소서."

이헌은 하륜의 처방을 일축하고 자신의 처방을 고집했다. 전문가로서의 기 싸움이었다. 민간요법 수준의 처방은 신뢰할 수 없고, 자신의 의술이 정통성이 있고 믿을 수 있다는 얘기였다.

"요여를 타고 천천히 서행하여 돌아가고자 합니다."

"움직여서도 안 되고 반드시 풍한을 피하여야 합니다."

하륜은 이헌의 처방과 지시를 따르는 수밖에 없었다. 꼼짝없이 붙잡혀 이헌이 달여주는 약을 마시며 치료를 받았다. 이헌이 성심성의를 다하여 치료는 하는 것 같은데 차도는 없었다. 하륜은 왠지 이상했다. 무엇인가 있는 것만 같았다. 남다른 후각을 가지고 있는 하륜의 직감이었다. 하륜은 태종 이방원에게 비밀 서찰을 보냈다.

"운수가 쇠하고 복이 지나쳐서 사명을 받드는 중에 병에 걸렸습니다. 상은을 입어 내의 이헌을 통해 치료를 받고 있는데, 돌아가고자 하나 이헌이 움직여서는 안 된다 하고, 질침을 쓴 나머지 피를 인침을 써서 빼고자 하나 이헌은 그런 말을 일찍이 듣지 못하였다고 저지하였습니다. 의원들에게 영을 내려 질침으로 다하지 못한 것을 인침으로 뺀 경험을 집의集議하여 이헌에게 제시하게 하여 여생을 보전하게 하소서."

서찰을 받은 태종 이방원은 깜짝 놀랐다. 이헌을 당장 소환하라 이르고 어의 중에서 가장 경험 많고 노련한 양홍달에게 급히 함흥으로 떠나라 명했다.

"조석 반찬을 내가 먹는 것과 똑같이 하라."

어의 양홍달에 뒤이어 반감飯監●으로 하여금 내선內饍●을 가지고 정평으로 떠나라고 명령했다. 한양과 함흥을 오가는 경흥대로에 역마의 말발굽소리가 끊이지 않았다. 반감이 정평부에 도착하기도 전에 하륜에게서 상서가 올라왔다.

"노의老醫 양홍달을 보내와서 병을 치료하니 조금은 차도가 있는 듯합니다. 내의 두 사람을 계속하여 보내주시니 송구하여 몸 둘 바를 모르겠습니다. 이헌이 온 지 이미 7일이 지났고, 치료하는 방법을 신이 데리고 온 방민과 함길도 교유 한보지가 대강 전수하여 배웠으니 아들 하구와 함께 돌려보냅니다."

● 반감(飯監) 주방장
● 내선(內饍) 임금님의 음식

하륜은 문안 차 한양에서 달려온 아들과 이헌을 돌려보냈다. 이헌이 곁에 있는 것이 하륜은 왠지 찜찜했다. 떠나는 아들에게 장동대감에게 전하라는 비밀 서찰을 쥐어주었다. 이것이 마지막이었다. 시름시름 앓던 하륜이 숨을 거두었다. 건강하게 함흥 땅을 밟은 하륜이 죽은 것이다. 하륜이 객사했다. 그의 나이 70세였다.

하륜이 세상을 떠나던 그 순간, 한양에는 짙은 안개가 끼며 천둥 번개가 쳤다. 태종 이방원이 정사를 전폐하려 하자 영의정 유정현이 아뢰었다.

"마땅히 정전에 좌기坐起하여 더욱 정사에 힘쓰소서."

"오늘 내가 일을 보고자 하여 일찍 일어났는데, 하늘에 안개가 끼고 천둥 번개가 치는 것은 시후가 정상인 상태를 잃었으니 오로지 짐의 부덕의 소치다. 천변이 염려되어 일을 보지 못하겠다."

"날씨가 정상을 잃은 것은 비록 상덕上德의 소치는 아니나, 공구수성하여 정신을 가다듬어 다스림을 도모하는 것은 인군의 직책입니다. 왜 일을 보지 않으려 하십니까?"

"한나라 때에 승상 병길이 힘써 섭조燮調하는 공역을 맡았으니, 경 등은 각각 섭리의 책임을 다하여 천도로 하여금 어그러짐이 없게 하라."

하교와 함께 정사를 폐했다.

불세출의 장자방 하륜이 세상을 떠났다. 죽는 순간까지 공무에 복무하다 죽었다. 턱 위의 종기가 원인이었지만 어떤 음모에 의하여 죽었는지 수명을 다하여 노환으로 죽었는지 아직은 모른다.

하륜의 사망소식이 한양에 알려지자 대궐은 깊은 슬픔에 빠졌다.

"동북면은 왕업을 시초한 땅이고 조종의 능침이 있으므로 사신을 보내어 돌아보고자 했는데, 실로 적합한 사람이 어려웠다. 경의 몸은 비록 쇠하였으나 왕실에 마음을 다하여 먼 길 수고하는 것을 꺼리지 않고 스스로 행하고자 하였다. 나도 또한 능침이 중하기 때문에 경에게 번거롭게 하지 않을 수 없었다. 교외에 나가서 전송한 것이 평생의 영결永訣이 될 줄을 어찌 알았겠는가?"

태종 이방원은 애석함에 눈물을 흘렸다. 좌하륜 우숙번이 주변에서 멀어져갔다. 하륜은 세상을 떠났고 이숙번은 한양을 떠났다. 아직도 해야 할 일이 산같이 많은데 누구와 상의하여 처결해나가야 한단 말인가? 당장에 세자가 문제였다.

"슬프다. 죽고 사는 것은 인간이 피할 수 없는 길이다. 경이 그 이치를 잘 아니 무엇을 한하겠는가. 다만 철인哲人의 죽음은 나라의 불행이다.

이제부터 대사에 임하여 대의로 결단하고 추호의 흔들림 없이 국가를 반석의 편안함으로 이끌 사람을 내가 누구를 바라겠는가? 이것은 내가 몹시 애석하여 마지않는 것이다. 특별히 예관을 보내어 영구 앞에 치제致祭하니, 영혼이 있으면 이 휼전恤典을 흠향하라."

태종 이방원은 예조좌랑 정인지를 함흥에 보내 영전에 사제賜祭하라 일렀다. 슬픔에 잠긴 태종은 3일 동안 신하들의 조회를 폐하고, 7일 동안 고기가 들어 있는 음식을 들지 않았다. 임금으로서 신하에 대한 최고의 예우였다.

객지에서 지아비를 잃은 하륜의 부인 이씨가 승정원에 탄원하였다.

"가옹家翁이 왕명을 받들어 외방에서 죽었으니, 원컨대 시신을 집에 들여와 빈소를 차리게 하소서."

객사자는 집에 들여오지 않는 것이 상례였다. 태종 이방원은 예조에 명하여 예전 제도를 살펴 보고하라 명했다.

"예기禮記 증자문편에 '사명을 받들다 죽은 대부와 사士는 마땅히 집에 돌아와 염하고 초빈草殯하여야 한다'라고 했습니다."

예조의 보고를 받은 태종 이방원은 하륜의 시신을 한양으로 운구하라 명했다. 파격이었다. 하륜은 살아 넘었던 철령을 죽어서 넘어왔다. 눈 덮인 개골산을 보고 싶어했던 하륜이 구의柩衣에 덮여 금강산 자락을 넘었다.

하륜의 시신이 한양에 도착했다. 한 달 전, 태종 이방원의 융숭한 대접을 받으며 한양을 떠났던 하륜이 싸늘한 시신이 되어 돌아왔다. 남산에 횃불을 밝히고 무인혁명을 성공으로 이끌었던 하륜이 주검으로 돌아왔건만 횃불은 꺼져 있었다.

한양에 빈소가 마련되자 문상객이 구름처럼 밀려들었다. 하륜은 천성적인 자질이 온화하고 말수가 적어 많은 사람이 따랐다. 평생에 빠른 말과 급한 빛이 없어 실수가 적었다. 태종 이방원과 함께 한 16년 동안 많은 사람을 챙겼고 요직에 심었다.

태종 이방원은 경상좌도 병마도절제사로 있던 하륜의 사위 이승간에게 한양에 올라오도록 허락했다. 군법에서 군인은 장졸을 불문하고 근무지를 이탈하는 것을 엄격히 금했다. 시신을 한양으로 운구하게 하고 군인 사위를 불러올리는 것은 모두 파격이었다.

세자 양녕이 하륜의 빈소에 제사하고 임금이 친히 사제賜祭하였다. 빈소를 찾은 태종 이방원이 말했다.

"국장國葬으로 하는 것이 옳을 듯하오."

"국장으로 번거롭게 하지 말고 가인家人을 시켜 장사하라고 하륜이 유언했다 합니다."

지신사 조말생이 하륜 가족의 얘기를 전했다.

"대신의 예장은 나라의 상전인데 하륜의 공덕이 국장으로 손색이 없지를 않소?"

태종 이방원은 아쉬웠지만 하륜의 유언과 부인의 청을 받아들여 국장은 생략했다. 그 대신 국장도감에 명하여 구의柩衣, 단자段子, 견자絹子 각각 1필, 상복에 쓰는 정포正布 17필, 혜피鞋皮 2장을 하륜의 집에 보냈으나 부인이 사양하고 받지 않았다. 하륜의 장례는 조용히 가족장으로 치러졌으며 하륜은 선영이 있는 진주 미천면에 묻혔다.

6장 올라가는 길보다 내려가는 길이 어렵더라

어리 사건

원자 나이 열 살에 세자로 책봉한 태종 이방원은, 세자 양녕이 성군의 재목으로 성장할 수 있도록 교육에 각별히 신경을 썼다. 세자 교육기관으로 경승부를 설치한 태종 이방원은 성석린, 하륜, 변계량 등 당대의 석학들을 세자사로 임명하여 세자 교육에 장래를 걸었다. 임금은 태어나지만 성군은 만들어질 수 있다는 믿음 때문이었다.

태종 이방원은 나이 어린 세자 양녕에게 혹독한 세자 교육을 시키는 한편, 군왕 수업을 병행했다. 자질과 인성교육이었다. 태종이 끔찍이 받들어 모시는 문소전 망제를 섭행攝行시키고, 종묘 배알을 의도적으로 대행시켰다. 명나라에 진표사로 보내어 시야를 넓혀주고, 국내에 들어오는 사신을 접대하고 환송하는 기회를 만들어주었다.

세자 양녕이 《대학연의》를 마치고 내조계청에 나와 계사啓事에 참여할 정도로 성장하자 아첨배들이 꼬이기 시작했다. 세자 등극이 가시권에 들어오자 소인배들이 아첨을 떨고 줄을 선 것이다. 《대학연의》는 조선 역대 왕들의 제왕학 교과서였다. 계사라 함은 세자가 외교 국방문제를 제외한 인사와 국내문제에 재량권을 행사하는 것이다.

세자 양녕에게 활을 갖다 바치고 매鷹를 갖다 바치는 자가 속출했다. 서북면 도순문사 박신과 풍해도 도절제사 김계지가 세자 양녕에게 활과 화살을 갖다 바쳤다는 혐의로 사헌부의 탄핵을 받았다. 이 무렵 청소년기 사내들에게 최고의 기호품은 활과 화살, 그리고 사냥용 매였다.

세자 양녕의 공부에 방해가 되는 물품을 바치는 자는 용서하지 않겠다는 특별지시를 내린 태종 이방원은, 세자궁 숙위를 3교대로 편성하고 경계를 강화했으나 구멍은 뚫려 있었다. 미리 세자 양녕의 환심을 사두고 눈도장을 받아두어 후일을 기약하려는 자들의 물밑 공작은 집요했다. 세자궁 내시들을 매수하여 은밀하게 진행되는 것은 대책이 없었다.

세자궁에 몰래 드나들며 가야금을 타고 피리를 연주하던 악공樂工 이오방과 이법화가, 마침내 해주 기생 초궁장을 끌어들여 질펀하게 술을 마시며 밤을 새우는 사태까지 발전하였다. 세자 양녕의 기호가 장난감에서 활과 화살로 바뀌더니만 음악과 여자로 바뀐 것이다. 드디어 올 것이 왔다. 성 상납사건이었다.

열세 살 어린 나이에 김한로의 딸에게 장가든 세자 양녕이 성년이 되고 서서히 여자를 알아갈 무렵, 어리 사건이 터졌다. 예전의 평양 기생 사건, 해주 기생 사건은 단순한 일회성 유희였지만 어리 사건은 성격이 달랐다. 조직적인 음모가 있었다.

이 사건으로 말미암아 태종 이방원은 양녕대군에 대하여 폐 세자라는 단어를 떠올리게 되는 계기가 되었으며, 이숙번은 재기불능의 나락으로 굴러 떨어졌다.

보름달이 휘영청 달 밝은 밤. 창덕궁 깊은 곳 세자궁에서 가야금 소리가 흘러나왔다. 야심한 밤에 세자궁에서 흘러나와서는 안 될 소리였다. 세자궁 숙위를 3교대로 강화했는데도 잡인이 드나든다는 보고를 받은 태종 이방원은 아예 갑사를 배치했다. 갑사는 명령에 죽고 명령에 사는 정예군이다.

임금의 특명을 받은 갑사 군졸들이 세자궁을 철통같이 경비하고 있는 야심한 밤. 악공 이오방과 이법화가 종묘와 창덕궁을 가르는 담장에 대나무다리를 걸쳤다. 어둡고 컴컴한 후미진 곳이었다. 좌우를 살피던 이오방과 이법화가 잽싸게 뛰어내렸다. 한두 번 해본 솜씨가 아니었다.

궁궐 담장을 넘으면 대역죄로 처단될 수 있었다. 죽음이었다. 악공들은 죽음을 무릅쓰고 담장을 넘은 것이다. 세자 양녕과 노는 것이 좋아서가 아니었다. 악공 신분에 세자의 눈도장을 받아두어 후일을 기약하기 위한 것은 더더욱 아니었다. 이들을 매수한 자가 있었기 때문이다.

"너희들이 담장을 넘어오는 것을 본 사람은 없으렷다?"

"걱정하지 마십시오. 군졸들의 경비가 얼마나 삼엄한지, 하마터면 들킬 뻔하였으나 본 사람은 없습니다."

"다행이다. 너희들을 많이 기다렸느니라."

이들이 발각되면 의금부에 투옥된다. 세자 역시 엄한 질책을 받는다. 하지만 세자 양녕은 이들이 담장을 넘어오는 것을 걱정하면서도 기다렸고 부러워했다. 악공들은 담장이라도 넘어올 수 있지만 자신은 세자의 체통 때문에 넘어갈 수도 없잖은가? 세자 양녕은 창살 없는 감옥에 갇혀 있는 느낌이었다.

"저희들이 누구입니까요. 가야금 열두 줄 위에서 줄타기도 할 수 있는 사람들입니다요. 염려 놓으시고 피리 소리나 들으십시오."

이오방의 입술과 손가락이 움직이자 피리에서 청아한 소리가 흘러나왔다. 세자 양녕은 두 눈을 지그시 감고 피리 소리에 빠져들었다. 심연深淵을 파고드는 구슬픈 운율이었다. 세자 양녕은 이 순간이 좋았다. '공부하라' '법도를 지켜라' '성군이 되어라' 어깨를 짓누르는 중압감에서 탈출하는 유일한 시간이었다.

세자 양녕은 피리 소리를 들으면서 피리를 생각했다. 불과 두 뼘 남짓

한 대통에 여섯 개의 구멍이 뚫려 있고, 그 구멍에 이오방의 손가락이 지나가면 변화무쌍한 음색과 음률이 흘렀다. 실로 경이로운 음조였다.

'나도 저 피리처럼 다양한 소리를 내고 싶다. 허나 난 부왕이 원하는 소리만 내야 한다. 글 읽는 소리. 아! 답답하다. 지켜보는 부왕의 눈길도 무섭고 담장을 에워싸고 있는 군사들도 숨이 막힐 것 같다. 갇혀 있는 담장을 벗어나 훨훨 날아가고 싶다.'

세자 양녕이 깊은 생각에 잠겨 있을 때였다. 오동나무에 연결된 열두 줄이 울기 시작했다. 이법화의 가야금 소리였다. 이법화 역시 조선 제일의 가야금 연주자였다. 가야금 소리에 푹 빠져 있는 세자 양녕에게 이오방이 작은 목소리로 속삭였다.

"저하, 곽선의 첩 어리가 자색이 빼어나고 재예가 뛰어나다고 합니다."

● 수낭(繡囊)
수를 놓아 만든 비단 주머니

"그리도 미인이라 하더냐?"

"양귀비도 울고 갈 천하절색이라 합니다."

"그렇다면 지체할 시간이 무에 있다더냐? 냉큼 데려오도록 하라."

"저하께서는 성질도 급하셔. 매사에는 수순이 있고 시간이 필요하답니다."

"무슨 방도가 있느냐?"

"어리란 여자가 어찌나 콧대가 센지 어지간해서는 눈 하나 깜짝하지 않는답니다. 우선 아랫것들을 보내어 선물을 전달하도록 하시지요."

가야금을 타던 이법화가 너스레를 떨었다. 호기심이 동한 세자 양녕은 어리에게 환관 김기를 보내어 수낭繡囊●을 선물했다. 어리는 수낭을 사양했다. 세자가 보낸 선물을 사양하다니 콧대가 세긴 센 여자였다. 소임을 다하지 못한 환관은 어리의 발치에 선물을 놓아두고 되돌아왔다. 환관으로부터 보고를 받은 세자 양녕은 더욱 몸이 달았다. 이법화를 통하여 사람을 놓았다.

천기 출신 어리에게 계지라는 친구가 있었다. 같은 기생출신이었다. 자태가 남다른 어리와 계지는 영감을 꿰차고 첩으로 들어앉았다. 곽선과 권보였다. 권보는 곽선 생질녀의 남편이었다. 곽선은 중추라는 관직에 있었고 권보는 소윤이라는 현직에 있는 관리였다. 어리와 계지가 오랜만에 만났다.

"네 얼굴이 좋아진 걸 보니 영감이 잘해주나 보다."

"잘해주긴? 지 볼일만 보고 코를 드르렁 드르렁 고니 내가 속 터져 죽지."

"그 말 듣고 보니 얼굴이 많이 상했다."

"상한 정도가 아니야. 내가 거울만 보면 속상해 죽겠다니까."

"얘, 얘, 세자가 널 보고 싶어 한다더라."

"나는 얼굴도 예쁘지 않고 지금은 남편이 있어 당치 않는데 그것이 무슨 말이냐?"

어리는 내숭을 떨었다. 지난번 선물을 보내왔을 때 호기심이 발동했지만 괜히 한번 거절을 했다. 아무리 세자라지만 사내는 사내지 않은가. 지아비가 있는 아낙이 남정네가 부른다고 냉큼 나서는 것도 자존심이 허락하지 않았다. 하지만 한번 만나보고 싶은 것은 사실이었.

며칠 후. 판관 이승이 양아버지 곽선이 살고 있는 파주 적성현을 찾았다. 문안 인사였지만 목적은 따로 있었다. 곽선의 첩 어리도 함께 있었다. 작별 인사를 나누고 나오려는데 어리가 곽선에게 아양을 떨었다.

"판관 아들 한양 나가는 길에 저도 한양에 좀 나갔다 오면 안 될까요?"

"한양에는 무슨 일이라도 있느냐?"

"친척도 좀 찾아뵙고 친구도 만나보고 싶어서요."

"때마침 잘 되었구나. 다녀오도록 하여라."

곽선은 밤마다 앙탈을 부리는 어리를 한양에 내보내는 것이 홀가분했다. 하지만 곽선만 모를 뿐, 어리를 가마에 태우고 적성을 출발한 이승은 쾌재를 부르면서도 착잡한 심정이었다. 아버지의 여자를 꾀어다 바치고 출세한들 무슨 소용이 있겠는가? 양심의 가책을 느꼈지만 승진과 뇌물이 눈앞에 어른거렸다.

한양에 도착한 이승은 이법화에게 어리 도착 사실을 알렸다. 소식을 접한 세자 양녕은 마음이 급해졌다. 양귀비도 울고 간다는 그 여자를 빨리 만나보고 싶었다. 하지만 자신은 세자궁에 갇혀 있는 몸. 뾰쪽한 방법이 없었다. 안절부절 서성이는 세자 양녕에게 이법화가 귀엣말을 속삭였다.

"이 기회를 놓쳐서는 안 됩니다."

양녕은 이오방이 미리 마련해둔 대나무다리를 이용하여 창덕궁 담장을 넘었다. 세자가 채신없이 궁궐 담장을 넘은 것이다. 세자 양녕은 이승의 집으로 한달음에 걸어가 어리를 내놓으라 요구했다. 임금과 세자는 가마나 말을 타고 다니는 것이 예법이었지만 그런 것을 따질 겨를이 없었다.

이법화의 청탁을 받아 어리를 데려오긴 했지만 이승은 한 발 주춤했다. 뒷일이 두렵고 무서웠다.

"세자 저하! 아니 되옵니다."

"냉큼 내놓지 못하고 무슨 얘기를 하고 있느냐?"

세자 양녕의 목소리에는 날이 서 있었다. 심호흡을 가다듬은 이승이 어리를 불러냈다.

아닌 밤중에 불려나온 어리는 역시 천하의 미색이었다. 오뚝한 콧날, 도톰한 입술, 칠흑같이 검은 머리, 세자 양녕이 좋아하는 미인이었다. 특히 세자 양녕이 옹녀의 징표로 알고 있는 올이 굵은 머리카락의 소유자였다. 몸이 후끈 달은 세자 양녕은 어리를 납치하다시피 데리고 이법화의 집으로 갔다.

이법화의 집에 때아닌 신방이 차려졌다. 선남선녀는 아니었지만 그래도 첫날밤이지 않은가. 이법화의 부인이 금침을 깔고 사향을 뿌리며 요란을 떨었다.

하늘에는 별들이 속삭이는 밤. 지게문 사이로 스며들어온 달빛이 어리의 어깨선에 내려앉았다. 옥을 깎아놓은 듯한 우윳빛 피부가 눈부셨다. 목덜미를 어루만지던 달빛이 잘록한 허리로 흘러내렸다. 달빛이 간지러웠을까. 뒤트는 자태에 어리의 젖무덤이 출렁였다. 수줍어 고개 숙인 어리의 귀밑머리가 유난히 검어 보였다. 고혹적이었다. 검은 고혹이 바람을 일으켰을까. 신방을 밝혀주던 등불이 꺼졌다.

문밖에서 이 모습을 지켜보던 이오방과 이법화는 안도의 한숨을 내쉬었다. 어리가 '옹녀' 역할을 충실히 해낼 수 있을 것 같아 뿌듯했다. 뭔가 와르르 쏟아질 것 같고 좋은 일이 터질 것만 같았다. 두 사람은 마주 보며 회심의 미소를 지었다. 이들의 뒷모습을 지켜보던 이법화의 부인 얼굴이 민망한 듯 붉어졌다.

한편, 세자 일행이 스치고 지나간 이승의 집에 무거운 그림자가 내려앉았다. 너무나 뜻밖에 엄청난 일을 저지른 이승은 걱정이 태산 같았다. 아버지의 여자를 꾀어내어 세자에게 바쳤지 않았는가. '이 일이 탄로 나면 모두가 죽음이다' 생각하니 눈앞이 캄캄했다.

어리를 품에 안은 세자 양녕은 너무 좋았다. 얼굴만 예쁜 것이 아니라 몸도 좋았다. 뼈가 으스러지고 살이 타는 불 같은 밤이었다. 이법화의 집에서 꿈 같은 시간을 보낸 세자 양녕은 동이 트기 전, 아예 어리를 데리고 궁으로 돌아왔다. 세자궁에 돌아온 양녕은 두려움에 떨고 있는 이승에게 활을 보내고, 어리는 이승의 처에게 비단을 보냈다. 입막음이었다.

사건은 공교롭게도 세자 양녕의 처가에서 터졌다. 세자 양녕의 장인은 김한로다. 태종 이방원의 과거 동방同榜이다. 김한로가 수석으로 합격했고 이방원은 7등으로 턱걸이했다. 2등으로 합격한 심효생은 방석의 장인이 되었다가 1차 왕자의 난 때 이방원의 칼날에 사라졌다.

김한로의 집에는 소근동이라는 가노가 있었다. 주인을 잘 만나 전별감이라는 관직을 꿰어찬 소근동은 수사비를 희롱하다 말썽을 일으켰다. 오늘날로 해석하면 성희롱 사건이다. 수사비는 후대에 무수리로 불리는 계집종으로 궁중 나인에게 세숫물과 발 닦는 물을 수발하는 여자였다.

불똥이 자신에게 튈 것을 염려한 김한로가 소근동 사건을 임금에게 보고했다. 태종 이방원은 내관 최한에게 심문하도록 했다. 내사 차원이었다.

"수사비를 희롱한 네 죄를 네가 알고 있으렷다?"

"높으신 분이 사대부집 첩을 후리는 것은 죄가 안 되고, 저 같은 소인이 수사비를 희롱한 것은 죄가 된다는 말씀입니까?"

"그게 무슨 말이냐?"

"도성에 쫙 퍼진 소문도 모르고 계십니까? 세자 저하께서 전 중추 곽선의 첩을 보쌈했다는 소문이 자자합니다."

내관 최한의 보고를 받은 태종 이방원은 경악했다. 후사를 이어갈 세자가 글공부는 하지 않고 엽색행각을 하고 있다니 믿어지지 않았다. 지엄한 지위에 있어야 할 세자가 한량패들과 어울려 놀아나고 있다니 기가 막혔다. 백성들의 존경을 받아야 할 세자가 시정잡배들의 입방아에 오르내린다니 하늘이 무너지는 것 같았다.

우선 사실여부를 파악해야겠다고 생각한 태종 이방원은 의금부에 명하여 철저히 조사 보고하라 명했다. 참찬 윤향과 우부대언 목진공이 조사에 착수했다.

판관 이승, 소윤 권보, 악공 이오방, 이법화, 환자 김기 등 연루자들이 순군옥에 투옥되었다. 이승에 대한 심문이 시작되었다.

"세자께서 말씀하기를 '빨리 어리를 내라' 하시므로 제가 부득이 그 말을 좇았습니다. 세자께서 데리고 가신 뒤로는 신도 그가 간 곳을 알지 못하고 있습니다."

"이같은 큰일을 어째서 계문하지 않았느냐?"

"계문하고자 하였으나 권보가 와서 말리면서 말하기를 '네가 계달啓達하는 것은 속담에 누이 주고 매형께 호소하는 것과 같다' 하기에 신이 어찌할 바를 몰라 즉시 계달하지 못하였습니다."

이어 이법화에 대한 심문이 계속되었다.

"세자 저하를 어떻게 알게 되었느냐?"

"우리야 악기를 연주하는 아랫것들로서 구오방이 불러서 갔습니다."

"구오방이 무엇이냐?"

"도성에는 임오방, 구오방하는 한량 패거리들이 있는데, 이들이 도성 여자들을 모조리 후린다고 하여 십방十方이라고 비웃기도 합니다."

"임오방은 누구고 구오방은 누구를 말하는 것이냐?"

"임오방은 대호군 임군례가 대장 노릇을 하고, 구오방은 구종수가 우두머리입니다."

당시 한양에는 무인을 주축으로 한 임오방이라는 한량 패거리가 있었고, 문인을 구성원으로 한 구오방이라는 한량 집단이 있었다. 구종수는 문무를 넘나드는 마당발이었다. 처음에는 삼청동 계곡이나 옥류동 계곡에 모여 시를 짓고 술을 마시며 한담을 나누던 친목 모임이, 기생을 희롱하는 여흥을 넘어 양갓집 규수나 혼인한 아낙을 후리는 모임으로 변질되었다.

"구종수의 집에서 있었던 일을 숨김없이 말하라."

"구종수의 집에 도착하니 세자 저하를 모시고 잔치가 벌어지고 있었습니다."

"세자 저하가 계시더라는 말은 틀림없으렷다?"

심문관은 귀를 의심했다. 세자가 은밀히 사가에 나가 잔치에 참석한다는 것은 있을 수 없는 일이었다.

"세자 저하를 모시고 구종수, 구종지, 구종유 삼형제와 박혁인, 방복생, 그리고 기생 초궁장과 승목단이 있었습니다."

"있었던 일을 소상히 말하라."

"세자 저하와 바둑을 하고 있던 구종수가 우리들이 들어가자, 이오방으로 하여금 거문고를 타게 하면서 술을 마셨습니다. 술을 마시던 구종수가 일어나 구종유와 춤을 추며 비파를 탔습니다. 구종수가 '오늘 일은 꿈만 같습니다' 라고 말하니 세자 저하께서 옷을 벗어 구종수에게 주었습니다."

"그 다음은?"

뜻밖의 상황에 피의자보다 심문관이 오히려 목이 바짝바짝 타들어갔다.

"취흥이 익어갈 무렵, 구종수가 자기의 부인을 불러내어 세자 저하께 술을 올리도록 하고 구종지, 구종수, 구종유는 갓을 벗고 열 번도 넘게 절을 했습니다. 술자리가 파할 때 구종수의 부인이 초궁장에게 모시로 만든 옷을 주고 승목단에게는 면포를 주었습니다. 이오방과 소인에게는 정포正布를 주어 받아왔습니다."

사건의 윤곽이 드러났다. 그러니까 이번 어리 사건이 터지기 훨씬 전부터 구종수는 세자궁에 수시로 드나들며 세자 양녕과 함께 밤을 보냈고, 세자 양녕을 밖으로 불러내어 잔치를 베풀고 여자를 바쳤던 것이다. 구종수는 세자 양녕의 술친구며 비공식 채홍사였다.

병권을 주무르는 사람에게 아첨하여 순금사 사직司直이 된 구종수는, 이무 사건을 누설한 혐의로 관직이 삭탈되고 울진으로 유배 갔다. 귀양에서 풀려나 종4품 선공감 부정副正이 되었으나, 직무보다도 줄 서는 데 남다른 후각을 갖고 있는 사람이었다.

태종 재위 18년 동안 군권은 임금이 가지고 있었지만, 병권은 이숙번이 가지고 있었다 해도 과언이 아니다. 그 정점이 병조판서에 있을 때였다. 태종이 경계하는 병권에 너무 집착한 이숙번이 지금은 비록 유배지에서 귀양살이 하고 있지만 영향력은 살아 있었다. 그중의 한 사람이 구종수였다.

악공이 소속한 아악서의 최고 우두머리는 종5품 전악典樂이었다. 종4품 구종수는 우월적 지위를 이용하여 이오방과 이법화를 회유했다. 그들을 손아귀에 넣은 구종수는 수하처럼 부렸고, 그들을 이용하여 음악을 좋아하는 세자 양녕에게 접근했던 것이다.

구종수가 이오방과 이법화를 하수인으로 선택한 것은, 세자 양녕이 음악을 좋아한다는 이유 외에 또 다른 연유가 있었다. 그들이 속한 아악서가 종묘에 자리 잡고 있었기 때문이다. 종묘와 창덕궁은 한 울타리나 다름없었다.

일반인들과 접하고 있는 궁궐 담장은 높았으나, 종묘와 접하고 있는 담장은 상대적으로 낮았다. 종묘 외곽에 있는 순라 길은 포도청 포졸들이 순찰을 돌기 때문에 창덕궁 쪽 내부 경비는 허술했다. 이 점을 노린 것이 구종수였고 세자궁 경비는 허가 찔린 것이다. 종묘 안에서 대나무 다리를 걸치고 월담하리라고는 상상하지 못했던 것이다.

세자궁을 철통같이 경비하라는 특명을 받은 숙위군은, 태종 이방원과 사신들이 드나드는 돈화문과 대소신료와 궁중 나인들이 출입하는 금호문에 병력을 집중 배치했다. 드나드는 대신들에게 보여주기 위한 전시효과였다. 지키는 것보다도 보여주기에 급급했으니 경비망은 뚫릴 수밖에 없었다.

구종수에게 체포령이 떨어졌다. 도성을 휘젓고 다니던 구종수도 왕명 앞에는 무력했다. 세자를 업었다는 우월감에 하늘 높은 줄 모르고 날뛰던 구종수가 금군에 체포되었다. 태종 이방원은 참찬 윤향과 우부대언 목진공을 별도로 불러 구종수를 잡치雜治하라 명했다.

잡치는 중죄인에게 적용된다. 여기에 사헌부가 참여하면 삼성잡치가 된다. 사정기관 단독 조사를 지양하고 대간과 형조가 합동 심문을 하라는 것이다. 이유는 시간이었다. 어떠한 수단과 방법을 동원해서라도 빠르게 결과를 내놓으라는 것이다. 의금부에 투옥된 구종수는 자신의 죄를 순순히 자백했다. 순금사 사직출신 구종수는 잡치의 의미를 알고 있었기

때문이다.

"구종수가 세자에게 잘 보여서 후일을 도모하고자, 이오방과 더불어 대나무다리를 이용하여 밤마다 담을 넘어 궁에 들어가서 술을 마시며 유희하고 여색을 바쳤습니다. 때로는 밤에 세자를 제 집으로 맞아서 잔치를 베풀고 여색을 붙였습니다."

대간과 형조의 합동심문 결과를 보고받은 태종 이방원은, 세자궁 경비를 소홀히 한 혐의로 삼군진무 인인경을 의금부에 투옥하고 긴급 어전회의를 소집했다.

"구종수가 궁성을 넘었으니 죄가 교형絞刑에 해당합니다."

의금부에서 강력한 처벌을 주장했다.

● 삼복(三覆)
죽을 죄에 해당하는 죄인을 세 번 심리하던 일

"이 사람을 삼복三覆●을 기다린 뒤에 형을 집행할 것인가?"

"혐의가 의심나는 것은 삼복을 기다려야 하지만, 궁성을 넘어 들어간 것은 이보다 더 큰 죄가 없으니 무엇을 기다릴 것이 있겠습니까?"

형조판서 안등이 단심을 주장했다. 좌우에 늘어선 대소신료들도 찬성을 표했다.

"구종수가 아첨을 일삼고 예전 기축년에 죄를 범하여 외방에 귀양 갔다가 지금 다시 조정에 발을 붙이어 외람되게 4품에 이르렀는데, 시정市井 천례賤隷의 무리들과 더불어 야심한 밤을 이용하여 궁성을 넘어 들어갔으니, 행실이 개나 쥐와 같고 전하에게 불충한 것이 분명합니다."

"구종수의 죄는 다시 의논할 것이 없으나 궁성을 넘어 들어간 것은 반드시 까닭이 있을 것이니, 그 까닭을 국문한 연후에 죽이소서."

여죄를 캐고 배후를 파보자는 것이다. 단독범행이라 하기에는 석연치 않은 구석이 있다는 것이다. 구종수는 깃털이고 몸통은 따로 있다는 것이다. 배후를 파보면 몸통이 드러난다는 것이다. 대사헌 김여지와 좌사간 박수기의 주청에 따라 구종수에 대한 심문이 재개되었다.

모든 것을 포기하고 옥에 갇혀 있던 구종수는 아찔했다. 또다시 잡치에 시달린다는 것은 차라리 죽는 것보다 못하다 생각했다. 구종수 역시 만만치 않은 상대였다. 교활했다. 물귀신 작전으로 위기를 돌파하기로 했다.

구종수를 심문하면 할수록 세자 양녕의 비행이 꼬리를 물고 이어져 나왔다. 드러나지 않았던 사건들이 속속 밝혀졌다. 아름다운 이야기가 아니라 추악한 내용이었다. 수진방에 사는 임상좌의 딸 사건을 비롯한 여자들 문제였다. 보고를 받은 태종 이방원은 난감했다. 빈대 한 마리 잡으려다 왕실의 추한 꼴만 보이는 격이었다.

사건을 서둘러 일단락지은 태종 이방원은 때마침 구종수의 노모가 사형을 용서해달라는 청원을 받아들이는 형식을 취해, 장 1백 대와 도 3년에 처하여 경성으로 귀양 보냈다. 또한 구종수의 하수인 노릇을 한 이오방에게 장 1백 대를 때려서 공주에 귀양 보내고, 양부의 여자를 세자에게 바친 이승에게 편 1백 대를 내리고 직첩을 거두게 하였다.

태종이 구종수 문제를 서둘러 종결한 이면에는 또 다른 이유가 있었다. 구종수의 입에서 이숙번 연루 사실이 포착된 것이다. 하지만 태종에게는 이숙번보다도 세자 양녕 문제가 급선무였다. 세자 양녕 문제를 먼저 처결하고 이숙번 문제를 다루어도 늦지 않다고 판단한 것이다.

이숙번 문제는 가공할 파괴력을 지닌 정치문제였다. 방치하면 대소신료들이 이숙번을 죽이라고 벌떼같이 들고 일어날 것이고, 그렇게 되면 유배지에서 귀양살이 하고 있는 이숙번은 죽어야 했다. 세자 양녕의 비행을 축소은폐하기 위하여 이숙번 문제를 확대 재생산했다는 소리는 듣고 싶지 않았다.

어리 사건의 연루자들을 사법처리한 태종 이방원은 세자 양녕을 도마 위에 올렸다. 괴로운 일이었다. 후대를 이어갈 지존, 세자 양녕의 비행을 들추어 내놓고 신하들의 의견을 구한다는 것은 썩 내키지 않는 일이었다. 하지만 쉬쉬한다고 묻힐 일도 아니었다. 한 번은 짚고 넘어가야 했다.

"세자의 행실이 이와 같으니 태갑太甲을 내쫓던 고사를 본받고자 하는데 어떠한가?"

은나라의 제2대 왕 태종太宗이 즉위하여 3년간 포학 방탕하였다. 재상 이윤의 내침을 받은 태종은 3년 뒤에 깊이 뉘우치고 다시 돌아와 선정을 베풀었다는 고사다. 이윤은 군주를 내쫓아 개과천선시키고 돌아온 왕에게 권력을 돌려준 중국의 전설적인 재상이다.

"세자께서는 본래 천질天質이 아름다우니, 주변의 사악한 자들을 제거하고 정직한 사람을 골라 가르치게 한다면 앞으로 반드시 허물을 고치고 착하게 될 것입니다."

조말생이 조심스럽게 의견을 내놓았다. 임금이 지침을 내렸으니 동조할 수밖에 없었다.

"세자를 이렇게 되게 한 것은 실상 신 등이 교도教導하지 못하여 그렇게 된 것입니다."

변계량이 머리를 숙였다. 변계량은 양녕의 빈객이다.

"이것은 경 등의 죄가 아니다. 내가 아비이면서 의롭게 가르치지 못하였는데 하물며 경 등이 말해서 무엇하겠는가?"

태종 이방원은 세자 양녕을 김한로의 집으로 추방했다. 곁들여 공상供上*을 정지하라 명했다. 궁 밖으로 내쳐 연금에 처한 것이다. 세자 양녕이 사가로 쫓겨났지만 김한로의 집은 처가였다. 대궐은 아니었지만 편안한 집이었다. 세자 양녕을 궁 밖으로 쫓아낸 태종은 빈객 변계량을 은밀히 불렀다.

"경이 세자의 실수를 극진히 아뢰어 세자로 하여금 뉘우쳐 깨닫게 하고, 세자가 다시는 이와 같은 행동을 하지 않도록 종묘에 맹세하여 고하게 하라."

태종 이방원은 아들을 버리고 세자 양녕을 폐한다는 것은 생각해보지 않았다. 세자 양녕 주변에 꼬이는 아첨배를 철저히 차단하여 성군의 재목으로 키워야겠다는 희망은 버리지 않았다. 나이 어린 양녕이 저지른 실수를 일벌백계 차원에서 다스려 개과천선의 기회로 삼고 싶었다. 이때 양녕 나이 23세였다.

● 공상(供上)
대궐에서 공급하는 세자의 물품

세자 양녕의 연금생활이 시작되었다. 연지동 처가였다. 세자궁 생활과 별반 다르지 않았으나 궁에서 쫓겨난 신세였다. 철부지 행동으로 부왕의 마음을 아프게 한 것이 세자 양녕은 후회스러웠다. 세자 양녕은 연금생활 동안 많은 것을 뉘우쳤다. 세자 양녕이 근신하고 있는 연지동으로 임금의 서書가 도착했다. 자경잠이었다.

"어버이에게 불효하고서 부귀를 누리는 사람을 보지 못하였다. 이후로 불효를 한다면 부모는 비록 사랑하더라도 하늘이 반드시 싫어할 것이다."

준엄한 경고였다. 부모가 자식의 허물을 감싼다 해도 하늘이 그것을 용납하지 않을 것이라는 경종의 목소리였다. 등극은 하늘의 길이고 하늘이 열어주어야 오를 수 있으며, 하늘이 받아들이지 않는다면 아무리 세

자라도 오를 수 없다는 경고였다.

이러한 경고에도 불구하고 세자 양녕의 마음은 어리에게 있었다.

야심한 밤. 잠을 이루지 못한 세자 양녕이 뜰 밖에 나왔다. 정월은 넘겼지만 밤바람이 싸늘했다. 하늘에는 별들이 속삭이고 달빛이 환했다. 엊그제가 보름이었던가. 열이레 날이었다. 약간 이지러진 달이 그래도 둥그렇다. 세자 양녕은 달을 쳐다봤다. 이 순간 어리도 달을 쳐다보고 있을 것만 같았다.

'보고 싶다. 어리가 보고 싶다.'

넋을 잃고 달을 쳐다보고 있을 때였다.

"세자 저하, 밤바람이 차갑습니다. 안으로 드시지요."

세자 양녕의 스승 변계량이었다.

"빈객이 어인 일이시오?"

"주상 전하께서 마음 아파하십니다. 용서를 빌고 환궁하셔야지요?"

"그리하고 싶소만 방법을 모르오. 빈객께서 도와주시오."

사랑방으로 돌아온 세자 양녕과 변계량은 머리를 맞대고 반성문을 쓰기 시작했다. '증손 왕세자 신 이제는 조상의 영전에 고합니다'로 시작하는 종묘에 바치는 글이었다. 태조를 비롯한 목조, 익조, 도조, 환조 등 5대조 할아버지에게 바치는 장문의 반성문이었다.

'부왕 전하께서는 신 제를 적장이라 하여 세자로 책봉하시고, 아침저녁으로 훈회하시는 것이 깊고도 간절하였습니다. 또 서연을 두어 날마다 빈객, 대간으로 하여금 경서를 강명講明하게 하니, 세자된 직분을 지극히 함으로써 승조承祧의 중대함에 맞게 하려는 것이었습니다.

그러나 제가 생각하건대 군부의 마음을 우러러 몸 받지 못하고 빈사賓

師의 가르침을 패복佩服하지 못하여, 정사를 소박疎薄하고 소인을 친압親狎하였습니다. 사욕 때문에 법도를 무너뜨리고 방종 때문에 예의를 무너뜨려 어버이의 마음을 크게 상하게 하였고, 위로는 조종의 덕을 더럽혔으니 신의 죄가 큽니다. 마음을 씻고 행실을 바루고자 자애자신조목을 갖추어 조종의 영전에 다짐하는 바입니다.'

총 8개 항목으로 된 조상에게 바치는 글을 쓰고 나니 3경이었다. 지체할 것 없었다. 부왕 태종에게도 용서를 구하는 반성문을 썼다.

"신 제는 명완冥頑하고 남과 같지 못함에도 부왕 전하께서 신을 적장이라 하여 세자로 책봉하신 지 14년이 되었습니다. 아직도 어린아이의 습성이 있는 까닭에 소인의 유혹에 빠지고, 또다시 혼미함에 빠져 끝내는 하늘을 속이고 아버지를 속이고 임금을 속이기까지 하였으니 하늘인들 용납할 수 있겠습니까?

옛사람이 '스스로 지은 죄는 피할 수 없다' 한 것이 신을 두고 이름이라 하겠습니다. 소인을 제거하기는 어렵고 친하기는 쉬운 것이 분명합니다. 바라건대, 전일에 기기奇技와 음교淫巧로써 신을 불의에 빠지게 한 자들을 법대로 처단하여, 후래의 섬소들이 아첨하는 길을 막으소서. 전하께서는 신의 어리석음을 가엾게 여겨주소서."

이튿날 세자 양녕의 반성문을 받아든 태종은 매우 기뻤다. 어두운 먹구름이 드리웠던 궁궐이 밝아졌다. 모두가 환한 얼굴이었다.

여기에서 한 가지 간과해서는 아니 될 대목이 있었다. '신을 불의에 빠지게 한 자들을 법대로 처단하여 주소서' 하는 대목이었다. 세자 양녕의 입을 빌렸지만 변계량의 목소리였다. 변계량은 하륜의 문생이고 태종 이방원이 총애하는 젊은 엘리트였다. 세자 양녕과 함께 어울렸던 자들에게는 저승사자와도 같은 피를 부르는 소리였다. 이숙번도 예외는 아니었다.

"세자께서 허물을 뉘우쳤으니 더없이 기쁜 마음으로 하례드립니다."

정부, 공신, 육조, 대간과 입직했던 총제 등이 기쁜 마음으로 하례했다.

"세자를 환궁하도록 하라."

세자 양녕이 세자궁으로 돌아왔다. 대궐에서 쫓겨난 지 닷새만이었다. 반성하는 시간이 5일이 짧다고는 말할 수 없지만, 반성문을 빈객 변계량이 짓고 썼다는 데 문제가 있었다.

이숙번의 최후

세자 양녕이 돌아온 이튿날. 축제와 같던 어제와 달리 음산한 공기가 대궐을 감돌았다. 피를 부르는 살벌한 바람이었다. 우사간 최순이 먼저 치고 나왔다.

"궁성을 넘어 들어간 구종수의 죄는 극형에 해당하는데, 전하께서 특별히 관전을 베풀어 귀양만 보냈습니다. 구종수의 부도한 죄가 또 나타났고 관계됨도 매우 중하여 죽어도 오히려 남은 죄가 있습니다. 그의 형 구종지와 구종유는 모르지 않을 터임에도 숨기고 아뢰지 아니하였으니 신하된 도리가 아닙니다."

형조참판 구종지에게 불똥이 떨어졌다. 고려 말 문과에 급제하여 형조의랑에 출사한 문인으로 우사부 대간과 호조참의, 그리고 경기관찰사를 거치며 승승장구하던 사람이다. 민무질과 돈독한 관계를 유지하던 구종지는, 민무질이 생과 사의 갈림길에서 구원을 요청할 때 야멸차게 뿌리쳤다.

"사람이 부도한 짓을 하면 비록 이웃 사람이라 하더라도 알게 마련인데, 더욱 곤제昆弟의 지친이야 말할 나위가 있겠습니까? 엎드려 바라건대, 유사에 명을 내려 구종수와 구종지, 구종유를 잡아다가 한곳에서 빙문하여 그 죄를 밝게 바로잡음으로써 뒤에 오는 사람을 경계하소서."

사헌부에서도 죄줄 것을 청했다. 유유상종하던 자를 배신하고 죽음의 문턱에서 탈출한 그에게, 이제는 동생의 죄에 연루되어 죽음의 그림자가 드리워졌다.

사간원과 사헌부의 주청을 즉각 받아들인 태종 이방원은 구종지와 구종유를 의금부에 하옥하라 이르고, 경성에서 귀양살이 하고 있던 구종수를 의금부도사 양로로 하여금 압송하라 명했다. 또한 지사 김사문을 공주로 보내어 이오방을 잡아오게 하였다. 죄인들이 한양에 도착하기 전 구수회의가 열렸다.

"권보와 이법화는 옥에 갇혀 있고, 이오방과 구종수는 잡아오도록 했다. 이 무리들은 유희와 잡기로 동궁에게 아유阿諛하여 불의에 빠지게 하였으니 극형에 처해야 마땅하나, 세자의 비행으로 4, 5인을 형벌함은 내 차마 하지 못하겠다. 이오방과 구종수는 극형을 면치 못하겠지만 나머지는 모두 한 등을 감함이 어떻겠는가?"

"이같이 간녕한 무리들은 모두 용서할 수 없습니다."

태종 이방원의 지침에 영의정 유정현이 반대했다.

"이승은 비록 양아버지 곽선의 첩을 세자에게 바쳤다 하지만 '세자의 음희한 일을 누설함은 불가하다'고 하였으니, 나도 비밀히 하여 발설하지 않고자 지신사에게 명하여 이승을 채찍질하고 그 직첩을 거두게 하였다."

"임금께서 하는 바는 일식과 월식 같아서 사람들이 모두 바라보는데 은휘隱諱하여 발설하지 아니함은 불가합니다."

손바닥으로 하늘을 가려서 될 일이 아니라는 얘기였다. 공개적으로 투명하게 처리하여 후폭풍을 차단하자는 뜻이었다.

함길도 경성에서 귀양살이 하고 있던 구종수와 공주에서 유배생활하고 있던 이오방이 잡혀왔다. 이들은 한양 도착 즉시 의금부에 투옥되었다. 먼저 구종지에 대한 심문이 시작되었다. 구종수와 구종지는 순금사와 형조에 근무했던 관계로, 의금부 중하위직 관원들을 많이 알고 있었다. 안면을 몰수하기 위하여 신참 관원을 투입했다.

"죄인의 아우 구종수가 세자를 모시고 연음宴飮할 때 시중들던 기생은 누구누구냐?"

"어리도 있었고 승목단도 있었습니다."

"승목단은 안수산의 첩기 칠점생의 친구가 아니더냐?"

"그리 알고 있습니다."

"안수산은 심온의 자부가 아니더냐?"

"그래서 심온을 찾아갔습니다."

심온은 판한성부사직에 있었다.

"무슨 청을 하였느냐?"

"아우 구종수가 세자전에 무상출입하니 공이 그를 제지하여 주기 바랍니다, 고 부탁하였습니다."

심온과 구종지는 막역한 사이였다. 심온은 훗날 세종대왕이 된 충녕대군의 장인이다. 세자 양녕이 궁궐로 어리를 불러들이고 궁 밖에서 구종수가 펼치는 연회에 기생들이 동원된다는 것을, 알만 한 사람들은 다 알고 있었다. 심온도 알고 있었던 것이다. 불똥이 심온에게까지 튄 것이다.

"구종지는 말하라. 네가 형조참판이 되었을 때 폄소貶所에 있던 이숙번이 누구를 보내왔더냐?"

"가노 수정과 그의 첩 김관도, 그리고 여종 금생을 보내왔습니다."

구종지는 사실대로 대답하지 않을 수 없었다. 심문관들은 이미 세자 양녕이 토로한 증거를 확보하고 있었기 때문이다. 이어 구종수에 대한 심문이 시작되었다.

"죄인은 무슨 연유로 폄소의 이숙번에게 사람을 보냈느냐?"

"활과 낭미狼尾를 구해서 보내달라고 부탁했습니다."

"왜 부탁한 물건의 품목을 빠뜨리는가? 주리의 맛을 보겠느냐?"

심문관은 눈을 부릅떴다.

"양마良馬도 부탁했습니다."

순금사에 근무했던 구종수는 주리가 얼마나 혹독한 형벌인지 잘 알고 있었다.

"어디에 쓰려고 말을 부탁했느냐?"

"세자에게 바치려고 했습니다."

"이숙번이 너에게 보내온 서찰은 무슨 내용이었느냐?"

"이숙번이 유배 떠나기 전 사랑하던 첩 예빈시 여종 복중, 공안부 여종 약생과 기생 소조운을 각기 그 사司에서 말미를 주도록 청하였습니다."

"이숙번이 그 청을 하면서 무엇을 보내왔더냐?"

"철갑과 투구를 보내왔습니다."

"그래서 넌 무슨 답서를 보냈느냐?"

"청과 같이 하였다고 보냈습니다."

의금부의 보고를 받은 태종 이방원은 진노했다. 이럴 수가 있단 말인가? 유배지에서 근신해야 할 이숙번이 죄인과 사통하고 물품을 주고받았다니, 뒤통수를 얻어맞은 것만 같았다. 그들이 주고받은 물건이 무슨 물건인가? 후사를 이어갈 세자 양녕의 눈을 가리고 황음에 빠지게 하는 동력으로 사용되는 물건이 아닌가.

이숙번은 세자 양녕이 바른길로 가지 않으면 계도하고 편달해야 할 위인이 아닌가. 그것이 바로 정사공신의 본분이 아닌가. 그런데 세자 양녕을 잘못된 길로 이끄는 무리들과 내통하고 같이 놀아났다니, 이숙번은 정녕 내가 믿었던 이숙번이 아니란 말인가? 가슴을 치고 싶었다.

아들처럼 아끼고 사랑했던 이숙번이었다. 뭇사람들이 좌하륜 우숙번이라고 선망과 질시의 시선을 보내와도 끔찍이 챙겼던 이숙번이었다. 비록 지금은 폄소에서 유배생활을 하고 있지만, 때가 되면 한양으로 불러 올려 대임을 맡기고자 했던 이숙번이지 않은가. 깊은 배신감에 하늘이 무너지는 것 같았다.

대노한 태종 이방원은 충녕의 장인 심온을 의금부에 투옥하라 명하고 의금부 부진무 박안의를 연안에 급파하여, 유배생활하고 있는 이숙번을 한양으로 압송하라고 특명을 내렸다.

이숙번의 향곡 농장에 의금부도사가 들이닥쳤다.

"죄인을 압송하라는 어명이오."

이숙번에게는 날벼락이었다. 한양에서 구종지와 구종수가 국문을 당하고 있다는 소식은 들어 알고 있었지만, 그 불똥이 자신에게 튀리라고는 상상하지 못했다. 청천벽력이었다. 이숙번은 순순히 따랐다. 어명이라는데 이유가 있어도 거역할 수 없었다.

유배지 연안에서 압송돼온 이숙번은 즉시 순군옥에 투옥되었다. 한때는 나는 새도 떨어뜨릴 권세를 부렸던 이숙번이다. 허나 오늘의 이숙번은 모든 것을 포기한 초췌한 모습이었다. 태종과 십수 년을 동고동락했던 터라 임금이 진노한 색깔을 알고 있었다. 이제는 목숨을 보전하는 것이 급선무였다.

병조에 국청이 마련되었다. 상대가 상대이니 만큼 이숙번이 도착하기 전 만반의 준비를 해두었다. 죄인이 사실을 토설하지 않으면 형문을 가해도 좋다는 임금의 내락을 받아둔 상태였다.

드디어 국청이 열렸다. 순군옥에 갇혀 있던 이숙번이 끌려나왔다. 초췌한 모습이 흡사 털 빠진 한 마리의 호랑이 같았다. 죄인은 담담한데 오히려 심문관들이 긴장했다.

심문관들이 구종수와 구종지를 심문한 초계본을 들이밀며 심문했다. 이숙번은 순순히 인정했다. 잔뜩 벼르던 국문이 싱겁게 끝났다.

좌부대언 이명덕, 의금부지사 민의생이 이숙번의 죄상을 공초한 계본을 가지고 태종에게 보고했다. 때맞춰 형조와 대간에서 상소가 올라왔다.

"구종수, 이오방 등이 궁성을 넘어 들어갔으니 죄가 극형에 처해야 합당한데, 전하께서 특히 관인을 베풀어 단지 결장하여 귀양 보내는 것에 그쳤습니다. 이제 구종수, 이오방의 부도한 죄상이 또 드러나서 관계됨이 지중하니 모두 극형에 처해야 마땅할 자입니다.

이숙번은 자신이 불충한 죄를 범하고도 특별히 상은을 입어 생명을 보전하고 향곡에 안치되었으니 근신해야 옳을 터인데, 사삿일로 구종수와 사통하고 또 구종수의 간청을 들어 악한 마음을 품고 사실을 숨겨 조정에 계문하지 않았으니 그가 전심前心을 고치지 아니함이 분명합니다."

"구종수, 구종지, 구종유와 이오방 등의 죄는 조율照律하여 계문하라."

이숙번에 대한 언급은 없었다. 형조와 대간의 상소에 이어 의금부도사 윤수가 죄인들의 죄를 조율한 계본을 태종 이방원에게 올렸다.

"구종수 일당은 모반대역의 율에 비부하여 모두 능지처사하고 재산을 몰관沒官하게 하소서."

"이승은 내 이미 채찍질하게 했으니 전라도 금구로 귀양 보내고, 진포는 충청도 덕은에, 김산룡은 음성에, 금음동은 경상도 문경에 정속하고 모두 가산을 적몰하라. 김기는 약환弱宦이라 장 80대는 무리니 60대로 하고, 소근동도 이와 같이 하라. 구종수, 구종지, 구종유, 이오방은 참에 처하고 가산을 적몰할 것이며, 이숙번은 함양에 자원 안치하라."

● 대시수(待時囚)
춘분 전, 추분 후로 정해놓은 사형의 집행 시기를 기다리던 죄수

서릿발 같은 왕명이 떨어졌다. 대시수待時囚는 추분까지 살아 있을 수 있지만 구종수 일당은 부대시수不待時囚였다. 즉시 처형 대상이었다. 순군옥 담터에 형장이 마련됐다. 세자의 향응을 칭탁하여 도성을 휘젓고 다니던 구오방의 총수 구종수의 목이 피를 뿌리며 떨어졌다.

잘나가던 아우와 함께 장밋빛 미래를 꿈꾸던 구종지와 구종유의 머리도 저잣거리에 걸렸다. 가야금을 잘 타던 이오방의 손가락이 파르르 떨리더니만, 이내 멈추었을 때 구경하던 백성들이 안타까워했다.

구종수 일당의 처형이 끝나자 형조에서 상소가 올라왔다. 임금의 총애를 믿고 교만에 빠진 이숙번을 함양에 부처하는 은전을 베푸는 것은 부당하다는 것이다.

"이숙번은 공신으로 국가와 휴척休戚을 같이하여야 함에도 이심二心을 품어 전하를 저버렸으니 이는 불충입니다. 하지만 전하께서 특별히 관인을 베풀어 법에 두지 아니하고 성명을 보전케 하였으니 의당 개심하여 재조再造의 은혜를 생각해야 마땅한데, 구종수와 내통하여 자기 사욕을 채우려 하였고 구종수와 사사로이 서로 교제를 맺어 숨기고 아뢰지 않았습니다.

그가 찬소竄所에 있으면서도 마음 씀이 이와 같으니 어찌 죄를 뉘우친 사람이라고 하겠습니까? 이런데도 죄주지 않으시면 이것은 멋대로 악을 행하게 함이니, 전하께서는 어찌 일부一夫를 아끼어 대의를 생각하지 않고 그를 자원에 따라 안치하게 하십니까?

더 엄한 형벌로 책임을 물어야 한다는 것이다. 그러나 태종 이방원은 형조와 대간의 주청을 받아들이지 않았다. 자원안치 형식이었다. 함양은 이숙번에게 낯선 고장이 아니었다. 어머니의 고향마을 외가 동네였다. 배려한 것이다.

유배행렬이 청파역을 지나 한강진에서 거룻배에 올랐다. 바람에 흔들리는 뱃전에서 바라보니 삼각산이 시야에 들어온다. 다시는 못 볼 것 같은 불길한 예감이 들었다.

"잘 있거라 백악산아, 다시 보마 삼각산아."

이숙번은 혼잣말처럼 중얼거리며 의지를 불태웠다. 한양을 바라보며 예전에 임금과 사사로이 나누었던 이야기가 생각났다.

"이보시오, 도사! 그전에 주상께서 보전하여 주신다는 말씀이 계셨음을 늘 잊지 않고 있었는데 허무하오."

이숙번은 혼잣말처럼 넋두리를 풀어놨다. 휴식을 끝낸 일행은 남쪽으로 발길을 재촉했다. 유배 행렬이 과천을 지나 금령역을 통과할 무렵이었다.

"죄인의 행렬은 멈추시오."

흙먼지를 일으키며 한 마리의 말이 달려오고 있었다. 말의 행장으로 보아 역마가 아니라 의금부의 준마였다. 이숙번은 가슴이 뛰었다. 주상 전하께서 나를 용서하시고 돌아오라는 말을 보내셨다 생각하니 눈물이 앞을 가렸다.

"어인 일이오?"

"유배 행렬을 돌리라는 어명입니다."

죄인 호송을 책임 맡은 의금부 도사와 전령의 얘기였다. 이숙번은 끼어들 틈새가 없었다. 함양으로 향하던 유배행렬이 방향을 바꿔 한양으로 향했다. 따라만 가야 하는 이숙번은 무슨 영문인지 몰라 답답했다.

"무슨 연유인지 심히 궁금하오."

이숙번은 목이 바짝바짝 타들어갔다. 마른 침을 꿀꺽 삼키며 가까스로 물었다.

"죄인을 잡아오라는 어명입니다."

전령은 퉁명스럽게 말했다. 순간 이숙번은 현기증을 느꼈다.

유배 가는 사람을 잡아오라니 이게 웬 청천벽력인가. 이숙번은 유배지로 향하던 죄인을 불러 세워 참형에 처했던 이무 사건을 상기하니 등골이 오싹했다.

눈앞이 캄캄해졌다. 이숙번은 생명의 위기를 느꼈다. 가던 길을 거슬러 동작 나루터에서 다시 거룻배를 탔다.

한양에 도착한 이숙번은 의금부에 투옥되었다. 눈썹 같은 초승달이 의금부 용마루에 걸려 있었다. 싸늘한 냉기가 폐부를 파고들었다. 밤은 깊어가건만 잠을 이룰 수가 없었다.

'피 끓는 청춘 스물다섯 나이에 주군을 만나 신명을 바쳤다. 사나이 대장부 여한은 없다. 주군이 용상에 있고 내가 감옥에 갇혀 있어도 후회는 없다. 이미 무인혁명에 목숨을 바친 몸. 내일 죽어도 여한은 없다. 하지만 무슨 연유인가는 알아야 할 것 아닌가?'

그랬다. 이숙번은 이유를 모르고 옥에 갇혀 있는 것이 신체적인 형문보다도 더한 고문이었다. 이튿날 아침, 궁에서 임금의 하교가 내려왔다.

유배처로 향하던 몸이 노상에서 잡혀왔으면 단 한번만이라도 용안을 볼 수 있을 것이라고 믿고 싶었다. 그것이 국문의 형장이든 대궐의 뜰이든 아무 곳이라도 좋았다. 뜬눈으로 밤을 새운 이숙번에게 전달된 하교는 의외로 간단했다.

"그전에 내가 말한 것은 종사와 관계되지 않는 일에 대하여만 말한 것임을 너는 알라."

남태령에서 휴식을 취하며 혼잣말처럼 중얼거렸던 얘기가 대궐에 전달되어 태종이 진노했던 것이다. 노루피를 나누어 마시며 당대는 물론 자손 대까지 후일을 보장하겠다는 삽혈맹세는 현재 유효하나 종사에 관계되는 일은 예외라는 것이다.

이숙번은 순진하게도 삽혈맹세를 믿었다. 공신 중에서도 제일 총애받는 우숙번이지 않은가. 이무가 처형되고 민씨 형제가 사라져도 자신만은 예외라 생각했다.

태종 이방원에게 있어서 삽혈맹세는 종사를 지키기 위한 수단이었다. 종사의 수성은 삽혈맹세 상위개념으로 설정해두었던 것이다. 이숙번은

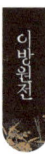

이방원을 위하여 혁명에 참여했고, 이방원은 종사를 위하여 혁명했다는 것이다. 혁명에 성공한 이방원은 공신을 통치의 일부분으로 이용했고, 이숙번은 공신을 최고의 가치로 착각했다.

이숙번의 정치생명이 끝난 것을 확인한 조정에서 이숙번 파당의 숙청에 들어갔다. 대규모 검거 선풍이었다. 이숙번 세력의 초토화 작전이었다.

함양에 자원 안치된 이숙번은 태종 살아생전에 한양 땅을 밟지 못했다. 영원한 결별이었다. 한때는 자손만대를 함께하자는 동지였지만 정치는 냉혹했다.

어긋나는 양녕

"그 당시는 세자가 반드시 이문관으로 하여금 이 일을 드러내지 말라고 하였을 것이다. 이미 지나간 일이니 추핵推劾하지 않음이 마땅하지만, 아이들이 대체大體를 알지 못하여 출입에 절도가 없었는데 이문관이 말하지 않았으니 죄가 있다. 지금 의금부에 있는 죄인은 외방으로 귀양 보내지 말고 단지 장만을 쳐서 석방토록 하라"

이홍은 장 1백 대에 가산은 적몰籍沒하고, 이문관과 변신귀는 장 1백 대를 속贖하게 하며, 이지 관음노 이선 등은 장 1백 대를 때리고 서사민과 세자전별감 조이는 석방하였다.

양화진 나루터 사건을 가벼운 형벌로 처결한 태종 이방원에게 비보가 날아들었다. 성녕대군 이종이 위독하다는 것이다. 평소 몸이 허약했던 성녕은 완두창으로 시름시름 앓더니만 목숨이 경각에 달린 것이다. 완두창은 완두콩 모양의 종기로 전염성이 강하고 치사율이 높았다.

태종 이방원은 총제 성억에게 명하여 향香을 받들고 흥덕사에 나아가서 정근精勤하고 기도하게 하였다. 승정원에 명하여 점을 잘 치는 자들을 불러 모아서 성녕의 길흉을 물어보게 했다. 검교판내시부사 김용기가 성녕의 구병원장求病願狀●을 싸서 받들고, 절령岊嶺 나한전에 나아가 기도했으나 효험이 없었다.

좋은 약재와 치성에도 불구하고 끝내 성녕이 눈을 감았다. 대군 나이 13세였다. 태종 이방원과 정비 민씨 사이에는 아들이 넷이 었다. 하지만 진정한 왕의 아들로 태어난 것은 성녕대군 이종이었다. 성녕의 바로 위형 충녕을 비롯한 양녕과 효령은 엄격한 의미에서 태종 이방원이 왕에 등극하기 이전에 태어난 아들들이었다.

● **구병원장**(求病願狀)
임금이나 귀인(貴人)이 병들었을 때 부처의 공덕으로 병을 낫게 해달라는 글을 적은 서장(書狀)

성녕대군의 장례를 성대하게 치른 태종 이방원은 마음에 병이 생겼다.

"내가 이 궁전에 거주하니 마음이 실로 평안하지 못하다. 나는 개성유후사로 피방하고자 하는데 경들의 생각은 어떠한가?"

태종 이방원이 한양을 떠나 개성에 유하게 되어도 국정을 멈출 수는 없었다. 정부가 2개 작동해야 했다. 하나는 한양에 또 하나는 개성에, 어느 것이 임시 정부인지 모르지만 여간 불편한 것이 아니었다. 하지만 임금이 심신의 허함을 보하기 위하여 원하는 일 반대할 수 없었다. 대언代言과 정부, 육조에서 모두 찬성했다.

태종 이방원이 개성으로 떠나던 날, 경복궁에는 문무백관들이 도열했다.

"유도留都* 하는 전함재추前銜宰樞*들의 개성 문안을 금지한다. 유도하는 대소신료에게 명하노니, 업무가 있어 부득이 개성에 출입할 자는 의정부에 나아가 그 연고를 고하고 출입하라. 또한 세자전에 출입하는 것도 금지한다."

태종 이방원이 한양을 떠나면 한양은 왕이 없는 도성이었다. 개성에 인사치레 성 문안을 금지하고, 불가피하게 업무가 있는 관료는 의정부의 사전 허락을 받고 출입하라는 것이다. 또한 왕이 도성을 비웠다고 세자전에 출입하여 아첨을 떨지 말라는 경고였다. 전함재추는 종2품 이상의 한량과 기로耆老들을 말하며, 태조 때 40여 명이었으나 태종 때는 70여 명이었다.

● 유도(留都) 도성에 남음
● 전함재추(前銜宰樞)
종2품 이상의 한량 기로들이 모인 기관

"세자는 유도留都하여 감국하는 것이 직책이나, 옛날에 구종수와 몰래 불의한 짓을 행하였습니다. 전하께서 엄히 책망하여 허물을 고쳤으나 그 허물을 고친 것이 오래가지 못하였으므로, 신은 전날의 마음이 다시 싹틀까 두렵습니다."

병조판서 김한로가 주청했다. 세자 양녕은 한양에 남아 나라를 감독하는 것이 직책이나, 말썽을 피울까 염려되니 개성으로 데려가 가까이 두어달라는 부탁이었다. 김한로는 양녕의 장인이다. 구실은 나라를 내세웠지만 은근히 찔리는 것이 있었다. 어리가 세자 양녕의 아이를 자신의 집에서 낳았으니, 언제 터질지 모르는 시한폭탄을 안고 살아가는 입장이었다.

"세자는 한양에 남아 나라를 감국하도록 하라."

임금 행차가 한양을 떠났다.

환궁한 태종 이방원은 서운관 이양달을 불렀다.

"어젯밤 유성은 무슨 연유인가?"

"…"

서운관 이양달이 유성을 보았을 것이라는 전제하에 평범하게 묻고 있는데 이양달은 눈앞이 캄캄했다. 어젯밤 유성을 보지 못했으니 무슨 말을 할 수 있단 말인가. 답을 해도 죄인이었다. 서운관은 임금이 묻기 전에 보고해야 하는 것이 철칙이었다. 천변天變이 있으면 즉시 보고해야 하고, 감히 대문對問이 있은 뒤에 나와서 아뢰는 자는 죄 주는 것이 법도였다.

"유성의 곡절을 묻고 있지를 않느냐?"

"실은 어젯밤에 유성을 보지 못했습니다."

이양달은 할 말이 없었다. 이실직고 할 수밖에 없었다.

"뭣이라고? 너희들이 하는 일이 무엇이냐? 밤에 하늘을 살펴보고 이상 징후가 발견되면 즉시 상달해야 하는 것이 너희들의 직무이거늘, 유성을 보지 못했다는 게 말이나 되느냐?"

태종 이방원은 대노했다. 서운관은 천문지리를 살피는 관원이다. 별자리의 운행을 살펴 천기를 예측해야 한다. 천기는 곧 왕권과 연결된다고 믿었기 때문이다.

"고얀 놈들 같으니라고. 이러하고도 나라의 녹을 먹는단 말이냐? 달빛 때문에 별을 관찰하는 데 방해를 받는다 하더라도 하늘을 살펴보는 것이 너희들 직무가 아니더냐?"

"죽을죄를 지었습니다."

"고얀 놈들 같으니라고. 너희들이 유성을 못 보았다니 더 이상 추궁하지 않겠다. 다음부터는 보름날에도 근무를 확실히 서도록 하라."

"명심하도록 하겠습니다."

유성을 발견하지 못한 서운관 사진 위사옥을 순금사에 내려 장 60대를 쳐 파직시켰고, 일식을 잘못 예측한 서운부정 박염을 동래로 유배시켰으며, 우레 소리를 보고하지 않은 관승 황사우와 감후 강숙을 의금부에 내린 사실을 누구보다도 잘 알고 있는 이양달이었다.

"어젯밤에 잠이 오지 않아 뜨락을 거닐고 있을 때, 동쪽 하늘에서 유성이 나타나 서쪽 하늘로 사라졌다. 무슨 연유인가?"

"유성의 머리 부분에서 발하는 광채가 붉은 빛이냐, 정청색正靑色이냐에 따라 해석이 다르고 우리나라의 일이냐, 상국의 일이냐에 따라 판단이 다릅니다. 정수井宿에서 나와 묘수昴宿로 사라지는 유성은 길조가 아니라 흉조입니다."

유성 머리 부분에서 발산하는 광채에 따라 조선의 일과 명나라의 일을 분별한다는 얘기였다.

"알았다. 물러가도록 하라."

이양달을 내보낸 태종 이방원은 심사가 유쾌하지 않았다. 좋은 징조가 아니라 나쁜 징조라니 기분이 언짢았다. 대소신료들이 퇴청한 시간, 태종은 지신사 조말생을 경덕궁으로 비밀히 불렀다.

"죽은 자식 성녕은 우리 가문에서 얼굴을 바꾼 아이였다. 명나라의 사신에게 술을 청請할 때에는 사신 황엄이 주선周旋하는 사이에 주의하여 보고 심히 그를 사랑하였다. 장차 성취成就시켜서 노경을 위로하려 생각하였는데 불행하게 단명하였으니, 무엇으로써 마음을 잡겠느냐?"

태종 이방원의 눈가에 이슬이 맺혔다. 그랬다. 유명을 달리한 성녕은 그의 형 양녕, 효령, 충녕보다 인물이 훤칠하고 수려했다.

"세자가 곽선의 첩 어리를 빼앗아 세자전에 들이었다가 일이 발각되어 쫓겨났다. 어느 날 첫째와 둘째가 궁에 들어와 중궁을 보는데 내가 마침 이르니 평양군궁주가 말하기를, '세자전에서 유모를 구하여 부득이 이를 보내었습니다' 고 하므로 중궁이 놀라서 말하기를 '이게 어떤 유아냐?' 고 하니 궁주가 '어리의 소산입니다' 고 하였다. 그 까닭을 들으니 김한로의 처가 종비라 칭탁하고 어리를 데리고 들어가 세자에게 바쳤다는 것이다."

한숨을 내쉬던 태종 이방원이 말을 이어갔다.

"세자가 어려서 체모體貌가 장대하여 장차 학문이 이루어지면 종묘사직을 부탁할 만하다고 생각하여, 항상 가르치고 깨우치는 것을 부지런히 하였다. 이제 수염이 방불髣髴하고 자식이 있는 성인이 되었으나 학문을 멀리하고 황음荒淫하기가 날로 심하다.

역대의 인주人主 가운데 태자에게 사의私意를 가지고 이를 바꾼 자가 있었고, 참언讒言을 써서 이를 폐한 자도 있었다. 내가 일찍이 이를 거울삼아 이런 짓을 하지 않겠다고 맹세하였다. 그러나 세자의 행동이 이와 같음에 이르렀으니 어찌하겠는가? 태조께서 개국한 지 오래지 않아 그 손자에 이르러 이와 같은 자가 있으니 장차 어찌하겠는가?"

태종 이방원은 비 오듯이 줄줄 눈물을 흘렸다.

"세자가 학문을 일삼지 아니하고 소인을 가까이 하니, 대소신료가 실망하지 아니함이 없습니다. 이제 또 이와 같으니 진실로 작은 연고가 아닙니다. 마땅히 김한로를 죄 주어서 후래를 경계하소서."

"세자의 불의한 연고 때문에 죄를 받은 자가 하나둘이 아니니 내가 실로 부끄럽다. 세자를 가르쳐서 스스로 새 사람 되기를 기다릴 터이니 이 일을 누설하지 말도록 하라."

태종 이방원은 땅이 꺼지게 한숨을 쉬었다. 태종이 한양을 비우고 개성에 온 것은 성녕대군 사망으로 피폐해진 심신을 휴식하기 위한 피방이라는 구실도 있었지만, 양녕대군 이후의 정국을 구상하고 중대 결심을 하기 위함이었다.

개성 유휴사에 피방한 임금을 시종한 영의정 유정현과 좌의정 박은이 한양으로 돌아가는 날, 천수사 서쪽 산등성이까지 거둥한 태종이 내구마를 1필씩 내려주며 당부했다.

"경들은 이 말을 타고 양경을 왕래하며 국사를 살피라."

조선의 도읍지는 한양이다. 그런데 임금은 개성에 있었다. 언제 돌아갈지 기약이 없었다. 갑자기 수도가 두 군데 된 셈이었다. 번거롭더라도 개성과 한양을 오가며 국사에 차질이 없도록 하라는 명이었다.

"성상의 덕이 이와 같으시니, 만약 이 말을 타고 한 번이라도 불의를 행한다면 마땅히 재앙이 자손에게까지 미칠 것입니다."

유정현과 박은이 황공한 모습으로 머리를 조아렸다.

"지난번 간신 구종수 사건이 발각되던 날, 나는 조종祖宗의 적루積累한 간난艱難을 생각하고 황희를 불러 구종수의 죄악과 세자의 실덕을 모조리 말하였는데 황희가 대답하기를, '구종수의 한 짓은 매鷹와 개犬의 일에 지나지 않고 세자의 실덕은 나이가 어린 때문입니다' 말하였는데 조금도 다른 말은 없었다.

이제 김한로가 세자의 장인으로서 사직社稷의 대체大體를 생각지 아니하고, 몰래 간휼奸譎한 계책을 꾸며 어리를 도로 바치었으니 이 두 사람의 죄는 마땅히 법대로 처치하여야 한다. 내가 그 일을 차마 드러내지 못하고 세자가 스스로 새 사람이 되기를 기다리니, 두 경은 마땅히 누설하지 말도록 하라.

만약 세자가 끝내 잘못을 고치지 않는다면 이것은 그가 자취하는 것이니 그 종말이 어찌 되겠는가? 좌의정은 나보다 나이가 적으나 영의정은 많다. 그러나 죽고 사는 것은 늙고 젊음에 관계없으니 두 경은 마땅히 그리 알라."

누설한 자는 죽음을 각오하라는 엄중한 경고였다.

"김한로와 황희의 죄는 숨길 수 없으니 밝게 바로잡아서 후래를 엄하게 하는 것이 마땅합니다."

좌의정 박은이 주억거렸다. 명재상 황희에게 불똥이 튀었다.

영의정과 좌의정이 한양으로 돌아간 다음 날, 한양에서 전갈이 왔다. 도성을 지키고 있던 세자 양녕이 문후를 여쭙고 싶어 개성을 방문하고 싶다는 내용이었다.

"세자를 오랫동안 보지 못하였지만 국정을 비우기 때문에 불러올 수 없었다. 세자가 나의 탄일에 와서 알현하고자 하였으나, 그때는 성녕의 백일재百日齋를 당하니 무슨 마음으로 조하朝賀를 받겠느냐? 다음 달 초하루에 길을 떠나서 초이틀에 이곳에 이르렀다가 단오 뒤에 돌아가도록 하라."

세자 양녕의 개성 방문에 윤허가 떨어졌다. 몇 차례 간청 끝에 부왕이 얻어낸 윤허였다. 부왕이 어리 문제를 파악하고 있다는 사실을 알고 있는 세자 양녕은 한양에 있는 것이 바늘방석이었다. 하루라도 빨리 부왕을 찾아뵙고 석고대죄하고 싶었다. 임금은 한양에, 세자전은 개성에 각각 정보망을 가동하고 있었다. 한양을 떠난 세자 양녕이 개성에 당도하여 부왕을 알현했다.

"어리를 다시 불러들인 일이 사실이렷다?"

"…."

세자 양녕은 부왕의 노한 모습을 바라볼 수 없었다. 불 같은 질책이 두려웠다. 세자 양녕은 아무 소리 못하고 고개를 숙였다.

"사실이었느냐고 묻고 있지를 않느냐?"

"네."

"어리가 아이를 낳은 것도 사실이냐?"

"네, 아바마마. 죽을죄를 지었습니다."

세자 양녕은 사실대로 토설할 수밖에 없었다. 움직일 수 없는 증거를 가지고 추궁하는 부왕의 추상같은 질책에 달리 도리가 없었다. 석고대죄가 상책이었다.

"세자는 구전에 나가 거처할 것이며 다시는 알현하지 말라."

쓰러질 것 같은 현기증을 가까스로 수습하며 태종 이방원은 단호하게 선언했다. 세자 양녕을 다시는 보고 싶지 않다는 뜻이었다. 경덕궁에도 있지를 말라는 것이다. 세자 양녕이 무거운 발걸음으로 물러나 수창궁으로 향했다. 지켜보던 대간과 반열의 제경이 차례로 나가고 좌의정 박은이 나가려 하자 태종 이방원이 불러 세웠다.

"너희 대언들은 모두 나가라. 내가 좌의정과 차후의 일을 의논하고자 한다."

박은과 깊은 얘기를 나눈 태종이 좌의정을 내보내고 좌대언 이명덕을 불렀다.

"지난번에 세자가 곽선의 첩 어리를 빼앗아 궁중에 들이었으나 내가 즉시 쫓아버렸다. 이제 들으니 숙빈의 어미가 숙빈을 볼 때 어리를 몰래 데리고 들어가 아이를 가지게 하였다. 또 세자전에 들어간 어리가 임신하자 바깥으로 나와서 아이를 낳게 하고 도로 세자전으로 들이었다.

김한로가 나에게 충성하고 사직을 위하는 계책인가? 아니면 세자를 사랑하여 하는 것인가? 또한 세자가 성녕이 죽었을 때 궁중에서 활쏘기 놀이를 하였다니, 동모제同母弟의 죽음을 당하여 부모가 애통하는 때에 하는 짓이 이와 같다면 사람의 도리라고 할 수 있겠느냐?"

태종 이방원은 분노했다. 양녕은 차세대를 이어갈 세자였다. 세자 양녕은 임금의 아들이기도 하지만 김한로의 사위이기도 했다. 세자 양녕이 등극하면 국구國舅가 될 사람이 김한로였다. 김한로는 태종 이방원의 과거 동방이며 친구였다. 이러한 사람이 세자 양녕의 불의를 방조했다는 것이 도무지 믿어지지 않았다. 그러나 드러난 것은 김한로의 마각이었다. 태종 이방원은 깊은 배신감에 치를 떨었다.

세자 양녕이 이러한 자신의 전철을 밟지 않고 형제간에 우애할 수 있는 군주이기를 기대했다. 이러한 기대를 걸고 있는 세자 양녕이 자신의 동생 성녕이 죽었을 때 활쏘기 놀이를 하고 있었다는 것이 믿어지지 않고 믿고 싶지 않았다.

그러나 현실이었다. 성군까지는 바라지 않았지만 형제애가 결핍된 양녕에게 희망을 거는 것은 무리라는 생각이 스멀거리기 시작했다. 더불어 유난히 형제애가 돈독한 셋째 충녕의 형제애가 마음에 끌렸다.

뜨거운 숨을 토해낸 태종 이방원의 두 눈은 분노로 이글거렸다. 마치 활화산 같았다. 노기충천한 태종은 내관 정징과 사알 차윤부를 급히 들라 일렀다.

"부인은 지아비의 부모를 중하게 여겨야 한다. 숙빈은 비록 지아비의 뜻을 따랐으나 나의 뜻을 어찌 알지 못하였는가? 어리를 몰래 들인 것을 내가 심히 미워한다. 한경에 가서 숙빈을 아비 집으로 내보내라."

숙빈은 세자빈이며 김한로의 딸이다. 친정으로 내쫓으라는 얘기였다. 임금의 내침을 받고 세자전을 떠나는 숙빈에게 태종 이방원은 내관 정징을 통하여 전교했다.

"부인은 지아비의 집을 내조하는데, 네가 지난해의 사건 때에도 나에게 고하지 아니하였다. 내가 책망하니 '분명히 죄가 있습니다. 뒤에는 마땅히 고쳐 행동하겠습니다' 고 하였다. 이제 너는 이 사건에서도 또 나에게 고하지 않았으니, 이미 나를 속이고 또 너의 지아비의 부덕한 것을 드러낸 까닭으로 너를 내보낸다."

숙빈을 사가로 내친 태종 이방원은 한경에 있는 김한로를 개성으로 소환하라 명했다. 소환령을 받은 김한로는 모든 것을 체념했다. '올 것이 왔다' 고 담담히 받아들였다. 세자의 청에 못 이겨 어리를 세자전에 들인 것 자체가 의롭지 못하다는 것을 알았을 때는 이미 때가 늦었다.

● 주홍 두꺼비
독이 있는 두꺼비로, 빨리 오지 않음을 비유함

"주홍 두꺼비•다."

김한로가 한경에서 출발했다는 보고를 받은 태종 이방원은 왜 이리 늦냐고 성화를 냈다. 의금부 관원을 벽제에 내보내어 빨리 잡아오라고 명했다. 중로에서 붙잡혀온 김한로가 개성에 당도했다.

"세자가 어리를 또 들이어서 아이를 가진 사실을 경은 알았는가?"

"신은 실로 알지 못하였습니다. 다만 어리를 쫓아낼 때, 세자가 괴로워하며 침식을 편히 하지 못하고 말하기를 '그녀의 인생이 가엽다' 고 하였습니다. 신이 이 말을 듣고 세자의 정을 가련하게 여겨 그녀로 하여금 연지동 집에 와서 1개월가량 살게 했습니다. 그녀가 집을 마련하여 나가서 거처하게 되자 신이 식량을 주었습니다. 그녀가 전내에 다시 들어간 것은 알지 못하였습니다."

"경이 알지 못한다고 하면 국론이나 내가 경이 실로 알지 못하였다고 믿겠는가?"

"사세事勢로 본다면 주상의 마음이나 국론에서는 반드시 신이 알고 있다고 할 것입니다."

"내가 세자에게 마치 새끼를 키우는 호랑이와 같이 엄하게 하고자 하였다. 경은 사위(壻)를 사랑하여 그녀와 살도록 허락하고 양식을 주었으니 경은 과연 덕이 있다."

김한로를 향하여 싸늘한 조소를 날리던 태종이 말을 이어갔다.

"지난번에 경에게 명하여 숙빈에게 세자의 잘못을 고하지 않은 허물을 가르치게 하니 대답하기를, '과연 잘못이 있습니다' 하고서 이제 다시 전과 같이 나의 명을 따르지 않는 것이 시아비를 중하게 여기는 짓이냐? 숙빈은 이미 사람을 보내어 경의 집으로 내쫓았다.

내가 용렬한 자질로써 나라의 임금이 되어 외척에게 변고가 있었고 골육을 상하게 하여 부왕에게 죄를 지은 것을 나는 심히 부끄러워한다. 이제 또 아들의 처가 식구들에게 감히 불선한 일을 행하고자 하겠는가?

나와 경은 어릴 때부터 교제가 두터웠고 또 한집안을 이루었다. 경의 나이가 61세니 나와 경이 사생死生의 선후를 누구도 장담하지 못하는데, 세자로 하여금 어질도록 만들어야 경이 그 부귀를 평안히 누릴 것이다.

이제 경은 어버이에게 효도하고 형제에게 우애하는 것을 가르치지 않고, 세자로 하여금 불의한 짓을 하게 하였으니 종묘사직은 어찌 되겠느냐? 경의 한 일을 만약 바른대로 진술하면 죄의 경중을 내가 마땅히 처리할 것이며, 어찌 반드시 유사에 내려서 이를 묻겠는가?"

준엄한 논고와도 같은 태종의 일갈이었다. 모든 것을 사실대로 토설하고 반성하면 용서해줄 것이나 그렇지 않으면 엄중문책하겠다는 뜻이다. 태종 이방원과 김한로는 막역한 사이였다.

"어리가 아이를 낳은 것은 어찌된 일이냐?"

"지난해 세자의 생일 뒤에도 시녀 한 사람이 모친을 감싸고 나왔다고 들었으므로 불비에게 그 여자가 어떤 여자였는지를 물으니 불비가 말하기를 '그 여자가 어리인지를 확실히 알지 못합니다' 고 하였습니다."

"계집종 핑계대지 말라. 너의 말은 전후가 일치하지 않는다."

"그 사실도 오늘에야 비로소 알았습니다."

"옛날 초궁장이 쫓겨날 때도 경은 머물러 두기를 청하였으니, 경이 세자를 위하여 악을 꺼리는 마음을 내가 이미 알고 있다. 경이 바른 대로 말하면 경의 죄는 내가 바로 상량商量하여 처리하겠다."

"변명할 바가 없습니다. 마땅히 정상을 알았던 것으로써 죄를 받겠습니다."

"집으로 돌아가라."

노역에 끌려나온 장정들에게는 '집으로'라는 말이 죽었던 아버지가 살아온 것만큼이나 반가운 말이지만, 관리들에게 '집으로'는 반가운 말이 아니었다. 김한로는 현직 병조판서였다. 죄를 대기하라는 뜻이었다. 한양으로 돌아가는 김한로의 발걸음이 천근만근 무거웠다. 이 무렵 개성과 한양 길은 임금의 명을 전하는 전령의 말발굽 소리와 흙먼지가 끊이지 않았다.

김한로를 집으로 돌려보낸 태종 이방원은 찬성 이원을 불렀다.

"내가 변계량의 마음가짐이 바르다고 생각하여 세자빈사의 자리에 거하게 하였다. 아비가 자식을 가르칠 수 없으니 스승이 어찌 가르치겠느냐마는, 세자로 하여금 이 지경에 이르게 하였으니 책임이 없을 수 없다."

세자 스승 변계량에게 불똥이 튀었다. 태종 이방원은 변계량을 들라 일렀다.

"세자를 가르치는 데 사람을 고르지 않을 수 없으므로, 경으로 하여금 세자빈객으로 삼아 선하게 인도하도록 하였다. 이제 이처럼 불선不善하니 이것이 비록 경이 알지 못하는 바라 하나, 빈사賓師가 된 자로서 부끄럽지 아니한가?"

세자사 변계량은 고개를 들지 못했다. 변계량을 내보낸 태종은 찬성 이원을 다시 불렀다.

"옛날 이무를 결죄決罪할 때 구종수가 의금부도사가 되어 공사公事를 누설하고 그 후, 궁의 담장을 뛰어넘어 세자전에 출입하였다. 일이 발각되자 내가 이를 싫어하여 경과 황희에게 물으니 경은 그 죄를 묻자고 청하였으나 황희는 말하기를, '매와 개의 일에 지나지 않습니다' 고 하고 다시 죄를 청하지 아니하였다. 경은 그 일을 잊었는가?"

"신은 잊지 않았습니다."

이원은 긴장했다. 임금의 노기가 어디로 튈지 모르는 위급한 상황이었다. 우선 몸을 낮춰야 했다.

"내가 세자에게 이와 같이 하는 것은 종사만세를 위한 계책이다. 세자의 동모제가 세 사람이었는데 이제 한 아들은 죽었다. 장자와 장손에게 나라를 전하는 것은 고금의 상전常典이니 다른 마음이 없으며, 여기에 의심이 있다면 천감天鑑에 합하지 않는 것이다. 마땅히 이 말을 의정부에 고하라."

"전하의 하문에 황희가 대답할 때, '매와 개의 일에 지나지 않습니다'고 하였으니 그 마음을 헤아리기가 어렵습니다. 청컨대, 그 까닭을 국문하소서."

밖으로 나온 이원이 좌의정 박은과 함께 다시 편전으로 들어가 청했다.

"내가 승선承宣 출신인 자를 우대하기를 공신 대접하는 것과 같이 하기 때문에, 황희로 하여금 지위가 2품에 이르게 하여 후하게 대접하는 은의를 온 나라가 아는 바이다. 그러나 이 말은 심히 간사하고 왜곡되었으므로 평안도 관찰사로 내쳤다가 지금 판한성부사로 삼아 좌천하였는데, 어찌 다시 그 죄를 추문하겠느냐?"

승선은 지신사를 이르는 말이고 지신사는 오늘날 비서실장이다. 황희는 태종 등극 초, 박석명에 이어 2대 지신사로 안등과 교체될 때까지 4년간을 국왕의 지근거리에서 임금을 보필했다.

"황희가 주상의 은혜를 받고도 올바르게 대답하지 않고, 그 간사하기가 이와 같았습니다. 그러나 주상이 자비하여 죄를 주지 않는다면 그 밖의 간신을 어찌 징계하겠습니까?"

박은이 다시 청했다.

"마땅히 불러 물어보겠다. 그러나 항쇄項鎖 따위의 일은 없애라."

의금부도사 김상녕을 한경에 보내어 황희를 잡아오도록 했다. 임금의 명에 따라 목에 칼을 씌우는 항쇄는 없었다. 훗날 세종 조에서 명 제상으로 이름을 남긴 황희도 비켜갈 수 없었다.

개성을 떠난 김한로가 한양에서 죄를 대기하고 있는 동안 형조와 대간에서 상소가 올라왔다. 병조판서 김한로의 죄를 청하는 것이었다.

"우리 세자는 천성이 총명하고 기개와 도량이 영위英偉한데, 지난번 간사한 무리의 유혹으로 인하여 전하에게 책망을 받고 스스로 허물을 뉘우치고 종묘에 맹세하여 고하고 전하에게 상서하였으니, 그 천선하고 스스로 새 사람이 되려는 마음이 가히 지극하다고 이를 만합니다. 이것은 종사만세의 복이요 온 나라 신민들의 기쁨입니다.

김한로가 적빈의 아비로서 전하의 뜻을 몸 받지 않고 여색을 전내에 출입시키고 아뢰지 않았으니 불충입니다. 또 전하께서 친히 물으시는데도 알지 못한다고 대답하였으니, 그 행동이 주상에 대하여 충성을 다하는 마음이 어디 있다고 말할 수 있겠습니까?

"이미 물어서 모두 알았으니 비록 유사에 내려서 묻더라도 더 이상 캐낼 정상이 없을 것이다."

상소를 물리치자 형조와 대간에서 또다시 김한로의 죄를 청하는 주청이 올라왔다.

"김한로가 주상의 뜻을 몸 받지 아니하고 여색을 동궁에 들이었고, 또 하문할 때에 바른대로 대답하지 않았으니 죄를 주기를 청합니다."

"내가 장차 그 죄를 헤아려 시행하겠으니 다시 청하지 말고 김경재를 잡아들이도록 하라."

김경재는 김한로의 아들로 아버지의 후광을 입어 쭉쭉 뻗어나가는 젊은이다. 사헌부 감찰로 재직 중에 있는 관리였다. 김한로가 딱 부러지게 자복하지 않자 그의 아들 김경재에게서 증언을 확보하려는 우회 전략이었다. 역시 태종다운 발상이었다.

"너의 아비 김한로를 임용한 지가 오래되고 또 세자의 처부妻父이기 때문에 내가 중한 형벌을 쓰지 않으려고 한다. 어리에 대하여 아는 대로 계문하라. 너의 아비가 이미 아뢰었으니 숨기지 말고 바른 대로 말하라."

어느 날 갑자기 붙잡혀온 김경재는 임금의 호통에 사시나무 떨듯 떨었다.

"내가 연화동댁으로 나갔을 때 판서가 나와 말하기를 '새 여자면 불가하나 어리는 새 여자가 아니니 전에 들어가도 방해될 것이 없습니다. 전에 들어가는 일은 할머니와 어머니가 출입할 때 도모할 수 있습니다'고 하였습니다.

또 아버지가 말하기를 '지난해 생일에 전에 들어갔다가 종전에 못 보던 한 여자가 장지에 앉아 있는 것을 보고 시종 가이에게 물으니 가이가 답하기를 '이 여자가 그 여자입니다'고 한 뒤에야 나도 또한 이를 알았다'고 하였습니다."

결정적인 증언이었다. 김한로에게 혐의를 두고 있는 것은 어리가 세자전에 들어간 것을 출입 당시부터 알았느냐, 사건이 터진 뒤에야 알았느냐가 관건이었다. 움직일 수 없는 증거가 아들의 입을 통하여 나온 것이다.

김경재와 김한로를 의금부에 투옥하라 명한 태종은 공조판서 정진, 형조참판 이유, 지사간원사 최사강, 사헌집의 허규에게 명하여 김한로를 국문하도록 명했다.

"어리를 데리고 들어간 것은 나의 노모가 아니고 바로 처의 소행이었습니다. 부처夫妻가 각각 거처하였던 까닭으로 지금에 이르도록 알지 못하였습니다."

김한로는 변죽만 울리고 본질은 피해갔다.

"이것은 모두 의심스러운 단서니 형을 가하여 문초하면 정상을 얻을 것입니다."

공조판서 정진이 보고했다.

"반드시 그와 같이 할 것은 없다. 다만 그 여자를 몰래 숨겨두고 세자를 불의한 여자에게 빠지게 한 사실과 또, 양식과 물건을 준 사실을 심문하고 가도家道를 바로잡지 못하여 부부가 각각 거주하였기 때문에 이러한 변고에 이른 사실을 공초供招 받으라."

김한로가 조강지처를 연화동에 두고 첩과 함께 연지동에 살고 있는 사생활 문제를 압박하라는 지시였다.

"너의 아들 김경재가 모두 토설했으니 숨기지 말라."

의금부 형리들이 다그치자 김한로가 사실대로 자복했다. 예상외로 쉽게 무너진 것이다. 아들의 공초를 받았다니 더 이상 버틸 자신이 없었다. 자신이 부인하면 아들이 임금을 농락한 셈이 되어 더 큰 벌을 받게 되니 그럴 수밖에 없었다. 김한로의 공초를 바탕으로 형조와 대간에서 김한로와 황희의 죄를 청했다.

"황희의 사람됨은 나를 오랫동안 섬겨서 그가 승선 노릇을 하였으나 나라를 속이지는 아니하였다. 근년에 이르러 자손을 위하여 세자에게 아부하고자 나의 물음에 바르게 대답하지 아니하였으므로 마침내 이 지경에 이르렀다. 황희의 죄는 내가 덮어두려고 하였는데 김한로의 죄로 인하여 논의하게 되었으니 다시 청하지 말도록 하라.

김경재로 하여금 돌아가서 노모를 봉양하게 하는 것도 또한 인정이다. 김경재는 과천의 조모 집으로 나아가도록 허락하되 타처에 출입하지 말도록 하라. 만약 근신하지 않는 바가 있다면 성명性命이 가석可惜할 것이니 삼가도록 하라.

김한로의 죄는 어리석고 비루하기가 심하다. 구종수의 일이 발각되지 아니하였을 때 변계량을 증인으로 삼고서 김한로가 눈물을 흘리며 아뢰기를, '세자가 행동하는 바에 지나침이 있다면 감히 아뢰지 않겠습니까?' 하였는데 이 말은 순량順良하였으나 그 뒤에 범한 바는 비루하였다. 김한로의 직첩을 거두고 죽산에 부처하라."

황희와 김한로 일을 일단락지은 태종이 별도로 김한로를 불렀다.

"의금부에서 모반을 공범한 율로써 너를 참형에 처해야 한다고 하였으나, 불쌍히 여겨 직첩만을 거두고 죽산에 부처한다. 의금부에서 너를 나주에 귀양 보내고 너의 아들 김경재를 충청도에 귀양 보내도록 청하였으나, 너는 근경에 두고 너의 아들은 조모의 집에다 두니 너는 마땅히 그리 알라."

"소인의 죄는 열 번 죽어도 마땅한데 지금 너그러운 용서를 받으니 비록 먼 지방에 귀양 가더라도 어찌 성상의 은혜에 보답하겠습니까?"

김한로를 귀양 보낸 태종은 우빈객 변계량을 불렀다.

"김한로가 비록 죄가 있더라도 숙빈이야 무슨 죄가 있느냐? 전에 다시 들이게 하고 싶다."

"부인은 남편 집을 내조하므로 남편을 중하게 여깁니다. 숙빈의 정이야 어찌 세자의 허물을 드러내고자 하였겠습니까? 숙빈의 한 짓은 부도에 합당하니 숙빈을 전에 돌아오게 함은 심히 지당합니다. 신이 일찍이 이 뜻을 가지고 계달하고자 하였으나 감히 아뢰지는 못하였습니다."

숙빈 김씨의 속 깊은 마음을 가상히 여기자는 얘기였다. 지아비의 아낙으로 세자가 어리를 가까이 하고 아이를 낳았을 때 얼마나 속이 쓰리고 아팠겠느냐는 뜻이다. 지아비의 흠결이 드러날까 봐 그 아픔을 가슴에 삭이며 묵묵히 자리를 지키고 있던 숙빈을 어여삐 봐주자는 얘기였다.

"서연書筵의 빈객賓客은 누구누구인가?"

"조용, 김여지, 탁신과 신입니다."

"이들을 버리고 다시 구한들 이보다 나은 인재가 있겠느냐? 명나라에서 구한다면 얻을 수 있을지라도 우리나라에서 구한다면 다시 얻을 수가 없다."

세자의 스승으로 이보다 더 나은 인물은 없으니 유임하겠다는 복안이었다.

"서연을 언제부터 재개하는 것이 좋겠는가?"

"오래도록 서연을 파하는 것은 세자에게 도움이 되지 못합니다. 세자가 허물이 있다면 더욱 강경講經에 부지런하여야 합니다. 청컨대 속히 서연을 설치하소서."

"내가 마땅히 다시 설치하겠다. 세자에게 효우孝友와 온인溫仁을 중점적으로 가르치도록 하라."

"숙위사宿衛司의 속모치를 혁파하는 것이 어떠하겠는가?"

세자전에 속모치가 있었다. 세자의 주문에 즉시 대령하기 위해서였다. 속모치는 군기감에 소속된 장인으로 칼과 활을 만드는 재주가 뛰어난 사람이다. 세자 양녕의 청을 거절하지 못한 태종 이방원이 군기감에서 속모치를 차출하여 세자전에 파견하고 있었다. 세자 양녕은 이들 속모치를 통하여 예술에 가까운 보검을 만들어 아첨하는 관리들에게 선물로 주었다.

"숙위사의 속모치는 세자에게 무익하니, 이를 혁파하였다가 스스로 새 사람이 되기를 기다려서 다시 세워도 가可할 것입니다."

한양에 돌아가면 세자 양녕이 공부할 수 있는 여건을 점검한 태종 이방원은, 수창궁에 있는 세자 양녕을 불렀다. 세자 양녕은 수줍하지 않은 수창궁에서 외출을 금지당한 채 연금이나 다름없는 생활을 하고 있었다.

"세자는 단기로 한경에 돌아가라."

부왕의 시선은 싸늘했다. 얼음장같이 차가운 명령이었다. 세장 양녕은 온몸이 꽁꽁 얼어붙는 것만 같았다. 따스함이 없었다. 야속했다. 아버지가 아들에게, 군왕이 세자에게 이럴 수가 있단 말인가?

양녕은 일국의 세자다. 차세대를 이끌어갈 공인된 재목이다. 한양으로 돌아가는 세자에게 시종 하나 붙여주지 않고 호위군사 하나 세우지 않으면서 홀로 돌아가라는 것이다. 폐위는 하지 않았지만 세자 양녕에게 정신적으로 그 이상의 충격이었다.

'아버지가 나를 버리는구나.'

부왕의 명을 받는 순간, 세자 양녕은 형언할 수 없는 희열과 슬픔이 교차했다. 멍에로 작용했던 세자를 벗어날 수 있다는 기쁨과 아버지와의 인연의 끈이 끊어질지도 모른다는 두려움이 파도처럼 밀려왔다. 아주 복잡 미묘한 감정이었다.

"단기로 돌아가라."

아들을 강하게 키우려는 아버지의 이 한 마디가 결국 파국의 씨앗이 되었다. 강하면 부러진다고 했던가? 태종 이방원의 강한 채찍이 결국 부러지는 원인이 되었다. 강함도 부드럽게 전달하고 부드러움도 강하게 각인시키는 용병술이 태종에게 없었다. 이것이 태종의 한계였고 천성이었다.

세자 양녕은 경덕궁을 나섰다. 말 그대로 단기였다. 시종 하나 없고 호위하는 군사 하나 없었다. 세자가 정문을 지나건만 대문을 시위하는 갑사들의 고개가 뻣뻣했다. 소 닭 보듯 세자에 대한 예가 없었다. 궁을 나선 세자 양녕은 십자로에서 오른쪽으로 꺾어 동쪽으로 방향을 잡았었다.

장패문을 통과하면 지름길이지만 숭인문을 지나고 싶었다.

한양에서 올 때는 수십 명을 거느리고 왔지만 돌아갈 때는 혼자였다. 하지만 세자 양녕은 외롭지 않았다. 지나는 백성들이 세자의 행색이 초라하다고 수군대도 개의치 않았다. 채찍을 가하지 않고 말이 가는 대로 두었다. 달리는 것이 아니라 뚜벅뚜벅 걸었다. 얼마 가지 않아 사천 상류 개울에 걸친 선지교가 나왔다. 오늘날 선죽교다.

숭인문에 올라섰다. 숭인문은 개성의 동대문이다. 개성은 양녕이 태어나고 자란 고향이다. 세자 양녕은 다시는 못 볼 것 같은 불길한 예감이 들었다. 송악산 역시 세자의 신분으로 다시는 못 볼 것만 같은 생각이 밀려왔다.

"잘 있거라, 송악산아."

말에 올라 자꾸만 뒤돌아봤다. 송악산이 눈에 밟혔다. 길을 재촉했다. 호위하는 군사 하나 없었다. 혈혈단신이었다. 가는 도중 객관에 들어도 반겨주는 이 없을 것이다. 해가 저물기 전에 한양에 들어가야 한다. 진봉산을 뒤로하고 얼마가지 않아 매추포였다. 이제 반식경만 가면 임진강이었다. 이윽고 임진 나루에 도착했다.

세자 양녕은 말에서 내렸다. 견마잡이도 없었다. 스스로 말을 끌고 뱃전으로 향했다. 먼발치에 철릭을 번쩍거리는 도승관이 지켜보고 있었다. 환도를 찬 군사들이 서성거리지만 누구 하나 가까이 다가와 머리를 조아리지 않았다.

세자 양녕이 개성을 떠나던 그 순간 태종은 병조에 엄명을 내렸다.

"도승관은 세자에게 편의를 제공하지 말라. 유도留都한 병조진무소는 세자가 세자전에 들어가지 못하도록 하라."

도승관에게 왕명이 즉각 하달된 것이다. 한양에 있는 병조진무소는 세자전을 숙위하는 숙위사에 명하여 세자의 입궁을 제지하라는 명이었다.

세자 양녕이 거룻배에 올랐다. 모두들 하나같이 힐끔거리며 쳐다봤다. 장사꾼 같지도 않고 사대부집 자제 같지도 않은 행색이 시선을 끌었다. 비록 세자의 관모와 요대는 하지 않았지만 범상한 풍모가 풍겼다. 허나 단기다. 고을 사또의 아들이라도 혼자 갈 리가 없었다. 세자 양녕을 바라보는 모든 사람들이 아리송하다는 표정이었다.

세자 양녕은 강물을 바라보았다. 하늘에 떠 있던 흰 구름의 반영反影이 수면 위에 흘러가고 있었다. 물결에 출렁이는 반영이 어리의 모습이었다. 하얗게 웃고 있었다.

"어리가 보고 싶다. 지금쯤 어디 있을까?"

세자 양녕은 가슴이 뛰었다. 보고 싶었다. 강물에 어리가 있다면 뛰어내릴 것만 같았다. 그동안 얼마나 곤혹을 치렀을까? 세자를 사랑했다는 죄로 얼마나 많은 고초를 겪었을까? 가슴이 저려왔다. 유난히 입술이 예쁜 어리가 많이 보고 싶었다.

'하늘이 나에게 어리를 사랑하라는 명을 부여한 것이며 나는 선천적으로 부여받은 이 사랑을 밝힐 수 있다.'

어리와의 사랑을 명명백백히 밝히고 싶었다. 사랑을 사랑이라 밝히는 데 누가 돌을 던지랴 싶었다. 돌팔매를 맞아도 밝히고 싶었다.

'세상은 왜 만물의 흐름을 흐름 그 자체로 놔두지 않고 인위적으로 작위하려 할까? 이것은 무위자연에 거스르는 생각과 행동이 아닐까? 만물을 바꾸려 하지 않고 그대로 둔다면 얼마나 아름다운 세상이 될까? 어리와의 사랑도 제발 간섭하지 말고 그냥 그대로 놔두었으면 좋겠다. 정말

바람이다. 그런데 세상은 왜 어리와의 사랑은 안 된다고 할까?'

세자 양녕은 고개를 들어 하늘을 쳐다봤다. 구름 사이로 갈매기 한 쌍이 끼룩거리며 정답게 날고 있었다.

'아니야. 난 세상이 아무리 반대해도 나에게 부여된 어리와의 사랑은 밝힐 거야. 난 어리를 사랑하지 않을 수 없어. 어떠한 장애물이 있어도 뛰어넘을 것이고 어리와의 사랑을 위해서라면 왕좌도 미련 없이 버릴 것이다.'

마음을 정리하고 나니 홀가분했다.

세자 양녕이 골똘히 생각하고 있는 사이 거룻배가 파주 임진리에 닿았다. 짐 꾸러미를 짊어진 부보상들이 기다렸다는 듯이 뛰어나갔다. 세자 양녕이 말을 끌고 뱃전을 나서려 할 때였다.

"저하, 소인이 뫼시겠습니다."

세자 양녕이 쥐고 있던 말고삐를 붙잡았다. 거룻배에 동승했던 사나이였다.

"네가 누구냐?"

"저하를 모시고 싶어 개성에서부터 따라나선 김인의라 하옵니다. 거두어주소서."

세자 양녕은 사나이를 바라보았다. 머리를 조아리고 있는 모습이 선했다. 시선이 마주쳤다. 착한 눈이었다. 세자 양녕은 말고삐를 사나이에게 넘겨주었다. 견마잡이가 생기니 외롭지 않았다.

양녕이 마산역을 지날 무렵이었다. 마주오던 일단의 행차가 있었다. 30여 명은 족히 됨직한 인원이었다. 시종과 시위 군사를 거느린 예사롭지 않은 행렬이었다.

"저하, 어찌하오리까?"

지나칠 것인지 수인사를 나눌 것인지 난감했다. 견마잡이로 등장한 인의로서는 판단하기 어려운 상황이었다. 이쪽은 세자였다. 이 나라의 임금에 이은 2인자였다. 하지만 행색이 초라했다. 누구인지는 몰라도 저쪽은 요란했다. 시종과 시위군사가 있고 휘장이 있는 8인교였다.

"인사를 못 받을 이유도 없지 않느냐."

외면한다는 것은 군자의 도리가 아니라는 뜻이다. 길을 내주며 비켜선다는 것은 세자의 체통에 걸맞지 않다는 것이다. 인의가 말을 세웠다. 세자 양녕은 마상에서 옷매무새를 고치고 수염을 쓰다듬었다. 비록 부왕의 노여움 때문에 한양으로 쫓겨 가는 신세지만 양녕은 아직 이 나라의 세자였다. 임금을 제외한 모든 신민들로부터 문안을 받을 권리가 있었다.

"어느 놈이 감히 왕자님의 행차를 가로 막느냐? 썩 비키지 못할까?"

마주오던 행차를 맨 앞에서 인도하던 호위 군사가 깃발을 휘날리며 달려왔다. 이 모습을 마상에서 지켜보던 세자 양녕이 빙그레 웃었다. 세자전과 왕자전은 분리되어 있었다. 때문에 수하들이 상대의 수장을 잘 알지 못했다.

"누구라 했느냐?"

"왕자님이라 했소. 썩 비키나시오."

"왕자 누구냐?"

"왕자라면 왕잔지 알지, 무슨 군말이 그리 많소. 썩 비키시오."

시비를 벌이고 있는 동안 행차가 다가왔다. 뒤따라오던 가마도 멈췄다. 앞에서 4명 뒤에서 4명이 메는 8인교였다. 왕실에서 사용하는 소연小鷰이었다. 가마 문이 열리며 왕자가 내렸다. 가마에서 내린 왕자가 세자 양녕이 타고 있는 말 앞에 다가와 머리를 조아리며 예를 갖췄다.

"형님께서 어인 일이시옵니까?"

고함을 치던 군사의 눈이 휘둥그레졌다.

"한양으로 돌아가는 길이다. 너는 무슨 일이냐?"

"대자암에서 불사佛事를 마치고 개성으로 돌아가는 길입니다."

가마에서 내린 왕자는 충녕이었다. 아우 충녕을 노상에서 만난다는 것을 세자 양녕은 생각하지 못했다. 더구나 초라한 행색으로 충녕을 만난다는 것은 자존심 상하는 일이었다.

대자암은 어린 나이에 세상을 떠난 성녕을 위한 암자였다. 넷째 왕자가 죽자 고양현 산리동에 성녕을 장사 지낸 태종 이방원은 분묘 곁에 암자를 짓도록 하고 노비 20구와 전지 50결을 내려주었다. 개성에 머무르던 태종은 충녕에게 불사를 일으키도록 명하여 충녕이 다녀오는 길이었다.

야속했다. 성녕을 위한 불사라면 자신에게 맡겨야 순리에 합당할 텐데, 충녕에게 맡겼다니 뭔가 잘못돼도 한참 잘못된 것 같았다. 부왕의 관심과 애정이 효령을 넘어 충녕에게 쏠리고 있다는 것은 예전부터 감지했지만, 이 정도라는 것은 생각하지 못했다. 충녕을 바라보던 양녕의 얼굴이 싸늘하게 식어가며 일그러졌다.

"어리의 일을 네가 아뢰었느냐."

세자 양녕의 눈빛은 분노에 이글거리고 있었다. 최근 부왕과 함께하는 시간이 많아진 충녕이 고해바쳤을 것이라고 예단하고 있었다. 충녕 아니면 일러바칠 사람이 없을 것이라고 믿고 있었다. 그렇게 생각하는 마음 한 컨에는 부왕의 충녕 총애에 대한 시기심이 자리 잡고 있었다.

"아니옵니다."

세자 양녕은 믿지 않았다. 어리에 대한 모든 일을 충녕이 고자질했을 것만 같았다.

"네가 아니라 해도 나는 믿지 못한다."

세자 양녕이 말에 올랐다. 그리고 한양을 향하여 길을 재촉했다. 멀어져 가는 양녕의 뒷모습을 바라보던 충녕이 가마에 올랐다. 가마에 오른 충녕은 개성을 향하여 출발했다. 노상에서 만난 형제는 이렇게 헤어졌다.

마산역을 떠난 세자 양녕이 벽제역 가까이 이르렀을 무렵, 한 필의 말이 흙먼지를 일으키며 질풍처럼 달려오고 있었다.

"세자 저하, 돌아오라는 어명입니다."

경덕궁 별감이 가져온 전갈은 중로 소환이었다. 세자 양녕에게는 청천벽력 같은 명이었다. 추방당하여 한양으로 돌아가던 세자 양녕을 태종이 부른 것이다.

'뱃전에서 잠시 생각했던 발칙한 상상을 부왕이 알기라도 했을까?'

생각을 어떻게 알 수 있단 말인가? 그것은 아니었을 것 같았다.

'그렇다면 부왕이 부른 이유가 무엇일까?'

곰곰이 생각해보았지만 도무지 떠오르는 것이 없었다. 세자 양녕은 개성을 향하여 발길을 돌렸다. 개성에 도착한 세자 양녕은 경덕궁에 들어가 부왕 앞에 부복했다. 그 자리에는 충녕도 있었다.

"네가 아우에게 심한 말을 한 것이 사실이냐?"

태종 이방원은 경덕궁에 도착하여 머리를 조아리고 있는 세자 양녕에게 벽력같은 소리를 질렀다. 이제야 윤곽이 잡혔다. 양녕과 충녕의 노상 담화를 전해 들은 태종은 진노했다. 한양으로 향하던 세자 양녕을 즉각 소환하라는 명을 내린 것이었다.

"충녕에게 어리의 일을 고했느냐고 물어보았습니다."

"네 죄를 네가 알아야지 아우를 추궁하는 것은 무슨 심사냐?"

"추궁이라 하시면 천부당만부당하옵니다. 그냥 물어보았을 뿐입니다."

"닥쳐라. 있지도 않은 일을 아우에게 얼굴을 붉히며 묻는 것이 추궁이 아니고 무엇이더냐? 형제간에 우애하라고 그렇게 가르쳤거늘 맏이로서 네가 할 행동이 그것밖에 없더란 말이더냐? 한경에 돌아가거든 근신하도록 하라."

노기충천한 태종 이방원이 세자 양녕을 외면했다. 세자 양녕은 편전을 물러 나왔다. 물러 나왔지만 분이 풀리지 않았다. 세자 양녕이 다시 편전으로 들어가려 하자, 충녕이 양녕의 소매를 붙잡으며 만류했다.

"형님, 고정하십시오."

"놓아라. 내가 너에게 물었을 뿐인데 추궁했다 하니 억울하다. 아바마마께 다시 말씀드려야겠다."

"형님, 이러시면 안 됩니다. 이러시면 형님과 제가 불효자가 됩니다."

편전으로 뛰어들어 가려는 세자 양녕의 팔을 붙잡으며 충녕이 극력 만류했다. 충녕의 눈가에 이슬이 맺혀 있었다. 경덕궁을 물러난 세자 양녕의 얼굴은 눈물에 젖어 있었다. 그러나 그 눈물의 의미는 충녕과 달랐다. 충녕은 소망의 눈물이었고 양녕은 절망의 눈물이었다.

세자 양녕은 절망했다. 임금이 부왕이 아닌 것만 같았다. 아버지는 증발해 버리고 임금만 있는 것 같았다.

"세자 저하, 진정하십시오. 소인이 길동무 되어드리겠습니다."

김인의가 위로했다. 세자 양녕은 낙망과 체념의 한양 길에 길동무마저 없으면 너무나 외로울 것 같았다. 왔던 길을 되짚어 한양으로 향했다.

한양에 입성한 세자 양녕이 창덕궁에 도착했다. 숙위하는 갑사 군사들의 경계가 삼엄했다. 개성에 있는 임금의 엄명이 있었기 때문이다. 말고삐를 붙잡고 있던 인의가 숙위군 앞으로 다가섰다.

"어서 문을 열도록 하라."

"어명이 있을 때까지 문을 열어드릴 수 없습니다."

"저 분은 세자 저하시다."

"특히 세자는 들이지 말라는 엄명이 있으셨습니다."

창덕궁이 아버지 집이라 하면 세자전은 내 집이지 않은가? 내가 내 집에 들어가는 것도 못 들어가게 하다니 세자 양녕은 도무지 이해할 수 없었다.

"저하, 소인이 알고 있는 김첨지 댁이 인달방에 있습니다. 우선 그리로 드시지요."

태종 이방원이 세자 양녕을 세자전에 들이지 말라는 엄명에는 다른 뜻이 있었다. 한양에 도착한 세자 양녕이 창덕궁에서 입궁을 제지당하면, 돈화문 앞에 자리를 깔고 부왕의 용서를 구하는 석고대죄가 있기를 기대했다. 참회의 눈물을 흘리며 밤을 새우고 있다는 보고를 받기를 갈망했다. 그러한 과정을 거쳐 임금의 위엄을 세우고 참회하는 세자의 모습을 만천하에 알리고 싶었던 것이다.

이러한 아버지의 깊은 뜻과 달리 아들의 행동은 엇나갔다. 석고대죄는커녕 분노를 터트리며 사가私家로 든 것이다. 이 소식을 전해들은 태종 이방원은 변계량을 불렀다.

"세자가 백성의 집에 거처한다고 하니 그의 불공하기가 이와 같다."

"세자가 백성의 집에 거처하는 것은 어찌 다른 마음이 있겠습니까? 세자가 이미 사리를 알기 때문에 그가 하늘을 속이고 종묘를 속이고 아버지를 속이고 임금을 속일까 두려워 스스로 책망하고 스스로를 꾸짖다가 이러한 행동을 하였을 것입니다."

"내가 이 말을 듣고 입에서 족히 책할 말이 나오지 않았다. 경으로 하여금 한경에 가서 그 허물을 말하게 하고자 한다. 경이 경숙經宿하는데 수고스러워도 다녀오도록 하라."

태종 이방원의 밀명을 받은 변계량이 급히 한양을 찾았다. 세자 양녕에게 부왕의 뜻을 전하고 세자전 출입제한을 해제했다. 세자전에 들어간 세자 양녕은 잠을 이루지 못했다. 부왕에게 올리는 장문의 서를 손수 작성했다. 이름하여 수서였다. 임금과 세자는 의전적인 글 이외는 직접 글을 쓰지 않는 것이 법도였다.

"전하의 시녀는 다 궁중에 들이면서 신의 첩은 내치려 하십니까? 어찌 모두 중하게 생각하여 이를 받아들이지 않으십니까?

전하께서 어리를 내보내고자 하시나 그가 살아가기 어려울 것 같아 내보내지 아니 하였습니다. 바깥에 내보내어 사람들과 서로 통하게 하면 성예聲譽가 손상될 것이므로 내보내지 아니하였습니다. 선함을 책한다면 이별해야 하고, 이별한다면 상스럽지 못함이 너무나 클 것인데 악기의 줄을 끊어버리는 행동을 차마 할 수가 없었습니다. 신은 장래 성색聲色에 대한 계책을 세워놓고 정情에 맡겨서 지금에 이르렀습니다.

한나라 고조가 산동에 거할 때 재물을 탐내고 색을 좋아하였으나 마침내 천하를 평정하였고, 진왕 광이 비록 어질음이 천하의 칭송을 얻었으나 그가 즉위함에 미치자 몸이 위태롭고 나라가 망하였습니다.

왕자는 사私가 없어야 마땅하지만 김한로는 오로지 신의 마음을 기쁘게 하기를 일삼았을 뿐인데, 포의지교布衣之交를 잊고 이를 버려서 폭로하시니 공신이 이로부터 두려워할 것입니다. 이제부터 스스로 세자는 새사람이 되어 일호一毫라도 임금의 마음을 어둡게 하지 아니할 것입니다."

하얗게 밤을 새웠다. 붓을 놓은 순간 세자 양녕의 이마에 땀방울이 맺혀 있었다. 자리에서 일어난 세자 양녕은 서를 북쪽을 향하여 가지런히 놓았다. 그리고 삼배를 올렸다. 부왕에 대한 경배였다.

글을 작성한 세자 양녕은 내관 박지생을 개성에 보내어 태종 이방원에게 직접 전달하도록 했다. 아버지에 대한 도발적인 양심선언문이었다. 세자 양녕은 자신의 글 마지막 줄이 빛을 발하면 세상이 밝아질 것이고, 첫 줄에 의미를 부여한다면 전쟁이 발발할 것이라 생각했다.

폐 세자 양녕

세자 양녕의 상서를 받아 쥔 태종 이방원의 손이 부들부들 떨렸다. 글을 다 읽어내려간 태종의 얼굴이 창백해졌다. 그러나 태종은 냉철했다. 격정으로 끓어오르는 분노를 억누르며 평정심을 되찾았다. 육대언과 변계량을 불러들였다.

"이 말은 모두 나를 욕하는 것이다. '아버지가 올바르게 하지 못한다'는 말인데 내가 만약 부끄러움이 있다면 어찌 이 글을 너희들에게 보이겠느냐? 모두 망령된 일을 가지고 말을 하니 내가 변명하고자 한다. 빈객은 답서를 준비하도록 하라."

태종 이방원은 손에 들고 있던 세자 양녕의 상서를 변계량에게 건네주었다.

"이 일은 모두 망령된 것인데 어찌 답하여줄 것이 있겠습니까? 정승대신으로 하여금 의義를 들어 꾸짖는 것이 가합니다."

"꾸지람은 꾸지람이고 답서는 답서다. 빈객은 어서 답서를 짓도록 하라."

빈객 변계량으로 하여금 답서를 작성하도록 한 태종 이방원은, 내관 최한을 한양에 보내어 좌의정 박은, 옥천부원군 유창, 찬성 이원, 예조판서 김여지를 개성으로 속히 오라 명했다. 경덕궁에서 개성과 한양에 흩어져 있던 신하들을 한데 모아 긴급 대책회의가 열렸다.

"내가 세자의 글을 보니 온몸이 송연悚然하여 가르치기가 어렵겠다. 경 등은 이미 사부師傅의 직임을 겸兼하였으니 함께 의논하여 잘 가르치도록 하라. 나는 관용을 베풀어 그 여자를 돌려주려는데 어떠하겠는가?"

"어찌 어리를 돌려줄 수가 있겠습니까? 일찍이 그 여자를 제거하여 유혹을 끊어버리는 것만 못합니다."

박은이 반대했다. 아예 화근을 없애버리자는 것이다.

"세자가 어리에 대하여 끔찍이 사랑하다가 질고疾苦를 이루었다면 염려하지 않을 수 없습니다. 그렇지 않다면 먼 지방에 내쳐서 비밀히 통하지 못하게 하여야 할 것입니다. 지난번에 이와 같이 하였다면 반드시 이러한 일은 없었을 것입니다."

변계량이 계책을 내놓았다.

"이 아이는 비록 마음을 고친다고 하더라도, 그 언사의 기세를 본다면 정치를 하게 되는 날 사람에 대한 화복을 예측하기가 어렵다. 관용을 베풀어 그 여자를 돌려주고 서연관으로 하여금 잘 가르치고 키워야 마땅할 것 같다. 이와 같이 하여도 마음을 고치지 않는다면 고례古禮에 의하여 이를 처리하겠다."

'고치지 않는다면'이라는 단서가 붙어 있긴 하지만 예정된 복안이 숨어 있었다. 변계량이 작성한 답서를 내관 최한으로 하여금 한양에 있는 세자 양녕에게 전하라 명한 태종 이방원은, 좌정한 신하들을 바라보며 굳은 표정으로 말했다.

"청성부원군과 빈객은 남고 경들은 모두 물러가라. 긴히 할 얘기가 있다."

모두들 물러갔다. 청성부원군 정탁과 변계량이 남았다. 이들은 하륜 이후 태종 조를 떠받치고 있는 논객이었다.

● 봉장살(封杖殺)
매로 때려 죽임

"예전에 《통감강목通鑑綱目》을 보았는데 시정時政의 득실得失을 자세히 말하지 아니한 까닭에 《십팔사十八史》를 보았으나, 역시 자세하지 못하였다. 이 사서 이외의 상밀詳密한 역사책은 무슨 책인가?"

정탁과 변계량은 서로의 얼굴을 쳐다볼 뿐 말이 없었다. 임금의 의중을 아직 파악하지 못했기 때문이다. 태종의 시선이 곁에 있던 주서 유관에게 머무르자 유관이 머뭇거리며 말했다.

"《한서漢書》와 《당서唐書》, 그리고 사마천의 《사기史記》가 있습니다."

"그 전에 진산부원군이 《대학연의》를 강독할 때 '환관 진홍지가 청니역靑尼驛에 이르러 봉장살封杖殺●하였다'는 글귀에 이르러 부원군이 말하기를, '봉은 봉검封劍의 봉과 같은 것으로 봉장封杖으로 죽이는 것입니다'고 하였다. 빈객은 세자를 가르침에 무슨 뜻으로 말하였소?"

예민한 문제였다. 임금과 신하 사이는 살얼음판이었다. 아차 실수하면 설화를 불러올 심각한 상황이었다. 변계량은 머리만 조아릴 뿐 아무 말이 없었다.

"내가 진산군에게 수강한 이래로 항상 마음에 맞지 않게 여겼더니 지금 운회韻會를 보니 봉자를 주석하기를, '봉은 계界이며 강疆이다' 하였으므로 이것을 보고서야 나의 의문이 풀렸소. 이것은 반드시 청니봉에 이르러 장살하였다는 것일 거요."

태종 이방원의 기억력은 놀라웠다. 방석이 세자로 책봉되던 암울한 시절, 맹자에 심취해 있던 야인 이방원을 불쑥 찾아온 하륜이 남기고 간 책《대학연의》. 시름을 삭이며 책장이 헤지도록 독파했다. 십수 년이 흘렀건만 태종의 뇌리에서 지위지지 않았다.《대학연의》는 역대 조선 왕들의 제왕학 교과서였다.

매사에 신중한 변계량은 침묵을 지키고 있었으나 정탁이 '예예' 하고 주억거렸다. 청니봉을 인용한 태종의 해석은 의미심장한 발언이었다. 세상이 뒤집어지는 사건을 예비하고 있었다.

태종 이방원이 모종의 수순을 밟고 있는 사이, 한양을 방문한 내관 최한은 세자전으로 직행했다. 서연청에 들어가 세자 양녕에게 선전宣傳하고자 하였으나 양녕이 응하지 않았다. 빈객, 서연관, 대간과 함께 전지를 듣게 하는 것은 망신스럽다는 것이다.

"내가 심히 부끄러워하는데 어찌 여러 사람이 함께 듣겠는가? 빈객 한 두 명과 서연관만 들어도 족할 것이다."

"성상의 하교가 이와 같으니 소신이 다시 무슨 말을 하겠습니까?"

내관 최한이 정중하게 물리쳤다. 법도를 어길 수 없다는 것이다. 그러나 세자 양녕은 꿈쩍하지 않았다. 탁신과 최한이 십여 차례 청한 뒤에야 세자 양녕이 서연청에 나왔다. 빈객과 서연관, 그리고 대간이 좌정했다. 최한이 목소리를 가다듬으며 선전했다.

"너는 지아비가 있는 여자를 궁정으로 끌어들였고 한밤중에 담장을 넘어 밖으로 나갔다. 이로 인하여 복주伏誅된 자가 몇이었고 죄를 입은 자가 몇 사람이었느냐? 너는 왜 스스로 새 사람이 되어 전날의 허물을 고치지 아니 하는가?

네가 고하기를, '김한로의 죄는 나라 사람들이 함께 아는 바입니다' 고 하였으니 마땅히 극형에 처하기를 청하여야 할 터인데 어찌하여 지금은 다르게 말하는가?

너의 글을 보니 사리를 알지 못하는 글이라고 이를 수는 없다. 부자 사이에 어찌 객이 매를 때려서 가르치겠는가? 서연은 네가 하고자 한다면 할 수 있고 하고자 아니한다면 할 수 없다. 날마다 빈객을 맞이하여 좋은 말을 구하여 듣도록 하라."

비록 내관 최한의 입을 빌렸지만 선전은 왕의 말이었다. 선전이 빈객에게 이어졌다.

"이미 지나간 것은 허물하지 않겠다. 세자로 하여금 전날의 허물을 고쳐 스스로 새 사람이 되는 단서를 속히 나에게 들리게 하라."

빈객 조용과 탁신이 허리를 굽히며 예를 갖추었다. 빈객들에게 세자 양녕을 교화하라는 책무가 내려진 것이다. 빈객들의 발등에 불이 떨어졌다. '새 사람이 되는 단서를 속히 나에게 들리게 하라' 했으니 마음이 급해졌다.

선전을 행한 내관 최한이 개성으로 돌아갔다. 임금의 노기 어린 선전을 받은 세자 양녕은 칩거에 들어갔다. '올 것이 왔다' 고 담담히 받아들였다. 아버지에게 선전포고를 발했으나 막상 이것이 아버지와의 전쟁이구나, 라고 생각하니 당혹스러웠다.

'아버지에게는 절대권력이라는 가공할 무기가 있다. 문무백관을 비롯한 원군도 많다. 여기에 있는 빈객을 비롯한 세자전 신하들도 나에게 머리를 조아리고 있지만 모두 아버지 편이다. 오직 하나 숙빈이 있지만 죄인의 딸이라는 이유로 힘이 없다. 나는 혈혈단신이다. 나에게는 그 무엇 하나 나은 게 없다. 전력상 도저히 이길 수 없는 싸움이다. 필패다.

아버지는 장기전을 끌어나갈 능력도 있다. 하지만 아버지가 전쟁피로를 느끼면 생명이 위태롭다. 지구전으로 나가면 내 자신이 점점 추해진다. 그러한 모습은 자존심이 허락하지 않는다. 구차한 모습은 싫다. 어떠한 모습으로 장렬하게 패하느냐가 숙제다. 속전속결이다. 기왕 붙은 전쟁 빨리 끝내는 게 좋다.'

아버지와의 전쟁이 시작되었다. 전쟁은 승패가 갈린다. 하지만 세자 양녕은 승리가 아닌 패배를 위한 포고였다. 세상이 패배라고 단정하는 그 패배가 곧 이기는 것이라고 생각하고 있었기 때문이다.

양녕이 패배가 곧 승리라고 생각하는 역설적인 패배에는 두 마리의 토끼가 있었다. 아버지에 대한 효도와 자신의 해방이었다. 부왕의 관심과 총애가 충녕에게 쏠리고 있는 것을 양녕은 일찍이 감지했다. 학문적으로나 사리판단 능력에 있어서 충녕이 자신보다 뛰어나다고 의중을 흘리는 아버지의 생각에 동의하지 않았다. 학문은 닦으면 되고 능력은 배양하면 된다고 생각했다. 그럴 자신도 있었다.

'아버지가 장자를 제치고 둘째를 건너뛰며 셋째에 관심을 갖는 이유는 다른 데 있다. 현군의 자질은 구실에 불과하고 명분에 있다. 아버지는 등극 후 정통성에 시달렸다. 이복동생 세자와 형들을 제치고 왕위에 오른 아버지는 명분에 취약했다. 그러한 아버지가 충녕을 택한다면 능력 있는 자가 왕위에 올라야 한다는 논리로 자신의 즉위에 정당성을 획득하는 것이다.

 이러한 밑그림을 그려놓은 아버지가 뛰어넘을 수 없는 벽이 있다. 그것은 첫째다. 장자인 바로 나다. 내가 착한 아들로서 세자 자리를 꿰차고 있는 한, 아버지는 한 발짝도 앞으로 나아갈 수 없다. 내가 죄인이 되어 아버지의 퇴로를 열어드려야 한다. 이것이 곧 효도다. 더불어 나는 멍에를 벗을 수 있다.'

 비행을 일삼는 자신과 능력 없는 효령을 건너뛰어 충녕에게 왕위가 돌아간다면, 이복동생과 형들을 제치고 왕위에 오른 아버지에게 명분을 실어드리는 것이라고 양녕은 생각했다. 또 하나, 세자의 멍에로부터 해방되는 것이다. 양녕은 새처럼 살고 싶었다. 양녕에게 있어서 궁궐은 아방궁이 아니라 탈출하고 싶은 공간이었다.

 세자가 두문불출 출입을 하지 않으니 오뉴월 삼복더위에도 세자전에는 싸늘한 냉기가 흘렀다. 빈객이 서연을 간청했으나 세자 양녕은 응하지 않았다.

 "서연을 사양하시니 저하를 위하여 애석하게 여깁니다. 만약 편찮으시다면 서연을 억지로 열 수는 없습니다. 청컨대, 잠시 나와서 저희들을 접견하소서."

 "빈객들을 볼 수 있다면 어찌 강講을 듣지 않겠는가?"

 세자 양녕은 세자전의 입 윤덕인을 내보내어 변명했다.

 "병을 가지고 사양하시니 저희들은 저하가 신信을 잃는 것이라 생각합니다."

헌납 권맹손이 세자의 유병은 구실이라고 반박했다.

"신의를 잃는 것이라고 한다면 다리 아래에 이미 흐르는 물은 어찌 설명하겠는가?"

교하수류橋下水流. 미생이라는 총각이 다리 아래에서 여자와 만나기로 약속하고 기다리던 중, 큰물을 만나 피하지 않다가 죽었다는 고사에서 유래한 말이다. 다리 아래에 물이 흐르니 이를 피하지 않고 미생처럼 우직하게 신을 지키겠다는 뜻이다. 세자 양녕은 물의 흐름을 감지하고 있었다.

"헌납의 청은 오로지 서연을 하고자 하는 것이 아닙니다. 병이 조금이라도 나았다면 병을 이기고 나와서 빈객을 맞이하는 정도에 그치라는 것뿐이니, 잠깐이라도 나오는 것이 어떠하겠습니까?"

빈객 탁신이 간청했다

"빈객의 말이 옳다. 내가 서연에 나가지 아니함은 병이 그렇게 만든 것이다."

"새나라가 창업되고 금상 전하께서 일찍이 온갖 어려움을 겪으시어 금일의 태평시대에 이르렀습니다. 위로는 명나라에서 정성으로 대접하고 아래로는 왜놈들이 조선의 덕을 사모하여 스스로 복속服屬하니 진실로 천 년에 얻기가 어려운 때입니다. 이와 같은 태평한 나라가 저하에게 이르기를 바라는데, 저하는 어찌하여 전하의 마음을 몸 받지 아니합니까?"

탁신이 눈물을 흘리며 통곡했다. 명나라에서 어여삐 봐주고 일본에서 머리를 조아리는 태평성대에, 왜 굴러온 임금 자리를 내치냐는 것이다. 세자 양녕이 서연을 거부하고 있는 사이, 개성 경덕궁에서는 수순대로

사태가 진전되고 있었다. 세자이사 유창, 좌빈객 김여지, 우빈객 변계량이 태종을 알현했다.

"김한로는 세자의 장인인데 불의로 이끌었으니 세자로 하여금 절연絶緣하여 어버이로 삼지 않게 하소서."

"경들이 세자로 하여금 절연하여 어버이로 삼지 않게 하기를 청하니 그 의논이 진실로 합당하다. 세자로 하여금 김한로와 절연하여 어버이로 삼지 않게 하여서 미혹하고 오도하는 근원을 끊어버리면 종사에 다행이겠다."

"비록 지친이라도 큰 죄를 지으면 절연하여 어버이로 삼지 않는 것이 예例인데 하물며 외척 장인이겠습니까?"

● 저부(儲副) 세자

변계량이 정중하게 찬성했다.

"경의 말이 옳다. 나도 마땅히 경들의 말대로 이를 처리하겠다."

빈객에 이어 형조와 대간에서 교장하여 상언했다.

"저부儲副●는 나라의 근본이므로 사악한 데 들이지 않게 하여야 마땅합니다. 김한로는 알고서도 아첨을 일삼아 세자에게 누를 끼쳤으니 이것은 종사에 용서받지 못할 죄입니다. 너그러운 은전을 베풀어 직첩만을 거두고 가까운 땅에 그대로 머물러 두시니 유감입니다. 전하는 의금부의 조율照律한 것에 의하여 그 죄를 바로잡으소서."

"세자는 국군의 저부이므로 기르고 가르치기를 소홀히 할 수 없다. 김한로가 세자의 장인으로서 경계하지 않고 간흉한 흉계로 여색을 바쳐 저부를 그르치고 종사에 죄를 지었다. 육조와 대간에서 합사하여 법대로 처치하고자 하였으나 나는 차마 죄 주지 못하여 외방에 내쳤다. 이제는 경들의 의견을 따르겠다. 김한로 부자를 나주에 옮겨 안치하라."

죽산에서 유배생활하던 김한로와 과천에 있던 그의 아들 김경재를 나주로 이배시키라 명한 태종 이방원은, 박지생을 통하여 세자 양녕에게 유시諭示했다.

"김한로가 말하기를 '신의 죄는 열 번 죽어야 한다' 하였는데 너는 어찌하여 김한로가 죄가 없다고 생각하는가? 사부와 빈객이 김한로와 절연하여 어버이로 삼지 않기를 청하였기 때문에 절연하여 나주로 부처하였다. 만약 다시 그의 죄를 사하자는 청함이 있으면 그의 죽음은 반드시 있을 것이다."

세자 양녕이 서연에 응하지 않은 세자전의 동정은, 시시각각 개성에 있는 태종 이방원에게 보고되었다. 4월 14일 시환侍宦을 물리친 태종이 영의정 유정현과 좌의정 박은을 불러들여 밀담을 나누었다. 21일에는 박은과 우의정 한상경, 그리고 청성부원군 정탁과 옥천부원군 유창에게 약주를 내려주었다. 임금의 하사품이었다. 입이 귀에 걸리는 광영 뒤에 임무가 주어졌다.

태종 18년 여름, 드디어 올 것이 왔다. 무더위가 기승을 부리는 유월 초이틀, 영의정 유정현, 좌의정 박은, 우의정 한상경, 옥천부원군 유창, 청성부원군 정탁과 육조, 삼군, 대간이 경덕궁에 입궐하여 조계청에 도열했다.

"세자 이제가 간신의 말을 듣고 함부로 여색에 혹란하여 불의를 자행하였다. 후일에 생살여탈生殺與奪의 권력을 마음대로 한다면 형세를 예측하기가 어려우니, 여러 재상들은 이를 자세히 살펴서 나라에서 바르게 시행하는 것이 마땅하다."

역사의 수레바퀴가 구르기 시작했다. 기다렸다는 듯이 의정부, 육조, 삼공신, 삼군 도총제부, 문무 대소 각사 신료들이 상언했다.

"신자의 직분은 충효에 있고 충효가 궐闕하면 사람이 될 수가 없는데 하물며 세자이겠습니까? 지난번에 세자가 역신 구종수와 사통하여 불의를 자행하였을 때 즉시 폐하여 추방하는 것이 합당한데, 전하께서 적장이라 하여 차마 폐하지 못하였습니다.

세자로서 마땅히 해야 할 바는 깊이 스스로 각책刻責하여 종묘의 중책을 이어받고 군부의 은혜에 보답해야 할 것이나, 세자는 허물을 뉘우치고 자신自新하려는 뜻이 없고 도리어 원망하고 노여운 마음을 일으켜 오만하게 상서하여 그 사연이 패만하고 조금도 신자의 뜻이 없었으니, 신 등이 놀라고 두려워하고 전율하여 죽음을 무릅쓰고 상서합니다.

죄가 하늘을 속이고 종묘를 속이고 임금을 속이고 아버지를 속이는 데 이르렀으니, 그가 종사를 이어받아 제사를 주장할 수 없음은 더욱 분명합니다. 엎드려 바라건대 전하는 태조의 초창草創한 어려움을 생각하고 종사만세의 대계를 생각하여 대소신료의 소망을 굽어 따르시어, 대의로서 결단하여 세자를 폐하여 외방으로 내치도록 허락하시면 공도公道에 다행하겠으며 종사에 다행하겠습니다."

"백관들의 소장을 읽어보니 내가 몸이 송연하였다. 이것은 천명이 이미 떠나가버린 것이므로 이에 이를 따르겠다."

"세자 이제를 폐하라."

역사를 가르는 명이 떨어졌다. 수많은 신하들이 부복한 조계청이 찬물을 끼얹은 듯 조용했다. 어명은 돌이킬 수 없다. 태종 이방원의 말이 곧 법이다. 누구하나 반론을 제기하는 사람이 없었다. 경덕궁의 적송도 떨었고 조선팔도의 산천초목도 떨었다.

하지만 결정적인 순간에 꺼낼 비장의 카드는 아직 꺼내지 않았다

"세자의 행동이 지극히 무도하여 종사를 이어받을 수 없다고 대소신료가 청하였기 때문에 폐하였다. 무릇 사람이 허물을 고치기는 어려우니 옛 사람으로서 능히 허물을 고친 자는 오로지 태갑太甲뿐이었다. 내 아들이 어찌 태갑과 같겠는가?

나라의 근본은 정하지 아니할 수가 없으니 정하지 않는다면 인심이 흉흉할 것이다. 옛날에는 유복자를 세워 선왕의 유업을 이어받게 하였다. 또 적실의 장자를 세우는 것은 고금의 변함없는 법식이다.

장자가 유고하면 그 동생을 세워 후사로 삼아야 하나 제禔는 두 아들이 있다. 장자는 나이가 다섯 살이고 차자는 나이가 세 살이다. 나는 제의 아들로서 왕업을 대신하고자 한다. 왕세손이라 칭할 것인지 왕태손이라 칭해야 하는지 고제古制를 상고하여 의논해서 아뢰어라."

양녕을 폐하기로 결심하고 한양을 떠날 때 이미 태종 이방원은 대위할 왕자를 마음에 정해두었다. 하지만 양녕이 폐위되는 순간 양녕의 장자와 차자를 거론하고 있었다. 충녕을 염두에 두고 세자를 폐했다는 혐의를 벗어나기 위한 수순이었다. 충녕 카드는 아직 꺼내지도 않았다. 충녕은 감추어둔 왕자였다. 결정적인 순간에 극적으로 꺼내들 비장의 카드였다.

우의정 한상경과 여러 신하들이 제의 아들로 세손을 세우자고 하였으나 영의정 유정현이 반대했다.

"신은 배우지 못하여 고사를 알지 못합니다. 그러나 일에는 권도權道와 상경常經이 있으니 어진 사람을 고르는 것이 마땅합니다."

"아비를 폐하고 아들을 세우는 것이 고제에 있다면 가합니다만 없다면 어진 사람을 골라야 합니다."

좌의정 박은이 유정현의 의견에 동조했다.

"어진 사람을 고르소서."

태종이 내전으로 들어갔다. 사태의 추이를 안타까운 심정으로 지켜보던 정비 민씨가 기다리고 있었다.

"제를 폐하고 아우를 세울까 하오."

"형을 폐하고 아우를 세우는 것은 화란의 근본이 됩니다."

내전에서 나온 태종은 힘주어 말했다.

"나는 제의 아들로서 대신하고자 하였으나 제경들이 모두 말하기를 '불가하다'고 하니, 마땅히 어진 사람을 골라서 아뢰어라."

"아들을 알고 신하를 아는 것은 군부와 같은 이가 없습니다."

유정현 이하 여러 신하들이 아뢰었다. 아들을 누구보다도 잘 아는 것은 아버지 이외에 누가 있느냐 하는 것이다. 임금과 신하의 줄다리기였다. 그 누구도 총대를 메려 하지 않았다. 도리 없이 태종이 밀렸다. 밀린다기보다도 고를 수 있는 기회를 만들어준 것이다.

"옛 사람이 말하기를 '나라에 훌륭한 임금이 있으면 사직의 복이 된다'고 하였다. 효령대군은 자질이 미약하고 성질이 곧아서 개좌開座하는 것이 없다. 충녕대군은 천성이 총명하고 학문을 좋아하여 몹시 추운 때나 몹시 더운 때를 당하더라도 밤이 새도록 글을 읽으므로, 나는 그가 병이 날까 봐 두려워하여 항상 밤에 글 읽는 것을 금지하였다.

중국의 사신을 접대할 때면 신채身彩와 언어동작이 두루 예에 부합하였고, 술을 마시는 것이 비록 무익하나 중국의 사신을 대하여 주인으로서 한 모금도 마실 수 없다면 어찌 손님을 권하여서 그 마음을 즐겁게 할 수 있겠느냐? 충녕대군은 비록 술을 잘 마시지 못하나 적당히 마시고 그친다. 효령대군은 술을 한 모금도 마시지 못하니 이것도 또한 불가하다.

충녕대군이 대위를 맡을 만하니 나는 충녕으로서 세자를 정하겠다."

태종 이방원의 전격 선언이었다. 술 못마시는 것도 결격 사유였다. 감추어두었던 충녕대군을 불쑥 꺼내어 결정해버렸다. 반론을 제기하거나 토론할 시간적인 여유를 주지 않았다. 그야말로 전광석화였다.

"신 등이 이른바 어진 사람을 고르자는 것도 또한 충녕대군을 가리킨 것입니다."

영의정 유정현과 여러 신하들이 머리를 조아렸다. 태종은 조말생을 급히 들라 일렀다.

"대저 이와 같이 큰일은 시간을 끌면 반드시 사람을 상傷하게 된다. 너는 선지宣旨를 내어서 속히 진하陳賀하게 함이 마땅하다."

이윽고 문무백관들이 예궐詣闕하여 세자를 정한 것을 하례하였다. 택현이 끝난 것이다. 임금이 즉시 장천군 이종무를 한양에 보내어 종묘에 고했다. 일사천리였다.

"세자 제가 허물을 뉘우치고 스스로 꾸짖는 글을 지어서 고하였으므로 신이 그를 보존하였는데, 일 년이 되지 못하여 다시 전날의 잘못을 저질렀습니다. 신이 가볍게 꾸짖어 그가 뉘우치고 깨닫기를 바랐으나 그가 올린 상서를 읽어보니 그 사연이 패만하고 신자의 예가 없어, 대소신료가 합사合辭하여 폐하기를 청하고 충녕대군이 저부에 합당하다는 여망이 있었으므로 이것을 고합니다."

충녕대군을 세자로 낙점한 태종 이방원은 대명문제에 신속하게 대처했다. 동지총제 원민생으로 하여금 표문을 가지고 남경으로 떠나게 했다. 조선왕의 등극과 세자 책봉은 명나라의 고명을 받아야 했다. 명나라에서 거부하면 일이 꼬이게 된다. 꼬인 실타래를 풀어내려면 많은 시간

과 정열을 허비하게 된다. 정치력도 실추한다.

태종이 원민생을 택한 것은 그럴 만한 이유가 있었다. 사신으로 명나라를 드나들던 원민생이 밀무역으로 말썽을 부려 의금부에 투옥된 일도 있었지만, 태감 황엄과 돈독한 사이였다. 황엄은 비록 명나라 조정의 내사였지만 조선에는 총독처럼 군림했다. 처녀주문사로 조선을 괴롭히기도 했지만 조선의 대명 창구였다. 태종이 원민생의 인맥을 활용하여 명나라 문제를 넘으려는 것이다.

"신의 장자 제를 영락 3년에 주준奏准을 받아 세자로 삼았는데, 나이가 장성하였는데도 행동하는 바가 후사를 감당하지 못할 것 같아 부득이 외방에 내보내어 안치하였습니다. 제2자 보는 자질이 유약하여 중임을 맡기기가 어렵고, 제3자 휘는 성질이 총명하고 지혜롭고 학문을 좋아하여 한 나라의 신민들이 모두 촉망하니 후사로 세우기를 청합니다. 신이 감히 마음대로 처리하지 못하여 이 때문에 삼가 주문奏聞합니다."

명나라에는 황제가 있었고 조선왕은 신하였다. 명나라와 조선 관계가 그랬다. 슬픈 일이지만 현실이었다. 하지만 사후 추인을 받으면서 사전 고명을 요청하고 있었다. 원민생을 믿기도 했지만 명나라에 대한 자신감이었다. 원민생을 명나라에 파견한 태종 이방원은 상호군 문귀와 내관 최한을 전지관으로 한양에 보내어 양녕에게 폐위 사실을 알리도록 했다.

임금의 특명을 받은 문귀와 최한이 세자전에 도착했다. 개성의 소식을 접한 세자전은 술렁거렸다. 한양에 머물고 있던 대소신료들이 세자전으로 속속 모여들었다. 서연을 간청하던 서연관들과 대간들이 세자전 앞뜰에 부복했다. 양녕도 무릎을 꿇었다.

"저부를 어진 사람으로 세우는 것은 고금의 대의요, 죄가 있으면 마땅히 폐하는 것은 오로지 국가의 항구한 법식이다. 일에는 하나의 대개大概가 있는 것이 아니므로 사리에 합당하도록 기대할 뿐이다. 나는 일찍이 적장자 제를 세자로 삼았는데 나이가 성년에 이르도록 학문을 좋아하지 아니하고 성색에 빠졌다.

나는 그가 어리기 때문이라 하여 장성하면 허물을 고치고 스스로 새사람이 되기를 바랐으나, 나이가 20세가 넘었는데도 군소배와 사통하여 불의한 짓을 자행하였다. 지난해 봄에는 일이 발각되어 죽음을 당한 자가 몇 사람이었나? 제가 이에 그 허물을 모조리 적어 종묘에 고하고 나에게 상서하여 스스로 뉘우치는 듯하였으나, 얼마 가지 아니하여 간신 김한로의 음모에 빠져 다시 전철을 밟았다.

내가 부자의 은의로서 다만 김한로만을 내쳤으나, 제는 이에 뉘우치는 마음이 있지 아니하고 도리어 원망하고 노여운 마음을 품어 분연憤然히 상서하였는데, 그 사연이 심히 패만하여 전혀 신자의 뜻이 없었다.

정부 육조 문무백관이 합사하고 소장에 서명하여 말하기를 '세자의 행동이 종사를 이어받아 제사를 맡을 수가 없습니다. 종사만세의 대계를 생각하여 세자를 폐하여 외방으로 내치도록 허락하고, 종실에서 어진 자를 골라 즉시 저이儲貳를 세워 인심을 정하소서' 하였다.

또한 '충녕대군은 영명공검英明恭儉하고 효우온인孝友溫仁하며 학문을 좋아하고 게을리 하지 않으니 진실로 저부의 여망에 부합합니다' 하였다. 내가 부득이 제를 외방으로 내치고 충녕대군을 세워 왕세자로 삼는다. 옛 사람이 말하기를, '화와 복은 자기가 구하지 않는 것이 없다' 하니, 내가 어찌 털끝만큼이라도 애증의 사심이 있겠느냐? 중외의 대소신료들은 나의 지극한 생각을 본받으라."

뙤약볕이 내리쬐는 세자전은 찬물을 끼얹은 듯 조용했다. 나뭇잎 부딪히는 소리만 들릴 뿐 미동하는 이 없었다. 부복한 신하들의 이마에 땀방울이 맺혔지만 뜨락에는 냉기가 흘렀고 부는 바람은 싸늘했다. 양녕을 가르치던 서연관들의 얼굴이 두려움으로 일그러졌다. 자신들에게 떨어질 책임추궁이 불을 보듯 뻔했기 때문이다.

최한이 대독한 부왕의 유시諭示를 듣는 동안 양녕은 담담했다. 억울하거나 슬프지 않았다. 평온했다. 보는 이 없다면 춤이라도 덩실덩실 추고 싶었다.

하늘을 쳐다봤다. 앞서가는 구름에 어리의 얼굴이 보였다. 보고 싶은 마음에 자세히 바라보니 금세 지워졌다. 뒤에 가는 구름에는 자신 때문에 죽은 구종수와 이오방, 그리고 진표와 이귀수의 얼굴이 만들어졌다 흩어졌다.

'너희들을 생각하면 가슴이 미어진다. 내가 너희들을 이용하려 했던 것이 아니라 상황이 너희들을 필요로 했다. 내가 미욱한 생각일지 모르지만 숨 막힐 것 같은 대궐을 벗어나려면 도리가 없었다. 사람 죽이는 것을 가장 싫어하는 내가 살인을 하겠느냐? 도둑질을 하겠느냐? 세자의 몸으로 저잣거리에 나가 시정잡배들과 싸움질을 하겠느냐?

내가 좋아하고 즐기면서 부왕의 눈 밖에 나는 것은 엽색행각 외에 달리 방법이 없었다. 세상 사람들이 성색에 빠졌다고 조롱하고 이기적이라고 비웃어도 그것이 가장 실속 있고 신속하다고 생각했다. 미안하다. 너희들의 희생이 있었기에 오늘이 왔다고 생각한다. 고맙다. 편히 잠들어라.'

양녕의 눈시울이 뜨거워졌다. 세자를 폐위 당한 것에 대한 슬픔의 눈물이 아니었다. 자신 때문에 죽어간 사람들을 생각하니 눈물이 앞을 가렸다. 진심으로 미안했다. 이러한 양녕을 지켜보던 주위의 신하들은 양녕이 부왕의 세자 축출에 눈물을 흘리는 것으로 착각했다.

영의정 유정현이 양녕과 숙빈을 비롯한 가속家屬을 춘천에 내치도록 청했다.

"성녕대군이 졸卒하면서부터 중궁이 하루도 눈물을 흘리지 않는 날이 없다. 제를 가까운 고을에 두기를 청하여 소식이라도 자주 듣기를 바라고 있다."

"경도에 머물러 둘 수는 없습니다."

유정현이 반대했다.

"폐 세자 이제를 광주에 안치하라."

태종은 영의정의 청을 따랐다. 폐 세자 양녕에게 유배령이 떨어졌다. 양녕을 경기도 광주에 안치하라 명한 태종은 문귀와 최한을 한양에 파견하면서 배치관陪置官으로 첨총제 원윤을 임명했다. 유배지까지 차질 없이 호송하라는 것이다. 태종은 문귀를 별도로 불렀다.

"경은 종실에 인척 관계가 있으니 세자가 경을 본다면 놀라지 않을 것이다. 경이 가서 나의 말을 세자에게 전하라."

말을 마친 태종 이방원은 목이 메었다. 곧이어 가느다란 통곡 소리가 들렸다. 세자를 쫓아내는 임금. 장자승계를 신봉했던 태종 이방원이 현군을 택했을 때 만감이 교차했다. 허나, 태종에게 장자는 신념이었고 택현은 현실이었다.

세자 폐위 후속 조치를 착착 진행하던 태종 이방원은 폐 세자 양녕을 양녕대군으로 봉하고, 세자 충녕에게 관교官敎를 내려주었다. 또한 충녕의 부인 심씨를 경빈으로 봉했다. 심온의 딸이 세자빈이 된 것이다. 청성

백 심덕부의 아들로 태어나 이조판서 직에 있던 심온. 딸이 세자빈이 된 가문의 영광이 죽음이 될 것이라는 것은 자신은 물론 아무도 몰랐다.

이어 인사 조치를 단행했다. 유정현을 영돈녕부사로 보내고 한상경을 영의정으로 임명했다. 세자 축출 작업에 총대를 멘 유정현을 쉬게 한 것이다. 예문관 대제학이던 변계량을 예조판서로, 김여지를 판한성부사로 내렸다. 문책성 인사였다.

서연청도 확대 보강했다. 좌의정 박은을 세자사로 삼고, 옥천부원군 유창을 세자이사世子貳師로 임명하는 한편 유관을 예문관대제학 겸 세자좌빈객, 맹사성을 공조판서 겸 세자우빈객으로 삼았다. 좌빈객은 변계량이 있던 자리였다. 맹사성의 세자우빈객 임명으로 세종시대를 열어갈 떠오르는 샛별이 등장한 것이다.

임금으로부터 폐 세자 양녕을 광주에 안치하라는 특명을 받은 일단의 무리들이 한양에 입성했다. 세자전을 접수하기 위해서였다. 총책 문귀를 앞세우고 서전문을 통과한 일행은 창을 쥔 군사들을 앞세우고 운종가를 행진했다.

첨총제 원윤이 지휘하는 군사들이 세자전으로 들이닥쳤다. 놀란 부녀자와 아이들이 울부짖으며 우왕좌왕했다. 살벌했다. 겁에 질린 이들을 세자빈 거처로 몰아넣으라고 원윤이 소리를 질렀다. 군사들이 닭 몰이하듯 가속들을 숙빈 거처로 몰아넣었다. 세자전 뜰에 양녕 혼자 부복했다. 문귀가 목에 힘을 주며 전교했다.

"너로 하여금 새 사람이 되도록 바랐는데 어찌하여 이 지경에 이르렀느냐? 백관들이 너를 폐하자고 청했기 때문에 부득이 이에 따랐으니 너는 그리 알라. 네가 옛날에 나에게 고하기를 '나는 자리를 사양하고 싶습니다'라고 했는데 내가 불가하다고 대답하였다. 이제 너의 자리를 사양하는 것은 네가 평소에 바라던 바이다.

효령대군은 바탕이 나약하나 충녕대군은 고명高明하기 때문에 내가 백관의 청으로 세자를 삼았다. 군신이 모두 너를 먼 지방에 안치하도록 청하였으나 중궁이 가까운 데 두기를 원하여 너를 광주에 안치하는 것이다. 비자婢子는 13구를 거느리되 네가 사랑하던 자들을 모두 거느리고 살라. 노자奴子는 장차 적당히 헤아려서 다시 보내겠다. 전殿 안의 비품은 모조리 다 가지고 가도 무방하나 네가 가졌던 탄궁彈弓은 전에 두라."

전교가 끝났다. 양녕은 '탄궁은 두고 가라'는 말은 거슬렸고 '네가 사랑하던 자들은 모두 거느리고 살라'는 말은 귀에 쏙쏙 들어왔다.

'그렇다면 부왕께서 어리를 허락하셨단 말인가?'

양녕은 뛸 듯이 기뻤다. 하마터면 기쁨의 미소를 흘릴 뻔했다.

'부왕에게 죄를 짓고 귀양 가는 몸, 아무리 좋아도 표정관리는 해야 한다.'

스스로 다짐한 양녕은 매무새를 고치며 슬픈 표정을 지었다. 엎드려 있던 양녕이 머리를 들었다.

"옛날에 사양하기를 청하였으나 허락을 얻지 못하다가 금일에 죄를 얻었다."

말을 마친 양녕은 북쪽을 향하여 삼배를 올리고 자리에서 일어났다. 좌우를 휘둘러본 양녕은 미련 없이 세자전을 떠났다. 숙빈과 가속들이 뒤를 따랐다. 문밖에서는 인의가 말을 대기하고 있었다. 말에 오른 양녕은 앞으로 나아갔다. 창을 든 군사들이 앞뒤를 에워쌌다. 호위가 아니라 호송이었다.

양녕의 유배행렬이 정선방 다리에서 동쪽으로 꺾었다. 홍인지문 가는 길이다. 얼마 가지 않아 종묘에 이르렀다. 창덕궁 담장을 뛰어 넘어 여자를 만나러 가는 비밀 통로였으나 태조를 비롯한 조상들을 모신 곳이다. 언제 다시 찾아올지 기약이 없었다.

"말을 잠시 멈추어라."

"저하, 갈 길이 머옵니다."

문귀가 재촉했다. 비록 유배 가는 폐 세자지만 문귀는 저하로 깍듯이 예우했다. 양녕이 말에 올랐다.

"경은 무슨 일로 따라오는가?"

양녕이 문귀에게 물었다.

"호송입니다."

"호송이라고?"

양녕은 코웃음을 쳤다.

"이 땅을 다시 밟을 일이 없을 것이다. 경은 돌아가라."

"나루터까지 모시라는 어명입니다."

문귀가 물러서지 않고 따라붙었다. 임무를 수행해야 한다는 것이다. 당시 한강 나루터는 특별한 의미를 가지고 있었다. 사람과 화물이 통행하는 교통의 요충이었을 뿐만 아니라 죄인을 내친다는 뜻을 포함하고 있었다. 한강과 임진강을 아우르는 왕도권은 유배처로 이용하지 않는 것이 관례였다.

양녕 일행이 동대문을 통과했다. 도성을 벗어난 것이다. 세자전을 벗어나고 도성을 벗어나니 양녕은 어깨를 짓누르던 무거운 돌을 하나씩 내려놓는 기분이었다. 숭인방을 지날 때였다. 유배행렬을 향하여 버선발로 뛰어오는 여인이 있었다.

행색은 남루했지만 여염집 아낙은 아닌 것 같았다. 단정한 용모에 빈틈없는 자태였다. 하인을 거느리지 않은 것으로 보아 거드름 피우는 사대부집 안방마님도 아닌 것 같았다. 헐레벌떡 달려온 여인은 양녕이 타고 가는 말고삐를 붙잡고 말을 세웠다. 갑작스러운 여인의 출현에 행렬이 잠시 혼란이 빠졌다.

"세자 저하! 세자 저하!"

창을 쥔 군사들이 눈을 부릅떴다. 세자는 개성에 있었다. 세자는 경덕궁에 있는 충녕이었다. 폐 세자 양녕을 세자 저하라 부르면 국가에 역심이고 불경이었다. 당장이라도 의금부에 끌려가 고초를 겪어야 한다. 하지만 양녕 호송을 책임진 원윤이 눈감아주었다.

울부짖던 여인이 눈물을 주루룩 흘렸다. 양녕은 당황했다. 도무지 알 수 없는 여인이었다. 호송하는 군사들도 갑자기 일어난 일에 어찌할 바를 모르고 우왕좌왕했다. 돌발 사태를 파악한 군사들이 여인을 밀쳐냈다.

"세자 저하! 부디 평안하시오, 평안하시오."

양녕의 모습이 시야에서 사라질 때까지 하염없이 눈물을 흘리던 여인은 경순옹주였다. 태조 이성계의 딸이다. 태종의 이복동생이며 양녕의 고모였다. 태조 이성계와 신덕왕후 강씨 사이에 삼 남매가 있었다. 방번과 방석, 그리고 경순옹주였다. 방번과 방석이 척살된 무인혁명 때 경순옹주의 남편 이제도 목숨을 잃었다.

태종 이방원이 경순옹주를 위로하며 후사를 돌보아주겠노라 제의했으나 경순옹주는 거절했다. 지아비와 동생을 죽인 오빠의 호의를 받아들인다는 것은 자존심이 허락하지 않았고 죽음보다도 싫었다. 홀로 남은 경순옹주를 불쌍히 여긴 태조 이성계는 손수 머리를 깎아주고 정업원에 들어가라 명했다.

정업원에 기거하던 경순옹주가, 태종의 내침을 받고 양녕이 귀양 간다는 소식을 듣고 잰걸음으로 뛰어나온 것이었다. 가슴에 사무친 이복오빠에 대한 원한이 양녕을 뜨겁게 배웅하게 한 것이다.

양녕의 유배행렬이 청계천 왕심평대교를 건너고 전관원을 지나 살곶이에 이르렀다. 징검다리를 건넌 일행은 광나루에 도착했다. 나루터에는 양녕을 태우고 갈 나룻배가 대기하고 있었다.

"내가 부왕에게 불공하였고 상서 또한 불공하였다. 죄가 심하였으나 죽지 않은 것은 주상의 덕택이니 어떻게 보답하겠는가? 불효를 범하였으니 어찌 성상 보기를 기약하겠는가? 경은 개성에 돌아가거든 내 말을 전하라."

문귀와 작별한 양녕은 나룻배에 올랐다. 문귀는 돌아갔지만 호송 책임을 맡은 원윤과 최한이 군사들을 이끌고 동승했다. 순풍을 탄 나룻배가 강심을 향하여 미끄러졌다.

양녕은 자신의 폐위를 인정하려 들지 않았다. 자신에게 씌워진 위를 스스로 넘겨줄 자격이 없었기 때문에 폐위라는 수단을 동원하여 선위했다고 생각하고 있었다.

'아버지 이후 조선의 주인은 분명 나였지만 지금은 아니다. 특별한 변수가 없는 한 충녕이 주인이 될 것이다. 적장자 계승 원칙이 어디에서부터 유래했는지 모르지만 명문화된 법은 아니지 않은가? 부왕의 뇌리에 각인된 장자계승 원칙은 관례였고 신앙이었다. 아버지의 신념을 깨트린 나를 세상 사람들이 불효막심한 자라고 손가락질해도 나는 후회하지 않겠다.'

마음을 정리하고 나니 홀가분했다. 아버지가 지워준 무거운 짐을 벗은 느낌이었다. 원해서 진 짐이 아니었다. 장자로 태어났다는 이유 하나로 타의에 의해서 진 짐이었다.

국가는 능력이 있는 자가 끌어가야 한다는 것이 양녕의 생각이었다. 자신처럼 풍류 좋아하는 자가 용상에 앉아 있으면 후궁이 많아지고, 후궁이 많아지면 인척들이 발호하여 파당이 생기고, 파당이 생기면 국론이 분열된다고 생각했다. 명나라의 발톱 아래 겨우 명맥을 유지하고 있는 나라에게 국론분열은 망국의 길이라는 것이 양녕의 지론이었다.

능력이 없는 자가 위에 앉아 있을 때 국가는 위태로워지고 백성들은 고달파진다는 것이 양녕의 생각이었다. 양녕의 이러한 생각은 훗날 수양대군이 왕위를 찬탈하고 왕위에 등극했을 때, 왕실의 최고 어른으로 묵시적인 지지를 보낸 것으로 극명하게 나타났다.

선위하는 이방원

조선의 왕도는 한양이다. 임금은 개성에 있고 한양을 지키던 세자 양녕은 축출되었다. 한양이 비어 있는 셈이었다. 힘의 공백이 생길 수 있었다. 양녕을 내치기 위하여 머물렀던 개성, 태종 이방원은 이제 더 이상 머무를 이유가 없었다. 양녕을 폐위하여 경기도 광주로 유배 보낸 태종 이방원은 세자 충녕과 대소신료들을 불렀다.

"세자는 중전을 모시고 한양으로 먼저 돌아가라. 3전이 함께 움직이면 길이 좁아 곡식이 다칠까 염려된다. 과인은 후일에 돌아갈 것이니 정부, 육조, 대간도 한양으로 돌아가라."

자신이 환궁하기 위한 정지 작업이었다. 태종이 말한 3전은 대전, 중궁전, 세자전이었다. 개성을 출발한 세자가 한양에 입성했다. 유도한 대소신료들이 대대적인 환영을 펼쳤다. 조용히 환궁하려는 세자는 언짢았다. 개선장군이라도 되는 것처럼 요란을 떠는 그들이 부담스러웠다. 정비는 경복궁에서 하련하고 세자와 경빈은 창덕궁에 들었다.

열흘 후, 태종 이방원이 한양에 돌아왔다. 경복궁에 환궁한 태종은 지신사 이명덕, 좌부대언 원숙, 우부대언 성엄을 경회루로 불렀다.

"내가 나를 잘 안다. 나의 상像은 임금의 상이 아니다. 위엄과 행동거지가 모두 임금에 적합하지 않다. 내가 재위한 지 이미 18년이다. 이에 세자에게 전위하려고 한다. 아비가 아들에게 전위하는 것은 천하고금의 떳떳한 일이요, 신하들이 간쟁할 일이 아니다."

폭탄선언이었다. 그간 전위파동이 몇 번 있었지만 이번 전위는 작심하고 있는 것 같았다.

"양녕대군과 충녕대군이 친하여 변을 일으킬 의심은 없으나 어제까지 명분의 지위에 있다가 이제 폐출되어 외방에 있으니 어찌 틈을 엿보는 사람이 없겠는가? 그러므로 조현을 정지하고 내선을 행하고자 한다. 전위한 뒤에도 내가 마땅히 노상들과 임금을 보익輔翼하고 일을 살필 것이다."

"거두어주소서."

"18년 동안 호랑이를 탔으니 이제 내려올 만하다."

전위 소식을 전해들은 영의정 한상경, 좌의정 박은, 우의정 이원과 육조 판서, 육조 참판이 몰려와 머리를 조아렸다.

"성상의 춘추가 노모老耄함에 이르지 않고 병환도 정사를 폐지할 정도에 이르지 않았습니다. 원민생을 보내어 세자를 세우도록 청하고 세자가 조현한다고 아뢰게 한 지 몇 달이 못 되어서 전위하심은 절대로 옳지 않습니다. 더구나 내선은 나라의 큰일이니 마땅히 인심을 순하게 하여야 하며 억지로 간쟁하지 못하게 하는 것도 옳지 않습니다."

"아비가 아들에게 전하는 것이니 신하들이 간쟁할 수가 없는 것이다. 신하의 간쟁하는 법이 어느 경전에 실려 있는가? 나의 뜻이 이미 결정된 지 오래니 고칠 수가 없다. 다시 이를 말하지 말라."

태종 이방원의 의지는 단호했다. 말을 마친 태종은 지팡이를 짚고 보평전으로 이어했다. 지팡이에 의지한 태종의 모습은 처음이었다. 보평전에 도착한 태종은 승전환자 최한을 불렀다.

"개인開印할 일이 있으니 승정원은 속히 대보를 가지고 들라 이르라."

대궐 밖에서 이 소식을 접한 영돈녕 유정현과 정부, 육조, 공신, 삼군 총제, 육대언 등이 황급히 달려와 문을 밀치고 들어갔다. 보평전 합문 밖에 이르러 통곡하면서 내선의 거조擧措를 정지停寢하기를 청했다.

이때 임금의 호출을 받고 보평전으로 향하던 상서원 승지들과 대소신료들 사이에 대보를 바치지 못하게 실랑이가 벌어졌다. 문밖에서 소란이 일자 태종 이방원이 지신사를 힐책했다.

"임금의 명을 신하가 이리 가로막아도 되는 것이냐?"

이명덕이 마지못하여 대보를 바쳤다. 부왕의 급한 부름을 받고 허둥지둥 달려온 세자 충녕이 도착하여 임금 앞에 부복했다. 태종 이방원이 세자 충녕의 소매를 잡아 일으켜서 대보를 주고 곧 안으로 들어갔다. 세자 충녕이 몸 둘 바를 몰라 하다가 대보를 놓고 안으로 따라 들어가 지성으로 사양했다.

"세자는 대보를 받도록 하라."

세자 충녕으로 하여금 대보를 받도록 명한 태종은 홍양산紅陽傘●을 내려주며 궁 안에 머물도록 했다. 이어 상서관과 대언한 사람에게 명하여 대보를 지키면서 자게 하였다.

대보를 세자 충녕에게 물려준 태종은 가종駕從 10여 기騎에게 명하여 서문으로 나가서 연화방의 옛 세자전에 거둥했다. 백관들이 따라서 전정殿庭에 이르러 통곡하면서 복위하기를 청하였다. 세자 충녕이 대보를 받들고 전에 나아가 대보를 바치며 굳이 사양하였다.

●홍양산(紅陽傘)
임금만이 쓸 수 있는 붉은 양산

"나의 뜻을 유시한 것이 이미 두세 번이나 되는데, 어찌 나에게 효도할 것을 생각하지 않고 이같이 어지럽게 구느냐? 내가 만일 신료들의 청을 들어 복위한다면 나는 장차 편안한 죽음을 얻지 못할 것이다."

태종 이방원은 두 손을 맞잡아 북두성을 가리키며 맹세했다. 다시 복위하지 않겠다는 뜻이었다.

"내가 이러한 거조를 천지와 종묘에 맹세하여 고하였으니 어찌 감히 변하겠느냐?"

부왕의 단호한 모습을 지켜보던 세자 충녕이 황공하고 두려운 얼굴로 이명덕에게 물었다.

"어찌할까?"

"성상의 뜻이 이미 정하여졌으니 효도를 다하심이 마땅합니다."

"경은 대보를 받들고 경복궁으로 돌아가라."

부왕의 결심을 돌이킬 수 없다고 판단한 세자 충녕은 지신사 이명덕에게 명했다. 군왕스러운 명령 일성이었다. 함께 경복궁으로 돌아온 세자 충녕은 대언 김효손으로 하여금 대보를 지키면서 자게 하였다.

태종 이방원 자신이 타던 승여와 의장을 세자전으로 보냈다. 또한 궐내에 시위하던 사금, 운검, 비신, 홀배를 보내어 내관 최한으로 하여금 왕세자를 맞아오게 했다. 단순히 임금에 준하는 예우가 아니라 즉위식을 준비하라는 것이었다.

세자 충녕이 오장烏杖과 청양산靑陽傘으로 창덕궁에 오는 것을 목격한 태종은 화를 벌컥 냈다. 전위했는데 세자의 전유물 오장과 청양산은 마땅하지 않다는 것이다.

"명을 따르지 않으려거든 오지 말라."

세자 충녕이 마지못하여 주장朱杖과 홍양산으로 앞을 인도하게 하였다. 세자 충녕이 소매에서 전문을 꺼내어 친히 임금에게 바쳤다.

"신의 성품과 자질이 어리석고 노둔魯鈍하며 학문이 이루어지지 않았습니다. 더불어 위정爲政하는 방도를 몽연懜然히 깨닫지 못하고 저부의 지위에 외람되이 거하니, 그 자리에 합당하지 못할까 항상 두려웠습니다. 어찌 오늘이 있으리라 상상이나 하였겠습니까? 너무 뜻밖이라 정신이 없고 몸 둘 바를 모르겠습니다.

주상 전하께서는 춘추가 한창이시고 성덕이 융성하신데 갑자기 종묘, 사직의 중책을 어리석은 이 몸에 맡기고자 하시니 조종의 영이 경동할까 두렵습니다. 또 나라를 서로 전하는 일은 국가의 대사인데 이와 같이 한다면 중외의 신하와 백성들이 놀라지 않을까 염려되옵니다.

거듭 생각하건대 전하께서 신을 후사로 삼을 때에도 감히 마음대로 하지 못하고 천자에게 아뢰었는데, 더구나 군국의 중함을 신에게 마음대로 주시니 신이 사대의 예를 잃을까 두렵습니다. 엎드려 바라건대, 전하께서 어리석은 신의 지극한 정을 살피시고 국가의 대계를 생각하여서 종사와 신민들의 소망을 위로하소서."

충녕이 태종 앞에 엎드려 있는 사이 밖에서는 소동이 벌어졌다. 정부, 육조, 삼군도총제부, 문무백관과 2품 이상의 전함前銜이 편전 문 앞에 몰려와 문을 지키는 갑사들과 실랑이를 벌이고 있었다. 임금이 좌대언 하연, 도진무 이춘생에게 명하여 갑사로 하여금 중문을 굳게 지키게 하여 대소신료가 들어오는 것을 금지하였기 때문이다.

유정현이 수문장을 꾸짖고 들어가려고 하였으나 문지기가 굳게 막아서며 문을 열어주지 않았다. 마침내 유정현이 문을 밀치고 들어갔다. 대소신료들이 유정현의 뒤를 따라 들어가 복위하기를 청하면서 호곡呼哭했다.

태종 이방원은 신하들의 복위 주청을 단호히 물리쳤다. 오히려 영의정 한상경, 좌의정 박은, 우의정 이원과 육조판서를 불러 새 임금이 즉위하는 일을 의논하여 차질 없도록 하라고 당부했다

"전하께서 군신의 청을 굳이 거절하니 어쩔 것인가? 어찌할 것인가?"

현실을 인식하자는 의견이 대두되었다. 좌의정 박은이었다. 복위의 청을 얻지 못하면 육조와 더불어 즉위할 여러 일을 의논하여야 하지 않느냐는 것이다. 조정의 원로 성석린과 유정현, 그리고 여러 신하들이 또 중문을 헤치고 내정으로 들어가 호곡했다. 그 소리가 어좌까지 들렸다.

"내가 이성異姓의 임금에게 전위한다면 경들의 청이 옳겠지만, 내가 아들에게 전위하는데 어찌 이와 같이 하는가? 다시 청하지 말라."

"전위는 전하와 세자에게 있어서 다 같이 실덕失德함이 있습니다. 원민

생이 세자를 세우는 청을 가지고 아직도 명나라에서 돌아오지 않았는데, 전하께서 하루아침에 왕위를 물러나시고 세자가 즉위한다면 황제의 마음이 어떠하겠습니까? 청컨대 원민생이 돌아올 때까지 기다리게 하소서."

김점이 명나라와의 외교문제를 들어 반대했다. 양녕을 폐하고 충녕을 세자로 삼는다는 주본을 가지고 명나라로 떠난 사신 원민생이 아직 돌아오지 않았으니 그가 돌아올 때까지 기다리자는 것이었다. 하지만 태종은 치밀한 계산을 하고 있었다. 2개월 전에 떠난 원민생이 아직 한양에 돌아오지 않았으나 황제의 고명을 받아 이미 남경을 떠났다는 계산이었다.

태종은 대소신료들의 만류를 받아들이지 않았다. 즉위를 늦출 수 없다는 것이다. 태종은 친히 충녕의 머리 위에 충천각모衝天角帽●를 씌워주며 등을 떠밀었다. 충녕으로 하여금 국왕의 의장儀仗을 갖추어 경복궁에 가서 즉위하게 하였다. 충녕이 내문을 열고 나와서 말했다.

● 충천각모(衝天角帽)
왕과 왕세자가 집무할 때 쓰던 관

"내가 어리고 어리석어 큰일을 감당하기가 어려우므로 지성으로 사양하기를 청하였으나 마침내 윤허를 받지 못하고 부득이하여 경복궁으로 돌아간다."

신하들은 충녕이 충천각모를 쓴 것을 보고 곡성을 멈추었다. 충천각모는 임금의 상징이었다. 새로운 왕이 탄생했으니 경하해야 했다. 곡성과 경하의 변경점에 선 것이다. 꿇어앉고 땅에 엎드려 있던 신료들이 서로를 돌아보면서 한마디의 말도 없었다. 어떻게 처신해야 할지 몰라 황망했다. 울던 얼굴로 웃어야 하는 난감한 순간이었다.

"세자는 우리 임금의 아들이다. 굳이 사양하였으나 윤허하지 않았고 이미 상위上位의 모자를 쓰셨으니 우리가 굳이 다시 청할 이유가 없다."

박은이 큰소리로 외쳤다. 대소신료들도 박은의 의견을 따랐다. 전위를 현실로 받아들이자는 것이다. 이 모든 과정은 태종 이방원이 양녕을 폐위하기 전 유정현과 박은을 비밀리에 불러들여 밀담을 나누었던 수순에서 한치의 오차 없이 진행된 결과였다.

태종 이방원은 내관 최한에게 양 정승을 들라 일렀다. 좌의정 박은과 우의정 이원이 급히 입시했다.

"주상이 장년이 되기 전까지는 내가 군사를 친히 청단할 것이다. 또한, 나라에서 결단하기 어려운 일은 의정부, 육조로 하여금 의논하게 하여 각각 가부를 진달陳達하게 하여 시행하고 나도 가부에 마땅히 한 사람으로 참여할 것이다."

태종이 전위 후의 정국 운영에 대한 구상을 밝혔다.

"성상의 전위는 한가롭게 일락逸樂하시고자 하려는 것으로 신 등이 생각하였는데 이제 성상의 대계를 알겠습니다. 청컨대 교서를 지어 왕위를 사양하시는 뜻을 유시하시어 신민의 소망을 너그럽게 하소서."

이제야 임금의 뜻을 알았다는 듯이 박은과 이원이 머리를 조아렸다. 태종은 예조판서 변계량에게 〈전위교서〉를 짓게 하는 한편 여러 대언들에게 전지했다.

"병조 당상은 모두 나에게 시종하고 그 밖의 대언은 속히 경복궁으로 가라."

"신 등도 반으로 나누어 시위하겠습니다."

"비록 병조는 겸할 수 있으나 어찌 승선을 나누어 두겠는가? 예로부터 승선은 인주人主를 따르는 것이다. 따로 행할 이치가 없으니 모름지기 속히 경복궁으로 가라."

하연으로 하여금 급히 사금司禁을 거느리고 주장朱杖과 임금의 의장儀仗을 가지고 경복궁으로 가도록 명했다. 변계량이 〈전위교서〉를 지어 부리나케 달려왔다.

"오늘 조하를 받으려면 일이 심히 번극하니 속히 반교頒敎하라."

대소신료들이 조복을 갖추고 창덕궁 뜰에 도열했다.

"왕은 말하노라. 내가 부덕한 몸으로 아버지의 홍업洪業을 이어받아 이미 18년이 되었다. 은택이 백성들에게 미치지 못하여 여러 번 재변이 일어났고, 근일에 숙질宿疾이 심하여 청정聽政을 감당할 수 없게 되었다.

세자가 영명공검하고 효제관인하여 대위에 오르기에 합당하므로, 영락 16년 8월 초 8일에 친히 대보를 주어 기무機務를 맡아보게 하였다. 군국의 중요한 일은 내가 친히 청단聽斷하겠다. 중외의 대소신료들은 모두 나의 지극한 마음을 몸 받아 한마음으로 협력하고 도와서 유신維新의 경사를 맞이하게 하라."

창덕궁에 머물고 있던 백관들에게 경복궁에 가서 새 임금을 진하하게 했다. 창덕궁에서 지는 해를 바라보지 말고 경복궁에 가서 뜨는 해를 맞이하라는 것이다. 문무백관이 조복朝服을 갖추고 경복궁 근정전에 반서班序했다.

익선관을 쓴 충녕이 홍양산을 앞세우고 경복궁 근정전에 모습을 드러냈다. 왕세자 충녕이 세종대왕으로 탄생하는 순간이었다. 양녕이 폐위된 지 2개월 만이었다. 14년간 세자 수업한 양녕은 축출되었고 충녕은 2개월 남짓 세자 수업을 받았다.

새 임금 세종

충녕이 강사포에 원유관을 쓰고 근정전에 나아가 〈즉위교서〉를 반포했다. 세종시대의 개막 선언이었다. 근정전 앞뜰에 도열한 문무백관을 대표하여 영의정 한상경이 전을 올려 진하陳賀했다. 즉위식을 마친 세종 이도가 문무백관을 거느리고 부왕이 있는 창덕궁으로 거둥했다.

면복을 입고 근정전 서쪽 섬돌로 내려온 세종 이도가 지통례知通禮의 안내를 받아 어가에 올랐다. 둥둥둥둥. 북소리가 울렸다. 병조에서 준비한 대가와 노부가 움직이기 시작했다. 취타가 소리를 뿜어내고 상서관이 어보御寶를 받들어 앞으로 나아갔다. 광화문을 빠져나온 행차가 황토현에서 동쪽으로 꺾었다.

육조거리를 지날 때는 썰렁하던 거리가 운종가를 지날 때는 인산인해를 이루었다. 새 임금 세종을 구경하기 위하여 도성의 백성들이 구름처럼 몰려나와 경하했다. 종루를 지날 때는 의금부 옥을 지키던 옥졸들도 구경나왔다. 모반대역 죄인과 부모를 때리거나 죽인 죄인, 그리고 처첩이 남편을 죽인 죄인을 제외하고 사면되어 옥이 비어 있었기 때문이다.

새 임금 세종의 어가행렬이 창덕궁에 도착했다. 문관은 동쪽에 서고 무관은 서쪽에 섰다. 종2품 이하 품위들은 겹줄로 도열했다. 판통례가 세종 이도를 인도하여 인정문을 통과했다. 세종 이도는 욕위褥位에 이르러 북향으로 섰다. 거기에 태종 이방원이 있었다. 인정전에 좌정한 태종 이방원이 세종 이도를 지긋이 내려다보고 있었다.

"사배요."

판통례가 사배를 청했다. 세종 이도가 태종 이방원 앞에 무릎 꿇고 네

번 절을 올렸다.

"관원 사배요."

통찬의 구령에 따라 문무백관이 사배했다. 배례가 끝나자 세종 이도가 전을 올려 읽어 내려갔다.

"성군의 대명을 이 몸에 내리시니 신자된 심정으로 놀랍고 두려움을 금할 수 없습니다. 아무리 생각해도 저에게는 마땅치 않사오며 중난한 짐을 어찌 감당하오리까? 신은 성품과 자질이 어리석고 학문이 천박하여 정사에 어두우니 어찌 백성을 다스릴 수 있겠습니까? 잔약한 이 몸으로 외람되이 큰 자리에 임하게 하시오니, 감히 나라를 초창하실 때에 어려움과 편안히 쉬실 겨를이 없으셨던 일을 우러러 생각하지 않을 수 없습니다. 책임이 중난하다는 것을 마음에 품고 힘쓰겠나이다."

태종 이방원이 흐뭇한 미소를 지으며 세종 이도를 바라보았다. 충녕의 머리 위에 익선관을 씌워주기 위하여 얼마나 지난한 세월을 보냈던가. 지나온 일이 그림처럼 눈앞을 스쳐 지나갔다. 쌍륙은 이제 던져졌다. 확률은 입이분지 일이지만 말을 놓는 것은 자신이 있었다.

"장의동 본궁으로 돌아가서 창덕궁의 역사가 끝나기를 기다리라."

새 임금 세종이 즉위했지만 세종은 거처할 궁이 없었다. 경복궁은 무인혁명 이후 임금이 거처하지 않아 관리가 부실했다. 긴급 보수하여 근정전에서 즉위식은 거행했지만 임금이 거처할 상태는 아니었다. 창덕궁에는 태종 이방원이 있다. 세종 이도가 갈 만한 곳이 마땅치 않았다.

태종 이방원은 자신이 거처할 궁궐을 창덕궁 동쪽에 짓고 있었다. 공사가 마무리 단계에 접어들었으니 본궁에 임시로 기거하라는 것이다. 세종 이도의 하례를 받은 인정전도 공사를 중단하고 의식장소로 사용했다.

전이 얕고 작으며 마당과 월랑이 좁다하여 크고 웅장하게 개축하라 명하여 공사 중이었다. 본궁은 태종 이방원이 즉위하기 전 잠저였으며 세종 이도가 태어난 곳이다.

장의동 본궁으로 돌아온 세종 이도가 지신사 이명덕을 불렀다.

"부왕의 존호尊號를 태상왕으로 올리고 대언 세 사람으로 공상供上을 보살피게 하였으면 합니다."

이명덕으로부터 보고를 받은 태종은 반대했다.

"상왕을 태상왕으로 하고 나를 상왕으로 하는 것이 마땅하다. 내가 겸덕해서가 아니라 이것이 천륜의 차서次序다. 주상이 나에게 효도하고자 하거든 모름지기 나의 말대로 따라야 한다. 또 주상이 대언 세 사람으로 하여금 내 옆에서 시중들게 하려고 하나 이것은 나라에 두 임금이 있는 것이니 옳지 않다."

본궁에서 회의가 열렸다.

"상왕이 비록 먼저 즉위하였으나 부왕의 공덕이 깊고 중한데, 하물며 주상께서 왕위를 부왕에게서 받은 경우이겠습니까? 마땅히 가까운 데부터 먼 데 미쳐야 하니 부왕을 높여 태상왕으로 삼아야 할 것입니다. 상왕은 그대로 상왕이 되는 것입니다."

유정현, 박은, 이원, 박습, 조말생이 태상왕론에 찬성했다.

"즉위한 선후로써 논하여야 하며 공덕功德으로 논할 수가 없습니다. 마땅히 상왕을 높여 태상왕으로 하고 부왕을 상왕으로 해야 할 것입니다."

변계량, 정역, 탁신, 이적, 이지강, 한상덕, 원숙 등이 상왕론을 펼쳤다. 세종 위에 태종 있고 또 그 위에 정종이 있으니 또한 보통 일이 아니었다. 호칭에서도 이렇게 의견이 분분하니 수많은 예우와 절차가 따를 터인데 간단한 일이 아니었다. 이 소식을 접한 인덕궁에서 사람을 보내 왔다. 인덕궁에는 정종 이방과가 살고 있었다.

"태상이란 두 글자는 내가 감당할 바가 못 되며 실로 지나침이 있다."

당사자 정종 이방과가 반대하고 나섰다. 난상토론이 벌어졌다. 하지만 결론을 내야 했다.

"부왕을 상왕으로 하고 상왕을 태상왕으로 한다."

세종 이도가 임금으로서 최초의 의사결정을 내렸다. 이어 모후를 대비라 하고 경빈을 비로 봉했다. 또한 왕비의 아버지 심온을 청천부원군으로 삼고 심온의 처 안씨를 삼한국대부인으로 삼았다. 청천부원군이 죽음의 덫이 될 줄 누가 알았으랴. 태종이 지신사 이명덕을 불렀다. 지신사는 양전兩殿을 오가며 두 임금을 모시느라 바빴다.

"경은 지신사가 된 지 한 달이 넘지 않았으나 내가 이미 왕위를 내어 놓았으니 경도 역시 벼슬을 내놓아야 할 것이다. 주상이 일찍이 이수에게 배웠으니 지금 비록 직위가 낮다 하더라도 대언 벼슬을 줄 만하니 모두 특진 발령하도록 하라."

경복궁으로 돌아가는 이명덕의 손에는 세자의 사빈을 지냈던 박은, 이원, 유창 등에게 관직을 제수하고 이명덕을 이조참판으로, 이명덕이 수행하던 지신사 자리에 하연을, 이수를 동부대언으로 하라는 태종의 휘지徽旨가 들려 있었다.

세종 이도가 하연을 불렀다.

"내가 인물을 잘 알지 못하니 좌의정과 우의정, 그리고 이조·병조의 당상관과 함께 의논하여 벼슬을 제수하려고 한다."

"상왕께서 일찍이 경덕궁에서 정승 조준, 상서사제조와 함께 의논하여 벼슬을 제수하셨사온데, 이제 전하께서 처음으로 정치를 행하심에 있어 대신과 함께 의논하심은 매우 마땅하옵니다."

세종 이도는 허지를 대사헌으로, 허조를 공안부윤으로, 박광연을 경상도 수군도절제사로, 정수홍을 우사간으로, 박관을 사헌집의로, 정기를 사헌지평으로 임명했다. 세종이 행한 최초의 인사이동이었다. 이로써 세종 조를 이끌어갈 진용이 짜여졌다.

왕으로 등극한 세종 이도는 우의정 이원을 종묘에 보내 즉위 사실을 고했다.

"조종이 나라를 세우고 덕을 닦아 후손에게 복을 내려 오늘에 이르렀습니다. 부왕이 그것을 계승하여 18년을 내려오시다가 이 몸에 명하여 대업을 이어받게 하시었습니다. 생각하옵건대, 위로는 조종祖宗의 유업을 계승하지 못하지는 않을까, 아래로는 신민의 기대에 미치지 못할까 두렵습니다. 그리하여 재삼 사양하였으나 마침내 부왕의 윤허를 받지 못하고 대위를 받자왔사오니 이로써 감히 고하나이다."

명실상부한 즉위 절차를 마친 세종 이도는 지신사 하연과 병조판서 박신에게 양전兩殿을 시위侍衛하는 일에 차질 없도록 하라 명하고, 각도에서 바치는 진상품을 예전 그대로 상왕전에 바치도록 했다. 또한 조관朝官이 벼슬을 제수받고 사은하는 것과 종친이나 대소신료의 문안과 사사로이 진상하는 것도 그 전대로 하게 했다.

세종이 태종에게 청했다.

"중궁의 호를 검비라 정하고 싶습니다."

"주상이 검약함을 좋아하시는지라 이 호가 매우 좋으나 글자의 음이 호에는 적당치 않다. 공비로 고치도록 하라. 그리고 대비가 양녕을 보고 싶어 하니 내일 아침에 그를 불러서 오게 하고 주상도 반드시 와서 뵈옵도록 하라. 양녕을 불러오게 하는 것은 대간의 의논에 부쳐야 할 것이다."

태종 이방원의 뜻을 받들어 중궁의 호를 공비로 정한 세종 이도는 대간을 불렀다.

"상왕께서 양녕을 부르라 하시니 어찌하면 좋겠는가?"

"상왕의 자애하신 마음과 전하의 우애하시는 정은 아름다우나 양녕이 왕래할 때 도시인都市人의 이목을 어찌하시려 하십니까?"

대간이 반대했다. 병조판서 조말생과 형조참판 이유가 불가함을 역설했다. 조정의 공론을 접한 태종도 순순히 받아들였다. 세종은 아쉬워하는 태종을 위로해드리고자 양녕이 유배생활하고 있는 광주에 환관 박춘무를 보내어 술과 고기, 그리고 면포綿布와 주견紬絹 각 10필과 포 백 필을 전달하도록 했다.

세종 이도가 상왕전에 나아가 태종 이방원에게 헌수獻壽하고 잔치를 베풀었다. 전위 위로연 겸 즉위축하연이었다. 효령대군 이보와 영돈녕 유정현, 영의정 한상경, 우의정 이원과 종친, 부마, 6대언이 모두 참석했다. 세종이 태종 앞에 무릎 꿇고 만수무강을 비는 수를 올렸다.

"내가 왕위에서 물러난 것은 복을 남겨두기 위함이었더니 이제야 복이 찾아오는구나."

태종은 흐뭇한 마음으로 만면에 미소를 띠었다.

"종사의 안위는 신이 책임을 지겠나이다."

세종 이도가 말했다.

취흥에 겨운 태종이 자리에서 일어났다. 혼자서 춤을 추던 태종이 유정현의 팔을 이끌어 덩실덩실 춤을 추었다. 만백성의 생사여탈권을 휘두르던 근엄은 언제였나 싶었다. 모두들 경이의 눈으로 바라보았다. 유정현과 태종은 지신사와 군주였다. 한 사위의 춤을 끝낸 태종이 자리에 앉았다.

"위를 전한다 해도 사람을 얻지 못하였다면 어찌 시름을 잊을 수 있으랴. 주상은 참으로 문화와 태평을 지킬 만한 임금이로다."

"성상께서 아드님을 아시고 신하를 아시는데 밝으심으로 말미암은 바이오니, 온 나라의 신민들이 만세의 수壽를 누리시어 길이 태평함을 보기를 비옵나이다."

한상경이 화답했다. 연회는 밤이 이슥해서 파했다. 태종이 하연과 노희봉에게 내사복의 말을 각각 1필씩 하사했다.

이튿날, 충녕의 세자 책봉에 대한 고명을 받으러 남경으로 떠났던 사은사 원민생이 명나라 예부의 자문咨文을 받아가지고 돌아왔다.

"명나라 사신 육선재가 이미 요동에 도착하였습니다."

세자 책봉에 대한 황제의 인준을 받았다는 기쁨도 잠시, 조정에 비상이 걸렸다. 세자가 즉위하고자 하니 윤허해달라는 주문사를 보내지도 않았는데 명나라 사신이 온다는 것이다. 명나라에서는 아직 태종 이방원이 위에 있는 것으로 알고 있었다. 비상사태가 발생한 것이다. 대책회의가 열렸다.

"갑자기 전위하였으니 명나라에서 어떻게 생각할까요?"

세종 이도가 영의정 한상경과 우의정 이원에게 물었으나 뾰쪽한 대책이 없었다. 병석에 누워 입궁하지 못한 좌의정 박은에게 지신사 하연을 보내 의견을 구했으나 역시 대안을 내지 못했다. 다급해진 세종이 원로대신과 육조 판서를 이끌고 상왕전을 찾았다. 긴급구수회의가 열렸다.

"부왕께서 병환이 있어 세자가 임시로 국사를 맡아 보시게 되었다 하고 세자께서 출영하시는 것이 좋을까 합니다."

남재, 정탁, 유창이 머리를 맞대고 도출해낸 의견을 내놓았다.

"부왕께서 황제의 칙명을 받지 않으시면 이는 예의가 아니옵니다. 부왕께서 왕위를 물려주신 일을 숨기시고 국왕으로서 칙사를 맞이하시는 것이 가할 듯하옵니다."

성석린이 경륜에서 우러나오는 지혜라고 내놓은 제안이었다.

"주상께서는 익선관을 쓰지 마시옵고 세자로서 칙명을 맞이하셨다가 사신이 돌아간 후에 전위를 주청하시는 것이 옳을 줄로 아옵니다."

기발한 발상이라는 듯이 안경공이 제시한 의견이었다. 모두가 고육지책이었다.

"새 국왕이 즉위하고 이미 교서를 반포하였으니 사신이 의주에 도착하면 어찌 그 소문을 모르겠느냐? 사실을 숨기는 것은 옳지 않다."

태종 이방원이 원로대신들의 의견을 물리쳤다. 잠시 숙고하던 태종이 다시 입을 열었다.

"'병환이 때 없이 발작하기 때문에 세자로 하여금 임시 권도로 집무를 대행시키기는 하였으나 지금은 병환이 조금 차도가 있어 병을 무릅쓰고 칙령을 맞이하려 합니다' 라고 말하는 것이 좋겠다."

경륜이 부족하고 나이 어린 세종을 앞세워 일을 그르치느니 자신이 직접 전면에 나서겠다는 것이다. 대책을 마련한 태종 이방원은 이종무에게 선온宣醞을 가지고 의주로 급히 떠나라 명했다. 명나라 사신이 국경을 넘는 순간부터 극진히 예우하여 혼을 빼놓겠다는 복안이었다. 그 이면에는 사신을 밀착 호위하여 백성들과의 접촉을 차단하겠다는 의도가 숨어 있었다.

이종무를 의주로 급파한 태종 이방원은 전위 주문사를 꾸리라고 명했다. 명나라의 추궁이 있기 전에 세종 이도의 즉위 사실을 명나라에 빨리 알려 고명을 받아오라는 것이다.

"안원군 한장수를 정사로, 공조참판 이적을 부사로 하여 사은사를 보내고 김여지를 청승습주문사로 삼을까 합니다."

세종이 태종에게 명나라 사신 명단을 보고했다.

"사은사는 반드시 친척을 보내야 한다. 한장수가 비록 친척이긴 하지만 심온만 못하고, 또한 심온이 평소에 황엄을 잘 알고 지내는 사이니 심온이 간다면 황엄은 반드시 정성을 다할 것이다."

명나라에 파견할 사은사와 주문사가 결정되었다. 황엄은 비록 환관이지만 명나라 조정의 내사였다. 국내에 들어오면 총독처럼 군림했지만 조선의 유일한 대명 창구였다. 여자 좋아하고 뇌물 좋아하는 황엄과 심온이 친하게 지내고 있으니 제격이라는 것이다. 심온은 세종의 장인이었다. 사위가 등극했으니 국구國舅다. 국구 파견은 명나라에 대한 최상의 예우며 환상의 선택이었다.

압록강을 건넌 명나라 사신을 의주에서 맞이하여 밀착 호위하고 있다는 이종무의 보고를 받은 태종 이방원은 도총제 노귀산을 평양으로 보냈다. 색향 평양에서 어느 정도 손을 보라는 것이다. 하룻밤을 묵으며 흐물흐물해진 육선재가 평양을 출발했다는 장계를 받은 태종은, 길창군 권규에게 선물을 가지고 개성으로 떠나라 명했다.

국경을 넘는 순간부터 대대적인 물량공세였다. 개성에서 유숙한 명나라 사신이 한양 입성 준비를 하고 있다는 전갈을 받은 태종 이방원은, 원민생을 개성에 보내어 사신을 맞이하게 하였다. 원민생은 대명외교에서 잔뼈가 굵은 명나라 통이며 명나라 말을 자유자재로 구사했다.

흠차환관 육선재가 홍제원을 지나 무악재 고개를 넘었다. 태종을 모신 세종이 여러 신하들을 거느리고 모화루에서 영접했다. 신왕과 구왕의 동시 출영이었다. 간단한 영접절차를 마친 세종 이도가 사신을 경복궁으로 인도했다. 의식대로 근정전에서 행례가 거행되었다. 태종 이방원이 전에 올라가 황제의 칙서를 받았다.

"조선 국왕이 '장자 이제는 덕이 없어 후사가 되기 어렵고 셋째 이도는 성질이 총명하고 학문에 힘써 나라사람들이 모두 촉망하므로 후사에 세울 만하였다'고 아뢰었는데, 짐이 생각건대 후사는 맏아들로 세우는 것이 고금의 변함없는 상도다. 그러나 나라 일에 있어 사자嗣子의 자질은 국가의 성쇠존망이 달려 있는 것이다.

사자가 어질지 못하면 종사가 의탁할 바가 없고 나라가 어지러워 패망이 뒤따를 것이며, 온 나라의 백성이 화를 받게 될 것이다. 이제 왕이 국가를 위하여 장구한 염려를 하고 성쇠존망의 기운을 살펴보아 어진 이를 세워 사자로 삼고자 하니 조선 국왕이 택한 바를 들어주노라."

칙서를 받은 태종 이방원이 섬돌을 내려와 소차小次로 돌아왔다. 물을 한 모금 마시며 숨고르기를 끝낸 태종이 다시 전상殿上으로 올라가 사신과 마주섰다.

"나는 본래 병이 있어 아들 도祹를 후사로 삼기를 주청하고자 하여 원민생을 보냈던 바, 그 후에 병이 더 심하게 되어서 도로 하여금 국부를 권섭權攝하게 하였노라."

허락 요청이 아니라 일방통보였다. 아무리 대국이라도 아비가 아들에게 대권을 위임한 것을 너무 깊게 간섭하지 말라는 선언이었다. 말을 마친 태종 이방원이 소차로 돌아가고 세종 이도가 전상으로 올라갔다. 세자가 아닌 대권을 위임받은 신분으로 세종이 사신과 마주했다. 육선재가 문제 재기를 할 겨를도 없이 행례가 끝났다. 사신이 한 마디 말을 꺼낼 틈새를 주지 않았다. 용의주도한 영접행사였다.

태종 이방원이 신경을 곤두세우고 있는데 군권에 이상기류가 감지되었다. 일찍이 '군권은 직접 청단하겠다'고 천명했건만 군권의 총사령탑 병조의 흐름이 심상치 않았다. 태종은 군권에 균열이 생기면 세종을 지키지도 못할 뿐만 아니라 태조의 건국 위업마저 와해된다고 믿고 있었다. 자신이 죽을 때까지 틀어쥐고 왕권의 초석을 깔아야 한다는 것이 신념이었다. 이러한 태종 이방원의 소망에 불길한 징조가 포착된 것이다. 태종이 강상인을 불렀다.

"상아패와 오매패는 장차 어디에 쓰려고 한 것인가?"

병조참판 강상인이 세종 이도에게 패를 더 만들자고 주청했다. 영문을 모르는 세종은 병조에서 필요한 패이려니 생각하고 상서원에 명하여 상아패 12개와 오매패 30개를 더 만들게 하였다. 어제 하명했는데 당일에 태종의 귀에 들어간 것이다.

오매패는 태종이 대군이나 의정대신, 삼군대장, 병조판서를 비밀히 부를 때 사용하는 명소부命召符다. 국가 위기관리망의 핵심 징표였다. 패를 소지한 자의 통행을 제지하면 어명으로 처단했다. 야간통행금지도 없었다. 오매부라고 부르기도 하는 오매패는 조선팔도에 오직 태종 혼자만 가지고 있다. 군권의 상징이었다.

"이것으로 대신을 부르는 데 쓰나이다."

노기를 애써 감추며 잠자코 듣고 있던 태종 이방원이 자신이 가지고 있던 상아패와 오매패를 꺼내어 강상인에게 주었다.

"여기서는 소용이 없으니 모두 본궁으로 가져가라."

태종의 속내를 헤아리지 못한 강상인이 곧 이를 받들고 주상전으로 가지고 가 세종에게 바쳤다.

"이것은 무엇에 쓰는 것이냐."

"이것으로 밖에 나가 있는 장수를 부르는 데 쓰는 것입니다."

"그렇다면 여기에 두어서는 안 된다."

세종 이도의 용안이 새파랗게 변했다. 호랑이 같은 부왕의 불호령이 금방이라도 떨어질 것만 같았다. 경기驚氣가 날 정도였다. 오매패는 세종에게 금지된 부적과도 같은 존재였다. 만져서는 안 될 양날의 칼이었다. 세종은 강상인으로 하여금 곧바로 가지고 가서 상왕께 도로 바치도록 했다.

패를 싸가지고 창덕궁으로 뛰어가는 강상인의 뒷모습을 바라보던 세종 이도의 얼굴에 어두운 그림자가 그려졌다. 잠저시절부터 부왕을 20년 이상 모신 강상인이 아버지의 시험에 든 것이 안타까웠다.

강상인을 세종이 있는 본궁으로 보낸 태종은 우부대언 원숙과 도진무 최윤덕을 불러 임금에게 선지宣旨를 전하라 명했다.

"내 일찍이 교서를 내려 군국의 중요한 일은 내가 친히 청단하겠노라고 말했다. 헌데 병조는 궁정 가까이 있으면서 순찰에 관한 일만 내게 아뢰고 그 밖의 일은 모두 아뢰지 않았으니, 내가 군사를 듣기로서니 무엇이 사직에 도움이 되겠느냐?

또한, 강상인에게 벼슬시킬 만한 사람을 적어주며 주상께 올리라 하였더니 강상인은 자기의 아우 강상례를 더 적어 사직의 벼슬을 내리게 하고는 내게 와서 사례하기를 '주상께서 신의 아우 상례로 사직을 삼으셨나이다' 고 하였으니 이는 임금을 속인 것이다."

태종 이방원의 노기는 불꽃 같았다. 세종에게 선지를 전한 태종은 병조참판 강상인과 병조좌랑 채지지를 의금부에 하옥하라 명하고 의금부 제조 유정현을 불렀다.

"이런 의논을 먼저 낸 자가 누구인지 알아내라. 만일에 숨기고 말하지 아니하거든 고문을 가해도 좋다."

피바람을 예고하는 심상치 않은 바람이 불었다. 상왕의 심기를 건드린 병조는 바짝 엎드렸다. 태종 이방원은 환관 노희봉에게 군사軍事를 점검하게 하고 지병조사 원숙으로 하여금 병조에 입직入直하게 하였다. 병조를 접수하려는 태세였다. 흐트러진 군기를 다잡기 위한 병조 길들이기가 시작된 것이다.

강상인을 의금부에 투옥한 태종은 뒤이어 병조판서 박습, 참의 이각, 정랑 김자온·이안유·양여공, 좌랑 송을개·이숙복을 의금부에 하옥하라 명했다. 병조 싹쓸이 작전이었다.

고삐를 틀어쥔 태종 이방원은 형조판서 조말생, 대사헌 허지, 우사간 정상을 위관委官으로 임명하고 호조참판 이지강으로 하여금 잡치雜治하도록 했다. 또한 도진무 최윤덕에게 의금부에 가서 안문按問하도록 했다. 국문에 준하는 형옥이 시작된 것이다.

병조의 관리들을 심문하던 의금부에서 보고가 올라왔다.

"강상인과 낭청郎廳 6명을 모두 고문하였으나 사리를 잘 살피지 못했던 탓이라고 변명합니다. 박습과 이각도 함께 고문하도록 윤허해주소서."

"박습은 재임한 날짜가 얼마 안 되니 그대로 두고 강상인은 젊어서부터 나를 따라 오늘에 이르기까지 중요한 직임을 맡겼거늘, 나의 은혜를 생각하지 않고 거짓으로 속일 마음만 품었으니 그 죄가 중하다. 마땅히 단단히 고문을 하되 죽지 않을 한도까지 하라."

박습은 태종 이방원의 과거 동방同榜이었다. 문과에 응시하여 7등으로 턱걸이 할 때 같이 합격한 동료였다. 옛날을 생각하여 박습은 봐주고 강상인은 괘씸죄를 걸으라는 것이다.

강상인은 태종 이방원의 잠저시절 가신家臣이었다. 올곧은 성격으로 태종의 신임을 받아 즉위와 동시에 생원으로 발탁되었다. 공직에 있으면서 청렴성을 인정받아 본궁의 사재私財를 출납하는 일을 감독하는 일도 겸직했다. 무한한 신뢰를 보냈던 강상인에게 태종이 심한 배신감을 느꼈던 것이다.

강상인에게 형문을 가했으나 아무것도 나오지 않았다. 태종 이방원은 박습과 강상인은 원종공신이라 용서하여 면죄하고 강상인은 그의 고향으로 귀향조치했다. 이각, 양여공, 이안유, 김자, 심온, 송을개, 이숙복, 채지지를 속장贖杖에 처하라 명한 태종은 태상왕 및 임금과 더불어 의건義建과 삼군 양부兩府의 군사들을 친히 검열했다.

무차별 공습을 당한 병조에서 상왕전으로 보고가 올라왔다.

"앞으로는 중외의 군무를 병조에서 상왕께 아뢰어 선지를 받아 행한 후에 사실을 갖추어 임금께 아뢰기로 함이 좋을까 하나이다. 또한 모든 수점受點의 절차는 상왕께 미리 아뢰어 수점을 마친 후에 임금께 아뢰도록 하겠습니다."

병조가 알아서 낮추기 시작했다.

병조의 주청을 가납한 태종 이방원은 황룡대기黃龍大旗 2개를 만들어 의건부와 삼군부에 나누어 걸도록 했다. 상왕전의 큰 기는 흰 바탕에 황색 선을 두르고 황룡黃龍을 그려서 주상전의 기와 차별화한 것이다. 군권은 상왕전에 있으니 군대는 일사분란하게 따르라는 것이다.

　병조를 평정한 태종에게 형조판서 김여지, 대사헌 허지, 좌사간 최개가 합동하여 상소를 올렸다. 박습과 강상인을 죄 주자는 것이다. 태종이 상소를 물리치자 삼성에서 다시 박습 등에게 죄를 줄 것을 청했다.

　"신하의 죄는 불경보다 더 큰 것이 없고 불경의 행실로는 임금을 속이는 것보다 더 심한 것이 없사온데, 박습과 강상인이 병조에 직임에 있으면서 군무에 관한 일을 한 번도 상왕께 아뢰지 않았으니 이는 불경함이 분명하옵니다. 상왕께서는 박습, 강상인이 원종공신이라 하여 죄를 면하여 주는 것은 공의에 어긋나오니, 그들의 직첩을 거두시고 법률에 의하여 죄를 주어 불경함을 징계토록 하시옵소서."

　태종 이방원은 강상인을 함경도 단천의 관노官奴에 붙이고 박습은 경상도 사천으로 귀양 보내라 명했다. 또한 이각은 전라도 무장으로, 김자온은 경상도 양산으로, 양여공은 경상도 함안으로, 이안유는 경상도 경산으로, 채지지는 전라도 고부로, 송을개는 경상도 칠원으로, 이숙복은 평안도 강동으로 유배 보냈다.

　병조의 군기를 다잡은 태종이 좌의정 박은을 불렀다.

　"심온은 국왕의 장인이니 그 존귀함이 비할 데 없으니 마땅히 영의정이 되어야 할 것이다. 그 좌차座次는 두 정승과 상의하도록 하라."

　"마땅히 창녕부원군 성석린의 위에 두어야 할 것이옵니다."

　한상경이 영의정에서 물러나고 그 자리에 심온이 임명되었다. 전격 발탁이었다. 세종의 장인 심온이 영의정부사가 된 것이다. 청송 심씨 집안에서 왕비가 나오고 영상이 나왔으니 가문의 영광이었다. 태종과 심온의 인간관계는 보통 이상의 특별한 사이였다.

고려조에서 문하시중을 지낸 심온의 아버지 심덕부는 이성계와 요동 정벌에 나섰다가 위화도에서 함께 회군한 사이였다. 조선개국 후 심덕부는 이성계의 딸 경선공주를 며느리로 삼았다. 심온 자신은 세종의 장인이 되었으니 겹사돈 관계였다.

명나라로 떠나는 사신 일행을 위한 환송연이 양정에서 베풀어졌다. 사은사 구성은 변함이 없었으나 주문사는 김여지가 빠지고 찬성사 박신이 그 자리에 임명되었다. 연회가 파할 무렵 태종 이방원이 심온에게 내구마를 하사했다. 영광의 선물이었다.

드디어 심온이 명나라로 떠나는 날이다. 사은사 심온, 부사 이적, 주문사 박신으로 구성된 사신이 명나라로 떠나는 날 한양이 술렁거렸다. 대궐은 물론 도성이 들떠 있었다. 왕비의 아버지가 영의정이 되어 사신으로 떠나니 축하의 물결이 넘쳐흘렀다.

그중에서 제일 축제 분위기는 단연 세종의 정비 공비가 있는 중궁전이었다. 심온의 딸 공비가 세종 이후 보위를 이어갈 맏아들 향(문종)을 낳고, 위(수양대군)를 낳은 후, 셋째(안평대군)를 회임하고 있었으니 중궁전은 경하의 연속이었다.

사은사 일행이 경복궁 남쪽 광화문을 빠져나와 육조거리에 모습을 나타냈다. 구름처럼 몰려온 환송객들이 길을 메웠다. 장안의 백성들이 다 나왔는지 구경나온 사람들 때문에 사신 행차가 앞으로 나아가지 못했다. 육조거리에 늘어선 사헌부와 이조, 예조, 호조, 형조, 병조, 공조 관원들도 일손을 놓고 구경하기에 여념이 없었다.

황토현을 마주보며 행렬이 서쪽으로 방향을 틀 무렵, 늘어선 군졸들 때문에 가까이 접근하지 못하고 황토 마루에 올라 구경하던 백성들이 한꺼번에 밀려들어 행차가 앞으로 나아가지 못하고 잠시 멈추어 섰다. 가까스로 길을 트고 서전문을 지나 경교 다리에 이르니 경기감사 조치보가 마중 나와 있었다.

경기감사의 환송을 받은 심온 일행이 북으로 향했다. 반송정에서 의주에 이르는 의주대로는 조선팔도 간선도로 중 으뜸이었다. 한양에서 동래에 이르는 영남대로보다 중요한 길목이었다. 이 길을 가마 타고 가는 사은사 행차 길은 영광의 길이었다. 모든 사대부들의 동경의 대상이었다. 반송정에서 구름같이 몰려든 사람들의 환송을 받은 심온은 기쁨으로 충만해 있었다.

세종 이도가 보낸 환관 최용과 중전이 보낸 환관 한호련이 심온을 연서역까지 배웅하기 위하여 사신 일행과 함께 무악재를 넘었다. 그들의 모습이 시야에서 사라지자 환관 황도는 창덕궁으로 돌아가 태종 이방원에게 보고했다.

"심온은 임금의 장인으로 나이 50세가 못 되어 수상首相의 지위에 오르게 되니, 영광과 세도가 혁혁하여 이날 전송 나온 사람으로 장안이 거의 비게 되었습니다."

황도의 보고를 받은 태종 이방원의 얼굴이 일그러졌다. 임금의 장인에 영의정을 겸했으니 '그럴 수도 있겠지'라고 이해하면서도 호사스럽기 짝이 없는 요란한 행차는 국구로서 도를 넘었다고 생각되었다. 태종이 그렇게도 싫어하던 그림이 눈앞에 펼쳐진 것이다.

태종 이방원은 왕권에 반하는 신하들의 행동을 역적 이상으로 간주했다. 혁명동지이자 개국공신 정도전이 신권을 앞세워 이복동생 방석을 감싸고 돌 때 용납하지 않았다. 건국 26년밖에 되지 않은 신생국 왕권이 무너진다면 목숨 걸고 세운 나라가 무너지는 것은 불을 보듯 뻔해 보였다.

태종 이방원의 숙원사업 왕권강화를 위하여 외척 발호는 척결의 대상이었다. 태종은 생리적으로 척리를 싫어했다. 훗날(심온사건 후) '척리는 품계는 높아도 정사에는 참여할 수 없도록 하라'는 원칙을 만든 장본인이 태종이었다. 왕자의 난 때 동지로 활약했던 자신의 처남 민무구, 민무질을 협유집권挾幼執權 혐의로 처형한 것도 같은 맥락이었다.

이러한 태종 이방원에게 심온의 뒷모습은 불길한 그림이었다. 초석을 다지기 위하여 아들 세종에게 선위한 자신의 선택이 물거품이 될 수 있다고 생각했다. 비록 왕비의 아버지고 자신의 사돈이지만 심온의 뒷모습은 묵과할 수 없는 어두운 그림자였다.

왕비의 아버지 심온

창덕궁 동쪽에 짓고 있던 궁궐이 완공되었다. 신궁을 수강궁이라 명명한 태종 이방원은 신궁에 들어앉아 깊은 장고에 들어갔다. 눈앞에는 명나라로 떠나던 심온의 모습이 어른거렸다. 도저히 묵과할 수 없는 그림이었다.

결심의 순간이 다가왔다. 심온의 아우 동지총제 심정과 강상인이 모종의 연결고리가 있다는 첩보가 참인지 거짓인지 알 수 없지만 결행의 순간이 다가온 것이다. 칼을 빼기로 결단한 태종이 편전에 나아가 병조판서 조말생, 병조참의 원숙, 지병조사 장윤화를 불렀다. 병권을 쥐고 있는 태종 이방원의 핵심 측근들이었다. 이들과 함께 주상전의 소식통 지신사 하연도 불렀다.

"강상인이 생원에서 참판에 이른 것은 특별히 대우한 것이었다. 헌데 딴 마음을 품고 군무를 아뢰지 않았다. 또한 선지를 받들어 공문을 보내도록 하였더니 4, 5일 동안이나 늦추어두고 실행하지 않았으니, 나와 주상에게 차별 없이 충성하였다면 어찌 이런 일을 할 수 있겠는가? 다시 국문하여 왕법으로 다스려야 하지 않겠는가? 반드시 압슬형을 써서 심문을 하여야만 그제야 그 진상을 알 수 있을 것이다."

"그때의 행수行首인 당해관원도 마땅히 심문해야 하나 박습이 강상인의 말을 믿고 이 지경에 이르렀으니 나는 죄가 차등이 있어야 할 것이라고 생각한다."

행수란 병조판서 박습을 지칭한 것이다. 자신의 과거 동방 박습은 봐주라는 것이다.

"박습이 비록 강상인의 말만 듣고 따랐다고 하지만 판서로서 어찌 알지 못하고 이 일을 하였겠습니까."

원숙이 병조판서 박습의 처신은 옳지 않았다고 주장했다.

"박습의 사람 된 품이 어찌 강상인의 지휘를 따를 사람이겠습니까. 신은 그들의 죄가 경하고 중한 것이 없다고 생각합니다."

조말생도 원숙의 의견에 동의했다. 태종 이방원은 병환으로 입궐하지 못한 좌의정 박은에게 장윤화를 보내어 의견을 구했다.

"강상인이 범한 죄가 이보다 큰 것이 없습니다. 온 나라 사람이 논청하였으나 윤허를 얻지 못하였는데 지금 다시 심문하게 하니 신은 실로 다행으로 생각합니다."

　태종 이방원은 의금부진무 안희덕을 단천으로 보내어 강상인을 잡아 오게 하고, 홍연안을 고부로, 도사 노진을 사천으로, 진중성을 무장으로 보내어 박습 등 그 밖의 연루자들을 모조리 압송하라 명했다.

　각처에 흩어져 있던 죄인들이 한양으로 끌려왔다. 태종은 대사헌 허지, 사간 정초, 형조정랑 김지형, 병조참판 이명덕에게 명하여 의금부와 같이 강상인과 박습을 국문하라 명했다.

　국청이 개설되고 국문이 시작되었다.

　"'군국의 중대한 일은 내가 친히 청단하겠다'라고 상왕 전하께서 〈전위교서〉를 선포하셨는데 너희들이 군무를 아뢰지 않았으니 반드시 다른 계획이 있었을 것이다. 빠짐없이 이실직고하라."

　"어찌 감히 다른 계획이 있겠습니까. 다만 새로 판서에 임명되어 사무를 알지 못할 뿐이었습니다. 강상인은 원래 주상전하의 잠저시절 옛날 신하이며 오랫동안 병조에 있었으므로 강상인의 말을 따랐을 뿐입니다. 이각이 저와 강상인에게 '군사는 마땅히 상왕전에 아리어야 될 것이다'라고 하였으나 강상인은 빙긋이 웃으면서 대답하지 아니하였습니다."

　박습이 완강히 부인했다. '압슬형을 가하라'는 태종의 특명이 있었으나 아직 박습에게 압슬형을 가하지 않았다. 상왕의 동방이며 전 병조판서에 대한 예우가 작용했다. 국문이 진척되지 않자 박습에게 압슬형을 가할 것을 요청했다.

　"박습의 죄가 없을 수 없지마는 강상인과는 죄과가 다르니 차마 고문할 수는 없다."

　태종이 윤허하지 않았다.

"박습이 판서가 되었는데 어찌 강상인의 말만 따랐겠습니까? 반드시 이의를 하지 않는 것에만 그치지 않았을 것이오니 마땅히 국문을 더 해야 할 것이옵니다."

대사헌 허지가 강력한 국문을 주장했다.

"강상인이 이각을 대하여 빙긋이 웃는 것은 반드시 다른 뜻이 있을 것이니 상세히 심문할 것이나, 세 번이나 형벌로써 심문하면 형장이 90대에 이를 것인데 또 압슬형을 더하면 불편할 것 같다. 만약 복죄하지 않는다면 어찌 세 번까지 기다린 뒤에 압슬형을 쓸 것이 있느냐?"

병조에 마련된 국청은 살점이 튀고 피가 튀었다. 뼈가 으스러지는 소리와 고통에 몸부림치는 죄인들의 비명소리가 그치지 않았다.

"심정과 무슨 말을 나누었느냐?"

심정은 사은사로 명나라에 간 영의정 심온의 동생이다.

"주상께서 본궁에 계실 때 궁문 밖 장막에서 심정을 만났는데, 그가 '내금內禁 안에 시위하는 사람의 결원이 많아서 시위가 허술한데 어째서 보충하지 않느냐?' 하기에 내가 '군사가 한 곳에 모인다면 허술하지는 않을 것이다' 고 하였더니 심정이 말하기를 '한 곳에 모인다면 어찌 많고 적은 것을 의논할 것이 있느냐' 하였다."

기다리던 답이 나왔다. 강상인의 입에서 심정의 연루사실이 확인된 것이다. 자백을 확보한 의금부에서 심정의 체포를 품신했다.

"비록 2품 이상의 관원이라도 공신이 아니면 계문함이 없이 바로 잡아 가두어 국문하라."

동지총제 심정이 체포되어 강상인과 대질심문을 했다.

"나는 내금위內禁衛의 절제사가 된 까닭으로 강상인과 시위의 허술한 것을 의논하였을 뿐, '군사가 두 곳으로 갈라져 있다'고 한 말은 내가 한 것이 아니다."

심정이 극력 부인했다. 대질심문이 맞아떨어지지 않자 강상인에게 압슬형이 가해졌다.

"이종무에게 '군사는 마땅히 한 곳으로 돌아가야 된다' 하였더니 이종무가 빙긋이 웃으면서 수긍하였으며, 또 우의정 이원 대감을 대궐 문 밖 길에서 만나 '군사를 나누어 소속시키는 것이 어떠하냐?'고 하였더니 대답하기를 '이를 어찌 말할 수 있느냐'고 하였습니다."

강상인이 물귀신 작전을 쓰기 시작했다. 태종 이방원의 핵심 측근세력을 끌고 들어간 것이었다. 상왕이 총애하는 우의정 이원과 장천군 이종무가 걸려들었다. 정승이 연루되어 있으니 윤허를 받아야 했다. 의금부에서 계본을 갖추어 보고했다.

"이원이 강상인의 간사한 꾀를 듣고도 즉시 잡아들이지도 않고 고하지도 않았으니 대신의 의무를 잃었습니다. 모두 잡아서 심문하기를 청합니다."

태종은 곤혹스러웠다. 자신이 신임하는 우의정이 연루되었다니 난감했다.

"그렇다면 말을 타고 국청에 나아가게 하라."

이원은 우의정이었다. 삼정승의 하나인 우의정을 어찌 여타의 잡범들처럼 잡아들일 수 있느냐 하는 것이다. 말을 타고 자진 출두할 수 있도록 예우해주라는 것이다.

"죄인이 말을 타고 옥에 나가는 것은 합당하지 못합니다."

조말생과 원숙이 반대했다.

"병조에서 이원에게 사람을 보내 그로 하여금 스스로 국청에 나아가게 하라."

우의정 이원이 갓을 쓰고 걸어서 국청에 출두했다. 이원의 입장에서야 모함을 받아 혐의 없다고 길길이 뛸 수 있었다. 말도 있고 가마도 있었다. 위세를 부리기 위하여 타고 갈 수도 있었다.

하지만 혐의를 받고 소환되는 것마저도 선비로서 자신의 부덕으로 받아들였다. 백성들 보기가 민망하여 갓을 쓰고 걸어서 출두한 것이다. 장천군 이종무도 소환되었다. 고문에 시달리던 강상인과 대질심문이 시작되었다.

"강 참판은 사람을 끌고 들어가지 마시오."

이종무가 엄중하게 힐책했다. 자신은 결백하니 물귀신 작전을 거두라는 것이다. 고개를 늘어뜨린 강상인은 아무 말이 없었다.

"강 참판은 사람을 죄에 빠뜨리지 말라."

이원이 고함을 쳤다. 압슬형으로 몸이 만신창이가 된 강상인이 측은하기도 했지만 자신이 살아야 했다. 헤어 나오지 못하면 강상인과 함께 죽을 수도 있다는 생각이 들었다.

"고초를 견디지 못함이었다. 실상은 모두 무함誣陷이었다."

강상인이 사실대로 토설했다. 압슬형을 견디지 못하고 '예예' 하다 보니 그렇게 됐다는 것이다. 우의정과 이종무를 끌어들인 것은 허위자백이라는 것이다. 이원과 이종무가 구사일생 살아났다. 우의정 이원을 즉시 석방하라 명한 태종 이방원은 강상인을 더욱 강하게 심문하라 일렀다. 강상인에게 강도 높은 압슬형이 가해졌다.

"군사는 한 곳에서 나와야 한다고 네가 말했지?"

"예. 선위하는 교지의 뜻을 모두 다 알고 있었다. 일찍이 이와 같이 하지 않은 것은 내 마음에 국가의 명령은 마땅히 한 곳에서 나와야 된다고 생각하였으므로 상왕께 아뢰지 않은 것이다."

"박습도 옳다고 말했지?"

"예, 내가 박습과 의논하면서 '군사軍事는 한 곳에서 나오는 것이 어떠냐?'고 하니 박습도 '옳다'고 하므로 아뢰지 않았다."

죄인에게는 선택의 여지가 없었다. 다른 말을 하면 모범답안을 들이밀고 압슬형을 가하니 끝내는 '예예'라고 말할 수밖에 없었다.

병조참판 강상인의 입에서 병조판서 박습의 연루사실이 튀어나왔다. 기다렸다는 듯이 박습에게 압슬형이 가해졌다. 뼈가 으스러지는 압슬형을 한 차례 견뎌낸 박습이 두 번째 압슬형에서 무너졌다.

"강상인이 모든 군사는 한 곳에서 나와야 한다고 하기에 상왕전에 아뢰지 않았습니다."

또다시 강상인에게 압슬형이 가해졌다.

"날짜는 기억하지 못하지만 영의정 심온을 상왕전의 문밖에서 보고 의논하기를 '군사를 나누어 소속시키는데 갑사는 수효가 적으니 마땅히 3천 명으로 해야 되겠다'고 한즉, 심온이 '옳다'고 하였다. 그 후에 또 의논할 일이 있어 심온의 집에 가서, '군사는 마땅히 한 곳으로 돌아가야 된다'고 하였더니, 심온이 '옳다'고 하였다."

압슬형을 3번째까지 견디던 강상인이 4번째는 견디지 못하고 자백했다. 3번 이상의 압슬형은 법으로 금지했지만 갈 길이 바쁜 심문자들은 이를 지키지 않았다.

드디어 강상인의 입에서 심온의 연루가 튀어나왔다. 기다리던 답이었다.

"진상이 오늘날에야 나타났구나. 마땅히 대간大姦을 제거하여야 될 것이다."

지금까지의 심문결과를 의금부로부터 보고받은 태종 이방원은 흡족했다. 만인지상 영의정이 대간으로 지목되었다. 태종의 장인이 제거해야 할 대상으로 떠올랐다. 명나라를 방문 중에 있는 사은사가 간신의 수괴로 등장했다. 피바람을 예고하는 검은 구름이 창덕궁과 수강궁에 무겁게 내려앉았다.

"전하께서 군무를 청단하심은 오로지 종묘사직을 위하신 것이온데 불온한 무리들이 군무를 옮기고자 하니 그 마음을 헤아리기 어렵습니다. 비록 종실과 훈척일지라도 어찌 감히 용서하겠습니까."

조말생이 지위고하를 막론하고 엄중한 처벌을 주장했다.

"참판과 지사知事도 의금부에 같이 가서 심정을 국문하라."

표적이 등장했으니 정조준하라는 것이다. 강상인의 자백만 가지고는 뭔가 부족하니 심온의 아우 심정의 자백을 확보하라는 것이다.

"오늘은 금형일禁刑日이오니 어찌 하오리까?"

이명덕이 난색을 표명했다. 공교롭게도 금형일이었다. 아무리 큰 중죄인도 이레 중에 하루, 금형일에는 심문하지 말도록 대명률이 규정하고 있었다.

"병이 급하면 날을 가리지 않고 뜸질을 하는 법이다. 이것은 큰 옥사이니 늦출 수 없다."

금형일을 무시하고 강행하라는 지시였다.

영의정 심온의 아우 심정에게 압슬형이 가해졌다. 심정은 이를 악물고 압슬형을 견뎌냈다. 자신과 형 심온, 그리고 가문의 존폐가 걸린 문제이기에 죽을힘을 다해 참았다. 하지만 심정도 견디지 못하고 2차 압슬형에서는 모범답안을 내놓기 시작했다.

"군사는 마땅히 한 곳에서 나와야 된다고 네 형 심온이 말했지?"

"예. 형 온을 그 집에서 보았는데 형이 '군사는 마땅히 한 곳에서 나와야 된다'고 하였습니다."

"형의 말에 너도 옳다고 말했지?"

"예."

굿판이 끝났다. 이명덕의 보고를 받은 태종 이방원은 더 이상 심문할 필요가 없다고 말했다. 그날 밤. 태종은 좌의정 박은을 불렀다. 삼정승 가운데 영의정 심온은 사건과 연루되어 있고, 우의정 이원도 무고가 밝혀졌으나 역시 사건에 연루되어 있었다. 상의의 대상은 오직 좌의정 박은뿐이었다.

"강상인의 죄는 내가 그 정상을 모르는 바가 아니었기 때문에 대수롭지 않게 생각하여 외방으로 내쫓기만 하였다. 그 후에 생각해보니 나의 여생은 많지 않고 대간은 제거하는 것이 마땅하므로, 다시 그 일을 심문하여 이와 같은 결과에 이른 것이다. 심온이 군사가 한 곳에 모여야 된다는 말을 듣고 '군사가 반드시 한 곳에 모이는 것이 옳다'고 하였다 하니 경은 이를 알아야 할 것이다."

진솔한 태종의 속내였다. 강상인 건은 사건의 내막을 속속들이 알고 있었기 때문에 가볍게 처리했는데 여생이 얼마 남지 않은 현 시점에서 곰곰이 생각해보니 차기를 위하여 큰 산을 헐어내야겠다고 생각했다는 것이다. 호사스럽게 떠난 임금의 장인 심온을 세종 이도의 앞길을 가로

막는 큰 산으로 규정했고 대간으로 지목한 것이다.

태종 이방원은 좌의정 박은, 우의정 이원, 병조판서 조말생, 병조참의 원숙을 불러 술을 내렸다. 뭔가를 암시하고 부탁하는 하사품이었다. 이튿날 태종은 판전의감 이욱을 의금부진무로 임명하고 의주에 가서 심온이 명나라에서 돌아오기를 기다렸다 잡아오라고 명했다.

"심온이 만약 사신과 같이 오거든 심온에게 병을 핑계하고 잠깐 머물게 하여 비밀히 잡아오도록 하라. 명나라 조정에서 우리 부자 사이에 변고가 있는 것으로 잘못 알려질까 염려되니 사신으로 하여금 알지 못하게 하여야 한다."

심온 체포조가 의주로 떠났다. 영광의 길 떠났던 영의정에게 체포령이 떨어진 것이다. 체포조가 떠나던 날, 의금부에서 보고가 올라왔다.

"형률에 의거하면 강상인, 박습, 심정, 이관은 모반대역에 해당되므로 수모자首謀者와 종범자從犯者를 분간하지 않고 모두 능지처사해야 할 것입니다. 그들의 부자 나이 16세 이상이 된 자는 모두 교형에 처하고 15세 이하와 처첩, 조손, 형제, 자매는 공신의 집에 주어서 노비를 삼게 해야 할 것입니다."

의금부의 보고를 받은 태종 이방원은 박은, 조말생, 이명덕, 원숙을 불러 긴급 구수회의를 가졌다.

"강상인과 이관은 죄가 중하니 지금 마땅히 죽일 것이오, 심정과 박습은 강상인에 비하면 죄가 경한 듯하고 괴수魁首 심온이 아직 돌아오지 않았으니 남겨두었다가 대질시키는 것이 어떠한가? 그렇지 않으면 인심과 천의에 부끄러움이 있지 않겠는가."

"대질시키고자 하신다면 강상인만 남겨두고 세 사람은 처형하는 것이 옳습니다. 그러나 심온이 범한 죄는 사실의 증거가 명백하니 어찌 대질할 필요가 있겠습니까. 남겨두는 것이 옳지 못합니다. 그리고 반역을 함께 모의한 자는 수모자와 종범자를 분간하지 않는 법이니 어찌 차등이 있겠습니까."

박은이 대질은 필요 없다고 주장했다.

"옥에서 곤란한 일이 많사오니 속히 형을 집행하기를 청합니다."

이명덕이 의금부의 의견을 내놓았다.

"강상인은 형률대로 거열형에 처하고 박습과 이관, 심정은 모두 참형에 처하라."

죄인들을 처형하라는 서릿발 같은 명이 떨어졌다. 심정의 입에서 심온의 이름이 튀어나온 하루 만이었다. 이렇게 서둘러 처형한 것은 진실이 밝혀질 것을 두려워했기 때문이다.

박습과 이관, 심정을 참형에 처하고 강상인을 거열하라는 명에 따라 서교 삼거리에서 박습과 이관, 심정의 목을 뺐다. 고문을 견디지 못하고 옥중에서 절명한 병조판서 박습의 목도 뺐다. 시신의 목을 자른 것이다.

대역죄인을 처형한다는 방을 보고 종루 사거리에 사람들이 구름처럼 몰려들었다. 문무백관이 참관하고 수많은 백성이 지켜보는 가운데 강상인의 거열형이 시작되었다. 태종 잠저시절 한때는 집사를 자처하던 강상인이 머리는 산발한 채 손과 발이 묶여 달구지에 걸렸다. 압슬형에 무릎이 으깨진 강상인은 제대로 서지도 못하고 흐물거렸다.

거열은 손과 발, 사지를 밧줄로 묶어 달구지에 연결한 뒤, 소나 말을 네 방향으로 출발시켜 사람의 몸을 찢어내는 잔혹한 형벌이다. 압슬형으로 만신창이가 된 강상인이 제대로 서지도 못하고 밧줄에 묶인 채 울부짖었다.

"나는 실상 죄가 없는데 때리는 매와 고문을 견디지 못해 죽는다."

강상인의 거열형이 집행되었다. 한때는 태종 이방원의 총애를 받던 강상인의 몸이 네 갈래로 찢어졌다. 권력무상, 인간관계 무상이었다. 이 모습을 지켜보던 군중들이 얼굴을 손으로 가리고 손가락 사이로 쳐다봤다. 무섭고 두려워 고개를 돌려 외면했다가 다시 쳐다봤다.

병조참판 강상인과 병조판서 박습, 그리고 영의정 심온의 동생 심정을 처형한 태종은 더욱 고삐를 죄었다.

"심인봉은 곧 심정의 배다른 형이다. 비록 세력이 없더라도 역신逆臣의 형으로서 안연히 입직入直하는 것이 의리에 편안하겠느냐."

"이것은 곧 신 등의 죄입니다."

병조판서 조말생이 실수를 자인했다.

"내가 병권을 내놓지 않는 것은 왕위를 마음에 두고 잊지 못하는 것이 아니다. 주상에게 무슨 사고가 있을 경우에 후원하고자 하기 때문이다. 예로부터 지친을 이간시키는 것은 여러 소인배들의 작당에 기인한 것이 많았으니, 어찌 크게 징계하여 뒷세상 사람을 경계하지 않으리오."

좌군총제직에 있던 심인봉을 해임함과 동시에 해진으로 귀양 보내는 것을 필두로 대대적인 소탕작전이 펼쳐졌다. 한마디로 연루자 집안을 초토화시킨 것이다.

호사다마라고 했던가. 조선팔도를 뒤흔든 피바람 속에서 제일 크게 흔들린 곳이 왕비가 있는 중궁전이었다. 친정아버지가 영의정이 되어 명나라 사신으로 떠나고 셋째 왕자 용(안평대군)을 낳아 경사가 겹친 것도 잠시, 숙부가 대역죄로 처형되고 아버지가 대간의 괴수로 지목되어 잡혀올

날을 기다리고 있으니 천당과 지옥을 오가고 천길 벼랑에 서 있는 입장이었다.

중궁전의 주인 왕비 심씨가 식음을 전폐하고 몸져누웠다. 아버지를 대역죄인의 수괴로 지목한 것에 대한 항의 표시가 아니라 해산 후유증과 심신이 피폐해졌기 때문이다. 초상집 같은 중궁전에 폐비문제가 덮쳐왔다. 죄인의 딸을 국모로 모실 수 없다는 분위기가 조정에 솔솔 피워 올랐다. 설상가상이었다.

"심 씨가 이미 국모가 되었으니 그 집안이 어찌 천인賤人에 속할 수 있겠느냐? 심온의 아내와 네 명의 어린 딸을 천인에 속하게 할 때는 윤허를 얻어 시행하라."

심씨 가家에 대한 선을 제시한 태종 이방원이 영돈녕 유정현, 좌의정 박은, 우의정 이원, 병조판서 조말생, 예조판서 허조, 지신사 하연을 불렀다.

"아버지가 죄를 지었어도 딸이 왕후와 왕비가 된 일은 옛날에도 있었다. 형률에도 연좌한다는 명문이 없으므로 내가 이미 공비에게 밥 먹기를 권하였고 또 염려하지 말라고 하였으니 경 등은 이 뜻을 알라."

"상교가 진실로 마땅합니다."

"임금의 계사는 많이 두지 않으면 안 될 것이다. 내가 지난해 예관의 청으로 3, 4명의 빈과 잉첩을 들였으니 그들의 아버지인 권홍, 김구덕, 노귀산, 김점 등이 왕실에 향하는 마음이 다른 신하와 달랐다. 계사를 많이 두고 한편으론 여러 사람의 도움을 얻게 되며 또 옛날의 한 번 혼인에 아홉 여자를 취한다는 뜻에도 맞는다. 지금 주상이 정궁에 세 아들이 있지만 많으면 더욱 좋을 것이다."

이때 세종 이도에게는 향, 위, 용 세 아들이 있었다.

"예로부터 제왕은 자손이 번성한 것을 귀하게 여겼으니 빈과 잉첩 2, 3명을 들이기를 청합니다."

유정현이 맞장구를 쳤다.

"이 일은 주상이 알 바가 아니니 내가 마땅히 주장할 것이다."

본인의 의사와 관계없이 아들 세종을 새 장가 들게 하겠다는 것이다. 친정아버지가 대역죄인에 연루되어 부부금슬이 깨졌을 터, 폐출하지는 않고 중궁전에 두되 새 여자를 들이겠다는 것이다. 태종은 예조에 명하여 가례색의 제조와 별좌를 선임하여 보고하도록 했다. 그러나 중전 폐출 논의의 불길은 꺼지지 않았다.

"궁중이 적막합니다."

좌의정 박은이 중궁을 폐할 것을 돌려 말했다.

"내가 이미 경의 뜻을 알고 있다."

"중궁전을 폐하는 것이 백성의 의리에 합당한 줄 아뢰옵니다."

의금부제조 변계량이 중궁을 폐하기를 청했다. 죄인의 딸을 국모로 모실 수 없다는 것이다.

"평민의 딸도 시집을 가면 친정 가족에 연좌되지 않는 법인데 하물며 심 씨는 이미 왕비가 되었으니 어찌 감히 폐출하겠는가. 경들의 말이 옳지 않다."

폐출 반대 의사를 분명히 밝힌 태종 이방원이 옆자리에 앉아 있는 세종 이도를 바라보며 말했다.

"죄인의 딸인 까닭으로 외인이 반드시 이를 의심하지만 너무 염려하지 말아라. 이것이 어찌 법관이 청할 바겠느냐."

심온 사건 이후 세종에게는 하루하루가 지옥 같았고 가시방석이었다. 사랑하는 부인이 연루되었지만 어떠한 의견도 낼 수 없는 안타까운 처지였다. 이러한 아들의 복잡한 심리를 꿰뚫어본 태종이 공비는 절대 폐출하는 일이 없을 것이라며 세종을 안심시킨 것이다.

"만약 형률로써 논하면 상교가 옳습니다. 그러나 주상의 처지에서 논한다면 심온은 곧 부왕의 원수니 어찌 그 딸로서 중궁의 자리에 있도록 하겠습니까. 은정을 끊어 후세에 법을 남겨두시기를 청합니다."

조말생과 원숙이 반대했다.

"경에 '형벌은 아들에게도 미치지 않는다' 하였으니 하물며 딸에게 미치겠느냐? 그전의 민 씨의 일도 또한 불충이 되었으나 그 당시에 있어서는 왕비를 폐하고 새로 왕비를 맞아 세우자고 의논한 사람이 하나도 없었는데 지금은 어찌 이 지경에 이르렀느냐? 내가 전일에 가례색을 세우라고 명한 것은 빈과 잉첩을 뽑으려고 한 것뿐이다."

가례색을 세우라는 것은 빈과 첩을 뽑으려는 것이었을 뿐, 왕비를 뽑기 위한 것이 아니었으니 너무 앞서나가지 말라는 뜻이었다. 태종 이방원은 전국에 금혼령을 내렸다. 아들 세종이 싫어해도 빈과 잉첩을 간택하여 중궁의 공백을 메우겠다는 것이다. 이것이 빌미가 되어 세종 이도는 6명의 부인에 22명의 자녀를 둔 군주가 되었다.

강상인과 심정을 처형하고 그 추종세력을 척결한 태종 이방원은 대소신료들을 바짝 얼어붙게 했다. 특히 무관들의 군기를 틀어쥐었다. 수강궁에 물러앉은 자신이 주상의 뒤통수나 쳐다보는 허수아비가 아니라는 것을 무관들에게 각인시켜준 것이다. 한양의 일을 어느 정도 처결한 태종은 심온이 돌아오는 길목 의주 일이 걱정되었다.

"심온이 이미 대역이 되었으니 혹시 이를 알고 도망쳐 숨을까 염려된다. 속히 평안도 관찰사에게 일러 미리 체포하는 것에 대비하도록 하라."

선지를 평양감사에게 보낸 태종은 그래도 미덥지 않았다.

"역관 전의로 하여금 군사 10명을 거느리고 연산참으로 가서 심온을 기다리고 있다가 칼을 씌우고 수갑을 채워 잡아오도록 하라."

압록강을 건너 의주에 들어오는 것을 기다리지 말고 명나라에 들어가 잡아오라는 것이다. 조선 국경에서 7일 거리에 있는 연산참은 명나라 땅이었다. 명나라 조정에서 알게 되면 외교적인 문제로 비화할 소지가 다분한 문제였다.

"연산까지 가서는 아니 됩니다."

박은이 우려를 표명했다.

"의주목사 임귀년은 심온이 천거한 사람이오며 또 심온의 집 종이 일찍이 심온을 맞이하려고 의주로 갔사오니 마땅히 사람을 보내어 체포해야 할 것입니다. 또 임귀년의 관직을 해임하여 변고를 일으키지 못하게 해야 할 것입니다."

총제 원민생이 대책을 내놓았다. 의주목사 임귀년은 심온 사람이니 불온한 마음을 먹고 변란을 꾀할 수 있다는 것이다. 심온이 돌아오기 전 사전 조치하여 근심의 싹을 자르자는 것이다.

"임귀년의 관직을 파면하고 전 부윤 우균으로 의주목사를 삼는다."

즉시 지인 강권선을 의주로 보냈다. 한양에서 의주에 이르는 천리 길은 팽팽한 긴장감이 흘렀으며 역마의 말발굽소리가 그칠 날이 없었다.

12월 스무하루. 의주를 병풍처럼 감싸고 있는 삼각산의 형체도 보이지 않는 칠흑 같은 밤. 금군들이 철통같이 경계를 서고 있는 신갈파진을 피하여 압록강 가에 서 있는 여인이 있었다. 강을 건너려는 여인이었다. 여인이지만 남자 옷차림으로 변복을 했다. 강을 건너면 중국 땅이었다.

1년 중 2개월 정도 동결되는 압록강은 꽁꽁 얼어 있었다. 신갈파진에서 구련성에 이르는 길은 사람들의 왕래도 잦았다. 눈을 피해 어두운 밤길을 건너야 하는 여인은 어디가 얼어 있고 어느 쪽에 살얼음이 있다는 것을 알 길이 없었다. 얼음이 깨지면 구해줄 사람도 없는 죽음의 길이었다. 그렇지만 망설일 수 없었다. 죽어도 가야 하는 길이었다.

"이대로 강을 건너시면 의주에서 금군에게 체포되옵니다. 어서 피하시라는 부부인 마님의 전갈이옵니다."

한 나라의 영상이요 임금의 장인으로 명나라에 사은사로 다녀오던 심온에게는 청천벽력 같은 소식이었다. 왕 세종과 왕비 소헌왕후, 그리고 상왕 태종의 분에 넘치는 환송을 받으며 떠나온 것이 불과 두 달 남짓 전인데 도무지 믿기지 않은 일이었다. 꿈에도 생각해보지 못한 날벼락이었다.

엎드려 읍소하던 여인이 얼굴을 들었다. 가녀린 두 뺨에 한 줄기의 눈물이 흐르고 있었다. 심온이 자세히 살펴보니 낯이 익은 여인이었다. 딸아이가 어렸을 때 데리고 있던 아이를 왕비가 되어 궁으로 들어가면서 데리고 들어갔던 아이였다.

'그렇다면 이 아이가 전하는 말은 부인의 간청이며 중전의 부탁이 아닌가?'

한양의 정세가 뭔가 심각하게 돌아가고 있다는 것을 심온은 직감했다. 부인과 중전이 아이를 여기까지 보내 귀국을 돌리라는 얘기는 생명이 위태롭다는 얘기가 아닌가? 심온은 잠시 망설였다. 하늘을 쳐다봤다. 몇

점 흰 구름이 남동쪽으로 흐르고 한 떼의 기러기가 무리를 지어 날고 있었다.

"귀국을 거두고 몸을 피한다는 것은 소인배들이나 할 짓이다. 일국의 영상으로 그것도 왕비의 애비로서 당치않은 일이다. 죽음을 두려워하는 것은 군자의 도리가 아니느니라."

심온은 귀국을 서둘렀다. 심온을 비롯한 사은사 일행이 의주를 향하여 출발했다. 그 모습을 바라보던 여인의 두 눈에서 하염없이 눈물이 흘러내렸다. 사지로 뛰어드는 대감마님을 바라보는 여인의 마음이 찢어지는 것만 같았다.

사은사 일행이 의주에 닿았다. 명나라로 떠날 때 극진히 환송하던 의주목사가 보이지 않았다. 자신이 천거하여 의주목사가 된 임귀년이 보이지 않고 낯선 사람들이 보였다. 눈빛이 날카로운 장정들이었다. 임귀년이 파직과 함께 한양으로 압송되어 의금부에 하옥되어 있다는 사실을 심온은 까맣게 모르고 있었다.

"어명이요. 대역죄인 심온은 오라를 받으시오."

태종 이방원의 특명을 받은 의금부 진무 이욱의 목소리였다. 대역죄라니 심온은 너무나 뜻밖이었다. 도무지 이해할 수 없는 죄목이었다. 이렇게 체포된 심온은 수갑을 채우고 칼을 씌워 압송하라는 태종의 특명에 따라 함거에 실려오는 신세가 되었다. 갈 때는 영광의 행차길, 올 때는 죄인의 몸으로 압송되는 달구지 수레 길이었다.

압록강을 건넘과 동시에 의주에서 체포된 심온은 칼을 쓰고 함거에 실려 남행길에 올랐다. 산천은 의구한데 신세는 달라져 있었다. 심온이 체포되어 압송 중이라는 보고를 받은 태종은 평안도 관찰사에게 명했다.

"심온을 만난 종을 단단히 가두어 누설되지 않도록 하고 중요한 길목에 군사를 풀어 잡인의 접근을 차단하라. 심온에게 한양 소식을 알려서는 아니 된다."

심온은 흔들리는 수레에서 눈을 지그시 감았다.

'내 비록 죄인의 몸으로 압송되고 있지만 한양에 가면 진실은 명명백백 가려질 터. 강상인과 대질하면 내가 억울하게 뒤집어쓰고 있는 누명은 벗겨지겠지.'

강상인과 자신의 아우 심정이 이미 처형된 것을 알지 못하는 심온은 한 가닥 희망을 가지고 있었다. 흔들리는 함거에서 심온은 깊은 생각에 잠겼다.

'임금의 장인이요, 일인지하一人之下 만인지상萬人之上인 내가 왜 죽어야 하나?'

아무리 생각해도 죽을 이유가 없었다. 그 순간 머리를 스치는 것이 있었다. 일인지하 만인지상. 만백성을 내려다보고 오로지 한 사람을 올려다보는 영광스런 자리 영의정을 일컫는 말이었다.

'일인지하 만인지상'이라는 말을 곱씹던 심온은 등줄기를 흐르는 오싹한 한기를 느꼈다. 현실은 어떠한가? 창덕궁에 주상이 있고 수강궁에 상왕이 있지 않은가? 이인지하二人之下 만인지상이 아닌가? 그렇다면 일인지하 만인지상이라는 말이 나에게 덫이었단 말인가?'

의주에서 체포된 심온이 평양을 통과했다는 평양 발 장계가 수강궁에 접수되었다. 때를 같이하여 의주목사의 장계도 도착했다. 귀국하는 심온에게 종을 보내어 한양의 사정을 알리게 한 장본인이 판통례문사 안수산이었다는 것이다. 보고를 받은 태종 이방원은 안수산을 의금부에 하옥하

고 심문하라 명했다.

"죄인 심온에게 서찰을 보내어 읽어본 후 불살라 버리라고 한 연유가 무엇이냐?"

"소인이 주상전하를 뫼시고 종묘에 제사지내는 예에 참여하여 상사賞賜를 많이 받았다는 이야기를 하였을 뿐입니다."

"허튼 소리하지 마라. 서찰 말미에 강상인이 투옥되었다는 말을 쓰고 읽어본 후 불살라버리라고 한 것은 강상인의 대역모의를 알고 있었던 것이 아니냐?"

"모의라니요? 천부당만부당합니다."

"의주에 보낸 아이는 누구 집 아이냐?"

"장의동 대감댁 아이입니다."

의금부에서 안수산 심문결과를 계본을 갖추어 태종에게 보고했다.

"자서姊壻에게 서신을 보내는 것은 보통의 인정인데 더 이상 문제 삼을 것이 없다."

안수산은 심온 처제의 지아비였다. 동서지간에 있을 수 있는 일이라는 것이다.

"의주에 종을 보낸 사람은 안수산이 아니고 심온의 부인입니다. 심온의 아내를 심문하기를 청합니다."

압록강까지 찾아가 심온을 만난 아이가 안수산집 아이가 아니라 부부인이 보낸 아이라는 것이다. 국모의 어머니를 심문하자는 것이다.

"그럴 수는 없다. 모두 석방하라."

부부인을 심문한다는 것은 모양새가 썩 어울리지 않는다고 생각한 것이다. 그림이 좋지 않은 마당에 여자 아이와 안수산을 가두어 둔다는 것도 명분이 없었다.

  12월 22일. 심온이 압송돼 한양에 도착했다는 보고를 받은 태종 이방원은 대사헌 허지, 병조참판 이명덕, 좌대언 성엄과 사간 정초에게 의금부에 나아가 심온을 심문하라 명했다. 강상인과 박습, 그리고 심정을 심문할 때처럼 필요한 답을 받아오라는 것이다. 심온에게 심문이 시작됐다. 심온은 왕비의 친정아버지고 영의정이었다. 그렇다고 봐주는 것은 없었다.

  "군사는 마땅히 한 곳에서 나와야 된다고 네가 말했지?"

  "그런 말 한 적이 없소이다."

  "강상인이 네가 말했다고 토설했는데 무슨 딴소리냐? 사실대로 이실직고 하렷다."

  "강상인을 대변시켜주시오."

  강상인이 처형된 것을 모르고 있는 심온은 강상인과의 대질심문을 요구했다. 강상인과 대질하면 결백에 자신이 있었다. 대질을 요구한 심온에게 돌아온 것은 심한 매질과 압슬형이었다.

  심온에게 압슬형이 가해졌다. 영의정의 산 같은 위엄은 산산이 부서졌다. 뼈가 으스러지는 고통을 견디지 못한 심온이 순순히 모범 답안을 내놓기 시작했다.

  "강상인이 아뢴 바와 모두 같습니다. 신은 무인인 까닭으로 병권을 홀로 잡아보자는 것뿐이고, 함께 모의한 자는 강상인 등 여러 사람 외에 다른 사람은 없습니다."

  막을 내릴 시간이 가까워졌다. 불과 4개월 전 태종이 세종에게 선위할 때, 아들의 머리에 원유관을 씌워주며 문무백관들에게 천명한 말이 있었다.

"주상이 아직 장년이 되기 전에는 군사는 내가 친히 청단할 것이고 국가에 결단하기 어려운 일이 있을 때마다 정부, 육조로 하여금 함께 그 가부를 의논하게 할 것이며 나도 함께 의논하리라. 병조 당상은 나에게 시종하고 대인들은 주상전에 시종하라."

태종 이방원의 〈전위교서〉에 어긋나는 자백을 받아냈으니 더 이상 심문할 필요가 없었다. 의금부에서 계본을 갖추어 심문 결과를 보고했다. 보고를 받은 태종은 안수산을 예천에 유배 보내고 심온에게 자진하라 명했다. 왕비의 아버지이기 때문에 참형이나 거열형을 행하지 않고 스스로 목숨을 끊을 수 있도록 예우해준다는 것이다.

이튿날 진무 이양에게 심온을 수원으로 압송해 자진하게 하라는 명이 떨어졌다. 말이 자진이지 사사나 다름없었다. 이렇게 하여 44년 심온의 생애가 막을 내렸다. 심온에게 체포령이 떨어진 것이 11월 25일, 목숨을 끊은 것이 12월 25일. 딱 한 달간 벌어진 일이었다.

한바탕 폭풍이 휩쓸고 지나갔다. 바람의 진원지 수강궁의 풍향계는 정중동. 정지한 듯 조용했으나 빠르게 움직이고 있었고 주상이 있는 창덕궁은 깊은 슬픔에 빠졌다. 특히 아버지를 잃은 왕비가 있는 중궁전은 초상집이었다. 또한 태풍급 돌풍을 맞은 장의동 임금의 처가는 쑥대밭이 되었다.

세종 이도 역시 괴로웠다. 권력의 상징 용상에 앉아 있으면서도 왕비의 아버지가 죽어나가는 것을 빤히 보면서 아무런 역할을 하지 못한 무력감과 자괴감에 빠졌다. 그렇다고 아버지에게 맞설 수도 없었다. 이때 세종 나이 스물 하나였다. 아들 셋을 두었으나 아직 어렸다.

심온 처형 이후 세종 이도는 부왕에게 바짝 엎드렸다. 수강궁으로 문안 인사드리러 가는 것이 하루 일과의 시작이었으며 하루에 두 번 문안 가는 날도 있었다.

심온을 처결한 태종 이방원은 이양달을 보내 장사지낼 땅을 잡아주도록 하고 내관을 보내 장사를 돌보게 하는 한편, 수원부에 명하여 후하게 장사지내주라 일렀다. 이양달은 하륜 이후 궁중 최고의 풍수였다. 살아 있는 국구가 눈에 거슬렸지 죽은 사돈은 미워할 이유가 없다는 것이다.

태종 이방원은 심온의 잔존세력 제거작업에 나섰다. 의주목사 임귀년을 파직하고 의금부에 투옥한 것을 필두로 상의원별감 임군례, 김을현, 신이, 장합 등을 파면했다. 또한 심온 체포의 기밀을 누설한 조충좌를 눈감아준 심온의 종사관 우승범, 하도, 송성립을 의금부에 하옥했다.

태종이 병조판서 조말생을 불렀다.

"수강궁에서 직접 군사의 조회를 받을 것이다."

서릿발 같은 영이 떨어졌다. 궁에서 군사들의 열병식을 갖는다는 것은 극히 이례적인 일이었다. 태종 이방원은 자신의 군권을 다시 한 번 만천하에 공표하고 싶었던 것이다. 상왕의 명에 따라 병조, 의금부, 훈련관, 군기감의 관원들이 빠짐없이 수강궁에 도열했다.

"황룡기를 높이 올려라."

병조판서 조말생의 군령에 따라 수많은 황룡기가 하늘 높이 올려졌다.

"상왕 전하 천세! 천세! 천천세!"

상왕에게 충성을 바친다는 의식이 수강궁을 진동했다. 황룡기는 태종 이방원의 명에 따라 주상전의 청룡기와 차별화 된 군기였다. 이후 황색에 가까운 색옷과 백성들의 단령의團領衣를 금했다. 황색은 상왕을 상징

하는 신령스러운 색이니 범접하지 말라는 뜻이었다.

사헌부에서는 황색 비단으로 말의 안장을 꾸미는 것을 금지하게 하였다. 황색 유탄은 중견관리들에게도 떨어졌다. 예조좌랑 김영, 병조정랑 김장, 좌랑 정인지가 의금부에 투옥되었다. 명나라 사신이 가져온 고명을 맞을 때 황색 의장을 빼놓았기 때문이었다.

이런 상황에서 양녕이 말썽을 일으켰다. 경기도 광주에 유배되어 있던 양녕이 유배지를 탈출한 것이다. 깜짝 놀란 태종 이방원은 내관 최한과 홍득경, 그리고 내금위 홍약을 광주에 보내 양녕을 찾아오라 이르고 전국에 현상금을 걸었다. 양녕 탈출사건의 화살은 모두 어리에게 쏠렸다. 어리가 있기 때문에 양녕이 도망했다는 것이었다.

어리는 근심스럽고 분함을 이기지 못하여 이날 밤에 목을 매어 죽었다. 어리가 자결했다는 보고를 받은 태종 이방원은 약장, 가이, 충개를 의금부에 가두게 하였다. 약장은 양녕의 유모, 가이는 김한로의 비첩, 충개는 어리의 몸종이었다. 이들은 양녕 탈출사건의 후폭풍이 자신들에게 떨어질까 봐 어리에게 허물을 씌우고 협박하여 죽게 한 것이었다.

광주를 탈출한 양녕은 한강을 건너 아차산에서 하룻밤을 보내고 평구역리에 사는 장의동 본궁의 종 이견의 집에 숨어들었다. 화들짝 놀란 이견이 입궁하여 양녕의 은신 사실을 알렸다.

태종 이방원은 효령대군과 경녕군, 그리고 내관 유실, 엄영수를 보내어 의복과 신발을 가지고 가서 맞아 오게 하였다. 양녕은 땅거미가 질 무렵 흥인문을 통하여 도성에 들어왔다. 양녕은 옷소매로 낯을 가리고 수강궁에 나아갔다. 태종은 슬픔과 기쁨에 잠겨 양녕을 맞이했다.

"네가 도망했을 적에 주상이 음식을 전폐하며 눈물이 그치지 아니했다. 너는 어찌 이 모양이냐? 너의 소행이 너무도 패악하나 나는 부자의 정으로써 가련하게 여긴다."

이튿날 태종 이방원은 편전으로 측근 신하들을 불렀다. 세종 이도도 시종하고 양녕도 곁에 있었다.

"나는 여러 날을 두고 양녕을 처우하는 방법을 깊이 생각하여 이제야 단안을 얻었다. 경들은 다 고금을 통달한 선비들이니 나의 말을 분명히 들으라. 양녕은 반역을 도모한 죄는 없기 때문에 서울 근방에 두고 목숨이나 보존케 하려고 하였는데 또다시 오늘 같은 일이 있게 되니 부끄러운 일이다.

내가 젊은 시절에 아들 셋을 연이어 잃고 갑술년에 양녕을 낳았는데 그도 죽을까 두려워 본방댁本房宅에 두었다. 병자년에 효령을 낳았는데 열흘이 채 못 되어 병을 얻었으므로 홍영리의 집에 두었고 정축년에 주상을 낳았다. 그때 내가 정도전 일파의 압해로 항상 가슴이 답답하고 아무런 낙이 없었다. 그래서 대비와 더불어 양녕을 안아주고 업어주며 무릎 위를 떠난 적이 없었다. 이로 인하여 자애하는 마음이 두터워 양녕은 다른 자식과 달랐다."

여태까지 그 누구에게도 말하지 않았던 신혼생활과 첫아이에 대한 회상이었다. 좌중을 휘둘러 본 태종이 말을 이어갔다.

"나와 양녕은 부자지간이라 인정상 차마 못할 일이 있으나 임금과 신하는 이와 다르다. 신하가 임금에게 명분을 범한다면 죽음을 내리는 법이 있을 따름이니 양녕이 비록 어리석지만 어찌 모르겠느냐. 옛적에 당명황이 하루에 아들 셋을 죽였기로 사씨史氏가 어질지 못하다고 썼지만 이것은 세 아들이 죄가 없는데 당 명황이 남의 중상하는 말을 들고서 한 일이기 때문이며, 만약 그들이 참으로 죄가 있다면 역시 어쩔 수 없는 일일 것이다.

내가 전위한 것은 세상일을 잊어버리고 한가롭게 지내고자 함에서다. 유독 군사 관계만은 아직도 내가 거느리고 있는 것은 주상은 나이 젊어 군무를 모르기 때문이나, 나이 30세가 되어 일에 대한 경험이 많아지면 다 맡길 생각에서다. 지난날 만약 여러 아들로 원수元帥를 삼아 각도 병마를 갈라 맡기고 장사들을 접견하게 했다면 주상이 어찌 지금까지 군무를 모르겠느냐? 그러나 내가 이와 같이 하지 못한 이유가 있다. 여러 형제들이 각기 병권을 잡는다면 어떻게 서로 우애할 수 있겠느냐?"

병권을 나누면 말썽의 씨앗이 된다는 소신이었다. 신하들에게 말을 마친 태종이 양녕에게 시선을 맞췄다.

"네가 도망해갔을 적에 나나 대비는 너의 생사를 알지 못하여 밤낮으로 눈물을 흘렸다. 주상도 곁에서 눈물을 흘렸다. 내가 눈물을 흘리는 것은 너를 위한 것이 아니라 국가의 수치가 되기 때문이다. 어리의 죽음은 진실로 슬프고 안타깝다. 이제 너에게 너 하고 싶은 대로 하게 하겠다."

태종 이방원은 어리의 죽음을 애통해하는 양녕에게 어리가 묻힌 곳에 가까이 있게 하기 위하여 양근에 짓고 있던 집을 파하라 명했다. 그리고 양녕에게 매(鷹子) 2연과 말 3필을 주어 광주로 돌려보냈다. 이때 태종에게 황해도 감사가 급보를 보내왔다.

대마도 정벌

"조전절제사 이사검이 만호 이덕생과 함께 병선 5척으로 해주의 연평 곶에서 경계를 서고 있는데, 적선 38척이 짙은 안개 속에서 갑자기 나타나 우리의 배를 에워싸고 공격했습니다."

남해안에 출몰하던 왜구가 서해를 북상하여 연평도 앞바다에 나타난 것이다. 서해 5도는 예나 지금이나 안보의 촉각이 작동하는 최전선이었다.

그동안 남해안에 상륙하여 노략질을 일삼던 왜구들이 전라도에서 나라의 공선貢船 9척을 약탈하고 충청도 안흥량에 상륙했다. 이에 태종 이방원은 방비를 허술히 한 책임을 물어 충청좌도 도만호·김성길을 참형에 처했다. 근무태만이라는 것이다. 이제는 한수 이북 황해도 앞바다에 출몰했다. 이는 일선 방위 책임자의 문제가 아니라 국가적인 문제였다.

태종은 깊은 고민에 빠졌다. 군사를 일으켜 왜국을 치는 것은 그리 어렵지 않은 문제였다. 치면 이기고 원나라가 그랬던 것처럼 왜국을 정복할 자신도 있었다. 당시 일본은 무로마치 전기시대로 조직적인 국가의 기틀을 갖추지 못한 시대였다. 반면에 조선의 군사력은 사병을 혁파하고 군대를 재정비하여 상당한 전투력을 갖추고 있었다.

태종 이방원의 발목을 잡는 것은 명나라였다. 대륙 통일을 목전에 두고 있는 명나라는 넘치는 힘을 서역 정벌에 쏟아 붓고 있었다. 군사강국 명나라에게 주변국을 정벌할 능력을 갖춘 조선의 이미지는 국익에 별로 도움이 되지 않았다. 조선이 더 크기 전에 명나라에서 조선을 손봐주려고 나설 수 있었다. 그것이 문제였다.

조선의 군사력이 이만큼 성장한 것은 역설적이게도 군사강국 명나라 때문이었다. 지금이야 머리를 조아리며 사대하고 있지만 명나라 군대가 압록강을 건너 쳐들어오면 목숨을 바쳐 국토를 보존하기 위하여 준비된 군사력이었다. 강한 이웃 때문에 생존을 위하여 강해진 결과였다.

태종 이방원의 머릿속이 복잡해졌다.

'조선이 나아갈 길은 북방이다. 언젠가는 대륙으로 나아가야 한다. 대륙이 우리의 살 길이다. 허나 대륙에서 승승장구하던 고구려가 후방을 소홀히 하여 신라에게 덜미가 잡히듯이 남방을 허술히 해두고 대륙으로 나아갈 수 없다. 이참에 왜국을 쳐야 한다. 암, 치고 말고…. 이번에 왜국을 눌러놓으면 100년은 끄떡없겠지.'

"왜국을 치자."

일본과의 전쟁 결심을 누구와도 상의 없이 태종 이방원이 독단적으로 결정해버렸다. 전쟁을 결심한 태종에게 목에 가시처럼 따라붙는 것이 명나라였다.

'왜국을 정복하면 조선에게는 승전보지만 명나라에게는 위험신호겠지? 이것을 돌파할 묘안이 없을까?'

곰곰이 생각하던 태종 이방원이 무릎을 쳤다.

"그래 맞아. 왜국을 쳐서 명나라의 심기를 건드릴 일이 아니라 대마도를 치는 거야. 대마도 정도는 명나라에서 가볍게 보아줄 것이고 왜놈들에게는 숨통을 조일 수 있다는 겁을 주는 거야. 이게 바로 화살 하나에 두 마리의 토끼를 잡는다는 것이거든."

상쾌한 웃음을 머금은 태종이 즉시 측근 신하들을 소집했다. 때 아닌 심야 궁중회의였다.

"허술한 틈을 타서 대마도를 치는 것이 좋을까 한다."

이미 대마도 공격을 기정사실화하고 전술적인 질문을 하고 있는 것이다. 궁정회의에서는 매우 이례적이었다.

"허술한 틈을 타는 것은 적절하지 못하고 적이 들어오는 것을 기다려서 치는 것이 좋을까 합니다."

예조판서 허조의 의견이었다. 허조는 전략통이 아니었다.

"허술한 틈을 타서 쳐야 합니다."

역시 군사통답게 병판 조말생이 기습 공격을 찬성했다.

"항상 침노만 받는다면 한나라가 흉노에게 욕을 당한 것과 무엇이 다르겠는가? 허술한 틈을 타서 쳐부수어라. 대마도를 공격하고 우리 군사는 거제도에 물러 있다가 돌아가는 적선을 요격하여 불사르고 배에 있는 자는 모두 구류하라. 명을 어기는 자가 있으면 베어버려라. 우리가 약한 모습을 보이는 것은 국가에 도움이 되지 않으니 후일의 환患을 다함에 있다."

태종 이방원은 영의정 유정현을 삼도 도통사로, 참찬 최윤덕을 삼군 도절제사로, 사인 오선경과 군자정 곽존중을 도통사 종사관으로, 사직 정간과 김윤수를 도절제사 진무로 임명했다. 오늘날의 전시내각이었다.

상왕은 장천군 이종무를 삼군 도체찰사로 임명하고 중군을 거느리게 했다. 실질적인 전투사령관이었다. 우박·이숙묘·황상을 중군 절제사로, 유습을 좌군 도절제사로, 박초·박실을 좌군 절제사로, 이지실을 우군 도절제사로, 김을화·이순몽을 우군 절제사로 삼았다. 전술부대장이었다.

경상·전라·충청의 3도 병선 2백 척과 하번갑사下番甲士, 별패別牌, 시위패侍衛牌 및 수성군守城軍 영속營屬은 대마도 정벌에 참여하라고 명했다. 국가적인 총동원령이었다. 전열을 정비한 태종 이방원은 교유했다. 오늘날의 대국민 성명이었다.

"병력을 기울여서 무력을 행하는 것은 성현이 경계한 것이요, 죄 있는 이를 다스리고 군사를 일으키는 것은 제왕으로서 부득이한 일이다. 대마도는 본래 우리나라 땅인데 궁벽하게 막혀 있고, 좁고 누추하여 왜놈이 거류하게 두었더니 개같이 도적질하고 쥐같이 훔치는 버릇을 행하고 있으니, 눈 뜨고 보아줄 수 없다.

음흉하고 탐욕 많은 버릇이 더욱 방자하여 병자년에는 동래 병선 20여 척을 노략하고 군사를 살해하였으며 내가 대통을 이어 즉위한 이후, 병술년에는 전라도에, 무자년에는 충청도에 들어와서 운수하는 물품을 빼앗고 병선을 불사르며 만호를 죽이기까지 하니 그 포학함이 심하도다.

비인포에 몰래 들어와 노략질하고 인민을 죽인 것이 거의 3백이 넘고 배를 불사르며 우리 장사將士를 해쳤다. 황해에 떠서 평안도까지 이르러 우리 백성들을 소란하게 하며 장차 명나라 지경까지 범하고자 하니, 그 은혜를 잊고 의리를 배반하여 하늘의 떳떳한 도리를 어지럽게 함이 너무 심하지 아니한가.

왜구가 탐독貪毒한 행동으로 뭇 백성을 학살하여 천벌을 자청하여도 용납하고 토벌하지 못한다면 어찌 나라에 사람이 있다 하랴. 장수를 보내 출병하여 그 죄를 바로잡으려 하는 것은 부득이한 일이다. 신민들이여! 간흉한 무리를 쓸어버리고 생령을 수화水火에서 건지고자 하니 나의 뜻을 일반 신민들에게 널리 알리노라."

태종이 세종을 대동하고 두모포에 거둥했다. 대마도를 정벌하기 위하여 출정하는 장수들을 환송하기 위해서였다. 강원도에서 뗏목으로 운반한 목재로 함선을 건조하여 한강에 나아가 실전과 같은 시험을 했다.

태종 이방원은 삼도도통사 유정현에게 부월을 내려주었다. 군 통수권자로서 모든 권한을 준다는 뜻이었다. 세종은 임금으로서 전립戰笠과 군화를 내렸다.

"조그마한 왜나라가 섬에 있으면서 화심禍心을 가슴 속에 품고 벌처럼 덤비고 개미처럼 우글거려 상국을 능멸하였도다. 지나간 경인년부터 우리나라 국경과 해안을 제멋대로 침략하여 우리 사민들을 죽였으니, 고아과처孤兒寡妻●들의 원망으로 화기가 상하고 지사志士와 백성들은 마음이 썩고 이가 갈렸던 세월이 이미 오래되었다.

우리 태조께서 개국하신 이래로 저 자들이 겉으로는 신하인 척하고 정성껏 화친하기를 구하는지라, 나도 또한 모르는 중에 끌려서 놈들이 올 때에는 예를 갖춰 맞았으며 돌아갈 때는 선물을 주어 대접했다. 이제 은혜를 잊고 덕을 배반하여 가만히 변방에 들어와서 배를 불사르고 군사를 죽이니, 토죄의 형벌을 어찌 아니할 수가 있겠는가.

●고아과처(孤兒寡妻)
고아와 과부

경의 충의로운 천성을 내가 가상히 여겨 경에게 절월節鉞을 주어 바다의 도적들을 섬멸하게 하는 것이니, 5도의 수륙 대소 군민관軍民官과 도체찰사 이하를 경이 다 통솔하되 상과 벌로써 명을 받드는 자와 받지 아니하는 자에 쓰라."

이어 이종무 장군과 여러 장수들에게 술을 치게 하고 장수에게 활과 화살을 주었다.

"명하는 대로 다하면 조상에게까지 상을 줄 것이고, 명하는 대로 반드시 못하면 사社에서 죽일 것이니 예로부터 상벌이 이와 같다. 여러 장수들은 군사들에게 알려서 각기 마음과 힘을 다하게 하라."

둥둥둥. 북소리가 울렸다. 군졸들의 함성이 두모포를 진동했다. 명령만 있으면 대마도가 아니라 혼슈를 정벌할 태세였다. 환송식을 끝낸 정벌군의 함선이 한강으로 미끄러져 들어갔다. 한강을 꽉 채운 200여 척의 함선이 장관이었다. 한강이 물줄기를 흘러내린 이래 최초이자 마지막 대규모 군사의 이동이었다.

대마도 정벌군을 출동시킨 태종 이방원은 일본에 선전포고를 발했다. 도체찰사 이종무에게 명하여 대마도에 사람을 보내어 글을 대마도 수호에게 전달하라 일렀다. 태종은 '적과 싸워서 이기는 것은 차선이고 적과 싸우지 않고 이기는 것이 최상이다'는《손자》의 모공편을 떠올렸다. 강온양면작전이다.

"의義를 사모하고 정성을 다한 자는 자손에게까지 후하게 하려니와 은혜를 배반하고 들어와 도적질한 자는 처와 자식까지도 아울러 죽일 것이니, 이것은 천리의 당연한 바요 왕자王者의 대법이다. 대마도는 우리나라와 더불어 물 하나를 서로 바라보며 우리의 품안에 있는 것이거늘, 어찌 우리의 변경을 침략하고 군민을 죽이며 가옥들을 불사르고 재산을 빼앗아 가는가? 이는 은혜를 잊고 의를 배반하며 천도를 어지럽게 하는 것이다.

수호의 선부先父는 조선 왕실을 정성껏 섬겨서 내 이를 심히 아름답게 여겼더니 이제는 다 그만이로다. 이제 군대를 발하여 투항한 자들은 죽이지 말고 잡아오라고 했다. 수호는 적당賊黨으로 섬에 있는 자들은 모조리 쓸어 보내어 한 놈도 남기지 말지어다. 선부가 정성을 다하여 바치던 뜻을 이어 성의를 다하면 너의 섬의 복이 아니겠는가. 만일 그렇지 못하면 뒷날에 뉘우쳐도 미치지 못할 것이다. 수호는 잘 생각하여라."

고려 공양왕 1년(1389년) 2월에 박위가 100여 척의 병선을 이끌고 대마도를 공격하여 노사태를 진멸하였으며, 태조 5년에도 김사형이 오도병마사가 되어 대마도를 정벌한 일이 있다. 허나 세종 조의 태종의 대마도 정벌은 격이 달랐다.

명나라와 왜국, 그리고 조선이라는 동북아 삼각 구도 속에서 회심의 일격을 가한 정치적인 포석이었다. 명나라에게는 만만치 않은 조선을 보여주었고 일본에게는 무서운 조선을 각인시켜 주었다.

두모포에서 출정식을 마친 대마도 정벌 함대가 순풍에 돛을 달고 경강을 미끄러져 갔다. 경강을 꽉 채운 조선 수군의 위용이 장관이었다. 군졸들의 사기도 하늘을 찌를 듯했다.

정벌대를 발진시킨 태종 이방원은 사전 정지작업에 나섰다. 부산포와 내이포의 왜관을 폐쇄하고 591명의 왜인을 감금했다. 뿐만 아니라 세작細作 냄새가 나는 평망고등 21명의 왜인을 처형해버렸다. 대마도 공격에 대한 정보가 누출되는 것을 예방하기 위한 조치였다.

대마도 정벌 함대가 조강 월곶에서 남쪽으로 방향을 틀었다. 일로 남진. 화원반도에서 선수船首를 동쪽으로 꺾어 울돌목을 통과했다.

대마도 정벌군이 거제도에 집결했다. 한양에서 내려온 지휘부와 3도의 선군이 견내량에 모여들었다. 경상·전라·충청의 3도 병선 2백 27척과 1만 7285명의 정예군이었다. 당시 조선 수군이 5만여 명인 것을 감안하면 3분지 1 병력이다. 나머지 3분지 2는 전면전을 각오하고 일본군이 역공을 감행해올 경우 국토를 수호하기 위하여 동래와 마산, 그리고 여수에 비상 대기시켰다.

부산포에서 대마도까지는 직선거리로 49.5km다. 정벌군이 부산포에 집결하지 않고 견내량을 선택한 것은 이유가 있었다. 견내량은 하루에 두 번 물살의 방향이 바뀐다. 썰물을 기다렸다 전함을 발진시키면 힘들이지 않고 넓은 바다로 나갈 수 있다. 해협에서 북동쪽으로 흐르는 해류를 타면 쉽고 빠르게 대마도에 닿을 수 있다. 이것을 노린 것이다.

"닻을 올려라."

삼군도체찰사 이종무 장군의 명이 떨어졌다. 썰물을 탄 함대가 연안을 빠져나왔다. 헌데 바람이 받쳐주지 못했다. 마파람이었다. 가수알바람이 조금만 불어주면 해협으로 나가 쿠로시오 해류를 탈 수 있었을 텐데 이종무 장군은 아쉬웠다. 이종무 장군은 함대를 돌리라 명했다. 선수를 돌린 함대는 주원방포에 정박하여 전열을 정비했다.

"출항하라."

공격군이 시간을 지체하면 정보가 셀 뿐이다. 이종무는 지체할 수 없었다. 대마도를 향하여 닻을 올렸다. 둥둥둥둥. 북소리가 울렸다. 거제도에 집결했던 대마도 정벌함대가 발진했다.

이종무 장군의 중군이 맨 앞에 나섰다. 좌군에 유습 장군, 우군에 이지실 장군이 오방진 대형을 갖췄다. 끝이 뾰족한 첨자형 오방진 진법은 태종 이방원의 지시에 따라 양화진에서 수없이 연습했던 진법이었다.

조선 수군의 최신예 전선 삼판선은 당당했다. 좌현과 우현을 가룡목으로 개량한 삼판선은 튼튼하기가 이를 데 없어 적선과 부딪쳐도 끄떡없을 정도로 견고했다. 가히 철갑을 두른 듯한 돌격선이었다.

바람도 좋았다. 늦하늬바람을 맞으며 쾌속항진했다. 군사들의 사기도 산뜻했다. 사시巳時에 출발한 함대는 이튿날 오시午時에 대마도에 도착했다. 적선의 저항은 없었다. 25시간 만에 주파한 것이다.

대마도 앞바다에 포진한 함대는 10여 척의 병선을 해안에 접근시켰다. 섬에 있던 왜구들이 자신들의 동료가 노략질 나갔다 돌아온 것으로 착각하고 술과 고기를 가지고 환영을 나왔다. 주력함대가 두지포에 정박했다. 환영 나왔던 왜적들이 혼비백산 도망가고 50여 인이 응전해왔으나 정벌군의 상대가 되지 못했다.

이종무 장군은 대마도에서 귀화한 지문池文을 보내어 도도웅와에게 항복하기를 권고했으나 답이 없었다.

"대마도를 공격하라."

총사령관 이종무 장군의 명이 떨어졌다. 조선 수군은 크고 작은 적선 1백 29척을 빼앗아 그중에 사용할 만한 20척을 남기고 나머지는 모두 불살라버렸다. 또 왜구의 가옥 1천 9백 39호를 불 질러버렸다. 칼을 빼고 응전해오는 자는 가차 없이 베어버렸다. 그 머리가 1백 14명이었다. 칼을 버리고 항복한 자는 21명이었다.

조선 수군의 공격은 파죽지세였다. 승기를 잡은 이종무 장군은 좌군으로 하여금 니로군 지역에 하륙하라 명했다. 군졸을 이끌고 니로군에 오른 좌군 절제사 박실은 뜻밖의 상황을 만났다.

지형지물에 어두웠던 박실 부대는 적의 매복에 걸려 고전을 면치 못했다. 편장 박홍신·박무양·김해·김희 등 180여 명의 전사자를 내며 위기에 몰렸으나 우군 절제사 이순몽과 병마사 김효성 부대의 지원으로 가까스로 위기를 면하고 적을 제압했다.

대마도 정벌군의 침공을 받은 일본은 경악했다. 조선 단독 공격이 아니라 조명朝明 연합군으로 오인했다. 위기를 느낀 왜국은 시코쿠(四國) 지역의 제후들이 연대하여 총력전으로 나왔다. 사활을 건 결사항전이었다.

전의를 상실한 왜구들이 산속으로 숨어버리자, 이종무 장군은 휘하 장졸들에게 훈내곶에 목책木柵을 설치하라 명했다.

정벌군은 65일 분의 식량을 가지고 출발했다. 장기전을 준비한 것이다. 정벌군은 훈내곶에 진을 치고 대마도의 목줄을 누른 것이다.

태종 이방원은 대마도를 점령하고 있는 삼군도체찰사 이종무 장군에게 훈련관 최기를 보냈다.

"예로부터 군사를 일으켜 도적을 치는 것은 죄를 묻는 데 있지, 많이 죽이는 데 있는 것은 아니다. 경은 나의 생각을 몸 받아 적賊이 투항하여 나에게 오는 데 힘쓰도록 하라. 또한 왜놈의 마음이 간사하니 방비가 허술하면 일을 그르칠까 염려된다. 7월에는 폭풍이 많으니 경은 그 점을 잘 생각하여 오래도록 머물지 말라."

태종 이방원은 군대를 출동한 것만으로도 소기의 목적을 이루었다고 생각했다. 일본의 간담을 서늘하게 해주었고 명나라에는 군대를 출동할 수 있다는 힘을 보여주었다고 생각했다. 정벌군을 조직할 당시부터 대마도를 점령 유지할 생각은 없었다. 또한 대마도에서 무찌를 대상은 적敵이 아닌 도적이라 생각하고 있었다.

당시 대마도 도주島主는 도도웅와. 아버지 종정무의 뒤를 이어 어린 나이에 도주가 되었으나 부쩍 커버린 왜구들을 제대로 통제하지 못했다. 오히려 세력화된 왜구의 우두머리 소다가 도주를 위협할 정도였다. 소다는 오자끼에 근거지를 마련하고 노략질로 부를 쌓아 도주를 넘보고 있었다.

조선 수군이 출동하기 전, 오자끼가 왜구들의 소굴이라는 정보가 접수되었다. 대마도 정벌군의 공격 목표였다. 조선군이 최초로 전투를 벌인 곳이 오자끼다. 오자끼는 소다의 영역이었다. 접전하여 전과를 올린 129

척의 배와 114명의 왜구들은 소다의 졸개들이 대부분이었다.

도주를 넘보던 소다는 조선군의 기습 공격을 받고 궤멸되어 산속으로 숨어들었다. 대마도 정벌군이 분쇄하고자 했던 적은 일본 정예군이 아니라 소다 휘하의 왜구들이었다 해도 큰 무리는 아니었다. 이제 소다의 왜구들이 분쇄되었으니 철수하겠다는 것이다.

태종 이방원의 명을 받은 야전 사령관 이종무 장군은 좌군과 우군에게 두지포에 포진하라 명령하고 자신은 주력함대를 이끌고 거제도로 철수했다. 대마도에 하륙한 지 13일 만이었다. 정벌군 지휘부를 일단 빼낸 태종은 병조판서 조말생으로 하여금 대마도 도주 도도웅와에게 항복 권고문을 보내도록 했다. 소다는 궤멸되었으나 명분 쌓기였다.

"선지宣旨하노라. 대마도는 경상도의 계림에 속했으니 본디 우리나라 땅이란 것이 문적에 실려 있어 분명히 상고할 수가 있다. 다만 그 땅이 심히 작고 바다 가운데 있어 우리 백성들이 살지 않는지라, 너희들이 왜국에서 쫓겨나 모여 살며 굴혈掘穴을 삼은 것이다.

도도웅와의 아비 종정무가 정성을 다한 것을 어여삐 생각하여 이利를 꾀하는 상선의 교통도 허락하였으며, 경상도의 미곡을 대마도로 운수한 것이 해마다 수만 석이 넘었다. 보내준 식량으로 굶주림을 면하고 도적질하는 것을 부끄럽게 깨달아, 천지 사이에 삶을 같이할까 생각하였으나 너희들이 배반했다.

우리의 위풍威風에 항복한 자는 죽이지 아니하고 여러 고을에 나누어 먹을 것과 입을 것을 주어 생활하게 할 것이다. 만일 혼슈에 돌아가지도 않고 우리에게 항복도 아니 하고 섬에 머물러 있으면 쳐들어가 칠 것이다."

귀화한 왜인 등현이 항복 권고문을 가지고 대마도로 떠났다. 대마도는 예부터 우리 땅이었으니 본국으로 돌아가든지 항복하라는 것이다. 위기를 느낀 대마도 도주 도도웅와가 도이단도로에게 신서信書를 보내어 항복하기를 빌고 인신을 내려줄 것을 청원했다.

수강궁에서 긴급 전시 어전회의가 열렸다.

"대마도는 지금 비록 궁박한 정도가 심해서 항복하기를 빌기는 하나 마음은 실상 거짓일 것이오. 만약에 온 섬이 통틀어서 항복해온다면 괜찮으나 그렇지 않는다면 어찌 믿을 수 있겠소."

"비록 온 섬이 통틀어서 항복해온다 하더라도 그것을 처치하는 것 역시 어렵습니다."

우의정 이원이 난색을 표명했다. 대마도민 전체가 투항해온다면 그들을 먹여 살릴 일이 걱정이라는 것이다.

"수만에 지나지 않는데 그 정도를 처치하는 것이 무엇이 어렵겠소."

태종 이방원은 전부 아니면 전무라는 생각이었다. 전체가 항복해오지 않으면 쓸어버리겠다는 위협이었다. 태종은 대마도 전체의 투항을 설유說諭하도록 했다.

"너희 섬사람들은 시초에는 도적질하는 것을 일삼아 우리 땅을 침범하여 노략질을 하다가 그 후 종정무가 사람을 보내 항복하겠다고 빌기에, 우리는 차마 그를 끊어버릴 수 없어 그가 하고자 하는 대로 따랐다. 허나 또다시 도적질을 하여 사단을 일으켰기에 병선을 보내 그 처자들을 잡아오게 명했더니 너희들은 명령에 항거하여 감히 응전해왔다.

병선을 5, 6백 척 더 내어 너희들을 다시 공격하면 스스로 굶주림과 곤란을 초래하여 그 자리에서 죽게 됨을 면치 못할 것이다. 지금 네가 와서 수호하기를 빈다마는 앞서도 수호하지 않은 것이 아니었으나 그같이 흔단端을 일으키니 어찌 믿을 수 있겠느냐? 반드시 도주가 친히 와서 투항한다면 그때는 너희들이 항복하는 것을 허락해줄 것이다. 60일을 기다려도 오지 않는다면 우리는 영영 투항해오지 않는 것으로 생각하겠다."

최후통첩이었다. 선지를 받들고 대마도로 떠나는 도이단도로가 곤혹스러운 입장을 표명했다.

"틀림없이 선지에 보인 뜻을 가지고 돌아가서 도도웅와에게 말하겠습니다. 그러하오나 도내의 사람들 모두가 도적이 아니온데 지금 내리신 선지는 다 도적질을 했다고 하였으니 마음이 정말 아프고 답답합니다."

당시 대마도 백성은 두 가지 부류였다. 척박한 땅을 일구어 농사를 짓고 바다에 나가 어업에 종사하는 사람들과 도적이 되어 해적과 노략질을 일삼는 사람들이었다. 졸개들을 이끌고 노략질을 일삼던 소다는 산속으로 도주하고, 도적질을 하지 않은 도도웅와는 억울하다는 것이다. 하지만 날벼락을 맞은 도도웅와는 조선에 감사해야 할 입장이었다. 자신의 지위를 위협했던 소다를 조선군이 와해시켜 주었기 때문이다.

대마도를 다녀온 도이단도로가 수강궁에 무릎을 꿇고 도도웅와의 항복을 전했다. 조선 국왕이 자신을 대마도 도주로 상대해준 것만도 고마울 따름이었다. 태종 이방원은 항복을 가납하고 교유했다.

"사자使者가 서신을 전해 너의 항복의 뜻을 알았노라. 본도인本島人을 돌려보내는 것과 인신을 내려달라는 것이 가상하다. 너희들이 작은 섬에 모여들어 굴혈을 만들고 마구 도적질을 하여 자주 죽음을 당하는 바, 이는 하늘이 내려준 재성才性이 달라서 그런 것이 아니다.

작은 섬은 대개 다 돌산이므로 토성이 교박磽薄해서 농사에 적합하지 않고, 바다 가운데 박혀 있어 물고기와 미역의 교역에 힘쓰나 사세가 그것들을 대기에 어렵고, 바다 나물과 풀뿌리를 먹고 사니 굶주림을 면하지 못해 양심을 잃어 이 지경에 이르렀을 터이니 나는 이것을 심히 불쌍하게 여기노라.

이제 너희들의 소원에 따라 비옥한 땅에 배치해주고 하나하나에 농사 짓는 차비를 차려주어 농경의 이득을 얻게 하여 굶주림을 면하게 하여 주리라. 마음을 돌려 순종하고 농상農桑을 영위하기를 원한다면 먼저 섬의 행정을 관리할 자를 나에게 보내와 내 지휘를 받도록 할지니라."

도이단도로를 대마도로 돌려보낸 태종 이방원은 정벌군의 전면 철수를 명했다. 두지포에 진을 치고 있던 좌군과 우군이 철군했다. 이후 대마도는 조선의 정치질서 속에 편입되어 조선 국왕이 관작을 내려주는 통치권 속에 예속되었다.

대마도 정벌군 사령관 이종무 장군이 두모포에서 출정할 때 2장의 지도를 휴대하고 떠났다. 〈조선팔도도〉와 박돈지가 일본에서 들여온 일본 지도였다. 이회가 그린 〈조선팔도도〉에는 대마도가 조선 땅으로 그려져 있고, 박돈지가 들여온 일본 지도에는 대마도가 그려져 있지 않았다. 이 두 개의 지도에 중국과 아랍지역을 합쳐서 만든 것이 〈혼일강리역대국지도〉다. 현존 동양 최고最古의 세계지도로 알려진 〈혼일강리역대국지도〉는 태종 2년에 제작되었다.

훗날 도요토미 히데요시가 왜란을 일으켜 조선을 침략할 때 휴대한 일본지도에도 대마도는 없었다. 당시 조선과 왜국의 영토 인식은 대마도는 조선 땅이라는 것이 하등 이상할 것이 없는 당연한 것이었다.

대마도 정벌군이 개선했다. 태종 이방원은 병조참의 장윤화로 하여금 조강 어귀에 나가 동정군을 영접하라 이르고, 세종 이도를 대동하여 친히 낙천정에 거둥했다. 낙천정은 태종이 세종에게 선위하고 만년을 보내기 위하여 한강변에 지은 하계 별장 겸 이궁이었으나 중요 국사를 구상하는 산실이었다.

대마도에 출정했던 야전군 총사령관 이종무 장군을 필두로 우박, 박성양, 서성재, 임상양, 이징석이 상왕 태종과 임금 세종에게 승전을 보고했다.

"제장들의 승전으로 백성들의 걱정을 덜어주었고 나라의 근심을 씻어주었소."

"성은이 망극하옵니다."

"오늘날의 계획으로는 병선을 더 만드는 것보다 나은 일이 없다. 함길도와 평안도에 명하여 각각 병선을 더 만들게 하였는데 강원도에는 소나무가 많을 것이니, 강원도로 하여금 배를 만들게 하여 경상도로 보내어 방비를 튼튼히 하는 것이 어떠하겠는가?"

수군의 중요성을 새삼 깨달은 것이다.

"지당하신 말씀입니다."

태종 이방원은 환관 최한으로 하여금 장수들에게 술을 치게 하고 주연을 베풀었다. 전투에 참여했던 장수들을 위로한 태종은 선양정으로 삼도도통사 유정현을 초치하여 별도로 주연을 베풀었다.

연회는 흥겹게 베풀어졌다. 우의정 이원과 최윤덕이 각기 적군을 방어하는 계책을 토론했다. 영의정 유정현이 태종에게 술을 올리며 말했다.

"전하께서는 창업의 어려움과 수성守成의 쉽지 않음을 날마다 생각해야 하실 것입니다."

"내가 할 말을 영상이 하는구려."

흡족한 미소를 띠우던 태종이 옆자리에 앉아 있던 세종을 지긋이 바라보며 말했다.

"수성이란 있는 것을 지키는 것이 아니라 넘보지 못하게 하는 것이다. 주상은 잘 들어두어라."

이러한 태종의 소신은 유시諭示가 되어 세종 14년, 함길도 북변에 김종서를 보내어 4군과 육진을 설치함으로써 현실화되었다.

태종 이방원은 연회가 파할 무렵, 유정현과 이종무에게 각각 말 한 필과 안장 한 벌씩을 하사했다. 최윤덕 등 일곱 사람에게는 각각 말 한 필씩을 하사하고, 병마사 이하 군관 중 정벌에 나가서 공이 있는 자에게는 차등대로 상을 내리게 하였다. 또한 동지총제 이춘생에게 술을 하사하여 동정군중에 나아가 제장들을 위로하라 명했다.

승전보에 고무된 조선 조정은 잔치가 벌어졌다. 이종무를 의정부 찬성사, 이순몽을 좌군총제, 박성양을 우군 동지총제로 승차 임명했다. 정벌에 참여한 여러 절제사는 모두 좌목座目을 올리고, 전사한 병마부사 이상은 쌀과 콩 각각 8석, 군관은 각각 5석, 군정은 사람마다 3석을 위로품으로 내려주었다. 동정에 공을 세워 상직을 받은 자가 2백여 명이었다.

전쟁이 끝났다. 대마도 도주 도도웅와가 조선의 정치 질서 속에 편입되고 부하 시응계도를 보내왔다.

"섬사람들을 가라산에 주둔하게 하여 밖에서 귀국貴國을 호위하도록 하겠으며, 조선의 영토 안의 주州·군郡의 예에 의하여 주의 명칭을 정하여 주고 인신을 주신다면 마땅히 신하의 도리를 지키어 시키시는 대로 따르겠습니다. 또한 대마도는 토지가 척박하고 생활이 곤란하오니 백성들이 섬에 들어가서 안심하고 농업에 종사하게 하고, 그 땅에서 세금을 받아서 우리에게 나누어 쓰게 하옵소서."

도도웅와의 청을 가납한 태종 이방원에게 경상도 관찰사가 장계를 보내왔다.

"일본국왕이 보낸 사신 화자·양예와 구주총병관 사인 등 다섯 행차가 도두음곶에서 사로잡혔던 전 사정 강인발과 대마도를 정벌하러 갔을 때 포로가 되었던 갑사 김정명 등 4인을 데리고 부산포에 도착하였습니다."

조선 수군의 대마도 정벌은 섬나라를 흔들었다. 강진이었다. 조선은 승전을 만끽하고 있는 사이 규슈를 비롯한 일본열도는 여진이 계속되었고 일본 국왕이 바짝 움츠러들었다. 13일간의 점령이 아쉬웠지만 고려 말부터 70여 년간 우리나라를 괴롭혔던 왜구 문제에 마침표를 찍은 것이다.

대마도 원정 승리는 태종의 정치적인 입지를 더욱 공고히 했다. 세종이 매일같이 수강궁에 문안드리는 것을 빠뜨리지 않았고 대신들도 줄을 이었다. 대마도 정벌이 승전으로 끝나고 긴장이 풀려서일까? 태종의 건강이 좋지 않았다. 더불어 대비 민씨가 시름시름 앓기 시작했다. 태종은 좌의정 박은과 우의정 이원을 불렀다.

"수강궁은 송나라 광종의 궁 이름인데 그 이름을 취해서 우리 궁의 이름으로 한 것은 무엇 때문이오?"

건강이 좋지 않으니 수강궁이 찍혔다.

"홍범洪範 서경書經의 편명에 수壽자와 강康자 한 글자씩 들어 있다는 것만을 알고 있었을 뿐, 광종의 궁 이름이었다는 것은 몰랐습니다."

송구한 듯 박은이 머리를 조아렸다.

"황족인 조여우와 외척인 한탁위가 영종을 황제로 옹립하자 어쩔 수 없이 황위를 양위한 광종이 격분한 끝에 병이 나서 수강궁에 6년 동안 피해 있다가 붕崩하였소. 이 일은 《송감宋鑑》에 있소."

"대신 노릇을 하는 자는 마땅히 글을 널리 알아야 하는데 신들은 배우지 못한 탓으로 이 지경에 이르렀습니다. 예조로 하여금 자세히 연구하여 고치도록 해야 할 것입니다."

"고친다면 기국氣局이 좁아지는 것이니 고칠 것 없소. 액운을 당하면 피접할 곳이 있어야 하는데 두 번이나 송도에 행차할 때 폐해가 적지 않았소. 낙천정에 궁을 짓고 풍양에 이궁을 건축하도록 하시오. 또 '무악은 가히 도읍할 만한 곳이라' 하였으니 궁을 지어 때에 따라 행차하면 왕래 간의 폐해가 덜 할 것이오. 재목은 내가 이미 준비했으니 국가에 폐될 것이 없을 것이오."

● 송감(宋鑑)
편년체로 쓴 송나라 역사책

　　　　수강궁을 중심으로 동서와 남쪽에 이궁을 지어 건강이 좋지 않을 때 피접하겠다는 뜻이다. 옛 사람들은 병이 나면 귀신이 달라붙어 해코지하기 때문에 장소를 피해야 한다고 믿었다. 태종 이방원이 선공제조 박자청과 병조당상관을 불렀다.

"백 칸을 넘지 않게 하고 사치하게 짓지 말라."

장인과 군사를 동원하여 동시다발적으로 세 군데에서 공사가 벌어졌다. 낙천정에 궁을 짓고 풍양에 공사판이 벌어졌다. 또한 하륜이 생전에 그토록 도읍지로 추천하던 무악산 아래 공사가 벌어졌다. 풍양은 오늘날의 남양주시 진접면 내각리고 무악산 이궁은 연희궁이다.

병세에 차도가 없는 대비 민씨를 위하여 의산군 남휘의 집으로 이어移御했으나 별무 효과였다. 대비의 병세가 더욱 악화되자 태종과 대비가 낙천정으로 아예 옮겼다. 모후가 병환으로 눕고 부왕이 낙천정에 기거하게 되자 세종 이도가 낙천정에 문안하는 것이 일과가 되었다.

마침내 사헌부가 낙천정에 나아가 우균이 함부로 자기 직무에 이탈한 죄와, 윤곤·윤자당이 평안도에 명을 받들고 가서 군사를 조달하지 못한 죄를 다스리기를 청하는 사태가 발생했다. 권력의 심장부가 낙천정으로 옮겨간 폐단이었다. 태종이 원하든 원치 않든 낙천정이 최고 통수권자의 집무실이 된 셈이다.

"일찍이 유사에 명하여 만약 나에게 아뢸 것이 있거든 먼저 주상께 아뢰어 나에게 전달하게 하였는데 어찌 갑자기 와서 소를 올리느냐? 병조는 어찌하여 이를 저지하지 않았느냐?"

태종 이방원이 역정을 냈다.

세종 이도가 하루가 멀다 하고 문안을 가고 공비도 낙천정에 나아가 대비께 문안하고 이튿날 돌아오는 날이 잦아졌다. 왕실과 조정의 중요 인물이 잦은 이동을 하자 문제가 대두되었다. 태종과 왕비의 어가가 살곶이를 건너는 데 어려움이 있었다. 영의정 유정현이 주청했다.

"상왕 전하와 대비마마께서 낙천정에 계시니 문안 길에 중량천을 건너기가 여간 불편하지 않습니다. 살곶이에 다리를 놓아야 할 것 같습니다."

"좋은 생각이오. 다리를 놓되 홍수에도 끄떡하지 않은 돌다리를 놓도록 하시오."

창덕궁에서 출발한 어가가 흥인문을 빠져나와 전관원 앞에서 중량천을 건너려면 임금이 가마에서 내려야 했다. 당시 살곶이에는 섶다리 비슷한 흙으로 만들어진 다리가 있었다. 장마철이면 떠내려가 매년 새로 다리를 만드는 일을 반복했다. 이것마저 공사 중일 경우에는 징검다리를 건너야 했다.

이 소식을 전해들은 태종은 세종의 뜻을 가상히 여기고 이궁 공사에 여념이 없는 선공감 박자청으로 하여금 다리 놓는 일을 몸소 감독하게 하였다.

명나라 사신이 들어왔다. 대마도 정벌 이후 처음이었다. 사신의 태도 여하에 따라 명나라가 대마도 정벌을 어떤 시각으로 보고 있는지 가늠해 볼 수 있었다. 효령대군으로 하여금 서교에 나가 사신을 맞이하라 명한 태종 이방원은 좌의정 박은에게 술을 받들고 벽제역에 나아가 사신을 영접하여 위로하라 명했다.

벽제역에서 하룻밤 묵은 사신이 입성했다. 황엄이었다. 비록 환관 출신이지만 태감太監이며 예부의 조선 담당 내사였다. 조선에 들어오면 총독처럼 군림하여 태종과 조정 대신들의 심기를 괴롭혔던 인물이었다. 특히 태종과는 악연이 있었다.

"한양에 오신 뒤에 국왕이 예를 행하고 또 대례를 아직 행하지 못하였으므로 다시 와보지 못하여 실례되었노라."

어투가 달라졌다.

"우리들이 마땅히 먼저 궁에 나아가서 행례하여야 할 것인데 지금까지 하지 못하였으니 오히려 실례입니다."

거들먹거리던 황엄의 고자세는 찾아볼 수 없었다.

"근자에 거처하는 집에 연고가 있어 강변에다 조그마한 정자를 짓고 있는데 사신이 오시겠다는 말씀을 들으니 매우 기쁘구려. 그러나 길이 거의 15리나 되니 괴로움이 되실까 걱정이외다."

"천리 길을 멀다 하지 않고 왔사온데 비록 30리가 더 된다 하여도 어찌 감히 괴롭다 하오리까. 명일에 마땅히 나아가서 감사를 드리겠나이다."

연회가 파하고 태종 이방원은 낙천정으로 돌아갔다. 이튿날 황엄이 낙천정을 찾았다. 물론 임금 세종도 동행했다. 사신이 도성 밖으로 나가 상왕을 배알한다는 것은 외교 관례에 없는 이례적인 일이었다. 대마도 정벌 후, 명나라가 조선을 바라보는 시각이 달라졌음을 의미했다.

사신을 맞은 태종이 낙천정에서 연회를 베풀었다. 황엄과 사신 일행이 모두 참석했다. 조정의 대소신료들도 참례했다. 낙천정에 앉아 한강을 바라보던 황엄이 감탄했다.

"하늘이 만들어주신 선경仙境입니다. 전하께서 한가함을 얻으시어 편히 수양하시기에 가장 좋은 곳입니다."

태종 이방원이 사신들에게 술을 권하고 세종 이도가 서서 술을 내리니 임금이 부복俯伏하여 받았다. 임금이 꿇어앉아 술을 올리는데 상왕은 앉아서 받았다. 사신 조양의 눈에는 이모습이 경이롭게 보였다.

"신왕新王 전하는 노왕을 공경하시어 충효가 겸전하십니다. 내가 사절을 받들고 제후 나라에 여러 번 갔으나 신왕 전하 같으신 어진 분은 처음 봅니다. 노 전하께서 세상일을 부탁할 만한 사람을 얻으시고 세상 밖에서 마음 편히 노니시면서 정신을 수양하시니 과연 지극하신 낙이라 하겠사옵니다. 신왕 전하는 위로는 황제의 권고眷顧하심을 받고 다음으로는 아버님의 사랑하심을 받자와 충성을 다하시고 효도를 다하심이 과연 듣던 바와 같이 흡족하오니 고금에 흔하지 않은 일이외다."

술잔을 비운 조양이 태종을 바라보면서 말을 이어갔다.

"돈이 있어도 자손의 어짊은 사기 어려운 것입니다."

"사신의 말씀을 듣고 눈물이 흐름을 깨닫지 못하였으니 행여 괴이쩍게 여기지 마시오."

　태종 이방원은 눈물이 흐르고 콧물이 턱에 흘렀다. 외교적인 수사지만 아들 세종을 칭찬해주니 감정이 복받쳐 오른 것이다. 덕담이라도 자신의 후계를 이어갈 아들이 평가를 받는다는 것이 감개무량했다. 성군 기질이 있다는 소리를 듣기 위하여 얼마나 공을 들였는가.

내려가는 길

　승전보에 들떠 있는 사이 정종 이방과가 인덕궁에서 훙薨했다. 태조 이성계의 둘째 아들로 태어나 왕위에 올랐으나 아우 이방원에게 양위하고 물러난 이방과가 생을 마감한 것이다.
　판한성부사 맹사성, 전 판서 최이, 경창부윤 우홍강을 국장도감제조에 임명한 태종 이방원은 도총제 여칭과 관찰사 이백지를 산릉도감제조에 명하여 유훈에 따라 개풍군 홍교리에 산릉을 마련하도록 했다. 정종 이방과는 한양을 떠나 어머니 신의왕후와 가까운 곳을 택한 것이다.
　국장의 규모와 일정을 지시한 태종이 병조판서 조말생을 불렀다.
　"이번 강무는 해주에서 실시한다. 준비에 차질이 없도록 하라."
　예년의 강무는 경기도 광주와 철원 등지에서 시행되었는데 해주라니 조말생은 뜻밖이었다. 강무는 군사훈련이다. 강무가 끝나면 사냥과 여흥이 있었다. 명분은 군사훈련이었지만 태종의 속셈은 다른 곳에 있었다.

세종을 대동한 태종이 도성을 벗어났다. 대소신료가 모화관까지 나와 배웅했다. 영의정 유정현, 좌의정 박은, 우의정 이원이 배행했다. 청평부원군 이백강, 도진무 연사종·화윤덕·이춘생, 병조판서 조말생, 병조참판 이명덕, 병조참의 윤회, 여량군 송거신, 내금위 절제사 이화영 등 12인과 사금 절제사 권희달 등 5인과 사옹제조 2인과 대언 6인이 호종했다.

임진강 나룻가에서 하룻밤을 묵은 태종 이방원은 사람을 보내어 송악산 신에게 제사를 드리라 이르고 개성에 들어갔다.

태종과 세종이 등산곶 강무장 달달리에 막차를 정했다. 이날 어가가 금강평에 머무를 때 태종이 매를 팔에 올려서 놓아 보내다가 말이 쓰러지는 바람에 말에서 떨어지는 낙마사고가 있었다. 불길한 징조였다. 이튿날 군사훈련은 간단하게 마무리했다.

강무를 끝낸 태종은 세종을 대동하고 홍가이산과 소이산에서 사냥을 즐기고 구월산과 홍해산을 구경하고 어인포에 머물렀다. 시위한 재상들에게 향연을 베풀고 다시 발갑산에서 사냥을 구경하고 고읍상에 돌아와서 머물렀다.

신평산과 군장산, 그리고 금굴산을 두루 유람한 태종 이방원은 이백강을 보내어 후릉厚陵에 제사 지내도록 했다. 얼마 전에 세상을 떠난 형님에 대한 예를 마친 태종은 제릉齊陵을 참배했다. 태종이 초헌初獻을 하고 세종이 아헌亞獻을 했다. 어머니 신의왕후에 대한 아들의 도리였다. 부왕과 함께 할머니께 인사드린 세종 이도는 별도로 계명전에 제사드렸다. 또한 태종은 여흥부원군 민제의 무덤에 환관을 보내어 제사지내는 것을 빠뜨리지 않았다.

개성을 주유하고 돌아온 태종은 풍양 신궁에 머물렀다. 공사가 마무리

된 신궁에 아예 주저앉을 태세였다. 낙천정에 기거하던 대비 민씨가 풍양 이궁으로 이어移御했다. 태종이 풍양에 머물게 되자 변계량과 홍섭, 그리고 봉녕부원군, 익평부원군, 길창부원군, 의산군, 판한성치사, 지병조사가 문안하였다. 이어 대소신료들의 발길이 줄줄이 이어졌다.

"지금부터 부원군 이하는 교지를 얻은 뒤에야 풍양궁에 와서 문안할 수 있다."

신료들은 시간을 뺏기지 말고 국사에 전념하라는 것이다. 풍양궁에 머물던 태종이 대비를 두고 낙천정으로 이어했다.

태종 이방원이 풍양에서 낙천정으로 떠났다는 전갈을 받은 세종 이도는 급히 중량포에 나아가 영접했다. 태종이 목장 가운데에 이르러 말을 세웠다. 뒤따르던 병조판서 조말생과 지신사 원숙을 말 앞에 나오게 하고 꾸짖었다.

"사헌부에서 병조영사를 불러 나의 거동을 물었다 하니 이것이 무슨 예절이냐? 홍여방은 공신의 아들로 헌부의 장이 되어 거만스럽게 나의 거동을 묻고 주상에게 고하여 금지시키라고 하였으니 어찌 애경하는 마음이 있다고 할 것인가? 그것이 나를 옛 임금으로 여긴다고 하겠는가?

또한 '갑사들이 양식을 싸가지고 거둥에 따라 가는 것이 제 집에서 먹고 있는 것만 같을 수 있느냐' 하였다 하니 예전에는 한 정승의 행차에도 군사가 반드시 호종하였다. 이제 갑사들이 양식을 싸가지고 가는 것으로 말이 된다면 군사는 설치하여 무엇에 쓰려는가?"

원숙은 황공하여 부복하고 한 마디도 대답하지 못하였다. 태종이 낙천정에 이르니 박은과 이원이 문안하고 아뢰었다.

"헌부가 매우 무례하였사오니 의금부에 하옥하고 국문하는 것이 의당

하오이다."

"집의 박서생과 장령 정연을 의금부에 하옥하라."

다시 얼어붙은 조정은 육조 당상관 각 한 사람씩 낙천정에 나아가 매일 문안했다. 낙천정에 머무르면서도 군사의 끈은 놓지 않았다. 군기감 제조 윤자당과 병조판서 조말생에게 명령하여 새로 건조한 전함을 양화진에서 시험하여 그 결과를 보고하라 명했다.

낙천정에 머물던 태종이 세종을 대동하고 대모산을 찾았다. 하륜이 잡아준 수릉을 둘러보기 위해서였다. 자신이 들어가야 할 자리를 바라보며 하염없이 시름에 잠기던 태종이 세종에게 말했다.

"하 정승 윤은 사람됨이 남의 잘하는 것은 되도록 돕고 남의 잘못하는 것은 되지 아니하도록 말리어 충직하기가 견줄 사람이 없었다. 전번에 내가 양녕에게 선위하려고 할 때 윤이 나에게 고하기를 '만일 선위하려고 하신다면 신은 마땅히 진양으로 물러가서 쉬겠나이다' 하면서 말렸는데, 여러 민가(閔哥)들이 그런 것을 모르고 이간을 붙이려고 모략하였지만 나와 윤이 서로 알아주는 사이를 누가 이간할 수 있겠는가. 내가 조준을 아끼는 것이 윤을 아끼는 것만 못하니라."

수릉을 살펴본 태종 이방원은 경안역 아래 들에 머무르며 이천 현감을 불렀다.

"농기구를 마련하여 양녕의 집에 넣어주고 농사에 종사할 일꾼은 그의 소원대로 주어 노비로 쓰게 하라."

광주에 있던 양녕이 새로 집을 지어 이천에 옮겨와 있었다. 낙천정으로 돌아온 태종을 위한 잔치가 베풀어졌다. 탄신잔치였다. 부름을 받고 이천에서 달려온 양녕대군, 경녕군과 여러 종친이 참석했다.

세종 이도가 내전에서 하례하는 예식을 행하고 안팎 의복과 안장 갖춘 말을 헌상했다. 공비와 명빈과 의화 궁주는 각각 체수박을 헌상하고 각도 관찰사는 각기 그 지방 산물과 말 한 필씩을 헌상하였다. 연회에 입시하였던 여러 신하들이 각기 차례로 헌수하고 춤추니 세종도 일어나 춤추어서 헌수하고 태종도 춤을 추었다. 흥에 겨운 태종이 변계량에게 말했다.

"자식이 왕이 되어 지극한 정성으로 봉양하니 기쁘도다. 그 아비가 되어 이처럼 누리게 되니 이와 같은 일은 고금에 드물 것이다."

태종이 세종에게 손수 술을 내리고 정승들에게도 술을 주었다. 지신사 원숙에게 술을 내리며 말했다.

"주상을 잘 보필하도록 하라."

"전하께서 정사를 보시는데 그 처결하는 것이 각기 사리에 합당하였습니다."

"내가 본디 현명한 줄은 알았지만 주상의 노성함이 여기까지 이른 줄은 알지 못하였구나."

혼잣말처럼 중얼거리던 태종이 좌정한 대소신료들을 바라보며 말했다.

"주상은 참으로 문왕文王 같은 임금이다. 만일 부인의 말을 들었던들 큰일을 그르칠 뻔하였다. 내가 나라를 부탁해 맡김에 사람을 잘 얻었으니 산수 간에 한가로이 노닐기를 이처럼 걱정이 없는 자는 천하에 오직 나 한 사람뿐이려니, 중국 역대 제왕의 부자 사이도 나의 오늘과 같지는 못하였다. 고려 충숙왕과 충혜왕 사이에도 비평할 만한 것이 많으니 내 어찌 이 천하에서 뿐이랴. 고금에도 역시 나 한 사람뿐일 것이다."

모두 자리에서 일어나 머리를 조아렸다. 흥겨운 잔치는 밤이 깊어서야 파했다. 효령대군을 시켜 대소신료들을 밖에서 전송하게 한 태종은, 세종의 어깨에 의지하여 내전으로 들어가며 지신사 원숙에게 말했다.

"주상이 효양하는 가운데 입고 먹는 것이 넉넉하니 무엇을 근심하며 무엇을 구하겠느냐."

아우 세종의 어깨에 의지하여 내전으로 들어가는 아버지의 뒷모습을 바라보던 양녕의 눈가에 이슬이 맺혔다.

부왕은 한강변 낙천정에 있고 대비는 양주 풍양정에 있으니 바빠진 것은 세종 이도였다. 풍양정에 나아가 병석에 누워 있는 어머니를 뵙고 낙천정에 나아가 아버지에게 문안드리는 것이 임금의 일과였다. 세종이 대소신료를 거느리고 낙천정을 찾아 태종을 배알했다.

"살곶이 돌다리는 대신들의 의논을 따라 역사를 시작한 지 이미 여러 날이 되었다. 쉽게 되지 않으리라 생각은 하였으나 이제 곧 장마철이 다가오니 공사를 중단하도록 하라."

"다리의 기초 공사가 반쯤 되었으니 이미 된 곳은 근일 중에 마치고 시작하지 아니한 곳은 가을되기를 기다려 역사를 마치게 할까 하나이다."

영의정 유정현이 아뢰었다.

"일하는 사람들이 비록 농사꾼은 아니라 하더라도 삼복고열에 사람에게 일을 시키는 것은 마땅치 않다. 예전에는 백성을 부리는 데도 때를 가리었다. 하물며 장맛비 오기 전에 반드시 역사를 마칠 수도 없는 것이니 마땅히 역사를 정지하고 가을되기를 기다리게 하라."

태종 이방원의 명에 따라 공사에 동원된 군사들을 돌려보냈다. 살곶이 다리는 아주 작은 다리지만 당시에는 국력을 총동원한 토목공사였다. 이렇게 시공과 중단을 거듭하던 살곶이 다리는 60여 년이 흐른 후 성종 14년(1483년)에 완공되었다.

풍양정에서 요양 중이던 대비 민씨의 병세가 악화되었다. 심신이 쇠약해진 대비 민씨가 고열에 시달렸다. 어의의 진맥은 학질이었다. 대궐에 긴장감이 흘렀다. 학질은 치료약이 없고 치사율이 높았기 때문이다. 수심이 가득한 왕실에서는 대비 민씨를 낙천정으로 옮겼다. 대비 민씨를 괴롭히는 귀신의 음해로부터 피방이었다.

환관 김용기를 개경사에 미리 보낸 세종 이도가 환관 김천을 이천에 보내 양녕을 불러오도록 했다. 밤을 세워 달려온 양녕과 효령, 그리고 세종이 시위하는 군사들도 물리치고 낙천정에 있는 대비 민씨를 모시고 개경사로 떠났다. 대비 민씨가 낙천정을 떠난 사실을 아는 사람은 극소수에 불과했다. 환관 2인, 시녀 5인, 내노 14인만 데리고 떠난 간소한 행차였다.

대비 민씨를 견여로 모신 일행이 발길을 재촉했다. 야심한 밤. 삼경에 개경사에 도착했다. 대비 민씨를 정갈한 곳에 누이고 세종 이도가 친히 약사여래에 불공을 드렸다. 주지 스님으로 하여금 밤을 새워 기도를 드리도록 했지만 병세는 호전되지 않았다.

예조판서 허조가 좌랑 임종선을 풍양궁에 보내어 태종에게 이 사실을 알렸다.

"내가 대비와 주상의 간 곳을 몰랐더니 오늘에야 알고 보니 주상이 대비의 학질을 근심하여 환관 두 사람만 데리고 단마로 대비를 모시고 나갔구나. 몸소 필부 노릇을 하며 대비의 병 떼기를 꾀하니 그 효성을 아름답게 여긴다."

대비의 병세에 불길한 예감이 들기 시작한 태종이 공비로 하여금 백악산과 목멱산, 송악산, 감악산, 그리고 양주성황의 신에 기도하게 했다.

다급해진 세종이 한성부와 개성유후사에 교지를 내렸다.

"대비의 학질이 낫지 않으니 능히 다스릴 자가 있으면 장차 두터운 상을 줄 것이다. 널리 찾아 구하거든 역마를 주어서 급히 보내라."

한성부에서 정줄鄭茁과 중, 무속인 등 수십 인을 구해 풍양으로 보냈다. 비방이 있다는 3, 4인에게 처방을 구했으나 효과가 없었다. 대비의 병환이 점점 심해져 갔다. 세종 이도가 주야로 대비 민씨를 모시고 잠시라도 곁을 떠나지 않았다. 탕약과 음식을 친히 맛보지 않으면 드리지 않고 병환을 낫게 할 수 있다는 말이 있으면 어떠한 일이든지 하지 않는 것이 없었다.

이때 방술을 잘 한다는 자가 찾아왔다.

"방소方所를 피할진대 모름지기 시종을 간단하게 함이 좋습니다."

세종은 시위하는 군사들을 다 보내어 한 사람도 가까이 하는 자가 없게 하였다. 대비의 병세가 점점 악화되었다. 귀신이 극성부리는 것으로 판단했다. 귀신으로부터 도망가는 것이 상책이라 생각되었다. 세종이 밤에 대비를 모시고 몰래 풍양궁 남교 2리쯤 되는 풀밭에 행차하여 자리를 잡았다. 양녕, 효령 두 대군과 청평, 평양 두 공주도 따랐다. 정줄과 도류승 을유가 방술을 행하였으나 병세는 점점 악화되었다.

세종 이도가 대비를 모시고 갈마골 박고의 집 북쪽 송정으로 행차를 옮겼다. 태종 이방원이 와서 문병하고 조금 뒤 돌아갔다. 밤에 또 건원릉 길가로 옮겼다. 세종이 대비를 모시고 송계원 냇가에 행차를 옮기니 대비의 병환이 조금 나아졌다.

한숨을 돌리고 있는데 황해도 곡산 사람 홍흡이 학질 다스리는 비술秘術이 있다고 찾아왔다. 을유와 더불어 같이 행하게 하였다. 차도가 없었다. 세종이 대비를 모시고 선암 아래 냇가로 행차를 옮기고 무당으로 하여금 악차(幄次)에서 신에게 제사를 드리도록 했다.

세종이 대비를 모시고 새벽에 동소문으로 들어와 흥덕사를 찾았다. 이렇게 옮겨다닌 결과 대비의 병환이 호전되었다고 판단한 세종은 이로부터 밤마다 행차를 옮겨 사람들이 임금의 행방을 알지 못했다.

세종 이도의 야행은 계속되었다. 대비 민씨에게 달라붙어 괴롭히는 귀신을 떨쳐버리기 위해서는 귀신이 활동하는 시간 자시를 전후하여 움직였다.

학질은 고열에 시달리는 환자에게 휴식과 절대 안정을 필요로 하는 질환이었다. 이렇게 대비를 모시고 다녔으니 병환이 더 악화될 만했다. 허나, 의술이 발달하지 않은 당시에는 귀신을 피해다니는 것이 상책이고 지극정성으로 간호하면 하늘도 감응하리라 믿었다. 이것이 효심의 전부였다.

태종 이방원이 환관 노희봉을 세종에게 보내 선지를 전했다.

"들으니 대비의 병환이 나아졌다니 다시 발하지는 않을 것 같다. 나라는 오래 비울 수 없으니 주상은 창덕궁에 돌아와 국사를 보면서 견여로 문안할 것이고 나도 또한 때로 가서 병을 볼 것이다. 명일에는 창덕궁 곁에 청정한 곳을 가려 옮겨 거처하시게 하라."

명을 받은 세종이 대비를 모시고 창덕궁 서별실로 들어왔다. 풍양궁에 있던 태종이 광연루에 이어하고 세종으로 하여금 대비를 모시고 창덕궁의 별전에 들어가 거처하게 했다. 세종의 극진한 간호 속에 대비에게 전국술을 조금 드렸다. 순주를 마신 대비가 혼침(昏沈)에 빠져들었다.

대비가 혼수상태에서 빠져나오지 못하자 태종은 역마를 띄워 대자암의 지계승을 불러오도록 했다. 지계승이 21명의 승려를 데리고 급히 도착했다. 광연루에 구병관음정근을 설치하고 불공을 드렸으나 대비는 깨어나지 못했다. 태종이 예조판서 허조와 지신사 원숙을 불렀다.

"대비의 병환이 이미 위태하다. 대비가 지금 비록 생존하고 있으나 살아나기는 힘들 것 같다. 일기가 너무 더우니 관곽 등을 속히 챙겨 치상을 준비하라."

대비가 낮 오시에 별전에서 숨을 거두었다. 개성의 세력가 민제의 딸로 태어나 정비에 책봉된 민 씨가 세상을 떠난 것이다. 세종 이도가 흰 옷과 검은 사모와 흑각대로 갈아입고 거적자리에 나아가 머리 풀어 통곡했다.

친정이 몰락하는 아픔을 겪으며 태종의 부인으로서는 불행했지만 세종의 어머니로서는 행복했던 여인이 영면했다. 향년 56세였다. 임금 아들을 이승에 남겨두고 타계한 원경왕후 민씨는 지아비가 잡아둔 수릉에 먼저 안장되었다. 오늘날의 헌릉이다.

좌의정 박은과 우의정 이원을 국장도감 도제조에 명하고 호조판서 정역과 전 유후 권진, 공조참판 이천으로 제조를 삼았다. 청평부원군 이백강, 판좌군도총제부사 박자청, 전 부윤 서선을 산릉도감 제조로 임명했다.

"이번 대비의 병환에 부처에게 빌어 살기를 구함이 지극하였으나 효험이 없었다. 또 내 성미가 불도를 좋아하지 않는고로 칠재七齋만 시행하고 법석의 회는 베풀지 말라. 또한 치상은 힘써 진실한 것을 좇고 사치하지 말라. 그리고 모든 국가 사무는 병조가 선지를 받아 각조各曹에 내려 시행케 하라."

태종이 대비의 국장 지침을 내려주고 병조참의 윤회를 불러 세종에게 전지했다.

"능침 곁에 중의 집을 세우는 것은 고려 태조로부터 시작되어 아조我朝에서도 개경사와 연경사가 있다. 이제 대비 능침에도 중의 집을 지을 것인지 그 가부를 의정부와 예조에 문의하여 만일 창건함이 마땅하다고 하거든 그 이유를 묻고, 불가하다고 하거든 그 불가한 이유를 물어라. 나는 절을 짓지 않고 법석法席의 회도 개설하지 아니하여 이로부터 법을 세우려 한다."

권력과 유착하여 타락한 불교가 고려 망국의 원인 중의 하나라고 규정한 태종 이방원이었다. 부패한 고려를 뒤엎기 위하여 혁명의 기치를 높이 올렸던 이방원이었다. 태종 이방원의 배불排佛 의지가 강렬했다.

"불씨의 거짓은 소자도 알지 못함이 아니옵니다. 다만 대비를 능소에 모신 후에 빈 골짜기가 쓸쓸할 것 같아 절집을 세우고자 합니다. 곁에 정사精舍를 짓고 깨끗한 중을 불러 두면 서로 위로하는 도리가 있지 않을까 합니다. 정사를 짓지 말라 하심은 소자가 차마 못 견디는 바입니다."

세종 이도가 절집 짓기를 간청했고 좌의정 박은과 우의정 이원이 개경사와 연경사의 예를 들어 세종의 의견에 동조했다. 태조 이성계의 건원릉에 개경사가 있고 신의왕후 한씨의 후릉에 연경사가 있었다.

"불도의 그 심오한 뜻은 신이 감히 알지 못하오나 이전에 신이 애비 죽고, 어미 죽고, 자식이 죽사오매, 병들었을 때마다 성심으로 기도하였으나 그 효험이 없었습니다. 대비의 병환 중에 주상께서 지성으로 치성과 법석을 드렸는데 효험이 없고 응답이 없는 것은 마찬가지입니다. 눈앞의 일도 이와 같사온즉, 절을 세워서 명복을 구한다는 것은 당치않사오니 절을 세우지 마시어 만세의 법을 삼게 하소서."

영의정 유정현이 반대했다.

"내가 주상의 '빈 골짜기가 쓸쓸하겠다'는 말을 들으니 그 말의 깊이에 눈물이 나온다. 허나, 산릉은 내가 백세 후에 들어갈 땅이다. 비록 깨끗한 중을 불러 모아도 뒤에 늘 그럴 수는 없을 것이다. 더러운 중의 무리가 내 곁에 가깝게 있게 된다면 내 마음에 편하겠느냐? 건원릉과 제릉에 절을 세운 것은 태조의 뜻이었다. 나는 법을 세워 후사後嗣에 보일 것이니, 만세 후에 자손이 좇고 안 좇는 것은 저희에게 있다. 절을 두지 말라."

"절을 두려는 것은 불도를 좋아함이 아니오니다. 건원릉과 제릉에도 다 있고 명나라 금상황제도 태조 고황제를 위하여 보은사를 세웠으며 모든 사대부가 그 부모를 위하여 재사齋舍를 두는데, 만일 대비 능에 절을 두지 않으면 깊이 유한遺恨이 될 것이옵니다."

박은과 이원이 주청했다. 척불숭유 정책을 견지해야 한다는 원칙론자와 효심은 유교의 덕목이라는 명분파가 부딪친 것이다.

"대비께서 평소에 성녕을 위하여 승당을 짓고자 하셨습니다. 소자가 불효하게도 '국모께옵서 불도를 믿고 절을 창건하시는 것이 불가하옵니다' 하였으니 가슴이 아픕니다. 효자는 그 어버이가 죽어도 죽은 것으로 여기지 않는다 하니 비록 불도를 믿지 않더라도 어찌 감히 모후가 원하시는 일을 이루어 드리지 않을 수 있겠습니까?"

세종 이도의 효심은 간절했다. 세종의 지극한 정성에 유정현이 돌아섰다. 좌의정 박은, 우의정 이원, 예조판서 허조가 머리를 조아리며 아뢰었다.

"보은사를 설치한 것은 고황제를 위함이 아니오고 고려의 90여 능에 절을 둔 것이 다만 세 능뿐이었습니다. 상왕 만세 후에는 반드시 임금이 되실 것이온즉, 임금의 원묘에는 아니 두어서는 안 될 일입니다. 마땅히 궁 동편에 정사精舍를 세울 것을 윤허하여 주소서."

건국 28년. 태종 이방원은 창업과 함께 강력하게 추진해왔던 척불정책이 어느 정도 실효를 거두었다고 생각하고 있었다. 태종의 원론과 세종의 효심이 충돌한 것이다.

"주상이 산릉에 절을 설치코자 하나 불법佛法은 내가 싫어하는 바이다. 나로 하여금 이 능에 들어가지 않게 하려면 절을 짓는 것도 가하나, 만일 내가 이 능에 들어가게 할 터라면 절을 설치하는 것이 마땅치 않다."

태종 이방원의 뜻은 단호했다.

"능실의 방석傍石과 개석蓋石을 전석으로 쓰려면 운반하기가 매우 어려워 백성에게 해가 되고 죽은 사람에게도 도움이 되지 않을 것이다. 전석全石을 쓰지 말라."

"전석을 쓰지 않으면 편리하기는 하나 두세 조각으로 쓰는 것이 전석으로 쓰는 것과 같이 견고하지 못하고 우리나라의 구례舊例도 아니니 지극히 민망할 따름이옵니다."

세종 이도가 전석 사용을 간청했다.

"전석을 사용하면 돌이 넓고 커서 운반하기가 곤란하여 혹여 군사들이 다쳐 죽을까 염려한 것이다. 옛글에는 석실이란 글만 있었고 전석을 쓰라는 예문은 없었으니, 비록 쪼개어 둘로 만들어도 튼튼하기가 전석과 다름이 없을 터이니 주상은 염려할 것이 없다."

단호하게 엄명한 태종 이방원이 지병조사 곽존중을 앞세워 안암골 석산을 찾았다. 채석장에는 석공들이 비지땀을 흘리며 산릉에 쓸 돌을 다듬고 있었다. 전석을 발견한 태종이 석공을 시켜 철퇴를 내려치도록 했다. 커다란 덩치의 전석이 두 조각으로 갈라졌다. 이때 세종 이도가 보낸 지신사 원숙이 달려왔다.

"지신사가 오는 것으로 이미 주상의 뜻을 알았다. 돌아가서 전석이 두 조각났다고 아뢰어라."

창덕궁으로 돌아온 태종 이방원이 예조판서 허조를 불렀다.

"석실을 전석으로 사용하다가는 큰 폐단이 있을 터인데 어찌하여 석공들에게 계啓하지 아니하였던가? 법을 세우지 아니하면 뒷사람들이 무엇을 본받을 것이냐? 오늘 명한 일을 헌릉의 형지안形止案에 법으로 기록하여 후세 자손으로 하여금 모두 다 이 법을 따르게 하라."

"전석의 폐단을 모르는 것은 아니나 산릉에 관계되는 일이므로 감히 계하지 못하였나이다."

"내가 이번 국장에 두어 가지 법을 세웠노라. 능 옆에 절을 세우지 못하게 한 것과 법석法席을 개혁시킨 것이며 전석을 쪼개서 두 개로 하는 일이다."

창덕궁을 나선 대여가 마전도에 임시 가설한 배다리를 건넜다. 마전도는 송파나루터다. 대모산에 도착한 대비 민씨는 깊이 13척 3촌(439cm)의 천광穿壙에 묻히고 흙이 뿌려졌다. 영광과 슬픔의 생을 살다 간 한 여인이 흙으로 돌아간 것이다.

원경왕후 민씨의 국장을 마친 태종 이방원은 풍양궁에 칩거했다. 당당했던 태종이 생의 동반자를 잃고 날개가 꺾인 듯 의기소침했다. 살아생전에는 느끼지 못했던 감정이었다. 원경왕후 민씨가 떠나고 난 다음에 대비가 단순한 부인이 아니라 동지였다는 것이 새삼스러움으로 다가왔다.

풍양궁으로 유정현이 찾아왔다.

"삼한국대부인 송씨가 제주에 있는 죄인 유해를 거두어오기를 청합니다."

제주에서 처형되어 돌보는 이 없이 방치되고 있던 민무질, 민무구의 유해를 가져오겠다는 것이다.

"제주 안무사에 명하여 배와 양식을 대어주도록 하라."

제주도에서 한 많은 생을 마감한 민무질, 민무구의 유해가 육지로 옮겨져 노모의 손에 의하여 안장되었다. 태종 이방원과 처가의 살풀이는 여기까지였다. 더 이상 나가지 못하고 태종 사후, 세종이 삼한국대부인 송씨가 병이 났을 때 외가에 거둥하여 문병하는 것으로 부왕의 뜻을 대신했다.

원경왕후 민씨가 세상을 떠난 후 제일 긴장하고 가시방석에 앉은 것이 전의감이었다. 대비에게 전국술을 처방한 것이 전의감이었기 때문이다. 어느 한 사람이 주장한 것이 아니라 어의들이 합의로 내놓은 처방이었다. 하지만 환자가 죽었다. 책임추궁은 없었지만 어의들 모두가 전전긍긍했다.

명나라가 수도를 북경으로 옮겼다. 대륙 통일의 자신감이었다. 국가를 창업했던 남경시대를 마감하고 북경시대의 개막이었다. 명나라는 대륙 통일을 목전에 두고 있었다. 팽창을 거듭하고 있는 명나라의 자신감은 곧 조선의 잠재적인 위협이었다. 언제 밀어닥칠 줄 몰랐다. 외교는 사대하지만 군사는 소홀히 할 수 없었다. 먹고 먹히는 약육강식의 국제질서 속에서 총 병력 15만 명의 조선은 명나라의 상대가 되지 않았다.

군대는 사기를 먹고 자란다고 생각하고 있던 태종 이방원은 조선군의 정신력이야말로 국토를 지키는 보루라 믿고 있었다.

태종 이방원이 병조판서 조말생을 풍양궁으로 불렀다.

"명나라가 북경으로 도읍지를 옮겼는데 무엇들 하고 있는 것이냐? 이러고도 군대라 할 수 있느냐? 외교는 외교고 군사는 군사다. 강무를 준비하도록 하라."

청성부원군 정탁과 총제 이중지를 천도 진하사로 북경에 파견하라 명한 태종은 병조판서를 불러 질책했다.

"훈련 장소는 어디로 하오리까?"

"강도 높은 군사훈련은 험준한 산악 지형이 제격이다. 철원으로 하라."

예년에는 평평한 구릉지역에서 군사훈련을 펼쳤는데 이번에는 달랐다. 태종 이방원은 창덕궁으로 돌아가는 조말생에게 일렀다.

"주상이 거상 중에 있지만 짐승을 잡는 것은 아니니 나를 따라 강무에 참석하라 전하라."

창덕궁에서 출발한 세종 이도가 녹양원에 미리 도착하여 기다렸다. 풍양궁에서 출발한 태종이 독바위 남쪽에 도착했다는 보고를 받은 세종이 행차를 돌려 상왕을 영접했다. 태종이 시위 군사와 거둥 때의 모든 일을 모두 생략할 것을 명했다. 날이 저물어 양주 동촌 들에 도착하여 야영했다.

때 아닌 겨울비가 장대비처럼 퍼부었다. 폭우로 냇물이 넘치고 길이 질퍽거려 철원으로 나아갈 수 없었다. 철원행을 포기했다. 대규모 강무는 취소되었다. 돌아오는 길 양주 동쪽 왕숙천이 범람하여 건너지 못할 정도였다. 가까스로 내를 건넌 태종과 세종이 함께 풍양궁으로 돌아왔다.

태종 이방원이 감기 몸살이 났다. 겨울 날씨에 비바람을 맞은 것이 탈이 난 것이다. 대비를 여읜 세종은 겁이 덜컥 났다. 창덕궁으로 돌아가지 않고 풍양궁에 머물렀다. 손수 모시고 친히 약을 받들어 보살폈다. 태종이 내전으로 병조참의 윤회와 지신사 김익정을 불렀다.

"내가 몸과 기운이 조금 미편하다고 주상이 여기 있으면 되겠느냐? 주상은 하루에 만 가지 정사를 보아야 할 것이니 도성으로 돌아가서 정사를 보아야 할 것이다. 곧 모시고 돌아가도록 하라."

태종이 몸져누워 있는 사이 이방간이 병들어 죽었다는 소식이 날아왔다. 애증이 엇갈렸던 형이다. 태종은 중사 정원용을 홍주에 보내어 조문하고 제사를 지내게 했다. 정치적으로는 미워했지만 혈육의 정으로 마지막 가는 길을 보살핀 것이다.

건강이 회복되지 않은 태종은 온천에서 휴양하고 싶었다. 이천으로 방향을 잡았다. 휴식 중에 양녕대군을 만나보기 위해서였다. 태종이 거둥하기 위하여 준비하고 있는데 세종이 풍양궁으로 달려왔다. 아버지를 모시고 이천으로 가기 위해서였다.

"내가 몸이 불편할 때마다 주상이 예까지 거둥하니 정사에 차질이 있을 것이다. 내가 창덕궁 근처로 들어갈 테니 연화방 동구에 이궁을 건축하라."

태종 이방원이 세종 이도에게 말했다.

태종 이방원이 온천에서 돌아왔다. 세종이 풍양궁에 나아가 태종을 모셔왔다. 연화궁이 완공되었기 때문이다. 정부·육조와 창녕 부원군 성석린, 평양 부원군 김승주가 신궁에 나아가 문안하였다. 태종이 병조와 대언사에 명했다.

"경녕군이 주상전에 무시로 나아가서 뵙고 한원군은 집현전에서 글을 배우고 있다 하니 옳지 못한 일이다. 총애함이 여러 아우들과 다른 것은 옛날부터 경계하는 바이다."

경녕군은 효빈 김씨 소생으로 임금 세종하고는 배다른 형제간이었다. 민씨 가문의 핍박을 받으며 태어났고 집중 견제를 당한 것이 측은지심을 유발하여 왕실의 총애를 받았다. 총애는 편애를 낳고 편애는 질시를 자극하니 자제하라는 뜻이다.

창덕궁에서 세자 책봉식이 거행되었다. 훗날 문종으로 등극한 원자 이향이었다. 세종 이도가 면복을 입고 인정전에 나와 원자 이향을 세자로 책봉하는 교서를 반포했다.

"저부를 세워서 나라의 근본을 정하는 것은 국가의 규례다. 옛 일을 상고하여 이에 떳떳이 장전章典을 거행한다. 너 향은 의표가 준수하고 총명하여 국가의 신기가 돌아가는 바이다. 적자의 높은 자리는 여러 백성들의 심정이 귀속되는 바이니 좋은 날을 택해 왕세자로 하노라."

세종 이도가 책문을 읽어내려가는 사이 태종 이방원의 두 눈에서는 뜨거운 눈물이 흘러내렸다. 자신의 《손자》가 세자로 책봉되는 꿈 같은 일이 현실화된 것이다. 비바람 몰아치던 정상頂上에서 조심스럽게 내려와 평지에 내려온 느낌이었다.

책봉식을 마친 세자 이향이 종묘와 광효전을 알현했다. 차세대를 이어갈 왕세자임을 조상에게 고하는 의식이었다. 공식절차를 마친 세종 이도가 의정부에 유시했다.

"사람의 나이 8세가 되면 입학하는 것은 옛날의 제도이다. 지금 세자 나이 8세이니 마땅히 좋은 날을 가려서 입학해야 할 것이다."

세자 이향이 의위를 갖추고 요속을 거느리며 성균관에 행차했다. 유복을 입고 대성전에 들어가 문선왕과 네 분의 배향위에 제사를 지내고 십철과 동무, 서무에 술잔을 올렸다. 이어 박사에게 속수례束脩禮를 행하고 세자 이향이 당^堂에 올라 소학제사를 강했다. 이제 비로소 세자 이향이 학생이 된 것이다.

　연화궁의 태종 이방원이 지신사 김익정을 불렀다.

　"주상이 날마다 문안 오는 것은 좋은데 국사를 폐할까 염려된다. 그대가 주상에게 하루걸러 오도록 아뢰어라."

　"주상께서는 매양 정사를 보시고 난 후에 문안드리며 또 일이 있으면 즉시 계달하는 까닭으로 정사가 침체되지 아니 합니다. 주상께서는 항상 주나라 문왕이 날마다 세 번 문안하는 일을 본받지 못한 것을 송구스럽게 여기온데 어찌 하루걸러 문안하는 일로써 편안하게 여기겠습니까."

　"왕래할 때에 시위하는 군사가 괴로움이 없느냐?"

　"시위하는 사람은 다만 입직한 군사뿐이오니 누가 감히 괴롭게 여기겠습니까?"

　"과연 그대의 말과 같다면 나도 또한 안심한다."

　연화궁이 불편하다며 태종 이방원이 수강궁으로 거처를 옮겼다. 이때 도성과 지방에서 큰 역질^{疫疾}이 창궐했다. 치사율이 높은 질환이었다. 창덕궁 나인들이 감염되어 죽어나가는 사람들이 많았다. 놀란 세종이 피방차원에서 태종을 연화방으로 다시 모셨으나, 태종은 불편하다며 천달방 신궁으로 옮길 것을 명했다. 천달방은 오늘날의 동숭동이다.

　원경왕후 민씨가 돌아간 뒤 의빈과 명빈이 있었으나 신녕궁주가 항상 궁안 일을 주도적으로 이끌었다. 사가의 안방마님 격이었다. 궁주가 먼저 연화방에서 천달방 신궁으로 옮겨 갔다. 태종 이방원의 이어를 준비하기 위해서였다. 비어 있던 집을 수즙하여 준비가 완료되자 태종이 천달방 신궁으로 옮겼다.

세종 이도가 천달방 신궁에 문안한 다음 부왕을 모시고 살곶이에 나가 매사냥하는 것을 구경했다. 낙천정에서 점심을 들고 태종은 천달방 신궁으로 돌아오고 세종은 창덕궁으로 환궁했다. 그런데 바로 그날 저녁, 태종이 고열에 시달리며 자리에 누웠다.

세종이 급히 신궁으로 나아가 태종을 간호하며 밤을 새웠다. 급보를 받은 종친·부아·문무 2품 이상 관원들이 천달방 신궁으로 달려왔다. 종친은 궁중에서 유숙하고 병조와 대언사도 모여서 숙직하였다.

병석에 누운 태종 이방원이 자리를 털고 일어나지 못했다. 의정부에서 도전道殿과 불우佛宇와 명산에 기도드리기를 청하니 세종 이도가 각처로 사람을 나누어 보내 기도하게 하는 한편 전국 각지의 수령들에게 왕지를 내렸다.

"부왕 전하께서 여러 날 편치 못하시니 서울과 지방의 이죄 이하의 죄인은 판결된 것이나 아니한 것을 막론하고 모두 석방하라."

전국 각처의 형옥에 투옥되어 있던 죄수들을 풀어 준 세종 이도는 양녕대군 이제를 유배처에서 불러와 부왕을 간호하게 했다. 성산부원군 이직을 종묘에 보내 기도드리고 좌의정 이원을 소격전에 보내어 기도드리게 했다.

태종 이방원의 병환에 차도가 없자 세종은 문안하는 신하들의 출입을 금지시키고 군대로 하여금 신궁 주위를 엄하게 호위하게 했다. 세종이 어찌할 줄을 모르고 있는데 유정현, 이원이 다시 신당과 불전 중 영험이 있는 곳에 기도하고 한양과 지방의 형옥에 갇혀 있는 일죄 이하의 죄수를 석방시키자고 주청했다.

"신당과 불전에 비는 것은 그만두라. 모반대역과 부모를 때리거나 죽

인 자, 처나 첩으로 남편을 죽인 자, 노비로 상전을 죽인 자는 이미 발각된 것이나 발각되지 아니한 것을 불문하고 모두 사면하여 석방하라."

세종은 여러 위衛에 영을 내려 태종이 있는 천달방 신궁의 동구를 나누어 지키게 하고 수직하는 갑사의 수를 증원했다. 의정부와 제조諸曹의 현임과 전임 재추宰樞로서 문안 온 자는 궁 앞에 나오지 못하게 하고, 각각 동구에 모여서 정부당상政府堂上 한 사람과 제조당상諸曹堂上 한 사람이 병조에 들어와 문안하고 물러가게 했다.

영험한 곳에 기도드리자는 유정현의 청을 물리친 것이 마음에 걸린 세종은 우의정 정탁을 흥천사, 곡산부원군 연사종을 승가사에 보내어 약사정근藥師精勤●을 배설하고 판좌군도총제부사 이화영을 개경사에 보내어 관음정근觀音精勤●을 베풀도록 했다.

● 약사정근(藥師精勤)
병을 낫게 해달라고 불경을 외우고 기도를 드리는 일
● 관음정근(觀音精勤)
무병장수를 비는 불교 용어

호위하는 군사를 두 개 번으로 나누어 번갈아 입직하게 하고 진무鎭撫 각 1명과 대졸隊卒 각 6명을 더 보내어 동서남북 대문과 소문 등 도성문을 나누어 지키게 하여 뜻하지 아니한 일에 대비하게 하였다.

태종의 병환이 조금 나아졌다. 세종이 부왕을 모시고 연화방 신궁으로 옮겼다. 병환이 위독하여 방위를 피하기 위해서였다. 삼군의 장수가 군사를 거느리고 철통같이 연화방 신궁을 에워싸고 호위했다.

태종이 눈을 감는 모습을 아들 이도가 아닌 임금 세종이 지켜보고 있었다. 태종 이방원 나이 56세였다.

참고문헌

《고려사절요高麗史節要》
《태조실록太祖實錄》
《정종실록定宗實錄》
《태종실록太宗實錄》
《세종실록世宗實錄》
《명종실록明宗實錄》
《선조실록宣祖實錄》
《삼봉집三峯集》
《신당서新唐書》
《원사元史》
《명사明史》
《대학大學》
《맹자孟子》
《자치통감資治通鑑》
《대학연의大學衍義》
《일본서기日本書紀》
《고려 개경의 구조와 그 이념》

이방원전 2

초판 1쇄 펴낸 날 2008. 5. 5

지은이 이정근
펴낸이 홍정우
펴낸곳 도서출판 가람기획
등록 제17-241(2007. 3. 17)
주소 (121-841)서울시 마포구 서교동 465-11 동진빌딩 3층
전화 (02)3275-2915~7
팩스 (02)3275-2918
이메일 garam815@chol.com

ISBN 978-89-8435-284-1 (04810)
ISBN 978-89-8435-282-7 (04810) 세트
ⓒ 이정근, 2008

잘못된 책은 구입한 서점에서 바꿔드립니다.
저자와의 협의에 따라 인지는 붙이지 않습니다.